LA NUIT DES MIRAGES

NELSON DEMILLE

LA NUIT DES MIRAGES

Traduit de l'anglais (États-Unis)
par François Thibaux

Michel LAFON

Titre original :
Night Fall

7-13, boulevard Paul-Émile-Victor - Ile de la Jatte
92521 Neuilly-sur-Seine Cedex

À Sandy
Enfin...

Note de l'auteur

Ce livre est une œuvre de fiction, inspirée de la catastrophe du vol 800 de la TWA, qui eut lieu au large de Long Island, le 17 juillet 1996.

Même s'il fait parfois référence à des personnes réelles, ses personnages sont imaginaires.

Mon récit des événements du 17 juillet 1996 et des investigations qui ont suivi se fonde sur les rapports rendus publics, ainsi que sur mes propres entretiens avec les témoins oculaires et les enquêteurs qui ont travaillé sur cette affaire.

Officiellement, ce drame fut provoqué par une défaillance mécanique. Mais d'autres hypothèses évoquent des causes beaucoup plus sinistres. Je me suis efforcé de tenir compte de tous les éléments de la controverse, des déclarations des témoins, des rapports d'expertise et des éléments de l'enquête. J'ai pris, toutefois, des libertés de romancier chaque fois que je me suis trouvé en présence de témoignages contradictoires.

Je dédie ce livre aux passagers et à l'équipage du vol 800 de la TWA qui ont perdu la vie le soir du 17 juillet 1996, à leurs familles, à leurs proches, sans oublier les centaines d'hommes et de femmes qui ont participé aux opérations de sauvetage, de récupération, et aux investigations sur les causes de cette tragédie.

Car ceci doit rester pour toujours un secret
Entre toi et moi.

Lewis CARROLL
Alice au Pays des Merveilles

Chapitre premier

Au volant de sa Ford Explorer, Bud Mitchell suivit la route des dunes jusqu'au panneau qui indiquait : PARC RÉGIONAL DE CUPSODE BEACH / OUVERT DE L'AUBE AU CRÉPUSCULE. Le jour baissait. La voiture traversa une aire de stationnement déserte, freina devant un large chemin barré par une clôture. Une pancarte précisait : INTERDIT À TOUT VÉHICULE.

– Tu y tiens vraiment ? demanda Bud à la femme assise près de lui.

– Oui, répliqua Jill Winslow. Ça m'excite.

Il hocha la tête sans enthousiasme, contourna la clôture et, sur quatre roues motrices, s'engagea le long de la piste sablonneuse, entre deux rangées de dunes parsemées d'herbes folles.

Bud et Jill étaient amants depuis deux ans. Mariés chacun de son côté, ils évoluaient dans le même milieu huppé. Arlene, l'épouse de Bud, et Mark, le mari de Jill, se connaissaient et s'appréciaient. En public, Bud et Jill jouaient parfaitement la comédie de l'amitié entre couples. Seuls de rares intimes soupçonnaient leur liaison et leur servaient à l'occasion de couverture. Bud avait récemment fêté son quarante-cinquième anniversaire et, pour lui, tromper Arlene était dans l'ordre des choses. Ses rapports charnels avec Jill le comblaient : il ne lui en fallait pas davantage. Pour elle, au contraire, l'adultère n'avait d'intérêt que s'il combinait le sexe, les sentiments, la fantaisie et l'imprévu. Son caractère fantasque mettait souvent Bud mal à l'aise. Mais elle était belle, sensuelle et, surtout, elle était la femme d'un autre, ce qui, tout étant très commode, flattait sa vanité.

Ils avaient quitté séparément leur quartier élégant de Long Island, à quatre-vingts kilomètres de Westhampton. Bud attendait Jill à la périphérie du bourg, où elle avait laissé sa voiture. Ils avaient ensuite gagné un hôtel à bord de l'Explorer. Là, Bud lui avait demandé quel alibi elle avait inventé pour son escapade. Comme il n'avait eu droit qu'à une réponse évasive, il revint à la charge.

– Où es-tu, ce soir ?

– Je dîne avec une amie, à East Hampton. Nous avons prévu de faire des achats demain. Pour le coup, ce sera vrai, puisque tu dois rentrer chez toi dans la matinée.

– Elle est fiable, ta copine ?

Jill laissa échapper un soupir excédé.

– Oui. Pas de problème.

– Parfait.

Elle ne lui posait jamais de questions sur les mensonges qu'il débitait à Arlene, comme si elle souhaitait en savoir le moins possible. Mais lui ne pouvait s'empêcher de s'en vanter.

– Moi, je pêche en haute mer, dit-il. En plein milieu de l'océan, le téléphone cellulaire capte mal.

Elle haussa les épaules.

Au fond, pensa Bud, tous deux, à leur façon, aimaient leur conjoint légèrement ennuyeux, leurs enfants, leur confortable existence de bourgeois aisés. Et pourtant, ils s'aimaient, du moins l'affirmaient-ils ; pas assez, toutefois, pour tout plaquer et se retrouver en tête à tête sept jours par semaine. Trois ou quatre rendez-vous par mois leur suffisaient amplement.

Bud s'arrêta au bout du chemin.

– Va vers la plage, dit Jill.

L'Explorer poursuivit sa route dans le sable. Pour qu'on ne puisse pas la voir depuis le chemin, Bud la gara devant une grande dune proche de l'océan. Il consulta l'horloge de son tableau de bord : 19 h 22.

Le soleil sombrait dans l'Atlantique, aussi lisse qu'un étang. Seuls quelques nuages épars troublaient la pureté du ciel.

– Belle soirée, murmura Bud.

Jill ouvrit la portière et sortit. Il coupa le contact et la suivit.

Ils contemplèrent l'étendue de sable blanc qui s'étirait jusqu'au bord de l'océan, les reflets dorés de l'eau, l'herbe folle qu'une légère brise faisait frissonner.

Bud regarda autour de lui pour s'assurer qu'ils étaient seuls. On ne pouvait accéder aux plages que par la route des dunes. Il avait aperçu quelques voitures s'éloignant du rivage, mais aucune en sens inverse.

L'étroite langue de terre se terminait, une centaine de mètres plus loin, à l'ouest de Moriches Inlet. On distinguait, de l'autre côté de cette anse, sur Fire Island, l'extrémité du parc de Smith Point.

On était mercredi. Les citadins de Hampton qui passaient le week-end sur la côte étaient retournés en ville. Quant aux gens du cru, ils étaient trop occupés à siroter leurs cocktails pour songer à se promener au bord de la mer. En outre, près d'un kilomètre séparait la plage de l'endroit où les véhicules étaient censés stationner.

– Personne ne viendra nous déranger, assura Bud.

– Je te l'avais dit.

Jill alla ouvrir le coffre de l'Explorer. Bud l'aida à décharger différents objets, dont une couverture, une glacière, une caméra vidéo et un trépied.

Ils découvrirent un petit vallon abrité, entre deux dunes. Jill étala la couverture et y déposa la glacière pendant que Bud installait le trépied et la caméra. Il ôta le cache de l'objectif, plaqua un œil contre le viseur et pointa la caméra vers Jill, assise sur la couverture, pieds nus et jambes croisées. Les derniers feux du crépuscule illuminaient la scène. Bud régla le zoom, appuya sur la touche d'enregistrement.

Il rejoignit Jill sur la couverture au moment où elle débouchait une bouteille de vin blanc et sortait deux verres de la glacière. Elle les remplit et ils trinquèrent.

– Aux soirs d'été, déclara Bud. À nous deux, ensemble.

Ils burent, puis s'embrassèrent.

Sachant que la caméra enregistrait leur image et leurs voix, ils se sentaient un peu empruntés. Deux verres de vin dissipèrent leur gêne. Ils furent bientôt nus tous les deux, au milieu de leurs vêtements épars. Ils burent encore, et s'enlacèrent, à genoux. La caméra tournait. Avec un grand sourire, Jill lui envoya un baiser du bout des doigts. Puis elle clama :

– Jill et Bud, première !

Elle se dégagea en riant, se tourna vers l'objectif, saisit la bouteille et fit couler le reste du vin sur son corps, que Bud lécha longuement.

– Je me sens toute poisseuse, dit-elle quelques minutes plus tard, en s'écartant une nouvelle fois. Allons nous baigner.

– Nous ferions mieux de rentrer. Nous prendrons une douche à l'hôtel.

Sans répondre, elle escalada la dune, admira l'océan.

– Viens, lança-t-elle. Pose la vidéo ici et allons nous baigner.

Mieux valait ne pas discuter, pensa Bud. Il marcha jusqu'à la caméra, interrompit l'enregistrement. Il la transporta ensuite jusqu'au sommet de la dune et ficha le trépied dans le sable.

À son tour, il fixa l'océan. Les derniers rayons du soleil éclairaient encore le ciel, mais la mer devenait d'un bleu sombre mêlé de pourpre. Les premières étoiles apparurent. Bud remarqua les feux clignotants d'un avion et, sur la ligne d'horizon, le scintillement d'un grand navire. La brise s'était levée, faisant frissonner son corps trempé de sueur.

Jill orienta la caméra en direction de la plage, régla le zoom au maximum et actionna la commande d'enregistrement.

– C'est si beau ! dit-elle.

– Nous ne devrions peut-être pas aller jusqu'au rivage dans cette tenue. Il pourrait y avoir des gens dans les parages.

– Et après ? On ne les connaît pas... Et il faut vivre dangereusement, Bud !

Sans lui laisser le temps de protester, elle dévala la pente et courut vers la mer, sous l'œil admiratif de son amant, émerveillé par la perfection de sa silhouette. Elle se retourna et cria :

– Dépêche-toi !

Il hésita quelques secondes, se sentant un peu ridicule. Enfin, il la rejoignit. Elle lui prit la main et ils avancèrent ensemble dans l'eau calme et fraîche.

Le ciel s'obscurcissait. Sur leur droite, Bud remarqua les feux d'un autre avion, à une dizaine de miles de Fire Island et à une altitude d'environ quinze mille pieds. L'appareil se rapprocha. Les dernières lueurs du couchant se reflétaient sur ses ailes. Sa trajectoire indiquait qu'il avait décollé de l'aéroport Kennedy, soixante miles plus à l'ouest, et qu'il volait vers l'Europe, ce qui provoqua en Bud un élan de romantisme.

– J'aimerais tant être avec toi dans cet avion, dit-il. En route pour Paris ou Rome...

Jill s'esclaffa, de l'eau jusqu'aux hanches.

– Tu paniques dès que tu passes une heure dans un motel ! Qu'est-ce que tu serais obligé d'inventer pour expliquer un voyage à Paris ou à Rome ?

– Je ne panique pas, répliqua-t-il, excédé. Je prends simplement mes précautions. Uniquement pour ne pas te créer d'ennuis. Maintenant, on rentre.

– Pas encore.

Elle le caressa et ajouta :

– Cette cassette vidéo va mettre le feu à l'écran. Et à nous, quand nous la regarderons. Faisons-le ici.

– Euh...

– Comme Burt Lancaster et Deborah Kerr dans *Tant qu'il y aura des hommes.*

Comment résister à l'invite de Jill ? Elle l'entraîna vers le rivage, le força à s'allonger dans le sable mouillé, se coucha sur lui. Dès lors, tous ses scrupules disparurent. Il en oublia même la caméra. Ils firent l'amour avec lenteur, au rythme du flux et du reflux, Bud se laissant guider par les mouvements de Jill, ce dont elle raffolait, jusqu'à ce que le plaisir les submerge tous les deux.

À la fin, elle se plaça à califourchon sur son ventre, reprit son souffle. Lui aussi haletait. Tout à coup, il sursauta, se redressa brusquement.

Là-bas, sur l'horizon, quelque chose venait de surgir de l'eau : une traînée incandescente d'un rouge orangé, que prolongeait un panache de fumée blanche.

– Qu'est-ce que... ?

Cela ressemblait à une fusée des feux d'artifice qu'on tirait le 4 juillet, pour la fête nationale. Mais c'était gros. Beaucoup trop gros. Et cela sortait de la mer.

Sous les yeux stupéfaits de Bud et Jill, la traînée monta rapidement, prit de la vitesse à mesure qu'elle gagnait de l'altitude. Elle parut zigzaguer, puis bifurqua.

Soudain, un éclair irradia le ciel, suivi d'une énorme boule de feu. Bud et Jill bondirent sur leurs pieds. Une pluie de débris embrasés jaillit du point de l'explosion. Trente secondes plus tard, le fracas de deux autres explosions se répandit sur les flots. Puis ce fut le silence.

La grande boule de feu resta en suspens un long moment

avant d'amorcer sa chute, se scindant en deux ou trois boules plus petites qui tombèrent chacune à son tour.

En une minute, le ciel redevint limpide, souillé seulement par de la fumée noire et blanche, illuminé par les feux qui brûlaient à la surface de l'océan, à des miles de distance.

Bud ne pouvait détacher son regard de l'horizon en flammes, du ciel, de la mer. Son cœur battait à se rompre.

– Oh, mon Dieu, murmura Jill. Qu'est-ce...

Il resta ainsi, debout, immobile. Sans comprendre réellement ce qui venait de se passer, il savait, au fond de lui, qu'il s'agissait d'un événement terrible. Et que cet événement attirerait du monde sur la plage.

– Tirons-nous d'ici en vitesse, murmura-t-il en saisissant Jill par le bras.

Ils coururent vers la dune, l'escaladèrent sans reprendre leur souffle. Bud récupéra fébrilement la caméra et le trépied tandis que Jill redescendait de l'autre côté. Il lui emboîta le pas en criant :

– Remets tes fringues ! Vite !

Après s'être rhabillés en hâte, ils se précipitèrent vers l'Explorer, Bud transportant le trépied et Jill la caméra, abandonnant derrière eux la couverture et la glacière.

Ils jetèrent l'équipement vidéo sur la banquette arrière, sautèrent sur les sièges avant. Bud démarra en trombe. Jill et lui respiraient avec peine. Tous feux éteints, il fonça vers le chemin, ralentit, remonta prudemment la pente jusqu'au parking, puis gagna la route des dunes, où il alluma ses phares et accéléra.

Ni l'un ni l'autre ne parlaient.

Venant de la direction opposée, une voiture de police les croisa à toute allure.

Quelques minutes plus tard, ils distinguèrent les lumières de Westhampton, de l'autre côté de la baie.

– Bud, dit Jill, je crois qu'un avion a explosé.

– Possible... Mais c'était peut-être une fusée géante, tirée d'un bateau. Tu sais, un grand feu d'artifice...

– Ces fusées n'explosent pas de cette façon. Et elles ne brûlent pas sur l'eau. Quelque chose de gros a explosé en plein ciel et s'est écrasé dans l'océan. C'était un avion.

Bud ne répondit pas.

– Nous devrions retourner là-bas, hasarda-t-elle.

– Pourquoi ?

– Il y a peut-être des survivants. Ils ont des gilets et des radeaux de sauvetage. Nous pourrions être utiles...

Il secoua la tête.

– Cette chose s'est désintégrée. Elle devait être à trois mille mètres d'altitude. De toute façon, les flics y sont déjà. Ils n'ont pas besoin de nous.

Elle se mura dans le silence. Bud s'engagea sur le pont qui menait au bourg de Westhampton Beach. L'hôtel n'était qu'à cinq minutes. Jill était perdue dans ses pensées.

– Cette traînée de lumière, dit-elle enfin, c'était une roquette... un missile.

Il ne réagit pas. Elle poursuivit :

– Comme si un missile, tiré depuis la mer, avait percuté l'avion.

– Eh bien, on en entendra sûrement parler aux informations.

Jetant un coup d'œil sur la banquette arrière, elle s'aperçut que la caméra vidéo tournait toujours et enregistrait leur conversation. Elle tendit le bras, s'en empara. Elle rembobina la bande, pressa la touche Marche, puis fixa le viseur en faisant défiler les images en accéléré.

Bud l'observait en silence. Elle appuya sur la touche Pause et déclara :

– Je le vois. Tout est sur la bande.

Elle la fit plusieurs fois revenir en arrière, puis défiler à nouveau.

– Bud, gare-toi et regarde.

Il continua à conduire. Elle reposa la caméra et répéta :

– Nous avons tout enregistré : le missile, l'explosion, la chute des débris.

– Ouais ? Et qu'est-ce qu'il y a d'autre sur la bande ?

– Nous.

– Tout juste. Efface ça.

– Non.

– Jill, efface la bande.

– Très bien. Mais nous la regarderons d'abord dans la chambre, à l'hôtel. On l'effacera ensuite.

– Je ne veux pas la voir. Efface-la. Maintenant.

– Mais ça peut constituer... une preuve. Il faut montrer ça à quelqu'un.

– Tu es givrée ? Tu veux que tout le monde se rince l'œil en nous regardant nous envoyer en l'air ?

Elle se tut. Bud lui tapota la main.

– Entendu, dit-il. On la visionnera dans la chambre. Ensuite nous verrons ce qu'il y a aux infos. Et à ce moment-là, nous déciderons. D'accord ?

Elle acquiesça, serrant la caméra contre elle.

Bud n'avait aucune illusion sur Jill Winslow. Elle était tout à fait capable de remettre l'enregistrement aux autorités, sans se soucier des conséquences. Sans parler des ennuis que cela lui attirerait, à lui. Mais il espérait qu'après avoir vu la bande dans toute sa crudité, elle redeviendrait raisonnable. Dans le cas contraire, il serait obligé de la convaincre d'une manière un peu plus ferme. Il tenta un argument :

– Tu sais, le machin, là... Comment ça s'appelle ? L'enregistreur de vol : la boîte noire. Quand ils l'auront trouvée, les experts en sauront plus sur ce qui est arrivé à l'avion que nous ou que ce que pourrait leur apprendre la bande. L'enregistreur de vol... c'est autre chose qu'une vidéo.

Elle ne prononça plus un mot pendant le reste du trajet.

– Nous ne savons même pas s'il s'agissait d'un avion, conclut-il en se garant sur le parking de l'hôtel Bayview. Allons écouter les infos.

Elle sortit de l'Explorer et marcha vers le perron, la caméra à la main. Il coupa le moteur. Puis il la suivit, pensant dans son for intérieur : *Pas question de me planter comme cet avion.*

CINQ ANS PLUS TARD
LONG ISLAND, NEW YORK

Les conspirations ne sont pas des théories.
Ce sont des crimes.

Chapitre 2

Tout le monde aime les mystères. Sauf les flics. Pour un flic, un mystère non résolu devient un problème de carrière.

Qui a tué Kennedy ? Qui a kidnappé le bébé des Lindbergh ? Pourquoi ma première femme m'a-t-elle quitté ? Je n'en sais rien et ce n'est pas un problème. Je n'étais pas chargé de l'enquête.

Je m'appelle John Corey. Ancien membre de la police criminelle de New York, je travaille à présent pour la Force d'action antiterroriste, l'Anti-Terrorist Task Force, ou ATTF ; à vrai dire, c'est le deuxième acte d'une vie qui n'en comporterait qu'un.

Autre mystère non élucidé : qu'est-il arrivé au vol 800 de la TWA ? Cette affaire ne me concernait pas non plus. Mais elle occupa entièrement ma seconde épouse, Kate Mayfield, dès le mois de juillet 1996, lorsque le Boeing 747 de la TWA, en route pour Paris avec à son bord deux cent trente passagers et membres d'équipage, explosa au-dessus de la côte atlantique de Long Island, envoyant autant d'âmes dans un monde meilleur.

Agent du FBI, Kate est également employée par l'ATTF, où nous nous sommes rencontrés. Peu de personnes peuvent se vanter de devoir leur bonheur à des terroristes arabes.

Je conduisais ma Jeep Cherokee, monstre politiquement incorrect assoiffé d'essence, sur la voie express de Long Island. À côté de moi, sur le siège du passager, était assise, pleine d'espoir, la susnommée seconde épouse Kate Mayfield, qui, pour des raisons professionnelles, avait conservé son nom de jeune fille : sage précaution, dans la mesure où ma réputation exécrable au sein de l'ATTF n'aurait pu que lui nuire.

Nous habitons Manhattan Est, dans la 72e Rue, là où j'ai vécu avec ma première femme, Robin. Comme elle, Kate a une formation juridique, ce qui aurait mené tout homme sensé sur le divan d'un psychanalyste afin d'explorer ce mélange d'amour et de haine qui me lie aux juristes du sexe opposé et au droit en général, dans ses manifestations les plus complexes. Pour ma part, je n'y vois qu'une coïncidence. Mes amis, eux, affirment que j'aime baiser les avocats, dans tous les sens du terme. À chacun ses névroses.

– C'est gentil de m'accompagner, me dit Kate. Cela ne va pas être très agréable.

– Pas de problème.

Si nous nous dirigions vers la plage, en ce chaud et radieux matin de juillet, ce n'était ni pour nous baigner ni pour nous dorer au soleil. En fait, nous nous rendions à une cérémonie à la mémoire des victimes du vol 800. Ce service a lieu sur le rivage tous les 17 juillet, jour anniversaire de la catastrophe. Celui-là était le cinquième. Je n'y avais jamais assisté, et il n'y avait aucune raison pour que je le fasse. Toutefois, comme je l'ai dit, Kate avait travaillé sur cette affaire, ce qui nécessitait, selon elle, sa présence à chaque commémoration. Cinq cents représentants de la loi avaient planché sur ce mystère. Aucun, j'en étais sûr, ne s'était dérangé pour toutes les cérémonies ; pas même, peut-être, pour une seule. Mais un bon mari croit toujours ce que lui dit sa femme. Les yeux fermés.

– Quel était ton boulot ? lui demandai-je.

– J'ai surtout interviewé des témoins.

– Combien ?

– Je ne sais plus. Beaucoup.

– Combien de personnes ont été témoins de la catastrophe ?

– Plus de six cents.

– Sans blague ? À ton avis, quelles sont les causes réelles du crash ?

– Je ne suis pas autorisée à en discuter.

– Pourquoi ? L'enquête est close. Et, selon la version officielle, il s'agissait d'un accident, provoqué par une défaillance mécanique ayant entraîné l'explosion du réservoir central. Alors ?

Comme elle ne répondait pas, je lui rappelai que j'avais accès aux archives « top secret ».

– On ne communique les informations qu'à ceux qui doivent impérativement les connaître. Pourquoi devrais-tu être au courant ?

– Je suis curieux.

Elle contempla le pare-brise et dit :

– Tu prendras la sortie 68.

– Je t'ai épousée uniquement pour que tu me parles du vol 800.

Elle tapota mon genou. Une minute plus tard, elle murmura :

– Personne ne sait.

Je quittai la voie à la sortie 68 et empruntai la route William Floyd.

– William Floyd, c'est une star du rock. Drôle d'idée de donner son nom à une route !

– C'était un des signataires de la Déclaration d'indépendance.

– Tu en es sûre ?

– Tu confonds avec les Pink Floyd.

– Très juste. Quelle mémoire !

– Alors, pourquoi m'est-il impossible de me rappeler les raisons qui m'ont poussée à t'épouser ?

– Je suis drôle, sexy. Et futé. Or, rien n'est plus sexy qu'un type futé. C'est ce que tu m'as affirmé.

– Je ne me souviens pas d'avoir proféré une ânerie pareille !

– Tu m'aimes.

– C'est vrai. Je suis folle de toi. Mais j'ai oublié pourquoi, ajouta-t-elle. Tu es une véritable plaie. Tu me gonfles en permanence.

– Tu aurais tort de t'en plaindre, chérie.

Elle sourit.

Kate Mayfield a quatorze ans de moins que moi. Cette différence d'âge, couvrant presque une génération, a ses avantages et ses inconvénients.

Kate est plutôt jolie, même si, bien sûr, j'ai d'abord été séduit par son intelligence, avant de remarquer ses cheveux blonds, ses yeux d'un bleu profond et sa peau satinée de bébé Cadum. Elle est top. Elle fréquente assidûment un club de gym, pratique le yoga Bikram et la boxe thaïlandaise. Il lui arrive d'ailleurs de s'entraîner dans notre appartement, orientant ses coups de pied vers mon museau sans aller jusqu'à frapper, même si cette possibilité reste ouverte. Elle paraît autant obsédée par sa forme physique que moi par les performances, au stand de tir, de mon Glock 9 mm. Je pourrais dresser une liste interminable de tout ce qui nous sépare – nos goûts en matière de musique, de cuisine ou de boisson, notre attitude vis-à-vis de notre métier, notre position sur le siège des toilettes, et j'en passe – mais, pour des raisons qui m'échappent, nous nous aimons. La brève liste de nos similitudes inclut, et pourrait bien s'arrêter là, une passion partagée pour le sexe.

Je revins à notre premier sujet de conversation.

– Plus tu m'en apprendras sur le vol 800, plus tu te sentiras délivrée.

– Je t'ai révélé tout ce que je savais.

– Tu ne m'as rien dit du tout.

– Si. S'il te plaît, parlons d'autre chose.

– Je ne peux pas témoigner contre toi. Je suis ton mari. C'est la loi.

– Ce n'est pas vrai. Nous en parlerons plus tard. On pourrait avoir placé un mouchard dans la voiture.

– Il n'y en a pas.

– Tu portes peut-être un micro sur toi. Il faudra que je te fouille au corps tout à l'heure.

– Avec plaisir.

Nous éclatâmes de rire. Fin de la discussion.

L'affaire du vol 800 ne me concernait pas plus que n'importe quel citoyen ordinaire. Comme tout le monde, j'avais été intrigué par ses zones d'ombre et ses incohérences qui, apparues dès le début, en faisaient toujours, cinq ans plus tard, un « sujet sensible » que les médias n'avaient pas oublié.

Deux nuits plus tôt, Kate avait suivi, sur différentes chaînes de télévision, les interventions d'un groupe nommé FIRO, *Flight 800 Independant Research Organisation*, ou « Organisation indépendante de recherche sur le vol 800 », qui rendait publiques de nouvelles découvertes contredisant les conclusions du gouvernement.

Ce groupe comprenait principalement des personnes ayant enquêté sur l'accident pour le compte de différentes agences civiles, auxquelles s'étaient joints des parents et amis des passagers et de l'équipage. Plus, bien sûr, les obsédés de la théorie du complot.

FIRO donnait du fil à retordre au gouvernement, ce qui me réjouissait au plus haut point.

Ses membres savaient utiliser les médias. Pour le cinquième anniversaire du crash, l'organisation avait enregistré des interviews de huit témoins oculaires de la catastrophe, dont j'avais vu des extraits quarante-huit heures plus tôt en compagnie de Kate. La teneur de ces témoignages renforçait indubitablement la thèse du missile. Le gouvernement n'avait fait aucun commentaire, se contentant de rappeler que le cas avait été résolu et que l'affaire était close. Défaillance mécanique : point final.

Je continuai à rouler vers le sud, en direction de l'océan Atlantique. Il était un peu plus de 19 heures. Le service commençait à 19 h 30, pour se terminer exactement à 20 h 31, heure précise de l'explosion.

– Connaissais-tu l'une des victimes ? demandai-je à Kate.

– Non.

Elle ajouta après un moment :

– J'ai été amenée à rencontrer quelques familles.

– Je vois.

Après un an de mariage, j'ai eu plusieurs fois l'occasion de constater que Kate Mayfield s'efforce de ne pas mêler ses émotions personnelles à son activité professionnelle. Qu'elle eût pris une demi-journée de congé pour assister à une cérémonie en mémoire de gens qu'elle ne connaissait pas me paraissait donc difficilement concevable.

Comme si elle avait lu dans mes pensées, elle murmura :

– J'ai parfois besoin de me sentir humaine. Ce travail... Il est rassurant de découvrir que ce qu'on prenait pour un acte de malveillance n'était, en fin de compte, qu'un tragique accident.

– Très juste.

Je ne dirai pas que ma curiosité était éveillée, mais ayant passé une bonne partie de mon existence à fourrer mon nez un peu partout pour gagner ma vie, je notai mentalement de ne pas oublier d'appeler un type nommé Dick Kearns.

Dick était flic à la section homicide de la police de New York. Nous avions travaillé ensemble pendant quatre ans. Il était ensuite devenu, tout comme moi, agent détaché à l'ATTF.

Comme Kate, il avait enquêté sur l'affaire du vol de la TWA, interrogeant les témoins.

La création de l'ATTF par le FBI remontait aux années quatre-vingt. Il s'agissait, à l'époque, de lutter contre le FALN portoricain et la Black Liberation Army, deux groupes terroristes qui avaient perpétré à New York des attentats à la bombe. Le monde a changé. Aujourd'hui, au moins quatre-vingt-dix pour cent de l'ATTF se concentre exclusivement sur le terrorisme moyen-oriental. C'est là que se situe l'action, là que j'y participe, ainsi que Kate.

L'organisation de l'ATTF implique que le FBI peut puiser dans la main-d'œuvre de la police new-yorkaise, confier à des policiers retraités ou encore en activité des missions de recherche, de surveillance et de routine pour que ses agents surpayés et hyper compétents se consacrent aux choses vraiment sérieuses.

Tout d'abord, le mélange des deux cultures provoqua des frictions. Mais elles s'apaisèrent au fil des années, au profit d'une sorte de solidarité professionnelle. Regardez Kate et moi. Nous sommes tombés amoureux l'un de l'autre et nous nous sommes mariés : couple idéal pour une affiche de propagande de l'ATTF.

Petit problème, toutefois : les flics chargés des basses besognes ont accès à nombre d'informations réservées jadis aux seuls agents du FBI. Résultat : Dick Kearns, mon frère d'infortune, m'en fournirait plus que ma femme.

Pourquoi, pourrait-on demander, voulais-je ces informations ? Je n'avais pas la prétention de résoudre le mystère du vol 800 à moi tout seul. Un demi-millier d'hommes et de femmes s'étaient échinés sur ce cas pendant des années, l'affaire était vieille de cinq ans, elle était close et la version officielle paraissait logique : un fil électrique défait ou usé de l'injecteur de carburant, situé dans le réservoir central, avait provoqué un court-circuit et enflammé des vapeurs de kérosène qui avaient fait exploser le réservoir et détruit l'avion. Toutes les expertises accréditaient ce scénario.

Presque toutes.

Il y avait ce trait de lumière que trop de gens avaient décrit.

Nous traversâmes un petit pont reliant Long Island à Fire

Island, longue langue de terre qui attirait, en été, une faune des plus rares.

La route menait au parc régional de Smith Point, zone de pins et de chênes rabougris, de dunes herbeuses et, peut-être, de vie sauvage, ce qui a plutôt tendance à me rebuter. Je suis un enfant de la ville.

Après le pont, la route croisait une route côtière parallèle à l'océan. Tout près, dans le sable, se dressait une tente aux rabats latéraux ouverts à la brise marine. Quelques centaines de personnes s'étaient rassemblées à l'intérieur et autour de la tente.

Je tournai en direction d'un pavillon de bois entouré d'un petit parking où s'agglutinaient des voitures rutilantes. Je poursuivis mon chemin en enclenchant les quatre roues motrices, le long d'une piste de sable, et creusai ma propre place de stationnement en écrasant un pin chétif et misérable.

– Tu as roulé sur cet arbre, observa Kate.

– Quel arbre ?

Je plaquai mon macaron de policier contre le pare-brise, sortis de la voiture et marchai vers le pavillon de bois. Kate me suivit. Toutes les voitures avaient soit un chauffeur, soit un badge officiel sur le pare-brise.

Nous nous dirigeâmes vers la tente ouverte, qui se profilait contre l'océan.

Je portais un pantalon kaki, un polo et de bonnes chaussures de marche. Kate était vêtue de la même façon que moi, mais cela lui seyait mieux... Sinon, pourquoi me serais-je trouvé là ?

– Nous risquons de tomber sur des agents qui ont travaillé sur l'affaire, me dit-elle alors que nous approchions de la tente.

Certains criminels reviennent sur les lieux de leur crime, d'autres non ; en revanche, je sais par expérience que les flics, eux, retournent souvent sur les lieux des affaires qu'ils n'ont pas résolues. Certains de façon obsessionnelle. Mais, ici, il ne s'agissait pas d'une affaire criminelle. Il fallait que je me mette bien ça dans la tête : c'était un tragique accident.

Le soleil était bas sur l'horizon, le ciel dégagé. Une brise fraîche soufflait de l'océan. La nature fait parfois bien les choses.

Trois cents personnes se pressaient dans la tente. J'ai assisté à de nombreux services commémoratifs ou funéraires au cours de ma carrière et je n'en raffole guère. Mais j'étais là.

– La plupart des membres des familles portent des photos de leurs disparus, me dit Kate. Mais même s'ils n'en avaient pas, on les reconnaîtrait.

Elle me prit la main et nous pénétrâmes sous la tente.

– Ils ne sont pas venus pour manifester. Ils sont là pour s'aider et se réconforter mutuellement.

Quelqu'un nous tendit un programme. Il n'y avait plus de chaises disponibles. Nous nous plaçâmes contre le rabat, du côté ouvert sur l'océan.

Juste en face de ce point, à peut-être quinze kilomètres de là, un avion de ligne géant avait explosé et s'était abîmé dans les flots. Pendant des semaines, la mer avait rapporté sur la grève des débris de l'appareil et des effets personnels. On raconta que des morceaux de corps s'étaient aussi échoués, mais de cela les médias ne parlèrent jamais.

Je me souviens d'avoir pensé, à l'époque, que c'était le premier avion américain détruit par l'ennemi à l'intérieur des États-Unis. Et également qu'il s'agissait de la deuxième action terroriste télécommandée de l'étranger sur le sol américain, après l'attentat à la bombe contre la tour nord du World Trade Center, en février 1993.

Puis, à mesure que les jours, les semaines et les mois passaient, une autre explication avait gagné en crédibilité : défaillance mécanique.

Personne n'y croyait et tout le monde y croyait. J'y croyais, moi aussi, et je n'y croyais pas.

Regardant l'horizon, je tentai d'imaginer ce que tant de gens avaient vu jaillir de l'océan juste avant l'explosion. Je n'en avais aucune idée, mais je savais qu'on leur avait répondu : « Vous n'avez rien vu du tout. »

Dommage, pensai-je, *vraiment dommage que personne n'ait capté ce bref moment sur un film.*

Chapitre 3

Ainsi que je l'ai dit, j'ai déjà assisté à de nombreux services commémoratifs. Mais celui-là, célébré en hommage à deux cent trente hommes, femmes et enfants, avait quelque chose de particulier : ce n'était pas seulement l'idée de la mort qui planait sur l'assistance, mais l'incertitude, la question non formulée des circonstances qui avaient abouti à la chute de cet avion de ligne, cinq ans auparavant.

Le premier orateur fut une femme : aumônier de la chapelle pluriconfessionnelle de l'aéroport Kennedy, stipulait le programme. Elle affirma aux familles et aux amis des victimes qu'ils ne devaient pas craindre de continuer à apprécier pleinement la vie, même si leurs proches ne le pouvaient plus.

D'autres personnes prirent la parole. J'entendais, dans le lointain, le bruit des vagues sur la plage.

Des prières furent dites par des ministres de divers cultes. Des gens pleuraient. Kate m'étreignait la main. Je lui jetai un bref coup d'œil. Des larmes coulaient sur ses joues.

Un rabbin, évoquant les morts, déclara :

– Et nous nous émerveillons toujours de voir à quel point ces êtres, qui ne sont plus, conservent le rayonnement et la beauté qui émanaient d'eux.

Un autre orateur, qui avait perdu sa femme et son fils, évoqua les enfants, les épouses, les maris, les familles s'envolant ensemble, frères, sœurs, pères, mères, qui, pour la plupart, étaient étrangers les uns aux autres, mais qui, à présent, étaient réunis au paradis pour l'éternité.

Le dernier, un pasteur protestant, amena toute l'assistance à réciter ce verset du Psaume 23 : « Quand je marche dans la vallée de l'ombre de la mort, je ne crains aucun mal, car Tu es avec moi. »

Des joueurs de cornemuse de la police, en kilt, interprétèrent *Amazing Grace* et le service s'acheva.

Ensuite, ainsi qu'ils le faisaient depuis des années, tous les participants marchèrent jusqu'au rivage.

Kate et moi nous joignîmes à eux.

Au bord de l'eau, les familles des victimes allumèrent une bougie pour chacun des deux cent trente tués, déroulant sur la plage une guirlande de lumières que la brise légère faisait vaciller.

À 20 h 31, les participants formèrent, main dans la main, une chaîne humaine le long de la grève. Un hélicoptère des garde-côtes alluma ses projecteurs au-dessus de l'océan. L'équipage d'une vedette lança une couronne dans la mer, à l'endroit où les projecteurs éclairaient les vagues. Quelques membres des familles s'agenouillèrent, certains s'avancèrent dans l'eau. Presque tous les assistants jetèrent des fleurs dans le ressac. Les gens commencèrent à s'étreindre.

L'empathie et la sensibilité ne sont pas mon fort. Pourtant, l'émotion qui émanait de cette scène perça ma carapace d'homme sans cesse confronté à la mort, comme le souffle de la brise traversant une porte grillagée.

Quelques groupes commencèrent à s'éloigner de la plage. Je remontai, avec Kate, vers la tente.

Je reconnus le maire de New York, Rudy Giuliani, en compagnie d'une brochette de politiciens et d'officiels de la ville, faciles à identifier grâce aux journalistes qui ne les quittaient jamais d'un pas, guettant une déclaration. L'un d'eux demanda à Rudy :

– Monsieur le maire, croyez-vous toujours qu'il s'agissait d'un acte terroriste ?

– Pas de commentaire, répondit Giuliani.

Apercevant un couple qu'elle connaissait, Kate s'excusa et alla le saluer.

Je restai sur les planches, devant la tente, regardant la foule d'environ trois cents personnes remonter lentement du rivage, où les bougies brûlaient toujours. L'hélicoptère et la vedette étaient partis, mais quelques personnes demeuraient sur la plage, certaines dans l'eau, contemplant la mer. D'autres, par petits groupes, parlaient, s'étreignaient en pleurant. Elles avaient visiblement du mal à quitter cet endroit, si proche de celui où les êtres qu'elles chérissaient étaient tombés du ciel d'été dans le bel océan.

Je ne comprenais toujours pas clairement les motifs de ma présence ici, mais celle-ci avait, à mes yeux, transformé cette tragédie vieille de cinq années en un événement moins formel, plus réel. C'était sans doute la raison pour laquelle Kate m'avait invité ; ce drame s'était intégré à son passé et elle voulait que je comprenne cette part d'elle-même. Ou alors elle avait une idée derrière la tête.

Dans la vie de tous les jours, Kate Mayfield est aussi peu émotive que moi. Pourtant, de toute évidence, cette tragédie l'avait marquée et, je le soupçonnais, professionnellement frustrée. Comme tout le monde ce soir-là, elle ne savait pas si on célébrait le deuil des victimes d'un accident ou d'un meurtre collectif. Au cours de cette petite heure, cela n'avait peut-être pas eu d'importance. Mais dans l'absolu, cela en avait. Pour les vivants et pour les morts. Et aussi pour mon pays.

Alors que j'attendais Kate, un homme entre deux âges, vêtu simplement d'une chemise et d'un pantalon, s'approcha de moi.

– John Corey, dit-il, et ce n'était pas une question.

– Non, répliquai-je. Vous n'êtes pas John Corey. John Corey, c'est moi.

– C'est ce que je voulais dire.

Sans me tendre la main, il ajouta :

– Agent spécial Liam Griffith. Nous travaillons pour la même organisation.

Son visage m'était vaguement familier, mais je dois avouer que, pour moi, tous les agents du FBI se ressemblent, même les femmes.

– Qu'est-ce qui vous amène ici ? me demanda-t-il.

– Et vous, Liam ?

– J'ai posé la question le premier.

– Officiellement ?

M. Griffith savait reconnaître un petit piège verbal quand on lui en tendait un. Il précisa :

– Je suis ici à titre privé.

– Moi aussi.

Il jeta un coup d'œil alentour.

– Je suppose que votre femme vous accompagne.

– Excellente supposition.

Nous gardâmes le silence un moment, sans cesser de nous mesurer du regard. J'aime ces affrontements oculaires et virils dans lesquels je suis passé maître.

Ce fut Griffith qui reprit la parole :

– Votre femme vous a sans doute dit qu'elle n'a jamais été pleinement satisfaite de l'aboutissement de cette affaire.

Je me taisais toujours. Griffith poursuivit :

– Le gouvernement en est satisfait. Et elle travaille pour le gouvernement. Tout comme vous.

– Merci du renseignement.

– Il est parfois bon de rappeler une évidence. Écoutez, l'affaire est close. Nous avons déjà assez de soucis avec les groupes privés et les individus qui remettent en question les déclarations officielles. C'est leur droit. Mais vous, moi, votre femme, tous nos collègues fédéraux, nous ne devons accorder aucun crédit à ceux qui avancent des théories différentes, et peut-être paranoïaques, sur ce qui s'est passé ici il y a cinq ans. Vous me comprenez ?

– Écoutez, mon vieux, je sers juste de chauffeur à ma femme, qui est venue honorer les morts et réconforter leurs familles. Si vous trouvez ici la moindre paranoïa, c'est la vôtre.

Le sieur Griffith parut offensé, mais garda son sang-froid.

– Il est fort possible, déclara-t-il, que mes propos soient trop subtils pour vous. Ce qui s'est passé, ou ne s'est pas passé, ici, n'est pas le problème. Le problème, c'est votre statut d'agent gouvernemental. Si vous preniez votre retraite, ou si vous étiez viré demain, vous pourriez passer tout votre temps libre à enquêter sur ce cas. Ce serait votre droit de citoyen privé. Et si vous trouvez de nouveaux éléments susceptibles de faire rouvrir le dossier, alors, que Dieu vous bénisse. Mais tant que vous travaillerez pour le gouvernement, vous ne mènerez, même en dehors de vos heures de service, aucun interrogatoire. Vous n'étudierez aucun dossier, vous vous interdirez même de penser à cette affaire. À présent, vous saisissez mieux ?

J'oublie toujours que presque tous les agents spéciaux sont des juristes, mais il suffit qu'ils ouvrent la bouche pour que je m'en souvienne.

– Vous excitez ma curiosité, lui dis-je. J'espère que ce n'était pas votre intention.

– Je vous rappelle des éléments de droit, monsieur Corey. Vous ne pourrez pas, si vous vous retrouvez en délicatesse avec la justice, plaider l'ignorance.

– Dis donc, toto, je suis flic depuis vingt ans et j'enseigne le droit pénal au John Jay College. Je la connais, cette putain de loi, explosai-je.

– Parfait. Je mentionnerai cela dans mon rapport.

– Tant que vous y êtes, notez également que vous étiez ici à titre privé, puis lisez-moi mes droits.

Il sourit et, endossant soudain le rôle du bon flic, me lança :

– Je vous aime bien.

– Je vous aime bien aussi, Liam.

– Prenez cette conversation pour un avertissement amical de la part d'un collègue. Il n'y aura pas de rapport.

– Les types dans votre genre sont incapables d'aller aux chiottes sans rédiger un rapport.

Je crois bien qu'il ne m'aimait plus. Il me lança :

– Vous avez la réputation d'être un drôle de coco et de faire cavalier seul. Vous le savez. Vous avez le vent en poupe depuis que vous avez résolu l'affaire Asad Khalil. Mais cela s'est produit il y a plus d'un an, et vous n'avez rien accompli de spectaculaire depuis. Khalil est toujours dans la nature et les trois types qui vous ont mis trois balles dans la peau à Morningside Heights courent encore. Si vous êtes vraiment en quête d'une mission, monsieur Corey, traquez plutôt ceux qui ont essayé de vous descendre. Vous aurez de quoi vous occuper tout en évitant les ennuis.

Il n'est jamais bon de démolir le portrait d'un agent fédéral. Pourtant, quand ils emploient ce ton condescendant, j'en rêve. Une fois, une seule. Mais pas ici.

– Allez vous faire foutre, susurrai-je à M. Griffith.

– Entendu, dit-il comme s'il trouvait l'idée excellente, entendu. Considérez-vous comme « mis en garde ».

Il n'avait pas dit « prévenu », comme tout le monde. Trop américain, trop vulgaire. Et il avait, pour prononcer « mis en garde », pris l'accent français. Ce snobisme, propre aux gens de sa sorte, me hérissa.

– Considérez-vous comme parti, répondis-je.

Il tourna les talons et s'en alla.

Avant que j'aie pu digérer son agressivité verbale, Kate me rejoignit et me dit :

– Ce couple a perdu sa fille unique. Elle se rendait à Paris en voyage d'études. En cinq ans, la détresse de ses parents ne s'est pas apaisée. C'est normal... Que te voulait Liam Griffith ?

– Je ne suis pas autorisé à le dire.

– Cherchait-il à savoir ce que nous faisons ici ?

– Comment le connais-tu ?

– Il travaille avec nous, John.

– Quelle section ?

– La même que la nôtre. Terrorisme moyen-oriental. Que t'a-t-il dit ?

– Pourquoi je ne le connais pas ?

– Je l'ignore. Il voyage beaucoup.

– S'est-il occupé du vol 800 ?

– Je ne suis pas autorisée à le dire. Pourquoi ne le lui as-tu pas demandé ?

– J'en avais l'intention. Juste avant de lui proposer d'aller se faire voir.

– Tu n'aurais pas dû lui balancer ça.

– Pourquoi est-il là ?

Elle hésita, puis répondit :

– Pour voir qui s'y trouve.

– Il est de la sécurité intérieure, ou quelque chose de ce genre ?

– Je n'en sais rien. Peut-être. A-t-il cité mon nom ?

– Il m'a appris que tu n'étais pas entièrement satisfaite des conclusions officielles de l'enquête.

– Je n'ai jamais parlé de ça à quiconque.

– Alors, il l'a deviné.

Elle hocha la tête, se détourna et regarda l'océan.

– Quel est ton avis sur ce qui s'est passé ici ?

– Je n'en ai pas.

– Ton sentiment, alors.

Elle me prit la main, m'entraîna vers la Jeep.

– Mon sentiment, lui dis-je, c'est qu'il faut expliquer ce trait de lumière. Sans lui, la thèse de la défaillance mécanique s'impose. Avec lui, on peut avancer une autre hypothèse crédible : celle d'un missile sol-air.

– Et de quel côté penches-tu ?

– Je penche toujours du côté des faits.

– Il y en a de deux sortes : les déclarations des témoins sur la traînée lumineuse, et celles des experts, selon lesquelles il n'existe aucune trace de l'impact d'un missile alors qu'on a la preuve de l'explosion accidentelle du réservoir central. Quels faits préfères-tu ?

– Je ne fais pas toujours confiance aux témoins oculaires.

– Et si deux cents d'entre eux avaient vu la même chose ?

– Alors il faudrait que je les rencontre tous.

– Impossible. Mais tu en as entendu huit à la télévision, l'autre soir.

– Ce n'est pas la même chose que de les interroger face à face.

– Je l'ai fait. J'en ai interviewé douze. J'ai entendu leur voix, plongé mon regard dans le leur. Je n'arrive pas à oublier leurs paroles, ni leurs visages.

– Cela vaudrait peut-être mieux pour toi.

Je lui ouvris la portière de la Jeep. Je pris place au volant, démarrai puis reculai. Le pin rabougri se redressa d'un bond, plus grand et plus vigoureux qu'une heure plus tôt. Les traumatismes sont excellents pour la flore et la faune sauvages. Le mieux adapté survit.

Je m'insérai dans la longue file de voitures qui quittaient le lieu de la cérémonie. Kate resta muette un instant, puis murmura :

– Venir ici me rend chaque fois nerveuse.

– Je comprends pourquoi.

Nous roulions lentement en direction du pont. Je me souvins tout à coup, très distinctement, d'une conversation que j'avais eue avec l'agent spécial Kate Mayfield, peu après notre rencontre. Nous travaillions sur l'affaire Asad Khalil, celle mentionnée par mon nouvel ami Liam. Je me plaignais sans doute des heures supplémentaires, ou quelque chose d'approchant. Kate lança alors :

– Tu sais, quand l'ATTF enquêtait sur l'explosion du vol 800 de la TWA, ses membres trimaient nuit et jour, sept jours par semaine.

J'avais répliqué, de façon sarcastique ou, peut-être, prémonitoire :

– Et ce n'était même pas un attentat terroriste !

Elle n'avait pas réagi. Je me rappelle avoir pensé que personne, à l'ATTF, ne répondait aux questions sur le vol 800, alors qu'il y en avait de nombreuses, précisément, qui restaient encore sans réponse.

Et nous étions là, un an plus tard, mariés ; elle en disait toujours aussi peu. Pourtant, elle exprimait quelque chose. Quelque chose que je n'avais vraiment pas besoin d'entendre.

Je m'engageai sur le pont, me mêlai à la circulation. J'avais Great South Bay à ma gauche, Moriches Bay à ma droite. Dans le lointain, les lumières de la côte scintillaient sur l'eau. La lune luisait dans le ciel limpide, le parfum de l'air marin pénétrait dans la voiture aux vitres baissées.

C'était dans un ciel aussi serein que, cinq ans plus tôt, un grand avion de ligne qui avait décollé de l'aéroport Kennedy onze minutes trente secondes auparavant, et amorçait sa trajectoire vers Paris avec deux cent trente passagers et membres d'équipage à bord, avait explosé avant de répandre ses débris sur la mer, enflammant les flots.

Je tentai d'imaginer comment les témoins, qui n'avaient jamais assisté à un spectacle semblable, avaient interprété ce qu'ils avaient vu. Je dis à Kate :

– J'ai interrogé un jour le témoin d'une fusillade. Il affirmait s'être trouvé à trois mètres de l'agresseur, qui avait abattu la victime d'un seul coup de feu, à une distance d'un mètre cinquante. En fait, une caméra de sécurité, qui avait enregistré la scène, révéla que le témoin se tenait à neuf mètres de l'assassin, qui avait tiré trois balles, à six mètres.

– Il y a eu des centaines de témoins oculaires.

– Le pouvoir de suggestion. Ou une mémoire altérée, ou bien le désir d'être agréable à celui qui posait les questions, ou alors, dans ce cas, un ciel nocturne et une illusion d'optique. Fais ton choix.

– Pas la peine. Le rapport officiel passe toutes les possibilités en revue, avant de privilégier l'illusion d'optique.

– Oui, je m'en souviens.

En fait, la CIA avait réalisé une reconstitution virtuelle de l'explosion, diffusée à la télévision et qui semblait expliquer le trait de lumière : celui-ci, que deux cents personnes avaient vu monter vers l'avion, provenait en fait de l'appareil lui-même. Il s'agissait de carburant enflammé s'écoulant du réservoir brisé. Ce n'était pas l'explosion initiale qui avait attiré l'attention des témoins, mais son bruit, qu'ils avaient entendu quinze ou trente secondes plus tard, selon l'endroit où ils se trouvaient. Ensuite, portant leur regard en direction du son, ils avaient vu le jet de carburant en flammes, qu'ils avaient pu confondre avec la trajectoire d'une roquette ou d'un missile. D'un autre côté, les images radar montraient que le fuselage central de l'avion s'était élevé de quelques centaines de mètres après l'explosion ; cette partie embrasée de l'appareil pouvait également avoir ressemblé à un missile prenant de l'altitude.

Illusion d'optique. Tel était le verdict de la CIA. Pour moi, c'était de la foutaise, mais le film virtuel était convaincant. Il faudrait que je le visionne une nouvelle fois.

Et je pourrais aussi me demander à nouveau, comme cinq ans plus tôt, pourquoi la CIA avait réalisé cette animation, et non le FBI.

Nous avions atteint l'extrémité du pont. Je m'engageai sur la route, jetai un coup d'œil sur l'horloge de mon tableau de bord et remarquai :

– Nous ne serons pas chez nous avant 23 heures.

– Plus tard que cela, si tu veux.

– À savoir ?

– Un arrêt supplémentaire. Uniquement si tu es d'accord.

– Cet arrêt va-t-il bousiller ma vie et ma carrière ?

– Sans doute. Mais si tu refuses, cela bousillera, à coup sûr, notre mariage.

Je souris.

– Parlons-nous d'un coup vite fait dans un motel borgne ?

– Non.

Je me remémorai l'avertissement de Liam Griffith. Il ne m'avait pas précisé ce qui m'arriverait si je passais outre, mais ce serait certainement assez désagréable.

– John ?

Je devais davantage tenir compte de la carrière de Kate que de la mienne. Elle gagne beaucoup plus d'argent que moi. Peut-être aurais-je dû mentionner les menaces de Griffith.

– D'accord, dit-elle, rentrons.

– Non, répondis-je, accordons-nous un arrêt supplémentaire.

Chapitre 4

Quittant la route William Floyd, nous filâmes vers Montauk. Kate me guida à travers le joli bourg de Westhampton Beach.

Nous franchîmes un pont qui enjambait Moriches Bay et donnait sur une petite île côtière dont, en direction de l'ouest, nous empruntâmes la seule route, dite route des Dunes, longée par des maisons neuves avec vue sur l'océan.

– Il y a cinq ans, ce n'était pas aussi bétonné.

Par cette remarque en apparence anodine, Kate me signifiait que l'endroit était moins peuplé à l'époque de l'accident et qu'il me faudrait replacer dans ce contexte ce que j'allais entendre et voir.

Dix minutes plus tard, un panneau m'informa que je pénétrais dans le parc régional de Cupsogue Beach, officiellement fermé au crépuscule. Mais j'étais en mission non officielle, ce qui m'autorisa à traverser la vaste aire de stationnement jusqu'à l'entrée d'un chemin de sable barré par une clôture, où une pancarte stipulait : INTERDIT À TOUT VÉHICULE. Suivant les indications de Kate, je contournai la clôture. Sur quatre roues motrices, je m'engageai sur le chemin, bordé de dunes et de buissons seulement éclairés par mes phares.

Au bout du chemin, Kate m'indiqua :

– Va vers la plage.

Je tournai entre deux dunes et descendis une pente douce, écorchant au passage un chêne rabougri.

– Fais attention à la végétation, s'il te plaît. Tourne à droite devant cette dune.

J'obéis, bifurquai au pied de la dune.

– Arrête-toi là.

Je m'arrêtai, et elle sortit. Je coupai le contact, éteignis les phares et la suivis. Adossée au capot de la Jeep, elle contempla le sombre océan.

– Bien, commença-t-elle. Dans la nuit du 17 juillet 1996, un véhicule, sans doute un 4 × 4 comme le nôtre, quitta la route des dunes et se gara exactement ici.

– Comment sais-tu ça ?

– Rapport de la police de Westhampton. Tout de suite après la chute de l'avion, une voiture de patrouille fut dépêchée sur place. On demanda à l'agent de pousser jusqu'à la plage pour voir s'il pouvait être de quelque utilité. Il arriva à 20 h 46.

– Quel genre d'utilité ?

– À ce moment-là, on ne savait pas avec précision où le crash s'était produit. On pensait qu'il y aurait peut-être des survivants ; des gens avec des gilets ou des radeaux de sauvetage. Le policier avait un projecteur. Il remarqua des traces de pneus dans le sable. Elles se terminaient ici. Il n'en déduisit rien de particulier et marcha jusqu'au rivage.

– Tu as lu ce rapport ?

– Oui. Il y en a eu des centaines, sur tous les aspects imaginables de la catastrophe, rédigés par des dizaines d'autorités judiciaires locales, des garde-côtes, des pilotes de ligne ou de tourisme, des pêcheurs, etc. Mais celui-là m'a tapé dans l'œil.

– Pourquoi ?

– Parce que c'était l'un des premiers et l'un des plus anodins.

– Mais pas pour toi. Tu as parlé à ce flic ?

– Oui.

– Et ?

– Très bien... Donc il est allé vers le rivage.

Elle se mit en marche vers la mer. Je lui emboîtai le pas. Elle s'arrêta au bord de l'eau, tendit le bras.

– De l'autre côté de cette anse se trouvent Fire Island et le parc de Smith Point, où s'est déroulé le service commémoratif. Très loin à l'horizon, précise le policier, le carburant brûlait sur l'eau. Il braqua son projecteur sur les flots, mais ne distingua que la surface calme et lisse de l'océan. Il déclare dans son rapport qu'il ne s'attendait pas à voir des survivants gagner le rivage, du moins pas aussi tôt et pas à une telle distance de l'explosion. Par précaution, il décida quand même de grimper sur une dune, d'où il aurait une vue plus dégagée.

Elle escalada la dune au pied de laquelle j'avais garé la Jeep. Je la suivis.

Elle reprit :

– Il a repéré des traces de pas récentes. Des gens avaient escaladé la dune ou en étaient descendus. Ou bien les deux. Le flic ne suivait pas ces traces. Il cherchait simplement un point d'où il pourrait dominer l'océan du regard. Il grimpa donc sur la dune.

– Tu veux dire que c'est ce que je dois faire ?

– Suis-moi.

Nous montâmes jusqu'en haut du petit monticule et mes chaussures se remplirent de sable. Lorsque j'étais jeune inspecteur, les reconstitutions, souvent épuisantes et salissantes, faisaient partie de ma routine. Aujourd'hui, je suis beaucoup plus cérébral.

– En bas, me dit Kate une fois parvenue au sommet, dans le petit vallon qui sépare cette dune de la suivante, le policier aperçut une couverture.

Nous redescendîmes.

– Juste là, précisa Kate. Une couverture épaisse. Les habitants du coin possèdent tous de bonnes couvertures de plage en coton. Celle-là était en fibres synthétiques. Elle provenait peut-être d'un hôtel ou d'un motel.

– On a enquêté dans les établissements des environs ?

– Oui. Une équipe de l'ATTF l'a fait. Ses agents ont découvert que plusieurs hôtels et motels utilisaient ce genre de literie. Ils sont remontés jusqu'à un hôtel où une femme de ménage avait signalé, après avoir nettoyé une chambre, la disparition d'une couverture.

– Comment s'appelait cet hôtel ?

– Pourquoi veux-tu le savoir ? Tu as envie de continuer ?

– Non. Vous m'avez dit, toi et Liam Griffith, que ce n'étaient pas mes oignons.

– Tout juste.

– Parfait. À propos, pourquoi sommes-nous là ?

– J'ai pensé que ça t'intéresserait. Tu pourrais t'en servir pour un de tes cours au John Jay College.

– Excellente idée. Tu penses toujours pour moi.

Elle ne releva pas. Bien sûr, John Corey avait mordu à l'hameçon et Kate Mayfield ferrait doucement le poisson. Je crois que c'est de cette façon que je me suis marié ; les deux fois.

Elle poursuivit :

– Sur la couverture se trouvait une glacière. Cette glacière, note le rapport de police, contenait de la glace à moitié fondue. Il y avait aussi deux verres, un tire-bouchon et une bouteille de vin blanc vide.

– Quel genre de vin ?

– Un pouilly-fuissé français, hors de prix. Cinquante dollars.

– On y a relevé des empreintes ?

– Oui. Et sur les verres. Et sur la glacière. Nombreuses et d'excellente qualité. De deux personnes. Le FBI les a analysées, mais a fait chou blanc.

– Des marques de rouge à lèvres ?

– Oui, sur un des verres.

– Des traces de rapports sexuels sur la couverture ?

– Ni sperme ni préservatif.

– Elle lui a peut-être fait une gâterie et a tout avalé.

– Merci pour la suggestion. Bref : les experts ont prélevé des parcelles d'épiderme féminin sur la couverture, des cheveux, des poils corporels et pubiens. Le couple s'est donc dénudé à un moment donné... Toutefois, il pourrait aussi bien s'agir de la peau et de résidus pileux de quelqu'un d'autre, puisque nous avons affaire à une couverture d'hôtel.

– Des restes de tissu ?

– En pagaille. Mais, encore une fois, ils pouvaient provenir de n'importe où. Il y avait aussi un peu de vin blanc sur la couverture.

Je hochai la tête. On trouvait de tout, sur une couverture d'hôtel. Et cela ne prouvait pas grand-chose.

– Du sable ?

– Oui. En partie encore humide. Il est donc fort possible qu'ils soient allés jusqu'au rivage.

– Le flic a croisé un véhicule en arrivant sur cette plage ?

– Oui, sur la route des Dunes : une Ford Explorer dernier cri, de couleur claire, qui venait d'ici. Mais, puisqu'il était mobilisé pour une urgence et non pour un délit, il n'a pas noté le numéro d'immatriculation ni le nombre d'occupants de la voiture. Il n'y a pas eu de suite.

Les Ford Explorer, dans les parages, étaient aussi répandues que les mouettes. Rien à espérer de ce côté-là.

– C'est tout, conclut Kate. Voudrais-tu reconstituer les événements de cette soirée ?

– Pourquoi ne pas plutôt les revivre ?

– John, sois sérieux cinq minutes.

– J'essaie de me mettre dans le bain.

– Allez, viens, dit-elle en souriant. Il est tard. Nous revivrons la scène plus tard.

Je lui rendis son sourire.

– D'accord. Nous avons un homme et une femme. Ils ont probablement séjourné dans un hôtel des environs, dont j'apprendrai peut-être le nom plus tard. Le prix du vin laisse supposer que nous avons affaire à des gens d'âge mûr et d'un milieu aisé. Ils décident d'aller à la plage et barbotent une couverture à l'hôtel. Ils ont une glacière, ce qui indique qu'ils ont sans doute programmé leur petite virée. Ils connaissent cet endroit isolé, ou en ont entendu parler. Ou ils l'ont découvert par hasard. Je pense qu'ils sont arrivés ici en fin d'après-midi ou en début de soirée.

– Pourquoi ?

– Je me souviens de l'endroit où je me trouvais lorsque j'ai appris le drame. Il faisait beau et chaud, ce jour-là. Or, tu n'as mentionné aucune trace d'huile solaire sur la couverture, sur la bouteille ou les verres.

– Bien raisonné. Continue.

– Donc cet homme et cette femme, peut-être à bord d'une Ford Explorer, arrivent ici avant 20 h 31, heure du crash. Ils étalent la couverture, ouvrent la glacière, sortent la bouteille de vin, la débouchent, remplissent deux verres, puis terminent la bouteille. À un moment donné, ils se sont sans doute dénudés et ont entamé, ou non, un rapport sexuel.

Elle m'écoutait avec attention. Je poursuivis :

– Si on se réfère au sable humide sur la couverture, ils sont allés jusqu'au rivage, nus ou habillés. À exactement 20 h 31, ils voient et entendent une explosion dans le ciel. J'ignore où ils étaient à ce moment-là mais, réalisant que cet événement spectaculaire va attirer du monde, ils se tirent en vitesse et ne sont plus là quand le flic arrive, à 20 h 36. Les deux voitures se sont peut-être croisées sur la route menant à cette plage.

J'ajoutai :

– À mon avis, ces deux-là n'étaient pas mari et femme.

– Pourquoi ?

– Trop romantique.

– Ne sois pas cynique. Peut-être ne s'enfuyaient-ils pas. Peut-être couraient-ils chercher de l'aide.

– Et ils courent encore. Ils ne voulaient pas qu'on les voie ensemble.

Elle acquiesça.

– C'est l'opinion générale.

– De qui ?

– Des agents du FBI et de l'ATTF qui ont enquêté là-dessus il y a cinq ans.

– Laisse-moi te poser une question indiscrète. Qu'est-ce qui rendait ce couple si important, au point de mobiliser le FBI ?

– Ils ont probablement été témoins du crash.

– Et alors ? Six cents autres témoins ont assisté à l'explosion. Au moins deux cents d'entre eux ont affirmé avoir vu un trait de lumière jaillir vers l'avion avant l'explosion. Si le FBI n'a pas cru ces deux cents personnes, pourquoi s'est-il focalisé sur deux inconnus ?

– Oh, j'ai oublié un détail.

– Ah...

– Sur la couverture, on a trouvé un cache d'objectif appartenant à une caméra vidéo JVC.

Je me tus, regardai le sol, puis le ciel.

– As-tu eu des nouvelles de ce couple ? demandai-je enfin.

– Non.

– Et tu n'en auras jamais. Allons-nous-en.

Chapitre 5

Nous reprîmes la route de Westhampton.

– On rentre à la maison ? demandai-je.

– Encore un arrêt. Mais uniquement si tu acceptes.

– Combien y en aura-t-il d'autres ?

– Deux.

Je regardai la femme assise à mon côté. C'était ma femme, Kate Mayfield. Parfois, elle est tout simplement l'agent spécial Kate Mayfield. Mais il lui arrive de ne plus savoir quelle part d'elle-même s'exprime. En cet instant, j'avais affaire à mon épouse. C'était le moment de mettre les choses au point.

– Tu me dis que cette affaire ne me concerne pas. Ensuite, tu m'emmènes sur une plage où un couple a sans doute assisté à la catastrophe et l'a peut-être filmée. Aurais-tu la bonté de m'expliquer cette apparente contradiction ?

– Non.

Puis :

– Ce n'est pas une contradiction. J'ai simplement pensé que tu trouverais cela intéressant. Nous n'étions pas loin de cette plage et je te l'ai montrée.

– Admettons. Que vais-je trouver d'intéressant au prochain arrêt ?

– Tu verras sur place.

– Désires-tu que je fourre mon nez dans cette affaire ?

– Je ne peux pas répondre.

– D'accord. Cligne des yeux une fois pour oui, deux fois pour non.

– Comprends-moi, John. Je ne peux pas m'impliquer. J'appartiens au FBI. Je serais virée.

– Et moi ?

– Être mis à la porte te gênerait ?

– Pas le moins du monde. J'ai une pension d'invalidité de la police de New York. Les trois quarts de mon salaire, nets d'impôt. De toute façon, travailler pour toi ne me fait pas peur.

– Tu ne travailles pas pour moi. Tu travailles avec moi.

– Peu importe. Que veux-tu ?

– Que tu regardes, que tu écoutes. Puis, quoi que tu fasses, vas-y. Mais je ne veux rien savoir.

– Et si on me coffre pour avoir fouiné d'un peu trop près ?

– On ne peut pas t'arrêter.

– Tu en es sûre ?

– Absolument. Je suis juriste.

– On essaiera peut-être de me tuer.

– C'est ridicule !

– Pas du tout. Notre ancien coéquipier de la CIA, Ted Nash, a menacé plusieurs fois de me buter.

– Je n'y crois pas. De toute façon, il est mort.

– Il y en a d'autres.

Elle rit, mais ce n'était pas drôle.

– Kate, qu'attends-tu de moi ?

– Que tu considères cette affaire comme un violon d'Ingres secret et à temps partiel.

Cela me rappela l'avertissement de mon collègue de l'ATTF, le sieur Liam Griffith. Je m'arrêtai sur le bas-côté de la route.

– Kate, regarde-moi.

Elle obéit.

– Tu me mènes en bateau, mon ange, et je n'aime pas ça.

– Désolée.

– Que veux-tu exactement que je fasse, chérie ?

Elle réfléchit un instant avant de répondre :

– Regarder et écouter. C'est tout. Ensuite, tu décideras toi-même.

Elle se força à sourire et ajouta :

– Sois simplement John Corey.

– Alors, sois simplement Kate.

– J'essaie. C'est si... embrouillé. Je me sens déchirée... Je ne veux pas que nous... que tu aies des problèmes. Mais cette affaire me perturbe depuis cinq ans.

– Elle perturbe beaucoup de monde. Mais elle est close. Verrouillée, comme la boîte de Pandore. Laisse-la en l'état.

Elle garda le silence un moment, puis murmura :

– Je ne crois pas que justice ait été faite.

– C'était un accident. Ça n'a rien à voir avec la justice.

– Tu le penses vraiment ?

– Non. Mais si je me préoccupais de chaque cas où la justice n'a pas été rendue, je serais en analyse depuis longtemps.

– Ce n'est pas une affaire ordinaire, et tu le sais très bien.

– Je te l'accorde. Mais je ne vais pas y plonger un orteil pour voir si ça brûle. À moins que tu me demandes de le faire et que me dises pourquoi.

– Alors, rentrons chez nous.

Je redémarrai.

– Bon, dis-je au bout d'une minute. On va où ?

Elle me fit signe de me diriger vers la grand-route de Montauk, d'abord vers l'ouest, puis au sud, vers la mer.

La route se terminait devant un terrain clôturé, barré par une chaîne. Mes phares éclairèrent un panneau indiquant : GARDE-CÔTES DES ÉTATS-UNIS. BASE DE MORICHES. ACCÈS INTERDIT.

Un homme en uniforme, le pistolet dans son holster, sortit du poste de garde, ôta la chaîne, puis leva la main. Je m'arrêtai.

Le type s'approcha. Je lui tendis ma carte des fédés. Il y jeta un œil distrait, dévisagea Kate puis, sans poser d'autre question, déclara :

– Vous pouvez passer.

De toute évidence, nous étions attendus ; et tout le monde, à part moi, savait de quoi il retournait. Je m'engageai dans l'allée.

Tout au bout se dressait un bâtiment de galets blancs, au toit rouge percé de lucarnes, flanqué d'une tour de surveillance carrée : ancienne bâtisse typique des garde-côtes. Je garai la Jeep, suivis Kate jusqu'à l'arrière du bâtiment, qui donnait sur la mer. Braqué en direction d'une bande de terre s'avançant dans la baie, un projecteur éclairait plusieurs hangars à bateaux et, sur leur droite, un long quai où deux vedettes étaient amarrées au ponton. L'une d'elles ressemblait à celle qui avait participé au service commémoratif. Hormis le planton posté à l'entrée, l'ensemble de la base paraissait désert.

– C'est là, me dit Kate, que fut installé le poste de commandement, juste après la catastrophe. Tous les bateaux de secours venant de Moriches Inlet déposaient ici les débris de l'avion, acheminés ensuite par camion jusqu'à la base navale de Calverton pour y être reconstitués. C'est ici, également, qu'on a amené les corps avant de les transférer à la morgue.

Elle s'interrompit avant d'ajouter :

– J'ai travaillé deux mois ici, en plusieurs fois. Je logeais dans un motel du coin.

Je connaissais des membres de la police de New York, hommes ou femmes, qui, pendant des semaines et des mois, avaient consacré leurs jours et leurs nuits à cette affaire, hantés dans leurs cauchemars par les corps déchiquetés et ne se consolant qu'au bistrot. Pas un seul n'en était sorti indemne. Je regardai Kate. Elle se détourna et murmura :

– Les corps... Les morceaux de corps... Les jouets, les animaux en peluche, les poupées, les valises, les sacs à dos... De nombreux jeunes se rendaient à Paris en voyage d'étude. Une fille avait fourré son argent dans une chaussette. Un des bateaux de sauvetage a repêché un petit écrin contenant une bague de fiançailles. Deux amoureux allaient se fiancer à Paris...

Je l'enlaçai et elle posa la tête sur mon épaule. Nous restâmes ainsi un moment, à contempler la baie. Kate est une femme solide. Mais il arrive même à des gens solides de craquer. Elle se redressa, se dégagea. Je l'accompagnai jusqu'au ponton. Tout en marchant, elle parlait.

– Quand je suis arrivée ici, le lendemain du crash, on s'apprêtait à fermer cette base. On ne l'entretenait plus. L'herbe m'arrivait à la taille. En quelques jours, autour d'une grande tente de la Croix-Rouge, l'endroit a été envahi de véhicules : ravitaillement, laboratoires de médecine légale, ambulances, morgue mobile, douches de décontamination... Une semaine plus tard, on a installé sur la pelouse deux plates-formes pour hélicoptères. La mobilisation a été parfaite. Je me suis sentie vraiment fière de collaborer avec tous ces gens : garde-côtes, policiers new-yorkais, agents fédéraux ou locaux, membres de la Croix-Rouge, sans compter les innombrables pêcheurs et plaisanciers qui ont œuvré jour et nuit pour recueillir les débris et les corps. C'était impressionnant.

Elle me regarda et ajouta :

– Finalement, nous ne sommes pas si mauvais. Nous sommes égoïstes, nombrilistes, gâtés. Mais, confrontés à l'épreuve, nous donnons le meilleur de nous-mêmes.

Je l'approuvai d'un signe de tête. Nous atteignîmes l'extrémité du quai. Elle pointa son doigt vers l'ouest, là où l'avion de la TWA avait explosé cinq ans plus tôt.

– S'il s'agit d'un accident, Boeing et les services de sécurité des transports aériens sont les seuls concernés par l'explosion du réservoir. Mais si nous avons affaire à une tuerie délibérée, il faudra que nous en ayons la certitude avant de réclamer justice.

Je réfléchis un instant. Puis :

– Je me suis parfois obstiné à traquer des assassins là où presque personne ne soupçonnait le moindre meurtre.

– Et quand une affaire est classée ? Est-ce que tu persistes à chercher le meurtrier ?

– Ça m'est arrivé.

– Avec succès ?

– Une fois. Des éléments resurgissent des années plus tard. On rouvre le dossier. Tu as des éléments ?

– Peut-être. En tout cas, je t'ai, toi.

Je souris.

– Je ne suis pas si doué que ça.

– Si. Tu as un œil neuf et l'esprit clair. Nous avons tous vécu avec cette affaire pendant un an et demi, jusqu'à la fermeture du dossier. Nous avons été submergés par l'ampleur de la tragédie ; et par la paperasserie, les rapports d'experts, les thèses contradictoires, les rivalités entre services, les pressions extérieures, la frénésie des médias. Il y a certainement, dans ce mur, une porte étroite que nous n'avons pas vue. Quelqu'un doit la trouver.

La plupart des enquêtes que j'ai menées ont abouti grâce à un travail de routine fastidieux, des expertises et des rapports aussi assommants les uns que les autres. Pourtant, de temps en temps, le miracle se produit. On trouve par hasard la clé en or qui ouvre la serrure magique et mène à la solution. Cela arrive, mais pas dans des cas comme celui-ci.

Kate se détourna de l'eau et porta son regard vers la tour blanche des garde-côtes. Plusieurs fenêtres étaient éclairées. Je ne distinguai toutefois aucun signe d'activité.

– C'est plutôt calme, ici, remarquai-je.

– La base est de nouveau à l'abandon. Elle a été construite au début de la Seconde Guerre mondiale, pour traquer les sous-marins tapis près des côtes. Le conflit est terminé, la guerre froide aussi, et le dossier du crash de la TWA est clos. La seule chose qui pourrait maintenir cet endroit en vie serait une menace terroriste, ou un attentat.

– Exact. Et on ne va pas en fabriquer un.

– Non. Mais tu travailles depuis assez longtemps à l'ATTF pour savoir qu'il existe une menace réelle, dont ni le gouvernement ni le peuple ne s'inquiètent... Tout près d'ici, se trouvent le laboratoire de recherche biologique de Plum Island, le laboratoire national de Brookhaven, la base de sous-marins de Groton, plus, de l'autre côté de Long Island Sound, la centrale nucléaire de New London. Et n'oublions pas l'attentat contre le World Trade Center en février 1993.

– Ni ce bon monsieur Asad Khalil, qui rêve toujours de me tuer. De nous tuer.

Elle se tut, observa le ciel.

– J'ai le pressentiment d'une menace imminente, dit-elle enfin. Bien plus redoutable qu'Asad Khalil.

– J'espère que non. Ce salopard est le pire fils de pute qui ait jamais croisé ma route.

– Tu crois vraiment ? Et Oussama Ben Laden ?

Je ne suis pas très doué pour les noms arabes, mais je connaissais celui-là. On avait placardé à son sujet un avis de recherche à la cafétéria de l'ATTF.

– Le responsable de l'attentat contre l'*USS Cole* ?

– Il a aussi commandité l'explosion d'une bombe contre des installations militaires américaines à Riad, en Arabie saoudite, qui a tué cinq soldats américains en novembre 1995. Il est derrière l'attentat contre les tours Khobar de Dhahran, toujours en Arabie saoudite, immeubles où logeait du personnel militaire américain. Dix-neuf morts. Il a organisé ceux des ambassades des États-Unis au Kenya et en Tanzanie en août 1998, qui ont tué 224 personnes et en ont blessé 5 000. Et l'attaque contre l'*USS Cole*, en octobre 2000, qui a coûté la vie à dix-sept marins.

– Joli casier. Qu'est-ce qu'il fait, depuis ?

– Il vit en Afghanistan.

– Il a pris sa retraite ?

– Ne parie pas là-dessus.

Chapitre 6

– On rentre ? demandai-je à Kate alors que nous retournions vers la Jeep.

– Nous n'avons pas fini.

J'avais cru qu'il s'agissait simplement, pour elle, d'une escale sentimentale en un lieu qui, pensait-elle, m'inspirerait. Apparemment, je m'étais trompé.

– Tu voulais interroger un témoin, me dit-elle.

– J'aimerais en rencontrer bien davantage.

– Ce soir, tu te contenteras d'un seul.

Elle se dirigea vers une porte, à l'arrière du bâtiment des garde-côtes, au pied de la tour.

– Monte dans la salle de contrôle. Dernier étage.

Elle ne venait donc pas avec moi. Je poussai la porte et trouvai l'escalier.

Je montai. Quatre étages. Cela me rappela les cinq paliers de l'immeuble de mon enfance, à Manhattan, Lower East Side. Je déteste les escaliers.

La dernière volée de marches débouchait au milieu de la salle de contrôle, aux parois de verre. La pièce n'était pas éclairée. Je distinguai, dans la pénombre, quelques tables, des chaises, un bureau avec un téléphone, et une radio de type militaire qui clignotait et bourdonnait dans le silence. Dehors, une coursive fermée par une rambarde de fer ceinturait la tour.

J'étais seul. J'ouvris une porte grillagée et gagnai la coursive.

De là-haut, la nuit était encore plus belle. De l'autre côté de Moriches Bay, barrée par les îles côtières, Moriches Inlet séparait Fire Island et le parc régional de Cupsogue Beach des dunes de Westhampton où, pour reprendre le délicat langage policier, « un bobo avait fourré sa pute » et peut-être enregistré une preuve susceptible de relancer l'affaire.

Au-delà des îles côtières s'étendait l'océan Atlantique, où brillaient les feux de petits bateaux et de grands navires. Dans le ciel, au milieu des étoiles, des avions suivaient la côte, filant vers l'est ou vers l'ouest.

Je suivis l'un d'eux des yeux. Face au parc de Smith Point, il survolait Fire Island à environ trois mille mètres d'altitude et à une dizaine de kilomètres de la côte. C'était à peu près l'endroit où le vol 800 de la TWA, empruntant, depuis l'aéroport Kennedy, le couloir aérien vers l'Europe, avait explosé en plein ciel.

J'essayai d'imaginer ce que deux cents personnes avaient vu jaillir de la mer et foncer vers l'appareil.

Peut-être était-ce un de ces témoins que j'allais rencontrer, ou quelqu'un d'autre.

Je regagnai la salle de contrôle et m'assis dans un fauteuil pivotant, devant un bureau qui faisait face à l'escalier. Quelques minutes plus tard, j'entendis les marches craquer sous des pas. Par réflexe, et parce que j'étais seul, j'extirpai mon Smith & Wesson 38 du holster plaqué contre ma cheville et le glissai dans mon dos, entre ma ceinture et ma peau, sous mon polo. Une tête et des épaules masculines émergèrent de la cage d'escalier. L'homme pénétra dans la pièce, l'inspecta du regard, puis m'aperçut.

Je le détaillai dans la faible lumière : la soixantaine, grand, beau, les cheveux gris coupés court, vêtu d'un pantalon beige et d'un blazer bleu. Tout, en lui, trahissait le militaire.

Il marcha vers moi et je me levai.

– Monsieur Corey, je m'appelle Tom Spruck.

Il me tendit la main, que je serrai. Il ajouta :

– On m'a demandé de vous parler.

– Qui ?

– Je ne suis pas autorisé à le dire.

– Alors je ne suis pas autorisé à vous entendre.

Ma réplique parut l'agacer. Il annonça sèchement :

– Mademoiselle Mayfield.

Il aurait pu dire « Madame Mayfield », ou « l'agent spécial Mayfield » ou encore, pourquoi pas, « Madame Corey », mais ce n'était pas le problème. En tout cas, j'avais bien affaire à un militaire. Sans doute un officier. L'agent spécial Mayfield s'y entendait pour dénicher les bons témoins.

Comme je gardais le silence, il déclara :

– J'ai été témoin des événements du 17 juillet 1996. Mais vous le savez.

J'acquiesçai.

– Souhaitez-vous rester là, ou aller dehors ? poursuivit-il.

– Ici. Prenez un siège.

Il roula un fauteuil pivotant jusqu'au bureau et s'y assit.

– Par où voudriez-vous que je commence ?

Je m'installai derrière le bureau.

– Parlez-moi d'abord un peu de vous, monsieur Spruck.

– Très bien. J'ai servi comme officier dans l'aéronavale, après des études à Annapolis. J'ai pris ma retraite comme commandant de vaisseau. J'ai piloté des Phantom F4 basés sur des porte-avions. J'ai effectué, lors de trois opérations distinctes, cent quinze missions au-dessus du Viêt-nam du Nord, entre 1969 et 1972.

– Vous êtes donc un habitué des feux d'artifice nocturnes au-dessus de la mer...

– Aucun doute là-dessus.

– Très bien. À quoi ressemblait celui du 17 juillet 1996 ?

À travers la baie vitrée, il fixa l'océan.

– Je me trouvais à bord de mon *sunfish*, un petit voilier à une place. Tous les mercredis soir, nous disputons des régates dans la baie.

– Qui, nous ?

– Les membres du club nautique de Moriches Bay : le Westhampton Yacht Squadron. Généralement, nos régates s'achèvent vers 20 heures. Alors que tous les participants rentraient au club pour un barbecue, j'ai décidé de franchir le bras de mer de Moriches Inlet et d'aller naviguer au large.

– Pourquoi ?

– La mer était exceptionnellement calme et il y avait un vent de six nœuds. Il est rare de bénéficier de conditions aussi favorables, permettant à un *sunfish* de s'aventurer sur l'océan. Je l'ai atteint vers 20 h 20. J'ai mis le cap à l'ouest, le long de la côte de Fire Island, en face du parc régional de Smith Point.

– Permettez-moi de vous interrompre. Ce que vous me racontez a-t-il été rendu public ?

– C'est ce que j'ai déclaré au FBI. J'ignore si cela a été rendu public ou non.

– Avez-vous fait d'autres déclarations après avoir parlé au FBI ?

– Non. On m'a demandé de m'abstenir.

– Qui ?

– L'agent qui a recueilli ma déposition, puis d'autres agents du FBI lors des interrogatoires suivants.

– Je vois. Et qui vous a interrogé en premier ?

– Votre femme.

Elle ne l'était pas à l'époque. Je hochai quand même la tête.

– Continuez, je vous en prie.

Les yeux toujours rivés sur l'océan, il reprit :

– J'étais assis à l'arrière, surveillant le lof, activité principale à bord d'un voilier. Tout était calme. Le cadran lumineux de ma montre à affichage numérique, d'une précision absolue, indiquait 20 h 30 et quinze secondes. Je décidai de virer de bord et de regagner le bras de mer avant la nuit. Alors que je réglais ma voile, quelque chose dans le ciel, au sud-ouest, attira mon attention. Un trait de lumière très brillant, d'un rouge orangé, venait de surgir d'un point situé au-delà de l'horizon.

– Avez-vous entendu quelque chose ?

– Non. Le trait de lumière était orienté au nord-est ; en d'autres termes, il venait de l'océan et filait en direction de la terre, légèrement vers ma position. Il prenait de l'altitude selon un angle aigu de 35 ou 40 degrés. Il avait l'air d'accélérer. Même si l'angle qu'il formait et l'absence de références stables en arrière-plan rendaient toute estimation difficile, j'évaluai sa vitesse à cent nœuds, soit un peu moins de 200 kilomètres à l'heure.

– Vous avez enregistré tout cela en... combien de secondes ?

– Trois environ. Dans le cockpit d'un chasseur, vous en avez cinq pour vous éjecter.

Je comptai jusqu'à trois dans ma tête et réalisai qu'on disposait d'encore moins de temps pour esquiver une balle.

– Mais comme je l'ai dit au FBI, précisa le commandant Spruck, il y avait trop d'incertitudes et d'inconnues pour que je sois absolument sûr de mes calculs. J'ignorais le point d'origine de l'objet, sa taille exacte et sa distance par rapport à moi. Sa vitesse n'était donc qu'une conjecture.

– Par conséquent, vous n'êtes pas certain de ce que vous avez vu ?

– J'en suis plus que certain, murmura-t-il avec un léger sourire, en regardant dehors. J'ai vu assez de missiles sol-air venir vers moi et mes camarades d'escadrille pour avoir appris à les reconnaître. Lorsqu'ils arrivent vers vous, ils paraissent plus volumineux, plus rapides et plus proches qu'ils ne le sont en réalité. Il faut diviser par deux.

Je souris à mon tour.

– Je me suis retrouvé un jour avec un petit Beretta braqué sur moi. Je l'ai pris pour un 357 Magnum.

Il hocha la tête.

– Vous confirmez donc, continuai-je, que vous avez bien vu un trait de lumière rouge ?

– J'en suis sûr. Une traînée lumineuse et brillante de couleur rouge orangé avec, à son sommet, un point incandescent blanc, ce qui me laissa penser qu'il s'agissait du point d'ignition d'un propergol probablement solide propulsé par la postcombustion rouge orangé.

– Sans déconner ?

– Sans déconner.

– Mais avez-vous vu le... projectile ?

– Non.

– De la fumée ?

– Un panache blanc.

– Avez-vous remarqué l'avion, le 747, qui a été détruit ?

– Je l'ai aperçu brièvement, avant d'être obnubilé par le trait lumineux. J'ai distingué les derniers reflets du soleil couchant sur sa carlingue, ses feux, sa silhouette.

– Bien. Revenons au trait lumineux.

– À présent, j'étais debout. J'observais ce trait de lumière qui continuait à grimper dans le ciel.

– Excusez-moi. Quelle fut votre toute première impression ?

– La première, tout comme la seconde, fut qu'il s'agissait d'un missile sol-air.

J'avais évité, depuis le début, de le nommer. Mais mon interlocuteur avait prononcé le mot.

– Pourquoi ? demandai-je. Pourquoi pas une étoile filante ? Un éclair ?

– C'était un missile sol-air.

– La plupart des témoins ont cru à un feu d'artifice tardif célébrant la fête nationale.

– Non seulement c'était un missile, mais c'était un missile guidé. Il a zigzagué légèrement en prenant de l'altitude, comme s'il corrigeait sa trajectoire. Ensuite, il a semblé ralentir une demi-seconde, avant d'opérer un virage à l'est, en direction de ma position. Puis il a disparu, peut-être derrière un nuage, à moins qu'il n'ait épuisé son carburant et soit devenu balistique... ou qu'il n'ait été caché par sa cible.

Le mot était lâché. Un avion de ligne transportant deux cent trente personnes vers Paris était devenu la « cible ».

Nous nous tûmes tous les deux. Je jaugeais la déclaration du commandant Spruck. Ainsi qu'on me l'avait enseigné, je pris en compte son comportement, sa sincérité et son intelligence. Spruck présentait toutes les caractéristiques d'un témoin fiable. Pourtant, il arrive que les gens les plus sensés sombrent dans l'irrationnel. J'ai ainsi eu affaire à un homme parfaitement équilibré qui, témoignant sur un cas de disparition, déclara que la victime avait été enlevée par des extraterrestres. J'ai retranscrit consciencieusement sa déposition, inscrivant en marge que je n'étais pas tout à fait convaincu.

Parfois, aussi, les témoins s'effondrent si on leur répète inlassablement la même question. Je demandai donc au commandant Spruck :

– Précisez-moi encore la distance qui vous séparait de l'objet.

Il ne paraissait pas pressé d'en venir à l'explosion du 747, ce qui était bon signe. Patiemment, il répondit :

– Comme je vous l'ai déjà dit, je pense, sans en être sûr, qu'il a jailli au-dessus de l'horizon, à une dizaine de kilomètres si l'on se fie à ce qu'on peut voir par mer calme. Bien entendu, il a pu surgir de plus loin.

– Vous n'avez pas donc pas vu le point initial du... disons, du tir ?

– Non.

– À quoi ce lancement aurait-il ressemblé ? Je veux dire : quelle intensité de lumière aurait-il produite ?

– Énorme. J'aurais vu l'horizon s'embraser, même si j'avais été projeté à vingt kilomètres de ma position.

– Et ça n'a pas été le cas ?

– Honnêtement, je ne sais plus ce qui a attiré mon regard en premier : l'éclat d'une explosion, ou ce trait rouge orangé jaillissant de l'horizon.

– Et vous n'avez rien entendu ?

– Non. Le lancement d'un missile ne fait pas tant de bruit que ça, surtout si l'on en est éloigné et placé dos au vent.

– Je vois. Et à quelle hauteur se trouvait cet objet quand vous avez repéré le trait de lumière ?

– Impossible à dire, à moins de connaître la distance. L'altitude se détermine à partir de cette distance et de l'angle formé, à l'horizon, par la trajectoire. Simple question de trigonométrie.

– Bien sûr, affirmai-je.

Cela dépassait mes compétences, mais je n'en montrai rien.

– Donnez-moi une estimation crédible.

Il se concentra.

– Il était peut-être à cinq cents mètres au-dessus de la mer quand je l'ai vu. Cette impression initiale s'est renforcée quand je l'ai regardé escalader le ciel. J'ai pu alors me faire une idée de sa vitesse et de sa trajectoire. Il est d'abord monté tout droit avant de zigzaguer légèrement, puis de virer carrément après l'avoir identifiée.

– Identifié quoi ?

– Sa cible.

– Bien... Avez-vous visionné la reconstitution virtuelle de la CIA ?

– Oui. J'en ai même une copie.

– Il m'en faudra une. Bon... Les auteurs de cette animation affirment que les émanations du réservoir central ont explosé accidentellement à la suite d'un court-circuit. Et que les témoins ont vu un flot de kérosène en flammes provenant d'un réservoir latéral brisé tombant de l'avion, et non un trait de lumière montant vers l'appareil. En d'autres termes, ils ont tout interprété de travers. Ils ont entendu l'explosion avant de la voir, ont ensuite levé les yeux et confondu le feu du carburant avec un missile. Qu'en pensez-vous ?

Il me regarda, leva le pouce.

– Ça, c'est le haut. D'accord ?

– Il me semble. L'autre possibilité, également développée dans l'animation, est que l'avion a continué à s'élever de quelques centaines de mètres, que c'est ce que les témoins ont vu et pris pour la traînée lumineuse d'un missile. Que répondez-vous ?

– Je sais reconnaître la différence entre un trait de lumière accélérant et prenant de l'altitude en émettant un panache de fumée blanche, et un avion en flammes vivant ses derniers instants. J'ai déjà vu les deux.

Nos regards se rencontrèrent. Je me demandai si Spruck était aussi impressionné par moi que je l'étais par lui. J'avais la sensation désagréable que l'agent spécial Mayfield l'avait interrogé de façon plus efficace que moi.

– Les termes de votre déclaration correspondent-ils en tout point à celle que vous avez faite à Mme Mayfield ?

– Oui.

– Vous a-t-elle posé les bonnes questions ?

Il me considéra comme s'il s'adressait à un demeuré, mais répondit poliment :

– Assurément. Nous avons évoqué ces événements pendant plus d'une heure. Elle m'a annoncé que nous aurions un nouvel entretien. Elle m'a demandé de bien réfléchir à ce que j'avais vu et de l'appeler si un élément nouveau me revenait en mémoire.

– Vous l'avez fait ?

– Non. Deux agents du FBI m'ont rendu visite le lendemain. Ils m'ont dit qu'ils venaient procéder à l'entretien suivant et que l'agent Mayfield allait interroger un autre témoin. Apparemment, elle ne recueillait que les premières dépositions. Selon les informations télévisées et la presse écrite, la catastrophe avait eu entre six cents et huit cents témoins, dont environ deux cents avaient vu le trait de lumière. Les autres n'avaient vu que l'explosion.

– J'ai, moi aussi, lu ça quelque part. Donc ces deux types... Vous connaissez leur nom ?

– Oui. Ils m'ont laissé leur carte.

Il en sortit deux de sa poche et me les tendit. Je me tournai vers la lampe de bureau, examinai la première. Liam Griffith. Cela ne m'étonna qu'à moitié. La seconde, en revanche, me surprit vraiment. C'était une carte du FBI, mais elle portait le nom d'un type de la CIA : Ted Nash, pour être plus précis. Je l'avais rencontré pour la première fois à l'occasion de l'affaire de Plum Island, avant de collaborer avec lui sur le cas Asad Khalil. Ted avait plusieurs manies, dont deux particulièrement agaçantes. La première consistait à bourrer ses poches de différentes cartes de visite qui le désignaient comme l'employé d'innombrables agences gouvernementales dont il se prévalait selon les circonstances et son humeur du moment. Secundo, il avait une façon bien à lui de prendre congé de moi par des menaces voilées chaque fois que je l'envoyais sur les roses, ce qui se produisait souvent. Mais Ted et moi avions tourné la page, surtout depuis qu'il était mort.

– Puis-je conserver ces cartes ? demandai-je à Spruck.

– Oui. Je n'ai aucune envie de les garder. Mme Mayfield m'a dit que je pouvais vous les confier.

– Parfait. Avez-vous la sienne ?

– Non. M. Nash me l'a reprise.

– Vraiment ? Bien. De quoi vous ont parlé ces deux agents ?

– Ils avaient écouté l'enregistrement de mon entretien avec Mme Mayfield et souhaitaient approfondir certains points.

– Vous ont-ils fait signer une version écrite de vos déclarations ?

– Non.

Tout à fait inhabituel...

– Parfait. Ces types avaient-ils, eux aussi, un magnétophone ?

– Oui. Ils tenaient essentiellement à ce que je répète ce que j'avais déclaré la veille.

– Vous l'avez fait ?

– Oui. Ils essayaient de découvrir des contradictions entre mes propos et ma déposition devant Mme Mayfield.

– Ils en ont trouvé ?

– Non.

– Vous ont-ils demandé si vous aviez bu ou consommé ou de la drogue ?

– Oui. Je leur ai répondu que je trouvais cette question insultante. Je ne me drogue pas et je ne prends la mer que lorsque je suis à jeun.

– Je ne bois que seul ou en groupe, déclarai-je pour détendre l'atmosphère.

Il lui fallut trois secondes pour comprendre la plaisanterie, qui lui arracha ce qui ressemblait à un rire.

– En d'autres termes, ajoutai-je, ils ont tenté de fragiliser votre témoignage.

– J'en ai bien l'impression. Ils m'ont assuré que cela faisait partie de leur travail, qu'ils agissaient ainsi pour le cas où je serais appelé à témoigner devant un tribunal.

– C'est exact. Comment l'entretien s'est-il terminé ?

– Ils m'ont affirmé qu'ils me contacteraient de nouveau. Ils m'ont fortement conseillé, entre-temps, de m'abstenir de la moindre déclaration publique aux médias ou à qui que ce soit. J'ai accepté.

– Les avez-vous revus ?

– Oui. Une semaine plus tard. Il y avait un troisième homme avec eux, un certain M. Brown, de l'Agence nationale de la sécurité aérienne. C'est du moins ainsi qu'ils me l'ont présenté. Mais il ne m'a pas donné sa carte.

– De quoi vous ont-ils entretenu, cette fois ?

– De la même chose. Ils ont réentendu mon témoignage pendant une heure, ce qui est long pour un événement de moins de deux minutes. Ils ont de nouveau enregistré ma déposition, et encore essayé d'y repérer des incohérences. Cette fois, pourtant, ils m'ont confié qu'ils pensaient que l'explosion était sans doute un accident provoqué par un dysfonctionnement mécanique.

– Quel genre de dysfonctionnement ?

– Ils ne me l'ont pas dit, et je ne le leur ai pas demandé.

– Pourquoi ?

– Je sais ce que j'ai vu.

– Bien. Vous me dites donc que vous avez vu un trait de lumière résultant probablement de la postcombustion d'un missile, et que l'explosion de l'avion y était liée.

– Je n'ai jamais affirmé une chose pareille. Comment le pourrais-je ? Si je m'étais trouvé dans un avion volant à la même altitude et à quelques kilomètres du 747, je pourrais soutenir avec une quasi-certitude que j'ai vraiment vu un missile percuter l'appareil. Mais je ne peux pas le dire.

– J'apprécie votre attachement aux faits. Il est donc possible que le trait de lumière et l'explosion de l'avion aient été une coïncidence.

– Une drôle de coïncidence...
– Mais possible. Comment s'est achevé votre entretien avec ces gus ?
– J'avais mes propres questions à poser. Je les ai interrogés sur les enregistrements radar, les autres témoins, les manœuvres qui ont eu lieu en mer cette nuit-là...
– Quelles manœuvres ?
– Tous les médias les ont mentionnées. Il existe sur l'océan une zone militaire de plusieurs milliers de kilomètres carrés, appelée W-105. Elle a été activée cette nuit-là, pour des exercices.
– Oui, je m'en souviens. Les types ont-ils répondu à vos questions ?
– Non. Ils m'ont dit qu'ils n'étaient pas autorisés à discuter du moindre aspect de l'accident tant que l'enquête suivait son cours.
– C'est vrai. Vous ont-ils envoyé paître de façon aimable ?
– Ils se sont montrés polis mais fermes. Sauf le dénommé Nash. Il était...
– Condescendant ? proposai-je. Morveux ? Imbuvable ?
– Quelque chose de ce genre.
C'était bien mon Ted, que son âme ait enfin trouvé son port d'attache... Seul Ted Nash était capable de mettre mal à l'aise un pilote vétéran diplômé d'Annapolis.
– En quels termes vous ont-ils quitté ?
– Ils m'ont conseillé une nouvelle fois de ne faire aucune déclaration publique et m'ont dit qu'ils resteraient en contact avec moi.
– Cela a été le cas ?
– Non.
– Je parie que si vous aviez fait une déclaration publique, ils auraient sonné à votre porte en moins de deux.
– Ils savaient bien, répondit-il, qu'en tant qu'officier de réserve j'obéirais aux injonctions du gouvernement.
J'acquiesçai.
– Et vous en êtes resté là ? Je veux dire... dans votre propre esprit...
– Eh bien... J'ai pensé que l'enquête allait se poursuivre et qu'ils m'appelleraient en cas de besoin. Il y avait tant d'autres témoins... Et puis on a récupéré les morceaux de l'avion, et

opéré la reconstitution à Calverton. Je me suis dit que la solution était proche... Des agents du FBI menaient des interrogatoires sur toutes les personnes suspectes des environs, notamment les gens qui étaient sortis en mer cette nuit-là, ils fouillaient le passé des passagers... J'ai suivi tout cela aux informations. C'était une enquête approfondie... J'ai donc attendu.

Il ajouta :

– J'attends toujours.

– L'affaire est close. Vous ne verrez plus personne.

– J'ai vu votre femme. Et, maintenant, vous.

– Non. Vous ne nous avez jamais rencontrés.

Il approuva, puis me dit :

– J'ai été tenté, au fil des années, de téléphoner à Nash ou à Griffith.

– Ted Nash est mort.

Il parut surpris, mais ne réagit pas.

– Et si j'étais vous, précisai-je, je n'appellerais pas Liam Griffith.

Il acquiesça une seconde fois. Ensuite, il se leva.

– Je vais dehors. Vous pouvez m'accompagner, ou vous en aller.

Je le suivis sur la coursive. Je m'appuyai près de lui contre la rambarde, le dos à la porte. Il est toujours bon de donner à un témoin coopératif le temps de s'accorder une pause, de bien prendre conscience du chemin sur lequel il s'engage. En l'occurrence, cela valait aussi pour moi.

Chapitre 7

La brise s'était levée. L'air devenait plus frais. *Il est tellement dommage,* pensai-je en regardant l'océan, *qu'un garde-côtes ne se soit pas trouvé là et n'ait pas assisté à l'explosion.* Mais le commandant Thomas Spruck, lui, était en mer et avait tout vu. Pourtant, personne n'avait semblé s'en soucier.

– Pensez qu'il s'agissait de manœuvres ayant mal tourné ?

– Non.

– Pourquoi pas ? Les adeptes de la théorie du complot n'ont-ils pas insinué, à l'époque, que c'était ce qu'on cherchait à couvrir ?

À côté de moi, il répliqua :

– Il aurait été absolument impossible de taire un accident de cette ampleur. La dissimulation d'une erreur, d'un missile tiré par accident ou mal orienté aurait impliqué des centaines de marins et d'aviateurs. Le marin lambda parle déjà trop quand il est à jeun. Ivre, il se montrera, au comptoir, intarissable sur les ordres qu'il aura reçus, le déploiement naval auquel il aura participé. D'où croyez-vous que vienne le vieil adage : « Langue déliée, navire coulé » ?

– C'était la marine d'autrefois.

– C'est toujours valable. Non seulement pour la marine, mais aussi pour l'aviation ou les garde-côtes. L'idée qu'on ait pu, afin de couvrir une faute grave, donner des consignes de silence aux centaines d'hommes mobilisés cette nuit-là pour les manœuvres est une aberration.

– Admettons. Donc, si ce que vous avez vu était un missile, qui l'a lancé ?

– Je n'en ai aucune idée.
– Spéculez.
– Je ne spécule jamais.
– À votre aise. Si je vous dis « terroristes arabes », comment réagissez-vous ?
– J'ignorais la provenance du missile. Comment aurais-je pu connaître la race ou la religion de ceux qui l'ont tiré ?
– Imparable. Et si je vous dis qu'un groupe quelconque a voulu frapper les États-Unis ?
– Je vous répondrai qu'il y avait un Boeing 747 d'El Al juste derrière celui de la TWA, que ce vol avait pris du retard et pourrait très bien avoir constitué la cible.
– Vraiment ? Je ne me souviens pas de ça.
– C'était dans tous les journaux. Une hypothèse de plus...
– Il y en a beaucoup. Il va vraiment falloir que je bûche sur ce crash.

Spruck se tut, puis changea de sujet.

– Voulez-vous que je vous parle de l'explosion ?
– Bien sûr. Mais elle me passionne moins que le trait de lumière. Une traînée lumineuse montant vers un avion qui explose aussitôt après de façon accidentelle, voilà qui est intéressant. Laissez-moi vous demander ceci : cinq ans ont passé, vous avez, au cours de ces années, lu et entendu d'innombrables commentaires. L'un d'eux vous a-t-il fait changer d'avis, ou reconsidérer votre déposition initiale ? Avez-vous pensé que vous vous étiez peut-être trompé ? Avez-vous envisagé que ce que vous aviez vu pouvait s'expliquer de façon différente mais que, ligoté par vos premières déclarations, vous ne deviez ni les modifier ni vous rétracter, ce qui aurait nui à votre réputation ?
– Je ne suis ni entêté ni imbu de moi-même, monsieur Corey. Mais je sais ce que j'ai vu il y a cinq ans. Moins de seize heures plus tard, Mme Mayfield était dans mon salon et m'interrogeait. À ce moment-là, je n'avais pris connaissance d'aucun autre témoignage direct, rien qui aurait pu m'influencer d'une façon ou d'une autre.
– Pourtant, les médias citaient déjà des gens ayant vu ce trait de lumière.
– Oui, mais tout de suite après l'accident, j'ai appelé les garde-côtes depuis mon téléphone cellulaire. Je leur ai fait part

de tout ce que j'avais vu, y compris le trait lumineux. En cet instant, d'après tout ce que je savais, j'étais la seule personne au monde à avoir assisté à cela.

– Imparable, encore une fois.

– J'ai martelé cet argument aux agents du FBI, qui n'arrêtaient pas d'insister sur le fait que les informations répandues dans les médias après la catastrophe auraient pu déformer mon témoignage. Par quel miracle, nom de Dieu, des informations qu'on n'avait pas encore diffusées auraient-elles influencé mon appel immédiat aux garde-côtes ? Ma communication avec la base figure dans le dossier, bien qu'on ne m'ait jamais autorisé à lire ce qu'y avait écrit l'officier de service.

Sans doute avait-il inscrit : « Foutaises ». Puis d'autres appels et la suite des événements l'avaient poussé à gommer ce commentaire de son registre...

– De plus, poursuivit Spruck, je suis l'un des deux seuls témoins, à ma connaissance, qui avaient déjà eu personnellement affaire à des missiles sol-air.

Ce type était parfait. Trop parfait ? Ne sois pas cynique, John.

– Et qui est l'autre ?

– Un militaire spécialiste en électronique. Il a fait des déclarations publiques qui correspondent à ma déposition.

– Vous le connaissez ?

– Non. J'ai simplement lu ses révélations dans la presse. Il était déçu par la tournure que prenait l'enquête et parce qu'on ne tenait pas compte de son témoignage. Il l'a donc rendu public.

– Comment s'appelle-t-il ?

– Votre femme pourra vous le dire. Ou bien vous l'apprendrez par vous-même.

– Entendu.

Ainsi, le mystère de ce qui était arrivé au vol 800 de la TWA se doublait d'une autre énigme. Qu'avaient réellement vu les deux cents témoins et pourquoi aucun d'entre eux, le commandant Spruck compris, n'avait-il été pris au sérieux ? D'ordinaire, je ne crois personne ni ne me fie à qui que ce soit. Mais lui, je le croyais.

Comme s'il avait lu dans mes pensées, il me dit :

– Je n'avais pas besoin de ça. Rien ne m'obligeait à mentionner le trait de lumière. J'aurais pu me contenter, dans mon appel aux garde-côtes, de leur annoncer que je pensais avoir assisté à une catastrophe aérienne, en leur précisant l'endroit où elle s'était produite. C'est d'ailleurs la première chose que j'ai faite. Ce n'est qu'ensuite que j'ai décrit la traînée lumineuse. Dès lors, le comportement de l'officier de service à mon égard est devenu bizarre. Je lui ai donné mon nom, mon adresse, le numéro de mon téléphone portable et de mon domicile. Il m'a remercié et a raccroché. À midi, le lendemain, votre femme s'est présentée chez moi. À propos, elle est charmante. Vous avez de la chance.

– J'en remercie Dieu tous les matins.

– C'est la moindre des choses.

– Bien. Il existe ici une preuve du scepticisme qu'a suscité votre témoignage. Vous avez le sentiment qu'on ne vous a pas cru, ou que le FBI a conclu à une erreur ou à une confusion de votre part.

– Ce sont eux qui se sont trompés, qui ont confondu ou se sont montrés incrédules. Je le répète : ce que j'ai vu, monsieur Corey, était un missile sol-air qui, selon toute apparence, a détruit sa cible, un Boeing 747. Et rien de ce qui s'est produit par la suite ne me fera revenir sur mes déclarations, ni les regretter.

– Des regrets, vous devez pourtant en avoir. Vous avez dit vous-même que vous n'aviez pas besoin de ça.

– Je... Cela a été très difficile... J'ai fait mon devoir et je continue à le faire, quoi qu'on me demande.

Nos regards se croisèrent. Il murmura :

– D'ailleurs, si l'affaire est close, pourquoi êtes-vous ici ?

– J'essaie simplement de faire plaisir à ma femme en ce jour de congé.

Drôle de congé. À présent, John Corey commençait à douter de la version officielle. Grâce à Mme Mayfield et, surtout, au commandant Spruck.

– Quinze membres de mon club nautique se trouvaient en mer en même temps que moi, poursuivit-il. Tous sont rentrés rejoindre leurs épouses et leurs familles pour le barbecue. Douze d'entre eux, depuis la pelouse ou la véranda, ont vu le trait de lumière au même moment. Ce n'était pas une hallucination collective.

– Commandant, je crois que personne n'émet le moindre doute sur le fait que les deux cents témoins ont bien vu ce qu'ils affirment avoir vu. Mais la question demeure : de quoi s'agissait-il ? Et cela avait-il un rapport avec l'explosion et la chute du 747 ?

– Je vous l'ai dit. J'ajoute, pour être objectif, que seuls quelques rares témoins, dont moi, avons employé le mot « missile ». Il y avait dans la zone, cette nuit-là, des avions de combat et des avions de ligne. Des pilotes et des passagers ont vu cette traînée lumineuse depuis le ciel. D'après ce que j'ai lu et entendu, peu d'entre eux ont parlé de missile. Mais, parmi ces centaines de personnes, aucune n'a déclaré que ce trait de lumière provenait du 747. Toutes ont affirmé, au contraire, qu'il montait vers l'avion.

– Bien. Il s'agissait donc d'une traînée ascendante. Selon vous, elle a disparu un instant. Exact ?

– Exact. Et cela correspond à un missile arrivant à proximité de sa cible, si cette cible se situe entre l'observateur et lui. Vous me suivez ?

– Oui. L'avion était donc devant le missile.

– C'est juste. Ou alors le carburant était épuisé et le missile était devenu balistique. Mais quelques secondes avant qu'il ne modifie sa trajectoire et ne disparaisse, j'ai à nouveau aperçu l'avion. Mon instinct, mon expérience m'ont dit que ce missile suivait une trajectoire qui allait l'amener au contact de l'appareil.

Il prit une profonde inspiration.

– Pour être honnête avec vous, mon sang s'est glacé et mon cœur a cessé de battre.

– Et vous vous êtes retrouvé projeté au Viêt-nam.

– Oui, un court instant... Ensuite, mon attention s'est reportée à la fois vers l'avion et le trait de lumière. La lumière a disparu, je vous l'ai dit. Deux secondes plus tard, j'ai vu un éclair jaillir de l'avion, à peu près du milieu de la carlingue, près des ailes. Une seconde après, une énorme explosion a coupé l'appareil au moins en deux.

– Comment expliquez-vous cette succession d'événements ?

– Si tout a commencé par la destruction du réservoir central, la première explosion a été provoquée par le choc du missile enflammant les vapeurs de carburant de ce réservoir. Cette explosion a enflammé un des deux réservoirs latéraux placés sous les ailes, le gauche si l'on en croit les experts, et causé l'explosion finale.

– Êtes-vous parvenu tout de suite à ces conclusions ?

– Non. J'avais les yeux braqués sur l'appareil au moment où il se disloquait.

Il parut un instant à court de mots pour décrire la scène.

– Le... nez s'est séparé et a plongé presque à pic dans la mer. Ensuite, délestée de ce poids et alors que les moteurs tournaient à plein régime puisque le carburant arrivait toujours par les tuyères, la partie centrale du fuselage s'est élevée pendant quelques secondes. Elle a tourné sur elle-même, d'une aile à l'autre, avant de tomber à son tour...

Silence. Puis :

– Je me trompe peut-être dans le déroulement des faits. L'explosion a temporairement affecté ma vision nocturne.

– Je suppose que vous avez déjà vu des avions abattus par des missiles sol-air...

– Ça m'est arrivé plusieurs fois. Mais aucun n'était aussi gros que celui-là.

– Ça vous a secoué ?

– Je vous souhaite de ne jamais assister à la chute d'un avion. Cela vous marquerait à jamais... Entre le moment où j'ai vu l'explosion et le moment où je l'ai entendue, trente à quarante secondes se sont écoulées. Le son se propageant à 340 mètres à la seconde, je devais donc me trouver à environ dix kilomètres, en altitude et en distance. Presque tous ceux qui ont vu le trait de lumière l'ont aperçu avant d'entendre l'explosion, et non le contraire, ainsi que voudraient le faire croire les rapports officiels.

Je me retournai, m'adossai à la rambarde. Spruck, lui, ne bougea pas, hypnotisé, semblait-il, par l'obscurité de la mer et du ciel. Il murmura, comme s'il se parlait à lui-même :

– À présent, le carburant flambait sur l'eau. Les flammes éclairaient le ciel, dégageaient des tourbillons de fumée blanche et noire. J'ai envisagé un instant d'aller jusque là-bas. Mais, pour mon petit voilier, c'était loin. Et je n'aurais pas pu le maîtriser à proximité de tout ce carburant qui brûlait.

Il me regarda.

– De toute façon, je savais qu'il n'y aurait pas de survivants.

Après un silence, je lui demandai :

– Si c'était un missile, avez-vous une idée de son type ? La plupart, d'après ce que je sais, se dirigent vers une source de chaleur... Et les autres ?

– Certains sont guidés par radar, ou par infrarouge. Ceux-là sont très sophistiqués. Voulez-vous un exposé rapide sur les missiles sol-air ?

– D'accord.

– Je peux déjà vous dire que celui-là n'était pas un missile portable, tiré par un homme seul et guidé par une source de chaleur.

– Comment le savez-vous ?

– Une arme de ce type a une portée trop courte pour atteindre une cible à trois mille mètres. À moins qu'on ne l'ait tirée directement sous l'avion. Mais le trait de lumière provenait de bien plus loin. En outre, un missile de ce genre se serait dirigé vers la source de chaleur la plus importante : les moteurs. Or, les quatre réacteurs du 747 ont été retrouvés à peu près intacts. Cela nous laisse le choix entre un missile guidé par radar et un missile à infrarouge. Nous pouvons éliminer le premier. En effet, il envoie un signal radar fort, qui aurait été détecté par d'autres récepteurs, notamment les radars militaires en activité cette nuit-là. Un écho anormal enregistré à Boston a été signalé par la station de contrôle du trafic aérien, mais on a cru à un problème technique. Toutefois, cela aurait pu être la trace d'un missile à infrarouge, presque imperceptible étant donné sa petite taille et sa vitesse élevée. En d'autres termes, nous aurions eu affaire à un missile sol-air à infrarouge de la troisième génération, lancé depuis un avion ou, plus probablement, d'un navire.

– Qui dispose de ce genre de missiles, et comment s'en procure-t-on ?

– Seuls les États-Unis, la Russie, la Grande-Bretagne et la France en produisent. N'importe qui peut acheter au marché noir des missiles individuels guidés par une source de chaleur. Mais des missiles sol-air à infrarouge et à longue portée aussi perfectionnés, non. Les quatre pays qui en possèdent en connaissent exactement le nombre. Et ils ne les cèdent ni ne les vendent à personne. En Russie, pourtant, le contrôle n'est pas toujours aussi strict qu'il le faudrait. Il est donc possible qu'un de ces missiles à infrarouge soit tombé entre de mauvaises mains.

Il me fallut un certain temps pour assimiler ce que Spruck venait de m'expliquer. Puis :

– Avez-vous mentionné tout cela devant les agents du FBI ?

– Non. À l'époque, je n'en savais pas autant. Mon expérience des missiles sol-air se limitait aux vieux S-2 et S-6 soviétiques que les Nord-Vietnamiens utilisaient pour essayer de nous dégommer. Ils étaient d'une précision approximative, ce qui vous vaut ma présence ici aujourd'hui...

– Vous vous êtes donc renseigné plus tard sur les missiles à infrarouge...

– Ils n'ont rien de secret. Jane's donne sur eux toutes les précisions possibles.

– Qui ça, Jane ?

– Jane's. Une maison d'édition qui publie des livres sur toutes les armes disponibles dans le monde : navires de guerre, avions de combat etc. Il en existe un sur les missiles et les roquettes.

– Ah, cette Jane-là... Bien sûr... Mais qu'est-ce qui clochait dans ce scénario, pour qu'on l'ait écarté de façon aussi catégorique ?

– À vous de me le dire, monsieur Corey.

– Très bien. Je vais vous répéter ce que tous ceux qui ont lu les rapports, y compris vous, savent déjà. Premièrement, on n'a repéré aucune trace d'explosif sur les débris récupérés. Deuxièmement, il n'y avait aucune déchirure significative de métal, de sièges ou de... gens, qui aurait indiqué l'explosion d'une ogive. Troisièmement, ce qui est plus convaincant, les navires qui ont dragué le fond de l'océan n'ont pas découvert le moindre morceau de missile. Or, s'ils en avaient remonté un seul, nous ne serions pas là ce soir.

– C'est vrai.

– Donc deux cents témoins affirment avoir vu une traînée lumineuse rouge, mais aucun reste de missile n'a été récupéré. Ça veut dire quoi ?

Il observa en souriant :

– Votre femme m'a raconté que vous aviez besoin d'arriver à vos propres conclusions, que vous aviez un esprit de contradiction très développé, que vous étiez cynique et doutiez de tout le monde, sauf de vous.

– Elle est adorable. Vous souhaitez donc que j'expose mes propres conclusions sur l'absence de résidus d'explosif et de vestiges de missile ?

– Oui. Mais vous ne pourrez pas en déduire qu'il n'y avait pas de missile.

– D'accord.

En fait, c'était aussi l'opinion de Kate. Sinon, je ne me serais pas retrouvé en train de parler à Spruck, au lieu de me prélasser dans mon lit. Je réfléchis un instant.

– Le missile s'est peut-être totalement désintégré au moment de l'explosion ?

Il secoua la tête.

– Il en reste toujours quelque chose. On a récupéré 90 % du 747 et presque tous les corps. Les missiles ne se désintègrent pas. Ils explosent en plusieurs centaines de morceaux, gros et petits, qui, tous, peuvent être identifiés par les experts. D'un autre côté, les explosifs puissants, ainsi que vous venez de le souligner, laissent des traces caractéristiques.

– C'était peut-être un rayon laser : un machin genre rayon de la mort.

– Ce n'est pas aussi farfelu que vous pourriez le croire. Mais ce n'était pas ça. Un rayon laser est presque instantané et ne laisse pas de panache de fumée.

Imparable, encore une fois.

– Eh bien... Le missile n'a peut-être pas explosé. Il pourrait avoir traversé l'avion et continué sa course, bien au-delà de la zone où l'on a concentré les recherches. L'impact aurait provoqué l'explosion du carburant. Qu'est-ce que vous en pensez ?

– Je crois que votre supposition est valable, monsieur Corey. Vous êtes en train de me décrire un missile cinétique perçant, comme une balle ou une flèche, tout ce qui se trouve sur son passage et poursuivant sa route. Pas d'ogive explosive. Seules l'énergie cinétique et, ensuite, les forces de décélération lui font traverser tout ce qui se trouve devant lui. Il lui suffirait, pour abattre un avion, de frapper une de ses parties vitales.

– Le réservoir, par exemple ?

– Le carburant se répandrait dans des endroits où il ne devrait pas être. Cela ne provoquerait pas forcément une explosion, car le kérosène ne s'enflamme pas facilement. C'est d'ailleurs pour cette raison qu'il est utilisé. Mais les vapeurs, dans un réservoir, peuvent s'embraser, et tout le monde s'accorde sur le fait que le réservoir central a explosé en premier. Voilà quelle est mon hypothèse : un missile cinétique a percé le système d'air conditionné, situé juste sous le réservoir central. Des fils électriques endommagés sont entrés en contact avec les vapeurs, provoquant une explosion qui a elle-même fait sauter un des réservoirs latéraux. Le missile a traversé l'avion avant de poursuivre sa route et de s'abîmer dans l'océan, à des kilomètres de la zone où se sont éparpillés les débris.

– Vous y croyez ?

– Cela expliquerait l'absence de résidus d'explosif ou de parcelles de missile.

– Pourquoi ne pas plutôt en déduire qu'il n'y a pas eu de missile ?

– Parce que cela n'expliquerait pas le trait de lumière.

Je restai coi. Spruck prit mon silence pour une marque de scepticisme. Il déclara avec une touche d'agacement :

– Écoutez, c'est très simple. Deux cents témoins voient un trait de lumière. Finalement, de nombreuses personnes évoquent la possibilité d'un missile. Mais on n'en trouve aucune trace. Le FBI déclare donc qu'il n'y en a pas eu. Ce qu'auraient dû préciser ses experts, c'est qu'on n'a trouvé aucune preuve de la présence d'un missile *explosif*... Ce n'est quand même pas sorcier. Mais ça l'est peut-être pour eux. Les projectiles cinétiques ne sont pas une technologie récente. Une flèche est un projectile cinétique ; une balle de mousquet ou de fusil aussi. Elles vous tuent en vous passant au travers du corps.

Moi, j'avais pris en une seule fois trois balles dans le buffet. Aucune n'avait touché mon réservoir central, ce qui me fit remarquer :

– Un projectile non explosif atteignant sa cible ne la détruit pas forcément.

– S'il n'est pas guidé. Vous ne pouvez pas diriger une balle ou une flèche après l'avoir tirée ; elle devient immédiatement balistique. Mais il est possible de guider un missile avant que lui ne le devienne. On peut viser le cockpit, ou la tête, ce qui est difficile, ou le milieu, le ventre, ce qui est plus facile et provoque assez de dégâts internes pour causer des événements en chaîne entraînant la catastrophe finale.

– Pourquoi un missile de cette sorte ?

– Je ne sais pas. C'était peut-être le seul dont ils disposaient. Les militaires ont l'opportunité de choisir leur matériel en fonction de la cible. D'autres groupes n'en ont pas les moyens. Ou peut-être ont-ils privilégié celui-là parce qu'il ne laisse pas de traces.

Je me demandai à qui il pensait. Mais il n'en savait rien, moi non plus, et ces « ils » existaient-ils vraiment ? Je me le demandais.

– Pourquoi fabrique-t-on de tels missiles ? Qu'ont-ils de plus que les ogives explosives ?

– Oh, beaucoup de choses. Les systèmes de guidage actuels sont si précis qu'on n'a pas besoin d'ogive explosive pour descendre un avion, ou même un autre missile. D'un autre côté, les ogives non explosives sont moins chères, d'un maniement plus sûr et elles laissent davantage de place pour le combustible. Les ogives explosives ont pour avantage de corriger les petites erreurs de trajectoire liées à des manœuvres d'esquive de la part de la cible.

– L'avion de la TWA n'en a fait aucune.

– Bien sûr que non. De toute façon, il était trop gros et trop lent. Mais là où je voudrais en venir, c'est qu'on peut transformer n'importe quel missile en missile cinétique, simplement en enlevant son ogive explosive. Peut-être est-ce le type d'arme que vous choisiriez si vous aviez pour mission de détruire un avion sans laisser de traces. Genre « opération des forces spéciales ».

– Pourquoi le FBI n'a-t-il pas envisagé cette éventualité qui pourrait correspondre à votre déposition et à celles d'autres témoins ?

– Demandez-le-lui.

– Vous pensez donc qu'il y a un missile quelque part ?

– Si vous tirez une flèche en l'air, vous ne savez pas où elle retombe.

– Ça veut dire oui ?

– Voilà ce que je crois : les restes d'un missile cinétique encore identifiable gisent au fond de l'océan. L'engin devait mesurer environ trois mètres cinquante de long et était probablement noir. Il se trouve à des kilomètres et des kilomètres de la zone explorée par les plongeurs de la marine ou du FBI et ratissée par les dragueurs. Nul ne le cherche, car personne ne croit à son existence et parce que, même si les experts y croyaient, cela reviendrait à chercher une aiguille dans une meule de foin.

– De quelle étendue, la meule de foin ?

– Si l'on se fie à la trajectoire de l'engin après sa perforation de l'avion et sa chute dans l'océan, on pourrait parler de près de deux cents kilomètres carrés de fonds marins. Il pourrait très bien aussi avoir atteint Fire Island et s'être enfoncé profondément dans le sable. Son point d'impact serait indécelable. Le sable aurait depuis longtemps comblé le trou qu'il aurait creusé.

– Si c'est vrai, je ne vois pas qui investirait des millions de dollars dans une opération de recherche.

– Je pense qu'on l'aurait fait si le gouvernement avait été convaincu de son existence.

– Tout le problème est là, non ? La catastrophe a eu lieu il y a cinq ans, l'affaire est close, la Maison-Blanche héberge un nouveau locataire et on a revu le budget à la baisse. J'en parlerai quand même à mon représentant au Sénat, quand j'aurai découvert son nom.

Spruck ignora mon sarcasme.

– Ce scénario vous semble-t-il plausible ? me demanda-t-il.

– Euh... oui, mais cela ne changera rien. Le dossier est classé et aucune hypothèse ne le fera rouvrir. Il faudrait des faits, des preuves irréfutables pour envoyer de nouveau, là-bas, des plongeurs et des dragueurs... ou des détecteurs de métaux dans le sable.

– Je n'ai aucune preuve, sinon mes propres yeux ; aucun fait, hormis mes recherches sur les missiles.

– Je suis sûr que le FBI a débattu de tout cela à huis clos. Vous n'êtes pas le premier à avoir pensé à un missile cinétique.

– Je n'en doute pas. Mais moi, je l'ai vu.

– Très juste.

« Depuis sa retraite, me dis-je, le commandant Spruck a peut-être trop de temps libre... »

– Vous êtes marié ?

– Oui.

– Que pense votre femme de vos suppositions ?

– Elle estime que j'ai fait le maximum. Savez-vous à quel point c'est frustrant ?

– Non. Dites-le-moi.

– Si vous aviez vu ce que j'ai vu, vous comprendriez.

– Probablement. Vous savez, je crois que la plupart des gens qui ont assisté à la catastrophe ont repris le cours normal de leur existence.

– Je ne demanderais pas mieux. Mais cette tragédie me poursuit sans relâche.

– J'ai l'impression que vous en faites une affaire personnelle. Comme vous êtes sûr d'avoir toujours raison, ce qui vous rend furieux, c'est que, pour la première fois de votre vie, personne ne vous prend au sérieux.

Il se garda de répondre. Je consultai ma montre.

– Eh bien, merci d'avoir pris le temps de me parler, mon commandant. Puis-je vous appeler si d'autres questions me viennent à l'esprit ?

– Oui.

– À propos, connaissez-vous ce groupe, le FIRO ?

– Bien entendu.

– Vous en êtes membre ?

– Non.

– Pourquoi ?

– On ne me l'a pas proposé.

– Pour quelle raison ?

– Je vous l'ai dit : je ne me suis pas exprimé publiquement. Si je l'avais fait, ils me harcèleraient.

– Qui ?

– Tous : le FIRO et le FBI.

– Cela vous déplairait-il ?

– Je ne cherche pas la publicité, monsieur Corey. Je cherche la vérité. Pour que justice soit rendue. Tout comme vous, je suppose.

– La vérité et la justice sont admirables. Mais difficiles à trouver.

J'ajoutai, à tout hasard :

– Seriez-vous prêt à témoigner devant une instance officielle ?

– Il y a cinq ans que j'attends ça.

Nous nous serrâmes la main. Je marchai vers la porte. À mi-chemin, je me retournai et lui rappelai :

– Cette conversation n'a jamais eu lieu.

Chapitre 8

Je trouvai Kate dans la Jeep, téléphonant sur son portable.
– Il faut que j'y aille, disait-elle. Je te rappelle demain.
Je montai dans la voiture.
– Qui était-ce ?
– Jennifer Lupo. Une collègue.
Je démarrai, remontai l'allée vers la barrière.
– Comment ça s'est passé ? interrogea Kate.
– C'était intéressant.
Nous roulâmes un instant sur la route étroite et sombre qui nous éloignait de la base.
– Et maintenant ? demandai-je.
– Calverton.
L'horloge du tableau de bord indiquait presque 23 heures.
– Ce sera vraiment le dernier arrêt ?
– Le tout dernier.
Nous prîmes la route de Calverton, petite ville située sur la côte nord de Long Island, dans laquelle se trouvait l'ancienne base navale et aérienne de Gruman, là où l'on avait, en 1996, acheminé par camion les débris du Boeing 747 pour le reconstituer. Je n'avais guère envie de voir ça, mais c'était sans doute nécessaire.
Je décidai de la fermer. Moins j'en dirais, mieux cela vaudrait. J'allumai la radio, la branchai sur une station qui diffusait de vieux succès et écoutai Johnny Mathis chanter *The Twelfth of Never*. Grande chanson, voix sublime.
Parfois, je souhaiterais pouvoir mener une vie normale, sans pistolet, sans gilet pare-balles ni responsabilités. Après avoir

quitté la police de New York dans des circonstances délicates, j'aurais pu, j'aurais dû quitter les forces de l'ordre. Mais mon ancien coéquipier, ce crétin de Dom Fanelli, m'avait piégé en me faisant intégrer l'ATTF.

J'avais d'abord considéré que c'était une simple étape vers mon retour à la vie civile. J'espérais y retrouver ce qui, une fois redevenu pékin, me manquerait le plus : mes potes, la camaraderie et tout le toutim. Je me fourrais le doigt dans l'œil. Les fédéraux sont des gens très particuliers. Sauf, bien sûr, la femme assise pour l'heure à côté de moi.

Cela étant, mes relations avec l'agent spécial Mayfield avaient débuté et s'étaient épanouies grâce au travail que nous accomplissions ensemble. Je me posai donc une question simple : notre mariage aurait-il survécu si j'avais trouvé un emploi sur un chalutier rouillé tandis qu'elle aurait continué à pourchasser les terroristes ?

Assez d'introspection : j'avais ma dose pour un mois. Je rétrogradai mentalement vers des préoccupations plus actuelles.

Nous savions tous les deux que vous venions de franchir la ligne qui sépare une enquête officielle d'une investigation personnelle et illégale. Nous aurions pu nous arrêter là, nous en tenir à ce que nous avions fait depuis la commémoration. Mais si nous nous rendions à Calverton et continuions à suivre cette piste, nous agirions sans mandat, à nos risques et périls. Si nous échouions derrière les barreaux, Robin, mon ex-femme, nous défendrait peut-être. J'aurais dû exiger l'inclusion de cette clause dans le jugement de divorce.

– Spruck t'a-t-il dit qu'il avait été interrogé, après moi, par Liam Griffith et Ted Nash ?

J'acquiesçai.

– Son témoignage te paraît-il crédible ?

– Il a eu cinq ans pour le peaufiner.

– Il avait eu à peine seize heures lorsque je l'ai interviewé, et il était encore un peu sous le choc. Il m'a convaincue. J'ai rencontré onze autres témoins directs. Chacun a corroboré la déposition des dix autres, alors qu'ils ne se connaissaient pas.

Je continuai à rouler pendant une vingtaine de minutes. La radio diffusait des airs qui me rappelaient les pince-fesses du lycée et les chaudes nuits d'été sur les trottoirs de New York. Époque bénie : en ce temps-là, il n'y avait pas de détecteurs de métaux dans les aéroports, les terroristes ne faisaient pas sauter les avions de ligne en plein ciel et ce qui menaçait l'Amérique était loin, si loin de nous...

– Je peux arrêter ça ? dit Kate.

Elle coupa la radio.

– À quelques kilomètres d'ici, m'apprit-elle, se trouve le Laboratoire national de Brookhaven. Cyclotrons, accélérateurs linéaires, canons laser et particules subatomiques.

– Tu m'as largué après « Laboratoire ».

– Il existe une thèse, ou plutôt une insinuation, selon laquelle les chercheurs de ce laboratoire expérimentaient cette nuit-là un appareil au rayon plasma, un « rayon de la mort », et qu'il s'agissait du trait lumineux qui a abattu le 747.

– Faisons un détour par là-bas et allons le leur demander. À quelle heure ferment-ils ?

Mon humour si subtil la laissa de marbre, comme d'habitude.

– Il y a dix hypothèses principales, poursuivit-elle. Veux-tu que je te parle de celle des bulles de méthane sous la mer ?

J'imaginai des requins lâchant leurs pets dans un vestiaire englouti. Vision peu ragoûtante.

– Plus tard, peut-être, répondis-je.

Elle me guida le long d'une route qui menait à un grand portail flanqué d'un poste de garde. Un agent de sécurité privé nous arrêta. Comme le planton de Moriches, il m'ignora, jeta un coup d'œil au document que lui tendait Kate et nous laissa passer.

Nous pénétrâmes dans une vaste étendue de champs dénudés et presque dépourvus d'arbres, parsemés de quelques grands bâtiments de style industriel. Des projecteurs éclairaient deux longues pistes d'atterrissage en béton.

Dans mon rétroviseur, je vis le garde parler dans un téléphone portable ou un talkie-walkie. Je dis à Kate :

– Tu te souviens de cet épisode de *X-Files* où Mulder et Scully se faufilent dans une installation secrète et... ?

– Ne me parle pas de ce feuilleton à la noix. La vie n'est pas de la science-fiction.

– La mienne, si.

– Promets-moi de ne plus faire allusion à *X-Files* pendant un an.

– Ce n'est pas moi qui ai mis sur le tapis le rayon de la mort et les bulles de méthane.

Kate ne se laissa pas démonter.

– Tourne à droite. Arrête-toi là.

Je garai la Jeep devant une petite porte, à côté des larges vantaux coulissants d'un hangar gigantesque.

– Comment allons-nous nous glisser là-dedans ? soufflai-je.

– J'ai mes entrées.

– Mais encore ?

– Visiblement, tout a été arrangé à l'avance, précisa-t-elle après un silence.

– Par qui ?

– Certaines personnes... Des gens proches du gouvernement ne sont pas satisfaits de la version officielle.

– Un mouvement souterrain ? Une organisation secrète ?

– Des gens.

– On les reconnaît comment ? À leur façon de se serrer la main ?

Elle ouvrit la portière, s'apprêta à sortir.

– Attends !

Elle se retourna vers moi.

– Tu es membre du FIRO ? lançai-je.

– Non. Je n'appartiens à aucune organisation, hormis le FBI.

– Ce n'est pas ce que tu viens de dire.

– Il ne s'agit pas d'une organisation. Ce groupe n'a pas de nom. Mais s'il en avait un, il s'appellerait : « Citoyens se fiant à deux cents témoins. » Tu viens ?

Je coupai le moteur, éteignis les phares et la suivis.

Au-dessus de la petite porte, une lampe éclairait un panneau indiquant : ACCÈS RÉSERVÉ AU PERSONNEL AUTORISÉ.

– C'est là, dit Kate, que Gruman assemblait le chasseur F14. C'était le lieu idéal pour reconstituer le 747.

Elle tourna la poignée de la porte. Nous entrâmes dans le vaste hangar, que son plancher de bois faisait ressembler à un gymnase. La première moitié, où nous nous trouvions, était plongée dans l'obscurité. Mais, au fond, des rangées de lampes fluorescentes illuminaient la carlingue reconstituée du Boeing de la Trans World Airlines.

Dans l'obscurité, nous ne pouvions en détacher les yeux. Je

crois bien que ce fut une des rares fois de ma vie où je restai sans voix.

La peinture blanche de la carlingue luisait sous les lampes. Sur l'aluminium déchiré de son flanc gauche, face à nous, se détachaient les lettres : ANS WOR.

L'avant et le cockpit étaient séparés de la partie centrale, les ailes gisaient sur le plancher poli. Également détachée du fuselage, la queue reposait sur la droite. C'était ainsi que l'appareil s'était disloqué.

On avait étalé, sur de grandes bâches, des fils enchevêtrés et d'autres débris que je ne pus identifier.

– Ce hangar est si vaste, murmura Kate, que les techniciens, pour gagner du temps, s'y déplacent à bicyclette.

Lentement, nous avançâmes vers la carcasse de cette machine géante.

En m'approchant, je m'aperçus que tous les hublots avaient été soufflés. Je distinguai également les fragments qu'on avait recomposés avec minutie, certains larges comme des portes de grange, d'autres plus petits que des assiettes.

Le milieu, là où avait explosé le réservoir central, était le plus endommagé, avec de grandes brèches dans l'épiderme d'aluminium.

Nous nous arrêtâmes à une quinzaine de mètres de l'avion. Je levai les yeux vers lui. Même privé de son train d'atterrissage, il était aussi haut qu'un immeuble de trois étages.

– Ça a pris combien de temps ? demandai-je à Kate.

– À peu près trois mois, depuis le repêchage jusqu'à l'assemblage final.

– Pourquoi est-il toujours là après cinq ans ?

– Je ne le sais pas avec certitude. Mais j'ai entendu dire, de source non officielle, qu'on avait décidé de l'envoyer à la ferraille pour le recycler. Cela va beaucoup affecter ceux que les rapports officiels laissent sceptiques, sans parler des proches des victimes qui viennent ici chaque année, avant la cérémonie commémorative. Ils étaient là ce matin.

Elle contempla le Boeing.

– J'ai assisté au début de la reconstruction. On a édifié des échafaudages, un réseau de fils de fer devait attacher les fragments. Les hommes qui participaient à la reconstitution ont surnommé l'avion : « *Boeingosaurus Rex* ». Ils ont fait un travail incroyable.

Ce long-courrier immobile ressemblait effectivement à un dinosaure fracassé. Je notai certains de ses vestiges que je n'avais pas remarqués jusque-là, ses pneus brûlés, son train d'atterrissage tordu, ses quatre monstrueux réacteurs un peu à l'écart, des fils de toutes les couleurs, les fibres de verre de l'isolation. Tout était étiqueté ou marqué à la craie.

– Chaque objet, me dit Kate, a été vérifié dans les moindres détails. Trois tonnes de métal et de plastique, deux cents kilomètres de fils et de conduits hydrauliques. Tout. On a aussi recréé l'intérieur de l'appareil : les sièges, les toilettes, la cuisine de bord, les moquettes. Tout ce qui a été repêché dans l'océan, soit plus d'un million de pièces, a été remis à sa place.

– Ça n'a pas de sens, puisque les experts avaient déjà conclu à une défaillance mécanique...

– Ils voulaient éliminer les autres hypothèses.

– Ils se sont plantés.

Elle ne releva pas mon commentaire. Elle semblait perdue dans ses souvenirs.

– Pendant près de six mois, cet endroit a pué le kérosène, les algues, le poisson crevé et... bref...

Ces odeurs, j'étais persuadé qu'elle les sentait encore.

Nous restâmes silencieux devant l'avion blanc, presque fantomatique. Je regardai les hublots vides. Je pensai aux deux cent trente passagers en route pour Paris, tentai d'imaginer les toutes dernières minutes précédant l'explosion, puis l'explosion elle-même et enfin les ultimes secondes qui avaient suivi et au cours desquelles l'avion s'était disloqué en plein ciel. Est-ce que quelqu'un avait survécu à l'embrasement initial ?

– Parfois, dit doucement Kate, j'imagine qu'on ne saura jamais ce qui s'est réellement passé. Pourtant, à d'autres moments, j'ai la conviction qu'un élément inattendu surviendra et nous donnera la solution... Tu vois cette béance, dans la partie centrale de la carlingue ? Le FBI, le Bureau de la sécurité aérienne, Boeing, la TWA et des experts indépendants ont essayé de trouver un trou d'entrée et de sortie, ou la trace d'une explosion autre que l'explosion fuel-air. Mais ils n'ont rien découvert. Ils en ont conclu qu'il n'y avait pas eu d'impact de missile. Tu es du même avis ?

– Non. Trop de morceaux manquent ou sont en miettes. D'un autre côté, l'homme à qui j'ai parlé tout à l'heure a effectué ses propres recherches, ainsi que tu le sais, j'en suis sûr. Partant de sa certitude d'avoir bien vu un missile, il en a déduit qu'il s'agissait d'un engin sans ogive explosive.

Derrière nous, une voix lança :

– Il n'y a pas eu de missile.

Je pivotai. Dans l'ombre, un homme s'approchait. Il portait un costume et une cravate. Il traversa le hangar en se dirigeant délibérément vers la lumière, marcha vers nous et répéta :

– Il n'y a pas eu de missile.

– On s'est fait gauler, chuchotai-je à Kate.

Chapitre 9

En fait, nous n'avions pas été pris la main dans le sac par la police fédérale de la pensée. L'homme qui venait de nous aborder s'appelait Sidney R. Siben. Enquêteur du Bureau de la sécurité aérienne, il n'avait rien d'un psychorigide prêt à vous lire vos droits avant de vous passer les menottes, même s'il en cachait peut-être une paire dans la poche de sa veste.

Je réalisai, en le voyant en pleine lumière, qu'il était moins jeune que ce que suggérait la vivacité de son pas. L'air intelligent, vêtu avec élégance, il semblait légèrement arrogant, du moins un peu trop sûr de lui. Mon genre de type.

Kate m'expliqua qu'elle et lui s'étaient connus au cours de l'enquête.

– Je suppose que vous passiez par hasard ? lançai-je gaiement.

Il jeta un coup d'œil perplexe à Kate, qui le rassura.

– Vous êtes en avance, Sid, et je n'ai pas eu le temps d'avertir John que vous viendriez.

– Ni pourquoi, ajoutai-je.

Elle s'adressa à moi :

– Je voulais que tu entendes la version officielle de la bouche d'un des hommes qui ont autorisé la publication du rapport final.

– Désirez-vous savoir ce qui s'est réellement passé ? me demanda Sid. Ou préférez-vous adhérer à la théorie du complot ?

– Question pipée.

– Pas du tout.

Je me tournai vers Kate.

– À quel camp appartient ce type ?

D'un ton excédé, du genre « Chéri, qu'est-ce que tu vas encore t'imaginer ? », elle martela :

– Il n'y a pas de camps, John. Il n'y a que des divergences d'opinion. Sid s'est libéré pour pouvoir s'entretenir avec toi de tes interrogations et de tes doutes.

Ces doutes m'avaient été récemment enfoncés dans le crâne par Mme Mayfield elle-même qui, de toute évidence, avait supplié M. Siben d'en libérer mon cerveau au plus vite. Malheureusement, elle avait oublié de me prévenir... Toutefois, entrant dans son jeu, je déclarai à Sid :

– J'ai toujours pensé que la version gouvernementale présentait des failles. On a avancé sept hypothèses principales à propos de la catastrophe : missile, bulles de méthane, rayon de la mort, etc. Mais Kate croit fermement aux conclusions officielles et...

– Laissez-moi vous raconter ce qui s'est passé ici, monsieur Corey.

– Faites donc.

Il me montra, tout au fond du hangar, une énorme masse vert caca d'oie.

– Vous apercevez là le réservoir central d'un 747. Ce n'est pas celui de cet avion, qui a volé en éclats, mais un autre, que nous avons apporté jusqu'ici pour compléter la reconstitution.

Je regardai le réservoir. Alors que je m'étais figuré un élément de la taille d'un réservoir de camion, il était plus gros qu'un garage à voiture.

– Les débris du réservoir d'origine, poursuivit M. Siben, ont été confiés à un laboratoire qui les a étudiés avec un soin tout particulier.

Il me dévisagea avec intensité et prononça en détachant ses mots :

– Primo, les spécialistes n'ont trouvé aucune preuve chimique de résidus d'explosif autres que ceux de l'explosion fuel-air. Vous me suivez ?

J'ânonnai docilement :

– On n'a trouvé aucune preuve chimique de résidus d'explosif autres que ceux de l'explosion fuel-air.

– Bien. En second lieu, il n'y avait pas de cratère entouré

de métal déchiqueté, signe d'une explosion à grande vitesse. D'accord ?

– Pas de cratère...

– Tertio, on n'a relevé aucune trace de pénétration : ni trou d'entrée, ni trou de sortie entouré de ce que nous appelons des pétales qu'aurait laissés un missile cinétique. Vous saisissez ?

– Où est le réservoir d'origine ?

– Dans un entrepôt.

– Quel pourcentage en a-t-on récupéré ?

Il me regarda et répondit :

– Dix pour cent.

– Est-il possible, monsieur Siben, que les deux trous d'entrée et de sortie se soient trouvés sur la partie que vous n'avez pas retrouvée ?

– Quelles sont les probabilités, selon vous ?

– Dix pour cent.

– En fait, si l'on se fie aux statistiques, les chances sont bien moindres.

– D'accord, mettons un pour cent. Cela laisse une possibilité.

– Pas pour moi. Nous avons également cherché des trous de même nature dans le fuselage. Sans succès.

– Selon toute apparence, les parties vitales de l'avion, où l'explosion s'est produite, manquent.

– Pas toutes. À l'intérieur du fuselage, que vous pourrez examiner plus tard si vous le souhaitez, l'aménagement de l'appareil a été reconstitué : le plancher, la moquette, les sièges, les casiers de bagages à main, le plafond, les toilettes, la cuisine de bord, etc. Il est impossible qu'un missile cinétique ait traversé cette partie centrale sans laisser la moindre trace.

Nous nous trouvions ainsi devant une situation classique : d'un côté un témoignage oculaire irréfutable, celui du commandant Spruck ; de l'autre, les arguments tout aussi avérés des experts, représentés par Siben. Entre les deux, l'opposition était totale. Et pour être honnête, je penchais plutôt du côté de Sidney Siben.

Je jetai un coup d'œil à Kate. Elle avait l'air pensive. Peut-être était-elle aussi perplexe. Pourtant, elle avait pesé le pour et le contre des centaines de fois. Et elle privilégiait, elle, l'hypothèse du missile.

J'essayai de me remémorer en détail ce que je savais des conclusions des experts, puis ce que m'avait dit Spruck. Cela m'amena à demander :

– Et les appareils d'air conditionné proches du réservoir central ?

– Eh bien ?

– Où sont-ils ?

– Là-bas, au fond, à droite du réservoir. Reconstitués eux aussi.

– Et ?

– Pas de résidus d'explosifs, pas de trace, non plus, de la pénétration d'un missile cinétique. Vous voulez les voir ?

– Combien en manque-t-il ?

– Là encore, dix pour cent.

– Monsieur Siben, ce qui manque pourrait receler une clé importante. Et si j'étais un adepte de la théorie du complot, je pourrais insinuer qu'on a effectivement trouvé quelque chose qu'on s'est empressé de faire disparaître.

Il parut excédé et rétorqua :

– Toutes les pièces de cet appareil récupérées par les plongeurs de la marine ou du FBI, les chalutiers locaux et les dragueurs ont été soigneusement classées, photographiées et entreposées ici pour y être examinées à la loupe. Des centaines d'hommes et de femmes ont participé à ce travail. Et personne parmi eux, mis à part quelques crétins obsédés par le complot, n'a insinué qu'on avait fait disparaître quoi que ce soit. Les objets confiés aux laboratoires d'expertise ont tous été répertoriés. Les seuls qui ne l'ont pas été gisent toujours au fond de l'océan. L'opération de récupération, menée à des profondeurs allant jusqu'à quarante mètres, a été un succès complet et les débris manquants ne recèlent aucune surprise.

– Pourtant, dans une enquête criminelle, un médecin légiste hésiterait à conclure à un accident et à abandonner la piste du crime.

– Vraiment ?

– Vraiment.

– Que vous manque-t-il ?

– J'aurais besoin de savoir pourquoi vous croyez à un accident et non à un crime. L'absence de preuves en faveur du crime ne prouve pas qu'il s'agissait d'un accident. Avez-vous une preuve ?

– Aucune, sinon le fait que cette explosion a eu lieu là où une explosion accidentelle a les plus grandes chances de se produire : dans un réservoir central vide où flottent des vapeurs volatiles. Si vous aimez les comparaisons, imaginez une maison ayant brûlé de fond en comble. Acte délibéré ou accident ? Les incendies criminels sont rares, les accidents arrivent tout le temps. Les enquêteurs ne chercheront pas en priorité les vestiges d'un cocktail Molotov. Leurs années d'expérience les pousseront à chercher le plus plausible, c'est-à-dire tout ce qui, dans une maison, peut déclencher le feu.

Puisqu'il m'avait débité sa parabole, je lui servis la mienne :

– Le quartier où se trouvait cette maison a changé. L'environnement est devenu dangereux. Un cocktail Molotov lancé par une fenêtre est désormais de l'ordre du possible.

– En tant qu'enquêteur criminel, vous vous focalisez sur le crime. Vous le traquez, vous vous attendez à le trouver. Moi, en tant qu'ingénieur de la sécurité, je cherche, je m'attends à trouver et j'ai toujours trouvé, en cas de catastrophe aérienne, une défaillance technique ou une erreur de pilotage. Je ne nie pas l'éventualité d'un geste de malveillance. Mais des centaines d'enquêteurs ont travaillé sur cette affaire. Pas un seul n'a découvert le moindre élément concret accréditant la thèse d'un attentat, de l'attaque d'un missile ennemi, du tir par erreur d'un missile ami ou d'une bombe à bord. Alors, pourquoi des gens croient-ils encore qu'il s'agit de tout, sauf d'un accident ? Qui pourrait couvrir un tel acte ? Et pourquoi ? Voilà ce que je ne comprends pas.

– Moi non plus.

Dans toute enquête criminelle, se pose d'abord la question du mobile. S'il y avait eu un attentat terroriste, nous en connaissions la raison : ils ne nous aiment pas. Mais pourquoi le gouvernement aurait-il couvert un attentat terroriste ?

Si un missile avait été tiré par erreur, les responsables de cette bavure auraient eu toutes les raisons d'imposer le silence. Cependant, comme l'avait remarqué fort justement le commandant Spruck, ni les autorités militaires ni le gouvernement n'auraient pu couvrir aussi longtemps un secret de cette ampleur.

Kate, qui se taisait depuis un moment, dit à Siben :

– Je crois que John voudrait savoir comment le réservoir central a pu exploser de façon accidentelle.

Il hocha la tête, regarda l'avion, puis le réservoir vert caca d'oie.

– Donc, vous avez d'abord ce réservoir central quasiment vide, avec à peine deux cents litres de carburant barbotant dans le fond et que la pompe ne peut atteindre. Et puis vous avez, dans ce réservoir, des vapeurs volatiles.

– Excusez-moi... Pourquoi le réservoir était-il vide ?

– Parce que l'appareil n'avait pas besoin de carburant supplémentaire. On remplit d'abord les réservoirs latéraux. On remplit le réservoir central uniquement en cas de besoin. Ce vol pour Paris avait un nombre de passagers et un fret limités. L'ironie du sort a voulu que, si les passagers avaient été plus nombreux et la cargaison plus lourde, si l'avion avait dû affronter de mauvaises conditions météorologiques ou des vents contraires, ce réservoir aurait peut-être été plein de kérosène, qui s'enflamme difficilement. Mais les vapeurs, elles, sont volatiles. Ce seul fait accrédite l'hypothèse d'un court-circuit enflammant ces vapeurs et provoquant le type d'explosion retenu par les experts.

– Quel genre de court-circuit ? Dois-je annuler mon voyage dans le triangle des Bermudes ?

Ma plaisanterie stupide ne le fit pas sourire.

– Nous avons quatre scénarios plausibles. Un : un court-circuit dans les fils électriques ou dans le moteur de la pompe. Deux : l'électricité statique ; il y en a toujours. Trois : les jauges, qui sont électroniques. Quatre : les câbles électriques du réservoir. En d'autres termes, il y avait, à l'intérieur et autour de ce gros réservoir, de l'électricité partout. S'il avait été plein, une étincelle n'aurait pas pu enflammer le carburant. Mais les vapeurs, c'est une autre histoire. Nous pensons qu'un fil a grillé, qu'un court-circuit s'est développé quelque part à l'intérieur ou à l'extérieur du réservoir et qu'une brusque surtension a provoqué une étincelle, transformant un risque infime – un court-circuit au seul endroit où il pouvait provoquer une catastrophe – en réalité. Cela est arrivé deux fois sur des Boeing ; une première fois au sol, ce qui nous a permis de voir exactement ce qui se passait. Dans le cas qui nous occupe, les vapeurs se sont enflammées en plein vol et ont provoqué une explosion qui n'aurait peut-être pas été fatale en elle-même, mais elle s'est apparemment propagée le long du fuselage avec assez de force et de chaleur pour enflammer le carburant du réservoir latéral gauche, le faisant exploser à son tour, ce qui a rendu impossible tout contrôle de l'appareil.

N'en jetez plus ! Je désignai le 747.

– Vous avez déduit tout cela de... de ça ?

– Tout à fait. À partir du moment où nous avions déterminé l'endroit de l'explosion initiale, le reste s'enchaînait parfaitement. Certains témoins, qui ont déclaré avoir vu une petite explosion suivie d'une énorme boule de feu, corroborent cette hypothèse. Les forces libérées par les explosions ont créé une onde de choc qui a séparé le nez du reste de l'avion. Ceci a été observé par des témoins au sol.

Il était intéressant, pensai-je, de constater qu'on s'était servi des dépositions des témoins ayant vu l'appareil se disloquer en vol pour consolider la thèse de l'accident, alors que l'évocation du trait de lumière, énoncée par nombre de ces mêmes témoins, n'avait pas été prise en compte. Mais M. Siben ne disposait que de peu de temps. Je n'insistai donc pas sur ce point. Je remarquai quand même :

– Donc tout le monde, y compris les cinglés obsédés par le complot, s'accorde sur le lieu de l'explosion initiale : le réservoir central.

– Exact. C'était la pièce la plus endommagée de l'avion. Et elle a été projetée vers l'extérieur, latéralement.

Pensant au commandant Spruck, je demandai :

– Si un missile cinétique avait percuté l'avion par en dessous, traversé le système d'air conditionné avant d'endommager les fils électriques autour et à l'intérieur du réservoir, l'aurait-il fait exploser ?

Siben réfléchit quelques secondes.

– C'est possible. Tout est possible. Mais il n'existe aucune trace d'un événement de ce genre.

– Et des traces d'un court-circuit ?

– Les conséquences d'une explosion en plein ciel au-dessus de la mer en laissent très peu. En revanche, l'impact d'un missile serait difficilement passé inaperçu.

– Je comprends. Donc, en fin de compte, la seule preuve de

la cause officielle de la catastrophe est l'absence d'une preuve accréditant une cause différente.

– On peut, effectivement, présenter les choses de cette façon.

– C'est ce que je viens de faire.

– Écoutez, monsieur Corey, pour être franc et brutal, j'aurais été soulagé de trouver des preuves de la présence d'une bombe ou d'un missile. Boeing, la TWA et les compagnies d'assurance aussi. Vous savez pourquoi ? Parce qu'une défaillance mécanique contraint à affirmer que des gens n'ont pas fait leur travail. Que le Bureau fédéral de l'aviation n'a pas maîtrisé le problème. Que les ingénieurs de la sécurité de Boeing auraient dû l'anticiper. Que la TWA, responsable de l'entretien de l'appareil, aurait dû s'en préoccuper davantage. Dans le fond le plus sombre de notre cœur, ajouta-t-il en me regardant droit dans les yeux, nous souhaitions tous avoir affaire à un missile ; car personne, dès lors, n'aurait pu reprocher quoi que ce soit à l'industrie aéronautique.

Nous nous jaugeâmes encore quelques secondes. Je finis par hocher la tête. J'avais pensé à cela cinq ans plus tôt et j'en étais arrivé aux mêmes conclusions. J'ajouterai que les habitués des transports aériens préfèrent, et de loin, avoir une chance sur un million d'être frappés par un missile plutôt que de s'inquiéter d'un problème de sécurité inhérent à l'avion dans lequel ils montent. Moi aussi, pour être tout à fait honnête, je préférais le missile.

Siben détourna le regard.

– Tous les éléments que nous avons trouvés font pencher la balance vers la défaillance mécanique. Les avions ne tombent pas du ciel comme ça. Il faut qu'il y ait une raison. Une catastrophe aérienne peut en avoir quatre.

Cette fois, il compta sur ses doigts.

– Un : l'erreur de pilotage, ce qui n'est pas compatible avec une explosion en plein ciel et que rien, dans les enregistreurs de vol, ne permet d'envisager. Deux : un phénomène naturel, de mauvaises conditions atmosphériques (ce qui n'était pas le cas), un éclair, une météorite, ce qui reste une possibilité exceptionnelle, un morceau de satellite ou de fusée de lancement, mais il aurait laissé des traces d'impact. Trois, une attaque ennemie...

Il en était arrivé au majeur qui, dressé sous mon nez, semblait proclamer : « Allez vous faire foutre, vous et votre missile... »

– Quatre, une défaillance mécanique. C'est mon explication et je suis prêt, là-dessus, à mettre en jeu ma réputation professionnelle. Si vous croyez à une attaque par un missile, prouvez-le. Je suis fatigué des hypothèses.

– Tout commence par une hypothèse, monsieur Siben, ce qui est une autre manière de parler de soupçon.

Il ignora la profondeur de ma remarque et répliqua :

– Je vais vous dire ce qui, en définitive, contredit la thèse de l'attentat. Puisque nous en sommes aux élucubrations, pourquoi des terroristes auraient-ils abattu un avion aussi loin de l'aéroport d'où il avait décollé ? Un missile portable, simple à manier et facile à obtenir, l'aurait descendu sans problème n'importe où dans un rayon de cinq kilomètres autour de l'aéroport. Mais pour le dégommer à quatre mille mètres d'altitude et à dix kilomètres de la côte, il aurait fallu un missile sol-air très sophistiqué, d'une utilisation complexe et presque impossible à se procurer. Exact ?

– Exact.

– Donc, maintenant vous avez saisi.

– J'ai saisi.

– Kate possède un exemplaire du rapport officiel. Vous devriez le lire. Et vous tenir à l'écart des détraqués du complot, de leurs bouquins, de leurs cassettes vidéo et de leurs délires sur Internet.

Il était temps de calmer M. Siben.

– Je n'ai jamais fourré mon nez dans cette littérature, lui dis-je, et je n'en ai aucunement l'intention. Je n'ai pas non plus l'intention de lire votre rapport, dont je suis certain qu'il est bien argumenté et convaincant. En réalité, je me suis borné, au cours d'une discussion à bâtons rompus avec Mme Mayfield, mon épouse et supérieure hiérarchique, à exprimer une opinion qui, je l'avoue, ne s'appuyait sur rien. Pour des raisons personnelles autant que professionnelles, elle a tenu à ce que j'approfondisse le sujet. D'où notre présence ici ce soir ; et la vôtre. Je vous remercie infiniment, monsieur Siben, de m'avoir consacré un peu de votre temps, ce qui a dû constituer pour vous une corvée. J'ai la conviction que vous avez fait, avec tous vos collaborateurs, un travail remarquable et que vous êtes parvenus à la bonne conclusion.

Il me dévisagea un long moment, se demandant, j'en suis sûr, si je me payais sa tête. Il se tourna vers Kate, qui le rassura d'un geste.

Je lui tendis la main. Il la prit et la serra avec vigueur. Il serra ensuite celle de Kate, qui le remercia. Puis il tourna les talons et marcha vers la pénombre.

Tout d'un coup, il s'arrêta, revint sur ses pas.

– Monsieur Corey, pouvez-vous expliquer ce trait de lumière ?

– Non. Et vous ?

– Illusion d'optique.

– C'est ça.

Il pivota de nouveau, s'enfonça pour de bon dans le noir. Au moment où il atteignait la porte, sa voix retentit dans le hangar :

– Non, ce n'est pas ça. Merde !

Chapitre 10

Le hangar replongea dans le silence. Les dernières paroles de Siben, qui me ramenaient à la case départ, résonnaient encore dans ma tête lorsque Kate proposa :

– Allons voir l'intérieur.

Le 747 reconstitué reposait sur des tréteaux de bois, le long desquels des marches menaient aux portes ouvertes de la carlingue. Je la suivis en empruntant celles qui débouchaient sur l'arrière de l'appareil, où s'étirait le compartiment de la classe touriste.

– On a reconstitué l'intérieur pour en comparer l'état avec celui du fuselage, m'expliqua Kate.

J'aurais dû distinguer, tout au bout, l'avant de l'avion et la cabine de pilotage. Mais le cockpit avait été relégué dans une autre partie du hangar, laissant un trou béant par lequel je n'aperçus que le mur du fond.

Je réalisai qu'au moment de la dislocation du 747 les passagers avaient vu l'habitacle se détacher et le ciel apparaître en face d'eux, laissant s'engouffrer un vent hurlant qui avait tout déchiqueté sur son passage.

Et dans le cockpit en chute libre... Le commandant de bord, le copilote et l'ingénieur de vol aux commandes d'un avion déjà séparé du fuselage... Qu'avaient-ils pensé ? Qu'avaient-ils fait ? Les battements de mon cœur s'accélérèrent.

L'intérieur de l'appareil était la réplique cauchemardesque de l'intérieur d'un avion de ligne : plafond craquelé, lampes soufflées, casiers à bagages descellés, hublots béants, cloisons recollées, toilettes et cuisines mutilées, rideaux brûlés et déchirés, sièges inclinés et lacérés, bouts de moquette recollés par terre. Tout était maintenu en place par un réseau de planches et de fils de fer. Une odeur ténue et désagréable stagnait encore dans l'air.

– Boeing et le Bureau national de la sécurité aérienne ont supervisé la reconstruction à mesure qu'on repêchait les débris, murmura Kate. L'équipe comprenait des pilotes, des techniciens, des mécaniciens, des hôtesses, des stewards. Tous avaient une connaissance approfondie de l'intérieur d'un 747. Chaque pièce de l'avion ayant un numéro de série, leur tâche, quoique difficile, ne fut pas insurmontable.

– Il leur a fallu quand même beaucoup de patience.

– Du dévouement, aussi ; et beaucoup d'amour. Une quarantaine de passagers étaient des employés de la TWA... Grâce à la liste d'embarquement fournie par la compagnie, nous avions une idée précise de la place dévolue à chaque passager. Utilisant ces renseignements, les légistes ont créé une base de données et des photographies numériques. Ils ont comparé les blessures de chaque passager aux dégâts de leur siège, pour essayer de déterminer si ces blessures et ces dégâts avaient été provoqués par une bombe ou un missile.

– Stupéfiant.

– Ça l'est. Le travail accompli a fait énormément progresser l'étude des catastrophes aériennes. Ce fut la seule conséquence positive de cette tragédie. Pour le reste, on n'a rien trouvé de tangible. En dépit des deux mille prélèvements effectués, toutes les recherches de résidus d'explosifs se sont révélées négatives.

– Je croyais, au contraire, qu'on avait découvert la preuve chimique de la présence d'une substance explosive. Je me souviens du tapage que cela a fait à l'époque.

– Fausse piste. C'était la colle utilisée dans la fabrication des sièges et de la moquette, chimiquement proche de certains explosifs. On a pourtant trouvé de véritables résidus d'explosifs. On les a identifiés : à Saint Louis, un mois avant le crash, on avait utilisé l'avion pour entraîner des chiens renifleurs de bombes.

– On est sûr de ça ?

– À quatre-vingt-dix-neuf pour cent. Le maître-chien a été interrogé par le FBI. Selon lui, il est possible qu'on ait laissé des résidus de Semtex dans la carlingue... Non, John, les enquêteurs n'ont pas interrogé les chiens.

– Ils auraient dû.

Nous remontâmes l'allée de droite. Je ne posai pas de question sur les taches qui maculaient certains sièges déchirés, tordus. Sur d'autres, des mains anonymes avaient déposé des œillets et des roses.

– Certaines personnes que tu as vues à la cérémonie sont venues ici, comme la plupart le font chaque année, pour se recueillir près du dernier endroit où leurs proches se sont assis... Je les ai accompagnées une année... Elles s'agenouillaient près des sièges et parlaient à...

Je posai ma main sur son épaule. Après un long silence, nous reprîmes notre progression le long de l'allée.

Nous nous arrêtâmes en son milieu, juste au-dessus de l'emplacement du réservoir central, de chaque côté des portes de secours qui s'ouvraient directement sur les ailes à présent disparues.

Tout autour, le fuselage était terriblement endommagé, mais on avait reconstitué l'ensemble des sièges et la plus grande partie de la moquette.

– Si un missile, avec ou sans ogive explosive, avait traversé l'espace où nous trouvons, dit Kate, on en aurait trouvé une trace. Or il n'y en a pas. Ni à l'intérieur, ni à l'extérieur, ni dans le réservoir central, ni dans le système d'air conditionné.

J'examinai le plancher, les sièges, le plafond, les casiers à bagages.

– Beaucoup de pièces manquent encore.

– C'est vrai. Mais on te répétera que le missile dont t'a parlé le commandant Spruck n'aurait pas traversé cette masse sans laisser un vestige de son entrée et de sa sortie. Ceci étant, cela a très bien pu se produire. Les preuves de l'impact ont pu être détruites par l'explosion, puis par la chute de l'avion...

Elle m'interrogea du regard.

– Voilà pourquoi nous sommes ici, répondis-je.

Nous passâmes en première classe, où les sièges étaient plus larges. C'était là que l'avion s'était coupé en deux, au milieu du dôme lui aussi reconstruit, où l'on accédait par un escalier en colimaçon aux parois de plastique anéanties.

Kate prit une longue inspiration.

– Nous savons, grâce aux passagers qui étaient encore attachés à leurs sièges, qu'au moins douze d'entre eux ont changé de place pour trouver une rangée vide où s'allonger pour la nuit. Le pilote, Ralph Kevorkian, a autorisé les membres du personnel de bord à se lever juste avant l'explosion. Nous pouvons affirmer qu'en première classe ils étaient tous debout et préparaient les boissons. Les plongeurs ont retrouvé la machine à café en position de marche... À 20 h 28, on perçoit la voix du commandant Kevorkian, disant : « L'indicateur du quatre débloque complètement. » Il parlait du quatrième moteur. Il a répété aussitôt après : « Vous avez vu ? L'indicateur débloque. » Ni le copilote ni l'ingénieur de vol n'ont répondu. À 20 h 30, la tour de contrôle de Boston donne au vol 800 l'ordre de grimper jusqu'à 4 500 mètres. Le copilote obtempère. Le commandant de bord déclare : « Poussée des réacteurs. On monte à 4 500. » L'ingénieur de vol, Oliver Krick, annonce : « Pleins gaz. » Ce sont les dernières paroles qui nous sont parvenues. À 20 h 31 et quinze secondes, l'avion atteint 4 100 mètres... puis explose.

– Et cet indicateur qui débloquait ?

Kate haussa les épaules.

– Je ne sais pas. Selon la plupart des pilotes consultés, c'était un dysfonctionnement temporaire des instruments de bord. Mais cela pourrait aussi bien indiquer de sérieux ennuis mécaniques... Le pilote d'un petit avion de transport régional, volant à 5 000 mètres, a repéré le Boeing fonçant dans sa direction, à une distance d'à peu près trente-cinq kilomètres. Il a cru qu'il avait encore ses feux d'atterrissage allumés, alors qu'on les éteint à 4 000 mètres. Il a également déclaré qu'ils lui semblaient anormalement brillants. Il a alors compris qu'il ne s'agissait pas des feux d'atterrissage. La lumière se trouvait sous le deuxième moteur. Il a pensé que ce moteur était peut-être en flammes. Il a fait clignoter ses propres feux pour avertir le 747 qui, juste à ce moment-là, s'est transformé en boule de feu.

– Cela ressemble à ce qu'aurait pu être un accident mécanique.

Kate hocha la tête et reprit :

– Au même moment, un passager d'un avion à réaction de l'armée de l'air a aperçu une flamme qui s'élevait vers le ciel.

Dix secondes plus tard, ce passager a vu une petite explosion à l'endroit de la flamme. Une seconde après, il y a eu une explosion énorme.

– Ce coup-ci, remarquai-je, ça ressemble à un missile.

De nouveau, Kate acquiesça.

– Ce passager était un spécialiste en électronique.

Je me souvins que Spruck en avait mentionné un.

– Autre témoignage aérien : celui de deux pilotes d'hélicoptère de la Garde nationale, en mission d'entraînement de routine. Regagnant leur base de Long Island, ils survolaient l'océan ; plein nord. Il semble qu'ils aient été les plus proches de l'explosion, à un peu plus de dix kilomètres. Ils se dirigeaient vers le 747, à une altitude inférieure de plusieurs centaines de mètres. L'homme qui était aux commandes affirme avoir vu un trait de lumière rouge orangé montant d'ouest en est et suivant la même trajectoire que le 747. Son copilote confirme ses dires. Il a appelé son ingénieur de vol et lui a dit : « C'est quoi, cette fusée ? » Une seconde plus tard, le pilote et le copilote ont observé une petite explosion d'un blanc jaunâtre suivie d'une deuxième, presque entièrement blanche... Puis une troisième : une énorme boule de feu... À présent, au lieu des deux explosions décrites par la plupart des témoins, nous en avons trois. Mais, comme je l'ai dit, les pilotes de l'hélicoptère étaient les plus proches de l'explosion. Et ce sont des professionnels expérimentés qui savent de quoi ils parlent.

– L'hélicoptère s'est-il rendu sur les lieux de la catastrophe ?

– Oui. Ses occupants ont été les premiers à arriver sur place. Ils ont tourné autour de la zone, mais n'ont repéré aucune trace de survivants... Par la suite, les deux pilotes se sont rétractés à propos du trait de lumière. Plus tard, le plus âgé, après avoir pris sa retraite, a maintenu sa déposition initiale.

On avait donc fait pression sur ces hommes pour qu'ils modifient la première version de leur rapport.

– À 20 h 31 et douze secondes, reprit Kate, presque douze minutes après le décollage, quelque chose provoque l'explosion de vapeurs de carburant dans le réservoir central du 747, qui explose. La force de cette explosion détache le cockpit et la première moitié des premières classes du reste de l'appareil, à l'endroit précis où nous nous tenons ; et le cockpit amorce sa chute vers l'océan.

Je fixai l'ouverture béante, là où aurait dû se trouver l'habitacle. Un frisson me parcourut l'échine.

– Le délestage du poids du cockpit a modifié le centre de gravité, et la queue s'est inclinée vers le bas. Les moteurs tournant toujours à plein régime, l'avion a fait un bond de douze cents mètres. Ensuite, il a commencé à rouler sur lui-même et à tomber. Les réservoirs latéraux se sont rompus et le carburant s'est enflammé, ce qui a provoqué l'énorme boule de feu vue par plus de six cents témoins... Cette succession d'événements se fonde principalement sur les résultats des expertises, les observations des radars et des satellites. En revanche, elle ne cadre pas tout à fait avec les déclarations des témoins, que le film virtuel de la CIA ne prend pas en compte.

– Et la boîte noire ?

– Elle a été détruite par la première explosion, lorsque le cockpit s'est détaché de l'avion. Nous avons trois séries de faits, qui ne concordent pas. Selon l'animation de la CIA, le trait de lumière vu par les témoins était le fuselage en flammes prenant de l'altitude après l'explosion. Or, les expertises et les observations par satellite suggèrent que l'appareil n'a commencé à brûler qu'au moment de sa chute. Et quand la CIA affirme que les témoins ont confondu ce trait de lumière avec une coulée de carburant embrasé, elle en rajoute. Il faudrait savoir... Qu'est-ce que les témoins ont confondu avec un trait de lumière ? L'avion en flammes prenant de l'altitude, ou une coulée de carburant descendant vers la mer ? Ou ni l'un ni l'autre ?

– Je n'en ai aucune idée.

– Moi non plus.

– Il arrive que les témoins soient trop nombreux, dis-je. Quelques dizaines de personnes ont assisté à l'assassinat du rabbin Meir Kahane dans une rue de New York. Interrogés par les avocats de la défense, elles ont toutes donné une version différente du meurtre. Le jury, totalement désorienté, a relaxé l'accusé. Sans parler de l'assassinat de Kennedy...

– D'ordinaire, tu te fies aux conclusions des experts. Sidney t'a donné les siennes. Qu'en penses-tu ?

– Les expertises jouent un rôle capital. Mais elles doivent correspondre à d'autres facteurs. Quand il n'y a pas de suspect identifié, comme dans le cas du 747, les témoins eux-mêmes deviennent suspects. Et on les traite comme tels. Dès lors, les experts se retrouvent sur la sellette et se sentent sur la défensive. Et, du coup, les dés sont pipés.

– Que fait-on, dans ces cas-là ?

– On reprend tout de zéro. Depuis le début.

– Ou bien on embauche un nouvel enquêteur, qui voit tout avec un œil neuf.

– Parfois.

– Et alors ?

– Je vais y songer.

Nous retournâmes vers l'arrière de l'avion, cette fois en empruntant l'allée de gauche.

– En dehors des faits et des témoignages, qu'est-ce qui te frappe le plus ?

– Donne-moi un indice.

– Ce que tu apprécies le moins...

Je descendis les marches de bois. J'avais envie de quitter cet avion, son délabrement, son infinie tristesse.

Kate me suivit. Nous traversâmes le hangar, jusqu'à la porte.

– John ?

– J'essaie de deviner.

L'air frais de la nuit me fit du bien. Je montai dans la Jeep et Kate s'installa à côté de moi. Je mis le moteur en marche, allumai les phares et roulai vers le portail.

– La CIA, dis-je enfin. Pourquoi est-ce elle, et non le FBI, qui a réalisé le film ?

– Toute la question est là.

– Qu'est-ce que la CIA avait à voir là-dedans ?

– Au début, lorsque la thèse de la bombe ou du missile occupait tous les esprits, ses agents se sont démenés, traquant des terroristes étrangers.

– Des terroristes opérant sur le territoire des États-Unis sont sous la juridiction du FBI.

– C'est juste. Mais tu sais bien qu'on a intégré des agents de la CIA dans notre organisation. Souviens-toi de Ted Nash.

– Je ne l'oublie pas. Je me rappelle aussi que tu dînais de temps en temps avec lui.

– C'est arrivé une fois.

– Peu importe. Pourquoi a-t-il interrogé le commandant Spruck ?

– Je l'ignore. C'était un peu inhabituel.
– Que t'en a-t-il dit pendant votre souper aux chandelles ?
– John, ne fais pas de fixation sur mon unique rendez-vous avec Ted Nash. Il n'avait rien de romantique.
– Je m'en fous. Il est mort.
Elle revint au sujet.
– Après que le FBI et le Bureau de la sécurité aérienne eurent conclu à un accident, la CIA aurait dû se retirer du jeu. Mais elle ne l'a pas fait. Je n'ai jamais compris pourquoi on lui avait confié la réalisation de l'animation vidéo diffusée à la télévision. D'ailleurs, personne, au FBI, ne l'a compris. On a prétendu, de source officieuse, que ses dirigeants avaient refusé de s'y associer.
– Pourquoi ?
– Sans doute parce qu'elle était trop tendancieuse. Elle soulevait plus de questions qu'elle n'en résolvait. Et elle provoquait l'indignation de nombreux témoins, selon lesquels elle ne correspondait en rien à ce qu'ils avaient vu. Bref, cette animation a envenimé toute l'affaire.
– Ces types sont plus arrogants qu'intelligents, observai-je.
Nous roulions à présent sur la voie express de Long Island.
– Il faut que je visionne à nouveau cette vidéo, dis-je.
– J'en ai une copie.
– Parfait.
Je réfléchis un moment.
– En fait, ce que nous recherchons vraiment, c'est ce couple sur la plage. Prions Dieu pour que ces deux tourtereaux aient filmé leurs galipettes et les aient enregistrées sur cassette. Prions pour que cet enregistrement, s'il a existé, existe toujours et montre, en arrière-plan, ce qui est arrivé au vol 800. Prions enfin pour qu'il contredise l'animation de la CIA.
– C'est le seul élément qui pourrait aboutir à la réouverture du dossier, admit Kate. À moins qu'une personne ou une organisation ne revendique de façon crédible la destruction de l'avion.
– Des groupes terroristes du Proche-Orient ne l'ont-ils pas fait ?
– Du bidon. Aucun n'a fourni de renseignement confidentiel susceptible de prouver l'attentat. Ils ont même interprété de travers les informations qu'on avait rendues publiques. Cela n'a

fait que renforcer la thèse de l'accident. D'un autre côté, certaines nouvelles organisations terroristes ne revendiquent jamais leurs actions. Elles se contentent de semer la mort et la destruction. Comme ce Ben Laden et son groupe, Al-Qaida.

– C'est vrai.

Je revins au couple sur la plage.

– Pourquoi n'as-tu pas retrouvé Roméo et Juliette ?

– On ne me l'a pas demandé.

– Tu m'as dit que tu connaissais le nom de l'hôtel où ils avaient peut-être séjourné.

– Oui, c'est exact. Pour t'avouer la vérité, ajouta Kate après un silence, je n'ai pas été impliquée directement dans cette partie de l'enquête. Je suis simplement tombée par hasard sur le rapport de ce flic local et j'ai, de ma propre initiative, passé quelques coups de fil. J'ai très vite été bloquée.

– Je vois. Tu ne sais donc pas si cette piste a abouti.

– Non.

– On a peut-être retrouvé ce couple.

– Peut-être.

– Peut-être n'y avait-il pas d'enregistrement de l'événement en question.

– Peut-être.

– Peut-être existait-il. Mais le couple l'a peut-être détruit.

– Peut-être.

– Peut-être que la CIA a récupéré l'enregistrement et détruit le couple.

Elle ne répondit pas.

Je n'ai jamais cru aux complots, surtout fomentés par les membres du gouvernement ou les chefs militaires. Ils sont incapables de s'entendre, de garder un secret ou de faire quoi que ce soit qui pourrait compromettre leur carrière et leur pension.

Seule exception : la CIA. Ces tordus ne vivent, ne respirent que pour les coups fourrés, les conspirations, les secrets et les activités illégales. C'est pour ça qu'on les paye.

En dépit de tous mes problèmes avec le FBI, j'étais obligé d'admettre que ses agents, eux, étaient droits dans leurs bottes et respectueux de la loi, à l'image de mon épouse bien-aimée que la perspective de franchir la ligne, fût-ce de quelques centimètres, commençait à déprimer.

Elle murmura, comme pour elle-même :

– Si nous poursuivons dans cette voie, nous n'aurons pas beaucoup de temps avant qu'ils nous tombent dessus.

– On rentre ? suggérai-je.

– On rentre.

Je pris la bretelle ouest de la voie express, en direction de Manhattan. À cette heure, la circulation était fluide. Je me plaçai sur la file de gauche et appuyai sur le champignon, sans tenir compte de la limitation de vitesse.

D'habitude, c'est moi qui colle au train des gens. Mais mon monde avait basculé. Je regardai donc dans mon rétroviseur. Je fis ensuite une brusque embardée, coupant la route vers la sortie la plus proche.

Personne ne me suivit.

Je réintégrai la voie express à l'entrée suivante. Kate, qui n'avait fait aucun commentaire, murmura :

– Nous devrions peut-être laisser tomber.

Son chuchotement ressemblait à celui d'une femme désirée qui, lors du rendez-vous décisif, vous susurre à l'oreille, après avoir ôté son chemisier et son soutien-gorge neufs achetés pour l'occasion :

– Nous ne devrions pas...

Fourberie typiquement féminine qui consiste, tout en s'en défendant, à vous laisser la responsabilité de l'irréparable. Refusant d'entrer dans ce jeu, je répliquai :

– C'était ton idée.

– Peut-être souhaitais-je simplement te faire partager ce que j'ai vu et entendu, te montrer que cela fait partie de moi. Mais je m'en voudrais de te forcer la main. Ça m'angoisse de t'entraîner dans cette histoire.

– Ta sollicitude me bouleverse. J'en pleurerai jusqu'à la fin de mes jours.

– Foutre de Dieu, arrête tes conneries !

– Qui t'a appris à jurer comme ça ?

– Devine. Alors, qu'est-ce que tu décides ?

– À quoi dois-je m'attendre, à ton avis ?

– Uniquement à des ennuis.

– Voilà un argument frappant !

Chapitre 11

Nous roulâmes un instant en silence. Puis Kate me dit :

– En ce qui concerne Sidney Siben, j'ai pensé qu'il valait mieux que tu entendes la version officielle de la bouche de son meilleur défenseur. Tu as eu droit à tous les aspects du problème. Maintenant, conduis. Moi, je dors.

Elle repoussa le dossier de son siège, fit sauter ses chaussures en deux coups d'orteils et ferma les yeux. Les femmes sont capables de s'endormir en moins de dix secondes ; ce qu'elle fit.

Quelques minutes plus tard, je dépassai la sortie du Laboratoire national de Brookhaven.

– Quelles sont les sept hypothèses ?

– Mmm... ?

– Réveille-toi. Tiens-moi compagnie. Quelles sont les sept hypothèses ?

Elle bâilla et bougonna :

– Première hypothèse : tir allié ; manœuvres aériennes et navales américaines cette nuit-là... On aura lancé un petit avion télécommandé, un drone, supposé servir de cible. Un missile l'aura raté et percuté accidentellement le 747... À moins que le drone lui-même n'ait touché l'avion. Peu probable. Trop de témoins à bord des navires.

– Bien. Deuxième hypothèse.

– Impulsion électromagnétique. Les exercices militaires créent des champs électromagnétiques puissants qui peuvent, en théorie, envelopper un avion... Ça n'explique pas le trait de lumière.

– Numéro trois.

– Un sous-marin étranger en plongée tirant un missile mer-air.

– Qu'est-ce qui cloche avec celle-là ?

– Retour à l'hypothèse numéro un. Il y a eu effectivement des manœuvres au cours de cette nuit. Un submersible étranger aurait été immédiatement repéré.

– Et nos propres sous-marins ?

– Ils sont compris dans la première hypothèse... Hypothèse numéro quatre : météorite ou débris d'un engin spatial. Possible, mais peu probable. Où en sommes-nous ?

– Numéro cinq...

– Le méthane. Un gaz invisible d'origine naturelle a jailli du fond de l'océan et a été enflammé par les moteurs de l'avion. Théorie fumeuse, contredite par toutes les expertises. Sixième hypothèse : le rayon de la mort. Laboratoire national de Brookhaven. Abracadabrant. De toute façon, le laboratoire a démenti.

– Sept.

– La porte de fret du 747... Certaines traces indiquent qu'elle aurait pu être soufflée avant l'explosion et provoquer une décompression rapide, entraînant une suite d'événements qui aurait abouti à cette même explosion. Mais il est plus probable que l'explosion a eu lieu d'abord. Bonne nuit.

– Accroche-toi encore. Et le missile terroriste ?

– C'est une catégorie en soi.

– D'accord. Mais je pense toujours à ce que m'a dit ton ami Sidney ; non pas à propos des résultats des expertises, mais sur les circonstances du crash. Pourquoi abattre un avion si loin de l'aéroport ? Et pourquoi le gouvernement aurait-il délibérément couvert un attentat ? Une attaque perpétrée en haute mer aurait mis tout le monde hors de cause, évité aux assurances de débourser des millions de dollars et à Boeing d'en dépenser autant pour corriger les défauts du réservoir central. S'il y avait vraiment eu un complot fomenté par le gouvernement, il aurait consisté à inventer un attentat, et non à faire croire à une défaillance mécanique. À moins, bien sûr, que les autorités n'aient pas voulu créer de panique en reconnaissant un échec absolu des services secrets. C'est là qu'intervient la CIA et...

Je jetai un coup d'œil à Kate.

– Hou, hou !

Elle ronflait doucement.

Je restai seul avec mes pensées, qui commençaient à se télescoper. Pour y mettre un peu d'ordre, je revins au service commémoratif et à mon collègue Liam Griffith. Ce type pouvait très bien faire partie du groupe des « Citoyens se fiant à deux cents témoins ». Kate avait-elle manigancé notre rencontre ? Griffith s'était-il montré agressif et menaçant uniquement pour me provoquer, me pousser à m'intéresser à l'affaire ? Ou était-il simplement ce qu'il paraissait être : un agent du FBI m'enjoignant de me mêler de mes oignons ?

Je regardai de nouveau Kate. Sommeil paisible, visage angélique. Mon ange ne manipulerait quand même pas son mari adoré...

Scène deux. Parc régional de Cupsogue Beach. Crépuscule. Un homme et une femme sur la plage.

Avaient-ils réellement vu et enregistré le trait de lumière et l'explosion ? Et pourquoi ne les avait-on jamais identifiés ?

À moins qu'on les ait retrouvés. Et que, comme je l'avais soufflé à Kate, qui n'avait pas répondu, la CIA les ait mis hors d'état de nuire.

Non. Ça, c'était de la paranoïa à l'état pur, du Corey pur jus. Ma piètre opinion de la CIA ne se justifiait pas. Ted Nash était une ordure, mais n'était en rien représentatif de l'agence. Compris ?

Scène trois. Base de garde-côtes de Moriches. Commandant Spruck, témoin fiable et sûr de lui.

C'est ce que je n'arrivais pas à m'ôter de l'esprit. Ce vétéran faisait partie des deux cents hommes, femmes et enfants qui, individuellement ou en groupe, avaient vu la même chose. « Ça, c'est le haut. D'accord ? »

Enfin, scène quatre. Hangar de Calverton. M. Sidney R. Siben, membre du Bureau de la sécurité des transports aériens. L'incarnation de l'expert honnête, inflexible.

J'aurais adoré mettre en cage Spruck et Siben dans la même pièce pendant douze heures. On aurait assisté au pugilat du siècle.

Peut-être pas, après tout... En quittant le hangar, Siben avait exprimé des doutes. « Illusion d'optique... Non, ce n'est pas ça, merde ! »

C'était quoi, ce micmac ?

Tout d'un coup, l'image du 747 reconstitué se matérialisa devant mes yeux. Je me transportai mentalement à l'intérieur de la carlingue béante ; je redescendis les allées, sur la moquette recollée et entre les sièges vides. Comme disent les médecins légistes : « Les morts nous parlent. »

Ils ne se contentent pas de nous parler. Ils peuvent même apporter des preuves à une audition ou à un procès.

Le 747 avait livré la plus grande partie de ses secrets. Les corps repêchés également. Les témoins avaient fait leurs déclarations. Les experts s'étaient prononcés. Le problème, c'était que personne ne disait la même chose.

Et tout le monde ne disait pas la vérité.

Ceux qui croyaient la dire se trompaient peut-être.

Ceux qui savaient qu'ils mentaient ne la connaissaient peut-être pas.

Et cinq ans avaient passé.

Cette affaire avait compromis ou brisé nombre de carrières. Je ne tenais guère à ajouter la mienne, ni celle de Kate, à la liste.

En un an de mariage, cette catastrophe ne s'était jamais interposée entre nous, même si je me souvenais maintenant que Kate s'était rendue sans moi, en juillet de l'année précédente, au service funéraire. Je me demandai pourquoi elle avait attendu l'anniversaire suivant pour m'y impliquer. Peut-être m'avait-elle fait subir une période probatoire. Ou alors un élément nouveau était apparu. Quoi qu'il en soit, elle venait de me laisser entrevoir qu'un groupe de personnes refusait de lâcher prise.

Petite précision : Kate Mayfield n'était pas du genre à vouloir ébranler le système. Elle *était* le système.

Moi, au contraire, j'avais bâti ma carrière et ma réputation, ou ce qui en tenait lieu, en m'engouffrant dans des sens interdits pour me précipiter dans des chemins semés d'embûches.

À présent, nous avions inversé les rôles, ce qui aboutit généralement à des désastres.

Cette affaire avait brûlé quiconque s'en était approché de trop près. C'était un rayon de la mort, un gaz explosif, un missile fantôme, une impulsion électromagnétique, un mélange volatil d'air et de kérosène ; et une illusion d'optique.

Pour mon bien et celui de Kate, je sentais d'instinct que j'aurais eu tout intérêt à oublier ce que j'avais vu et entendu cette nuit-là. Mais il y avait d'autre gens que Kate et moi, des personnages bien plus importants que tous ceux, membres du gouvernement ou non, mêlés à cette histoire.

Les victimes. Les deux cent trente morts. Et puis leurs familles, leurs proches, les anonymes qui avaient déposé des roses sur les sièges de l'avion, allumé des bougies devant l'océan et s'étaient avancés dans la mer pour y jeter des fleurs. Sans compter les absents, qui étaient restés chez eux pour pleurer.

Ces êtres-là, je n'avais peut-être pas envie de les laisser choir.

Chapitre 12

De retour au bercail, dans un appartement dont mon salaire suffisait à peine à payer le loyer, au trente-quatrième étage d'une tour de la 72e Rue Est, entre la Deuxième et la Troisième Avenue. Deux heures du matin. Un verre de whisky à la main, je contemplais, depuis mon balcon, le sud de l'île de Manhattan.

Entre les gratte-ciel de Midtown, j'apercevais le Bowery et une parcelle de Lower East Side, où j'avais grandi, dans Henry Street. Au-delà de Chinatown, je distinguais les palais de justice, les prisons, One Police Plaza où j'avais sévi jadis, et Federal Plaza où je travaillais à présent.

La plus grande partie de mon existence s'étalait sous mes yeux : John Corey enfant jouant dans les rues misérables de Lower East Side, John Corey jeune flic au Bowery, John enquêteur de la criminelle et enfin John Corey agent antiterroriste de l'ATTF.

Et, à présent, John Corey marié depuis un an pour la seconde fois, occupant l'appartement de sa première épouse désormais à la colle avec son patron, un parfait connard qui faisait fortune en défendant des financiers véreux.

À la pointe extrême de Manhattan, les immeubles de Wall Street se dressaient comme des stalagmites jaillissant d'un lac souterrain. Sur la droite, les tours jumelles du World Trade Center montaient en flèche vers le ciel.

Le 26 février 1993, vers midi, des terroristes moyen-orientaux, au volant d'une camionnette de location Ryder, pénétrèrent dans le parking souterrain de la tour nord, garèrent le véhicule et s'en allèrent. À 12 h 18, la camionnette explosa, tuant six personnes et en blessant mille. Si la tour s'était effondrée, on aurait compté les morts par milliers. Ce fut le premier attentat terroriste jamais perpétré sur le sol américain. Ce fut également un avertissement, que personne n'entendit.

Pour l'heure, la question était : qu'est-ce qui avait provoqué l'explosion du vol 800 de la TWA et son plongeon dans l'océan Atlantique ?

Il n'y avait que deux possibilités, qui s'excluaient mutuellement : accident ou deuxième attentat terroriste.

Le gouvernement avait mis quatre ans et dépensé quarante millions de dollars pour arriver à la conclusion qu'il s'agissait d'un accident.

Certains groupes privés et de nombreux individus, après cinq ans, refusaient toujours de l'admettre. Quant à moi, je me sentais partagé, penchant tantôt d'un côté, tantôt de l'autre.

Provoquée par l'insomnie et le whisky, une image me hantait : deux cent trente hommes, femmes et enfants morts, rassemblés dans une pièce de l'autre monde qui ressemblait à s'y méprendre à la carlingue d'un avion, attendant en silence que les vivants répondent à la question.

Les morts ont beau parler, je doutais que ceux-là fussent en mesure de dire avec certitude ce qui leur était arrivé lors des deux secondes d'horreur absolue qui avaient mis fin à leur existence.

Je gagnai le salon, aux tapis de jonc et au décor marin aussi surchargé de bleu et de vert que le vestibule d'un hôtel de Palm Beach. Kate avait l'intention de le refaire à la première occasion. Mais elle ne m'enlèverait jamais la seule pièce de mobilier que j'avais achetée : mon fauteuil inclinable de cuir marron.

Je me versai un autre scotch, mis le magnétoscope en marche, m'assis dans mon fauteuil et fixai l'écran de télévision.

La cassette comportait une compilation d'images accompagnées d'une musique pompeuse et montées par des adeptes de la théorie du complot qui soutenait, selon Kate, la thèse du missile terroriste. On y avait inclus l'animation de la CIA.

Elle commençait par l'interview d'un ancien dirigeant du NTSB, le Bureau national de la sécurité des transports aériens. Cet homme affirmait à un journaliste de télévision qu'il était tout à fait inhabituel qu'on ait chargé le FBI des investigations.

Le Congrès, précisait-il, avait donné un mandat clair au NTSB pour enquêter sur les catastrophes aériennes.

Il se gardait bien de prononcer le mot « accident ». De toute évidence, certains membres du gouvernement croyaient à un crime, raison pour laquelle on avait confié au FBI, et non au NTSB, l'enquête et la reconstitution de l'appareil.

Ensuite, un expert déclarait que le réservoir central n'avait pu provoquer une explosion de cette ampleur, puisqu'il ne renfermait que « quelques gouttes » de carburant.

Or, Siben m'avait assuré qu'au moins deux cents litres n'avaient pas été aspirés par la pompe. De toute façon, c'étaient les vapeurs volatiles et non le carburant lui-même qui avaient apparemment causé l'explosion initiale.

Donc, dès les premières minutes, la cassette contenait des erreurs ou des faits commentés de façon tendancieuse.

La suite m'intéressa davantage. Des gens identifiés de façon vague évoquèrent d'une voix lugubre des pièces de l'avion entreposées dans le hangar de Calverton puis disparaissant comme par enchantement, des sièges repêchés des profondeurs de l'océan qu'on n'avait plus revus, ou des plaques d'aluminium qu'on avait martelées pour les remodeler, détruisant ainsi de précieux indices.

Ils évoquèrent la présence du 747 d'El Al derrière celui de la TWA, des rapports de laboratoire faisant état de résidus d'une ogive explosive et de propergol, de missiles « mal guidés ». Quelqu'un mentionna une lettre de menaces rédigée en termes flous et envoyée par un groupe terroriste du Moyen-Orient quelques heures avant la catastrophe, puis s'interrogea sur d'autres indices altérés ou ignorés.

Bref, ce pseudo-document développait de nombreux points, mais sans adopter de ligne claire. La masse d'informations qu'il délivrait ressemblait à un rideau de fumée. Ou, pour être honnête, il accordait le même poids à toutes les hypothèses, sauf aux déclarations officielles concluant à une défaillance mécanique.

La cassette donnait ensuite des détails sur les manœuvres qui s'étaient déroulées au cours de la nuit du 16 juillet 1996 dans le secteur W-105, au large de Long Island. Je crus que les auteurs du document allaient en déduire que le Boeing avait été abattu par un missile américain « mal guidé ». Mais un ancien officier de marine, qui me rappelait beaucoup le commandant Spruck, déclara :

– Il est inconcevable qu'une bavure de cette ampleur ait pu être couverte par des centaines, voire des milliers de personnes.

Je partageais son avis, comme j'avais adhéré à celui de Spruck. Dès lors, je me demandai pourquoi ces manœuvres jouaient un rôle si important dans la théorie du complot. Je suppose qu'elles allaient bien dans le tableau. Les manigances du gouvernement passionnent bien plus les foules que sa stupidité.

La cassette révélait quand même un élément troublant : les enquêteurs avaient identifié et retrouvé tous les navires repérés par les radars dans les environs du crash. Sauf un. Un bateau rapide avait quitté la zone tout de suite après l'explosion et personne, ni la marine, ni le FBI, ni les garde-côtes, ne savait ce qu'il était devenu. Si c'était vrai, il ne pouvait s'agir que du bateau d'où le missile, s'il y avait eu un, avait été lancé.

Apparurent alors sur l'écran trois clichés en couleur pris cette nuit-là par des gens qui, en photographiant des proches, avaient involontairement capté en arrière-plan, dans le ciel nocturne, un bref trait de lumière. Le narrateur insinuait que c'était peut-être la postcombustion d'une roquette ou d'un missile.

Le problème avec les images fixes, surtout prises par hasard, c'est qu'elles ne prouvent jamais rien. Il en va différemment des images animées, films et vidéos. Je repensai au couple sur la plage.

Venait ensuite la partie la plus probante du document : les déclarations de six témoins oculaires. Certains avaient été interviewés sur les lieux où ils disaient s'être trouvés lorsqu'ils avaient vu s'élever le trait de lumière, dont ils montraient du doigt la trajectoire. Ils semblaient crédibles et sûrs de leur fait. Deux ou trois ne purent contenir leur émotion. Une femme éclata en sanglots.

Tous racontaient à peu près la même chose, avec de légères variantes : ils étaient en train de regarder la mer lorsqu'ils avaient vu un éclatant faisceau lumineux surgir de l'océan, prendre de la vitesse puis disparaître en plein ciel dans une petite explosion, suivie par une énorme boule de feu qui, aussitôt après, s'était abîmée dans les flots.

Leur précision ne laissait que peu de place au doute. Pourtant, pour des raisons inconnues, le FBI avait demandé à la CIA d'interpréter leurs déclarations et celles de près de deux cents autres témoins qui, tous, avaient décrit la même scène.

Enfin, le clou du document : l'animation de la CIA. Je posai mon verre et regardai attentivement cette représentation, commentée par un narrateur à la voix aussi exaspérante que l'affectation du texte.

Elle montrait d'abord le réservoir vide avec, au fond, entre les déflecteurs, quelques résidus de carburant. Ensuite, le narrateur mentionna les vapeurs volatiles. On vit alors une étincelle, venue de l'intérieur du réservoir. Puis l'explosion.

Cette explosion fuel-air fit voler en éclats le côté gauche du réservoir et enflamma le carburant du réservoir latéral gauche, provoquant une autre explosion, énorme, représentée comme un big bang en dessin animé.

Le narrateur expliqua que l'onde de choc avait provoqué l'arrachement de l'avant de l'appareil et sa chute.

Jusque-là, j'étais d'accord.

Il tenta ensuite d'expliquer ce qu'avaient aperçu les deux cents témoins.

Délesté de son nez et avec un réservoir brisé, le 747 était supposé avoir été confondu avec un missile. L'animation montrait, non pas une mais plusieurs coulées de carburant enflammé descendant vers l'océan. L'avion sans nez ni dôme s'élevait de 900 mètres, chiffre fourni par les observations radars, s'embrasait en une énorme boule de feu nourrie par le carburant et chutait en vrille.

Voilà, concluait la voix, ce que les gens avaient pris pour un missile percutant l'appareil. Je m'écriai :

– Là, je ne te suis plus !

Si j'avais bien compris, la CIA prétendait que les deux cents témoins n'avaient pas remarqué le Boeing *avant* l'explosion. Ce qui avait attiré leur attention, c'était l'éclat de la déflagration initiale ; ou la seconde, bien plus violente ; ou encore, pour certains, le bruit, qu'ils avaient perçu trente ou quarante secondes après. Ensuite, en levant les yeux, ils avaient vu deux choses : l'avion disloqué s'élevant d'un bond avant de plonger dans les flots et les coulées de carburant en flammes, qui se reflétaient peut-être sur la mer. En d'autres termes, tous ceux qui avaient assisté à ces événements les avaient mémorisés à l'envers.

Quelques témoins revinrent à l'écran. Le premier déclara :

– Comment un avion s'élevant de 4 500 à 5 400 mètres pourrait-il ressembler à un missile à grande vitesse surgissant de l'océan ?

Un ancien pilote de la Garde nationale ajouta :

– Le faisceau a mis entre trois et cinq secondes pour parvenir à 4 500 mètres. Il filait à une vitesse supersonique.

Un autre, en qui je reconnus un participant à la conférence de presse télévisée donnée trois jours plus tôt par le FIRO, s'exprimait face à sa maison de Long Island, devant laquelle il se tenait au moment du crash.

– Cette animation ne ressemble en rien à ce que j'ai vu, clama-t-il. Pas même de loin.

Une femme, filmée sur le pont où elle marchait cette nuit-là, précisa :

– J'ai vu tomber la coulée de carburant. Mais c'était après le faisceau dans le ciel.

Je repensai aux mots de Spruck : *« Ça, c'est le haut, d'accord ? »*

J'arrêtai le film, retournai sur mon balcon et contemplai le firmament. Je localisai un avion volant d'ouest en est, sans doute en direction de l'aéroport Kennedy. J'essayai de l'imaginer se changeant subitement en une énorme boule de feu, puis s'élevant de plusieurs centaines de mètres tout en poursuivant sa trajectoire vers l'est, son carburant enflammé coulant de ses réservoirs rompus.

J'essayai de plaquer sur cette vision celle d'un missile ou d'un faisceau lumineux non identifié jaillissant des flots. Impossible. Il n'y avait aucune corrélation entre les deux images... Sans parler des lois de la physique qui, dans ce cas, auraient été annulées.

Je retournai dans mon salon, m'installai de nouveau dans mon fauteuil pour réfléchir.

Pourquoi le FBI avait-il demandé à la CIA de réaliser le film virtuel ? Meilleure question : le FBI le lui avait-il vraiment demandé ? Ou la CIA avait-elle laissé entendre, avec insistance, que le FBI le lui avait demandé ?

Quel était le but de cette animation ? D'abord, expliquer aux gens présents sur les lieux ce qu'ils avaient réellement vu, et non ce qu'ils croyaient avoir vu. La CIA paraissait bizarrement soucieuse de la santé mentale et de l'état émotionnel de ces témoins traumatisés.

Bien sûr, il s'agissait aussi et surtout de faire avaler à 250 millions d'Américains que ce que deux cents personnes avaient vu au même moment n'était qu'une illusion d'optique qu'elles avaient toutes gobée.

En fait, cette animation soulevait plus de problèmes qu'elle n'en résolvait. Et elle réfutait, en dépit de toute logique, des témoignages dignes de foi. Parfois, il vaut mieux en dire et en montrer le moins possible. En martelant sans la moindre finesse ses arguments en faveur de la thèse de l'accident, la CIA ne réussissait qu'à la rendre éminemment suspecte.

Je remis le magnétoscope en marche. Kate entra dans le salon, vêtue d'une courte nuisette.

– Viens te coucher, John.

– Je n'ai pas sommeil. J'ai les nerfs en pelote.

Elle tira jusqu'à elle le repose-pied de mon fauteuil, s'assit près de moi et me prit la main. Nous regardâmes ensemble les dernières minutes de la bande, qui se terminait par une série de questions non élucidées et laissait ouverte la possibilité d'une suite. Ensuite, nous restâmes dans l'obscurité, très loin au-dessus des rues de New York, au milieu des étoiles et des gratte-ciel qui scintillaient dans le ciel.

– Qu'en penses-tu ? murmura Kate.

– Je pense que cette cassette est fausse à quarante pour cent et tendancieuse à quarante autres pour cent.

– Et le reste ?

– Il contient juste assez de vérité pour qu'on s'interroge... Comme cette histoire de bateau manquant. Elle est vraie ?

– Oui. Les radars montrent qu'il s'est éloigné à toute allure juste après l'explosion. La plupart des plaisanciers et des pêcheurs qui se trouvaient aux alentours se sont dirigés vers le crash pour voir s'ils pouvaient se rendre utiles. Quant aux navires de guerre, ils sont restés sur place jusqu'à ce qu'ils reçoivent l'ordre de faire eux aussi mouvement vers le lieu de la catastrophe. Les garde-côtes et le FBI ont lancé un appel à tous les bateaux, leur demandant de converger vers la zone, de donner leur position et de décrire ce qu'ils avaient vu. Tous ont obtempéré. Sauf celui-là.

– C'est donc lui qui aurait lancé le missile.

– C'est l'hypothèse.

– Ses occupants étaient peut-être aussi pressés de filer que le couple de la plage. Je suis sûr que cette nuit d'été a réuni nombre d'hommes et de femmes qui n'auraient pas dû être ensemble.

– Tu veux dire que, sur ce bateau fantôme, le seul missile détecteur de chaleur se cachait entre les jambes d'un mâle ?

– On peut voir les événements de cette façon.

Elle sourit et ajouta :

– En fait, tu n'es pas le seul à avoir eu cette idée... Qu'est-ce que l'animation de la CIA t'a inspiré ?

– Elle n'est pas nette.

– Tu sais, les témoins n'ont pas tous décrit la même chose. Certains ont vu deux traits de lumière au lieu d'un. Beaucoup l'ont vu monter plus haut que l'avion, puis redescendre en arc de cercle avant de le percuter. D'autres affirment, au contraire, qu'il l'a heurté par en dessous. Certains parlent, non de deux explosions, mais de trois ou quatre. Quelques-uns ont vu le nez se détacher, d'autres non. Certains racontent que l'avion a paru s'immobiliser en plein ciel après la première déflagration, alors que d'autres l'ont vu faire un bond, ce que confirment les radars. Certaines déclarations évoquent un plongeon en piqué, d'autres une chute en vrille. En d'autres termes, les témoins ne s'accordent pas tous sur les détails.

– Voilà pourquoi je ne comprends pas comment la CIA a pu émettre une hypothèse en se fondant sur autant de dépositions contradictoires. Il aurait fallu au moins douze animations pour rendre compte des différents témoignages.

– Je crois, répondit Kate, que la CIA s'est appuyée sur les conclusions officielles, qui excluaient le missile. Ensuite, ses agents se sont fiés au scénario mis au point par les experts, qui leur ont dit ce qui aurait dû, ou pu se passer. Les déclarations des témoins étaient donc hors de propos. La CIA leur a assené : « Ce que vous avez vu, c'est ça ». Point final.

– Exact. Quelqu'un, sur la bande, révèle qu'aucun d'entre eux n'a été appelé à témoigner aux auditions publiques. C'est vrai ?

– Oui. Je vais t'apprendre autre chose. Le FBI n'a procédé à aucun interrogatoire complémentaire. Des dizaines de témoins n'ont cessé de téléphoner, demandant à être entendus de nouveau. Certains, furieux, ont voulu rendre leur témoignage public. Mais les médias, dès que le gouvernement a commencé à dire qu'il s'agissait d'une défaillance mécanique, leur ont opposé une fin de non-recevoir. Jamais, au cours de ma carrière, je n'ai vu autant de témoins fiables jouir d'aussi peu de crédit.

– Peut-être. Mais plus tu as de témoins, plus leurs déclarations se contredisent. Et elles finissent par s'annuler. Je préfère avoir affaire à un ou deux témoins fiables qu'à deux cents.

– Je t'en ai fait rencontrer un.

– C'est juste. Mais les gens sont conditionnés. Ils voient ce qu'ils s'attendent à voir. Selon les époques, les témoignages changent. En été 1996, trois semaines avant la catastrophe du vol 800, un attentat a eu lieu contre les tours de Khobar, où logeait du personnel militaire américain. Le FBI était en alerte maximale à cause des jeux Olympiques d'Atlanta. Les médias ne parlaient que d'une attaque potentielle commanditée par l'Iran, ou perpétrée par une dizaine de groupes terroristes différents. Donc, quand le Boeing de la TWA a explosé, à quoi as-tu d'abord pensé ? Probablement à la même chose que moi : un attentat. Pourtant, nous ne nous connaissions pas.

Elle garda le silence un moment avant de répondre :

– En fait, le premier scénario que nous avons envisagé s'inspirait des récits des témoins.

– Toute la question est là. Ils ont vu ce qu'ils étaient prédisposés à voir. Écoute... Si cet avion s'était écrasé en 1946 et non en 1996, la plupart des gens auraient cru à une défaillance mécanique. En 1956, ils auraient pensé à une soucoupe volante ou à une arme secrète soviétique, parce que c'est ce qui les obsédait à l'époque. En 1976 ou en 1986, ils auraient parlé d'une bombe à bord car c'était ce qui se passait alors. En 1996, c'est devenu un missile sophistiqué, tiré par des terroristes moyen-orientaux.

– Te ferais-tu l'avocat du diable ?

– Je ne suis pas son avocat. Je suis Belzébuth en personne.

– Alors, viens au lit faire flamber ta sorcière.

Elle n'eut pas besoin de me le proposer deux fois. Nous fîmes l'amour avec frénésie, comme deux êtres harassés cherchant à se libérer de la tension d'une journée pénible. Cette furie-là, au moins, nous la contrôlions ; et nous pouvions l'orienter vers une issue heureuse.

Chapitre 13

Le lendemain matin, enveloppé dans mon vieux peignoir, je bus comme d'habitude mon café en compagnie de Kate, toujours vêtue de sa nuisette affriolante, dans la cuisine inondée de soleil.

Après le départ de Robin, j'avais jeté le *Times* à la corbeille et souscrit un abonnement au *Post*, dont les informations me suffisaient amplement. Mais depuis l'emménagement de Kate, le *Times* était revenu. Tout comme les yoghourts. D'ailleurs, ils allaient ensemble.

En sirotant mon café, je lus un article du *Times* sur la cérémonie commémorative à laquelle nous avions assisté la veille. Évoquant les parents et les proches des victimes, le journaliste écrivait : « Ils sont venus se recueillir là où ceux qu'ils aimaient ont péri. Ils sont venus entendre les vagues vertes déferler sur le sable, ils sont venus voir la tour rouge et blanche de la base des garde-côtes où furent ramenés les corps. Nombre d'entre eux n'ont pu que s'avancer dans la mer et y jeter une fleur... » Je sautai d'autres tirades aussi ampoulées avant de tomber sur le passage suivant : « Ils ont tout enduré, déclare leur avocat Frank Lombardi. Ils ont même eu affaire à des escrocs, à des fous. Récemment, ils ont été contactés par un individu qui prétendait connaître l'identité des terroristes responsables de la destruction de l'avion et proposait de la leur dévoiler contre 300 000 dollars en liquide. Comment peut-on exploiter ainsi la douleur ? »

Je terminai l'article, puis le tendis à Kate.

– Parfois, me dit-elle après l'avoir lu avec attention, j'ai l'impression de faire partie des fous les mieux intentionnés...

– À ce propos, comment s'appelait l'hôtel où le couple de la plage est supposé avoir séjourné ?

– Tout ce que tu as vu et entendu hier, répliqua-t-elle, faisait partie du domaine public ou, dans le cas du témoignage du commandant Spruck, relevait de la loi sur la liberté de l'information. Officiellement, cet hôtel, lui, n'existe pas.

– D'accord. Mais s'il existait, comment s'appellerait-il ?

– Le Bayview, à Westhampton Beach.

– Et qu'y as-tu découvert ?

– Ainsi que je te l'ai dit, je ne m'y suis jamais rendue en personne. J'ai simplement passé de nombreux coups de téléphone aux établissements de la région, y compris les *Bed and Breakfast*, en leur laissant mon numéro au FBI. La plupart des gens qui ont rappelé m'ont appris que des agents du FBI leur avaient déjà rendu visite pour leur montrer une couverture. Le directeur de l'hôtel Bayview m'a dit avoir signalé aux enquêteurs qu'il lui en manquait une. C'était peut-être celle qu'ils lui montraient, mais il ne pouvait pas le jurer.

– Ensuite ?

– Il a ajouté que le FBI avait examiné ses registres, ses reçus de cartes bancaires et le contenu de son ordinateur avant d'interroger ses employés. L'enquête s'est arrêtée là. Le directeur m'a assuré qu'il n'en parlerait à personne, ainsi qu'on lui en avait intimé l'ordre. Il m'a ensuite demandé si on avait retrouvé les tireurs du missile.

– Pas encore. Le nom de ce gus ?

– Leslie Rosenthal.

– Pourquoi n'es-tu pas allée plus loin ?

– Retour à l'envoyeur. M. Rosenthal, ou le gérant d'un autre hôtel à qui j'avais téléphoné, a appelé son contact au FBI, à moins que le FBI ne l'ait mis sous surveillance. Quoi qu'il en soit, le lendemain, j'ai été convoquée dans un bureau où je ne m'étais jamais rendue, au vingt-sixième étage du 26, Federal Plaza. Deux hommes de l'OPR, que je n'avais jamais rencontrés et que je n'ai plus revus, m'ont déclaré que j'avais dépassé les limites de mes attributions dans cette affaire.

L'OPR est le « Bureau de la responsabilité professionnelle » du FBI, ou « *Office of Professionnal Responsability* ». Joli nom, digne d'un roman de George Orwell, qui désigne en fait, comme la police des polices de la ville de New York, une bande de mouchards, de fouineurs et d'espions. J'étais persuadé, par exemple, que le sieur Liam Griffith faisait partie de cette fine équipe.

– T'ont-ils proposé une mutation dans le Dakota du Nord ? demandai-je à Kate.

– Je suis sûre qu'ils y ont pensé. Ils sont pourtant restés courtois et n'ont parlé que d'une petite erreur de jugement de ma part. Ils m'ont même félicitée pour mon initiative.

– Tu as obtenu une promotion ?

– Ils m'ont poliment mais fermement suggéré de travailler en équipe. Ils ont ajouté qu'on avait mis d'autres agents sur cette piste et que je devais m'en tenir aux interrogatoires de témoins.

– Tu t'en es bien tirée. Un de mes supérieurs m'a un jour balancé un presse-papiers à la tête. J'aime mieux. Ça clarifie l'atmosphère.

– Nous sommes un peu plus subtils. En tout cas, j'ai enregistré le message. Et j'ai compris que j'avais levé un lièvre.

– Alors, pourquoi n'as-tu pas continué ?

– Parce qu'on m'avait ordonné de m'abstenir. Tu n'as pas écouté ?

– Oh, ils cherchaient juste à savoir ce que tu avais dans le ventre. Ils voulaient que tu leur rétorques que tu n'abandonnerais pas.

– C'est juste... J'ai pensé, précisa-t-elle après un silence, que si cette piste débouchait sur quelque chose, elle ferait l'objet d'un rapport interne suivi d'une conférence de presse. Il y a cinq ans, j'étais loin d'imaginer une conspiration ou un coup fourré.

– Aujourd'hui, tu as changé d'avis.

Elle éluda le sujet.

– Toutes les personnes impliquées dans l'affaire en ont été très affectées, mais je suis bien placée pour savoir que celles qui ont interrogé les témoins l'ont été d'une façon différente. Nous avons tous parlé à des gens qui avaient assisté à la catastrophe. Deux cents d'entre eux ont décrit ce qu'ils croyaient être un missile ou une roquette. Certains ont peut-être eu des doutes sur le moment. Mais, pour en avoir rencontré chacun une dizaine, les interviewers du FBI ou de la police de New York ont eu tout le loisir de réfléchir à leurs déclarations ; et je peux t'assurer qu'aucun n'a ensuite accordé le moindre crédit au rapport final ou à l'animation de la CIA. Les dirigeants de l'ATTF ont eu de gros problèmes avec eux ; je n'ai pas été le seul agent qu'on ait convoqué dans ce bureau.

– Intéressant. Comment fonctionnaient les entretiens ? Je veux dire : quel était le pourcentage d'interviewers de la police par rapport à ceux du FBI ? Qui avait droit à telle catégorie de témoins, etc. ?

– Au début, ce fut la pagaille. Des centaines de membres de la police de New York et du FBI ont été envoyés sur l'East End de Long Island dans les vingt-quatre heures. Ils ne savaient plus où loger. Certains dormaient dans leur voiture. Des motels ont été réquisitionnés, on a transformé les bâtiments des garde-côtes en dortoirs. Ceux qui n'habitaient pas trop loin rentraient chez eux le soir. J'ai dormi deux nuits dans un bureau de la base de Moriches en compagnie de quatre autres femmes. On m'a ensuite affecté une chambre d'hôtel, avec un autre agent du FBI.

– Qui ?

– Un certain Jason Mills.

– Tu as partagé une chambre d'hôtel avec un inconnu ?

Elle sourit.

– Non, John, je te charrie. Ne me demande pas le nom des gens avec qui j'ai travaillé. Je ne veux surtout pas que tu leur parles.

– Pas de problème. Bon, comment ça a marché ?

– Nous ne nous rendions pas compte du nombre de gens que nous aurions à interroger : au moins sept cents témoins authentiquement fiables, sans compter les autres, plus flous. Lesquels avaient aperçu le trait de lumière ? Lesquels n'avaient vu que l'explosion et la chute de l'avion en flammes ? Nous avons fini par les classer en fonction de leur crédibilité et de l'aspect de la catastrophe qu'ils décrivaient. En quelques jours, nous avons sélectionné plus de deux cents témoins qui affirmaient avoir vu le faisceau lumineux.

– Et ce sont ceux-là que le FBI s'est réservés.

– Exact. Mais, dans la confusion du début, les policiers de

New York ont hérité de nombre de bons témoins, et le FBI en a eu beaucoup de mauvais.

– Quelle horreur !

Elle ne releva pas.

– Nous avons mis de l'ordre là-dedans et ceux qui avaient vu le trait de lumière n'ont été interrogés que par nous. Ensuite, le nec plus ultra, soit les vingt personnes qui insistaient sur le faisceau surgissant de l'océan, a été confié à un échelon supérieur du FBI.

– Et de la CIA. Comme Ted Nash.

– Apparemment.

– Certains témoins ont-ils été victimes d'accidents fâcheux ?

Elle sourit de nouveau.

– Pas un seul. Désolée.

– Tant pis. Je parie quand même que les interviewers qui ont entendu les témoins ayant vu le trait lumineux, qu'ils soient de la police ou du FBI, font désormais partie du groupe qui remet en cause la thèse de l'accident.

– Il n'y a pas de groupe.

Elle se leva et partit s'habiller dans sa chambre. Je terminai mon café avant de la rejoindre.

Je sanglai le holster de mon Glock 9 mm personnel, copie conforme de mon ancienne arme de service. Kate se munit de son propre Glock, de calibre 40, pistolet réglementaire du FBI. Il est plus grand que le mien, ce qui ne me perturbe pas : je suis un rapide.

Nous enfilâmes nos vestes, elle boucla son attaché-case et nous quittâmes l'appartement.

J'imaginai six types de l'OPR faisant craquer leurs phalanges en attendant notre arrivée au 26, Federal Plaza.

Chapitre 14

Alfred, notre portier, nous appela un taxi et nous entamâmes notre trajet quotidien vers le bas de Manhattan. Il était neuf heures du matin. La circulation, en cette matinée de juillet chaude et ensoleillée, était presque fluide.

Nous ne sommes pas supposés aborder des sujets sensibles dans un taxi, surtout si le chauffeur s'appelle Abdul, nom que je déchiffrai sur sa licence. Pour passer le temps, je demandai donc à Abdul :

– Vous êtes aux États-Unis depuis longtemps ?

Il me jeta un coup d'œil dans le rétroviseur.

– Une dizaine d'années, monsieur.

– Selon vous, qu'est-il arrivé au vol 800 de la TWA ?

– John... souffla Kate.

Sans tenir compte de sa remontrance, je répétai ma question. Abdul répondit d'une voix hésitante :

– Oh, c'est une tragédie terrible...

– Pensez-vous que l'avion ait été abattu par un missile ?

– Je l'ignore, monsieur.

– Je crois, moi, que les Israéliens l'ont descendu et ont ensuite essayé de tout mettre sur le dos des Arabes. Qu'en pensez-vous ?

– C'est possible.

– Même chose avec l'attentat contre le World Trade Center.

– C'est possible.

– John...

– Donc, à votre avis, il s'agissait d'un missile.

– Euh... Beaucoup de gens l'ont vu.

– Et qui posséderait un missile aussi puissant ?
– Je n'en sais rien, monsieur.
– Moi, je vous le dis : les Israéliens.
– C'est possible.
– Qu'en dit le journal arabe posé sur le siège du passager, à côté de vous ?
– Euh... Ils mentionnent l'anniversaire de la catastrophe.
– Oui, mais qu'en disent-ils ? Bavure militaire américaine ? Ou les Juifs ?
– Ils n'affirment rien. Ils déplorent les pertes en vies humaines et cherchent des réponses.
– Ouais, moi aussi.
– Ça va, John, murmura Kate.
– J'essaie juste de détendre l'atmosphère.
– Pourquoi n'essaierais-tu pas de la fermer cinq minutes ? suggéra-t-elle.

Nous roulâmes en silence vers Federal Plaza.

Le gouvernement fédéral et ses employés se soucient hautement des droits et des sentiments des minorités, des immigrants de fraîche date, des Peaux-Rouges, des petits chiens, de la préservation des forêts et de la sauvegarde de la mousse des marais. Cette sensibilité m'est étrangère. Quant à mes idées progressistes, elles en ont pris un sacré coup le jour où le règlement de la police a proscrit l'usage des baffes lors des interrogatoires.

Pourtant, tout en n'étant pas sur la même longueur d'onde, l'agent spécial Mayfield et moi communiquons sans peine. J'avais même remarqué, au cours de l'année qui venait de s'écouler, que nous nous enrichissions mutuellement. Par exemple, elle jurait plus souvent et traitait plus volontiers les gens d'enfoiré et de tête de nœud tandis que, de mon côté, je prenais davantage conscience des angoisses propres aux enfoirés et aux têtes de nœud.

Nous arrivâmes devant le 26, Federal Plaza. Je payai la course. Pour le dédommager de l'anxiété que je lui avais causée, je donnai à Abdul un pourboire de cinq dollars. Kate et moi pénétrâmes ensuite dans le grand vestibule de l'immeuble de quarante et un étages donnant sur Broadway et marchâmes vers les ascenseurs réservés.

Federal Plaza abrite une tripotée d'agences gouvernementales, dont une moitié collecte les impôts que l'autre dilapide.

On n'accède aux étages 22 à 28, regroupant divers services de sécurité et de renseignements, que par des ascenseurs spéciaux, séparés du vestibule par d'épaisses parois de Plexiglas derrière lesquelles des sentinelles montent la garde. Comme d'habitude, je montrai trop rapidement mon passe au planton pour qu'il puisse y lire quoi que ce soit et tapai à toute allure un code sur un Digicode. La porte de Plexiglas s'ouvrit.

Kate et moi nous dirigeâmes vers les sept ascenseurs qui desservaient les étages 22 à 28. Aucun garde ne demanda à regarder nos passes de plus près.

Nous nous engouffrâmes dans un ascenseur et montâmes au vingt-sixième étage.

– Attends-toi à ce que nous soyons convoqués séparément dans un bureau quelconque, lui dis-je.

– Pourquoi ? Tu crois qu'on nous a suivis la nuit dernière ?

– Nous verrons bien.

Les portes de l'ascenseur s'ouvrirent, au vingt-sixième étage, sur un petit vestibule. Aucun planton en faction. Quand on était arrivé aussi loin, ce n'était peut-être pas nécessaire. Il y avait quand même des caméras de surveillance au plafond, mais les employés chargés de scruter les écrans, sans doute payés six dollars de l'heure, n'avaient certainement pas la moindre idée de ce qu'ils étaient censés repérer. À supposer qu'ils fussent éveillés.

Élément plus positif, Kate et moi dûmes taper un autre code pour pénétrer dans notre couloir.

Donc, pour être clair, la sécurité, aux étages 22 à 28 du 26, Federal Plaza, était bonne, mais pas excellente. En d'autres termes, si j'avais été un vilain monsieur plaquant le canon d'un pistolet contre le dos de Kate, j'aurais réussi à m'introduire dans le couloir sans passe ni code.

Bref, la sécurité, ici et probablement ailleurs, ne s'était pas améliorée au cours des vingt dernières années, en dépit du fait que nous étions en guerre.

De cette situation nouvelle, le public n'avait qu'une conscience vague. Quant aux agences gouvernementales supposées l'affronter, nul, à Washington, ne leur avait dit que ce qui passait aux quatre coins du monde était, en fait, une guerre menée directement contre les États-Unis et leurs alliés.

Washington et les médias avaient choisi de considérer chaque attentat terroriste comme un événement isolé, sans lien avec les autres, alors que même un demeuré ou un politicien y aurait vu, en y réfléchissant cinq minutes, une pièce d'un puzzle. Il fallait que quelqu'un rallie les troupes ou qu'un événement ait un retentissement suffisamment fort pour réveiller les morts.

C'était du moins mon avis, conforté par la brève année que je venais de passer ici avec l'avantage d'un regard extérieur. Tout flic cherche des ramifications prouvant l'action d'un tueur en série ou du crime organisé. Les fédéraux, eux, attribuaient les attentats terroristes à des groupes désorganisés ou à des psychopathes.

Ils se trompaient. Il s'agissait d'un projet plus vaste et beaucoup plus sinistre, mis au point par des gens qui passaient leurs nuits à réfléchir aux moyens de nous anéantir.

Mon opinion, toutefois, n'était guère populaire et peu de gens travaillant entre le vingt-deuxième et le vingt-huitième étage la partageaient. Ou, s'ils y adhéraient, ils ne le criaient pas sur les toits.

Je m'arrêtai à la fontaine et conseillai à Kate, entre deux gorgées :

– Si une huile ou un membre de l'OPR te questionne, la meilleure chose à faire est de lui dire la vérité, rien que la vérité.

Elle ne répondit pas.

– Si tu mens, ton bobard ne cadrera pas avec le mien. Seule la vérité nue nous évitera d'avoir à prendre un avocat.

– Je sais cela. Je suis juriste. Mais...

– Tu as soif ?

– Non, merci.

– Je ne te mettrai pas la tête sous l'eau. Promis.

– John, sois adulte cinq secondes. Écoute, nous n'avons rien fait de mal.

– Voilà notre version : nous avons agi, la nuit dernière, en agents zélés et enthousiastes. Si on t'interroge, n'aie pas l'air coupable. Montre-toi fière d'avoir fait ton devoir. Ça les déstabilise.

– Tu parles comme un truand.

– C'est bon ou c'est mauvais ?

– Ce n'est pas drôle. Il y a cinq ans, on m'a demandé très clairement de ne pas m'impliquer dans cette affaire.

– Tu aurais dû obéir.

Nous poursuivîmes notre progression dans le couloir.

– À mon avis, repris-je, s'ils nous ont dans le collimateur, ils ne vont pas sortir du bois maintenant. Ils vont garder un œil sur nous pour voir ce que nous allons faire et qui nous allons rencontrer.

– Tu me donnes l'impression d'être une criminelle.

– Je t'indique simplement comment gérer ce que tu as commencé.

– Je n'ai rien commencé du tout, s'exclama-t-elle en me regardant. John, je suis désolée si je t'ai...

– Ne t'inquiète pas de ça. Pour John Corey, une journée sans emmerdes est un jour sans oxygène.

Elle sourit, m'embrassa sur la joue. Je la suivis des yeux tandis qu'elle gagnait sa place dans l'immense salle qui regroupait tous les bureaux, saluant ses collègues au passage. On m'avait relégué, avec mes confrères flics, à l'autre bout de la pièce, soulignant ainsi le fossé culturel qui séparait le FBI des membres de la police de New York détachés à l'ATTF. Cet ostracisme m'exaspérait déjà avant mon mariage avec Kate. Il fallait que je mette au point une stratégie pour me tirer de là. Mais il n'était pas question que je démissionne. Fourrer mon nez dans l'affaire du vol 800 aboutirait peut-être à me faire virer, ce qui me conviendrait, sans donner à Kate le sentiment que je renonçais de plein gré à notre agréable cohabitation professionnelle que, pour des raisons bizarres, elle appréciait. J'embarrasse tous ceux que je connais, y compris, parfois, mes copains flics. Elle, en revanche, de manière un tantinet perverse, semblait se glorifier d'avoir épousé un des poulets à problèmes du vingt-sixième étage.

Il s'agissait peut-être de sa part d'un acte de rébellion, d'une façon d'affirmer à ses supérieurs et en particulier à son chef direct Jack Kœnig, surnommé MP ou la « mère pute » par mes amis policiers, que l'agent spécial Mayfield n'était pas encore devenu un mouton.

Dix heures du matin. J'avais assez gambergé pour aujourd'hui...

Tout en rajustant ma cravate, je songeai à choisir une mine de circonstance. Voyons voir... J'étais peut-être dans la merde jusqu'au cou. Je décidai donc d'avoir l'air en pleine forme et ravi de me trouver là.

Je figeai mon sourire réjoui et marchai jusqu'à mon poste de travail.

Chapitre 15

Je saluai mes collègues par leur nom, suspendis ma veste à une patère et m'installai à mon bureau.

Je n'y découvris aucune enveloppe cachetée, moyen habituel de convocation chez un gros bonnet. J'allumai mon ordinateur, entrai mon mot de passe et lus mon courrier, composé en grande partie de mémos internes. Pas d'avertissement délirant, comme j'en trouvais parfois, sur les nouveaux desseins criminels du gouvernement.

J'écoutai mon répondeur. Un indic, américain d'origine palestinienne, m'annonçait qu'il disposait d'une information importante, impossible à divulguer par téléphone.

Les renseignements fournis par Emad Salameh n'étaient généralement que des tuyaux crevés, au point que je n'avais jamais vraiment réussi à savoir s'il voulait se donner de l'importance, s'il était un agent double ou avait simplement besoin de glaner vingt dollars par-ci, par-là. Peut-être me trouvait-il sympathique. En tout cas, il aimait la cuisine italienne. Il dégotait toujours un restaurant rital où se faire inviter à déjeuner ou à dîner.

Je parcourus quelques papiers posés sur mon bureau. Le plus grand défi, dans ce travail, consistait à essayer de trouver quelque chose à faire. Comme le disait un sage (moi) : « Le problème, lorsqu'on se tourne les pouces, c'est de savoir quand on a fini. »

Dans la police criminelle, on a toujours une affaire en cours. Dans la lutte contre le terrorisme, on ne peut que tenter d'anticiper le crime.

Après ma dernière grande affaire, le cas Asad Khalil, qui remontait à un an, je m'étais retrouvé intégré dans une équipe spéciale dont Kate faisait partie et qui avait pour unique mission de poursuivre l'enquête. Mais au bout d'une année, les indices s'étaient évaporés et la piste était froide. Pour ne pas gaspiller l'argent de l'État, Jack Kœnig, notre patron, affecta notre équipe à des tâches diverses. On me confia principalement des missions de surveillance, identiques à celles que les policiers new-yorkais effectuaient pour le compte du FBI. Kate, elle, fut chargée de l'« analyse des menaces », terme dont personne ne savait très bien ce qu'il recouvrait.

Cette équipe spéciale jouit d'abord de son propre espace, toujours au vingt-sixième étage, près du Centre de contrôle et de commandement. Nous opérions tous ensemble, dans une proximité constante. Kate occupait le bureau situé juste en face du mien, ce qui me permettait de passer mes journées à contempler ses beaux yeux bleus. Mais, à présent, nous étions séparés et je n'avais personne d'autre à regarder que Henry Muller, ancien agent de l'unité de renseignement de la police de New York.

– Harry, lui demandai-je, qu'est-ce qu'un Arabe modéré ?

Il leva la tête.

– C'est quoi ?

– Un type qui a épuisé ses munitions.

Il gloussa et répondit :

– Tu me l'as déjà sortie. Tu devrais faire gaffe à ce que tu dis. Quelle est la différence entre un terroriste arabe et une femme aux règles douloureuses ?

– Vas-y...

– Avec un terroriste arabe, on peut discuter.

Je gloussai à mon tour.

– C'est moi qui te l'ai apprise, celle-là. Deux délits : injure raciste et insulte sexiste.

À mes yeux, la communauté arabe et musulmane de New York se compose de quatre-vingt-dix-huit pour cent de citoyens honnêtes et loyaux, de un pour cent de crétins utiles au dernier un pour cent, formé de voyous et de dangers publics. Je surveille et j'interroge les crétins utiles. Lorsqu'ils me mettent sur la piste d'un individu vraiment dangereux, je dois en référer au FBI qui, lui-même, prévient parfois la CIA. C'est très frustrant pour moi et c'est une des raisons pour lesquelles je déteste mon boulot depuis que Kœnig a dissous la section spéciale. Cela expliquait peut-être aussi pourquoi Kate avait agité sous mon nez le mystère du vol 800 et pourquoi j'avais mordu à l'hameçon.

La CIA délègue des agents à l'ATTF, comme le regretté Ted Nash, mais on les voit peu. Ils ont leurs bureaux à un autre étage et de l'autre côté de Broadway, au 290. Ils intègrent ou quittent la Force d'action antiterroriste au gré des circonstances. Je me sens comblé quand ils disparaissent. Pour l'heure, ils se faisaient rares.

– Où étais-tu passé, hier ? me demanda Harry.

– J'ai assisté à la cérémonie commémorative de la catastrophe du vol 800, à Long Island.

– Pourquoi ?

– Kate a travaillé sur cette affaire. Elle s'y rend chaque année. Et toi, tu y as été mêlé ?

– Non.

– Tant mieux pour toi. Cinq cents personnes se sont battu les flancs pour accoucher d'une explication, et tout ce qu'elles ont trouvé, c'est une défaillance mécanique.

Harry s'abstint de tout commentaire.

– Parfois, ajoutai-je, on devient trop parano, dans ce boulot.

– On n'est jamais trop parano, dans ce boulot.

– Très juste. Tu es sur quoi ?

– Une vente de charité musulmane à la con, à l'Astoria. Ça ressemble à une collecte de fonds au profit d'une organisation terroriste étrangère.

– C'est illégal ?

Il éclata de rire.

– Va savoir. Je suppose que ce qui est illégal, c'est de récolter de l'argent pour une chose et de l'utiliser pour une autre. Ça viole une loi fédérale quelconque. Le problème, c'est que l'argent part pour l'étranger, va à une œuvre charitable qui a pignon sur rue et ne tombe qu'ensuite entre de mauvaises mains. Autant essayer de comprendre quelque chose aux relevés bancaires de ma femme. Mais les experts financiers du FBI trouvent ça fascinant. Et toi ? Tu bosses sur quoi ?

– Je suis un stage d'initiation à la culture musulmane.

Il rit à nouveau.

Je revins aux papiers empilés sur mon bureau. Il y avait de nombreux mémos à parcourir, à parapher et à faire suivre, ce qui me prit du temps.

Les dossiers intéressants étaient enfermés dans la salle des archives. Je devais, pour m'en procurer un, remplir un formulaire. Examinée par des êtres mystérieux, la demande était soit rejetée, soit retournée avec le dossier en question. J'avais accès aux documents secrets, mais dans la limite des cas dont je m'occupais. Il m'était donc difficile de découvrir si une affaire avait un lien avec une autre. Tout était compartimenté pour des raisons de sécurité ou de territoire réservé, ce qui, à mon humble avis, constituait une des faiblesses majeures des activités de renseignement. Dans la police, au contraire, un enquêteur qui a une idée en tête peut consulter tous les dossiers qu'il veut, sur n'importe quelle affaire ou n'importe quel criminel.

Pas de mauvais esprit ! Malgré ces défauts de fonctionnement, les fédéraux avaient réussi jusque-là – touchons du bois – à tenir les États-Unis éloignés de la ligne de front du terrorisme mondial.

Sauf une fois. Ou deux. Ou, peut-être, trois.

La première, l'attentat contre le World Trade Center, provoqua une énorme surprise. Mais presque tous ses responsables furent arrêtés, jugés et condamnés à la prison à vie. En mémoire des six victimes, on érigea un joli monument de granit entre les tours jumelles, juste au-dessus du parking souterrain où la bombe avait explosé.

Vint ensuite l'affaire Asad Khalil. Alors que, de mon point de vue, elle relevait du terrorisme, le gouvernement l'avait évacuée en n'y voyant qu'une série d'assassinats commis par un homme d'origine libyenne qui avait des griefs personnels contre un certain nombre de citoyens américains.

Ce n'était pas tout à fait la vérité, je suis bien placé pour le savoir, mais si je l'avais dit, j'aurais enfreint la loi, trahi les serments que j'avais prononcés et les engagements que j'avais signés.

Ce monde de la sécurité nationale et du contre-terrorisme était à mille lieues de celui auquel j'étais habitué... Je devais me convaincre tous les jours que ces gens savaient ce qu'ils faisaient. Pourtant, dans les profondeurs de mon esprit borné, j'avais des doutes.

Je me levai, décrochai ma veste et dis à Harry :

– Envoie-moi un bip si quelqu'un me convoque.

– Où pars-tu ?

– En mission dangereuse. Il est possible que je n'en revienne pas.

– Si tu t'en sors, rapporte-moi une saucisse polonaise. Sans moutarde.

– Je ferai de mon mieux.

Je m'en allai rapidement, jetant à un coup d'œil à Kate, concentrée sur l'écran de son ordinateur. Une fois dehors, je me dirigeai vers une cabine publique. Il faisait chaud, le ciel se voilait. Après avoir allumé mon portable pour lire son numéro, j'appelai Dick Kearns de la cabine.

Ancien collègue de la police de New York, Dick avait quitté l'ATTF quelques mois plus tôt. Devenu enquêteur et agent de sécurité privé, il collaborait en indépendant avec les fédéraux.

– J'écoute ?

– Agence d'investigations Kearns ?

– Vous y êtes.

– Je crois que ma femme a une liaison. Pourriez-vous la filer ?

– Qui est-ce ? Corey ? Sale con.

– Je croyais que tu t'occupais des divorces.

– Pas spécialement. Mais pour toi, je pourrais faire une exception.

– Tu es pris pour le déjeuner ?

– Oui. Tu as un problème ?

– Et maintenant ? Tu fais quoi ?

– Je te parle. Où es-tu ?

– Federal Plaza.

– Tu veux me voir maintenant ?

– Tout juste.

– Je suis chez moi. Dans le Queens. Je travaille à domicile. C'est le pied. Tu devrais y songer.

– Dick, je ne peux pas dire des conneries toute la journée. Retrouve-moi le plus tôt possible à Chinatown. Au Ding Deng Dong. Tu te souviens ?

– Oui. À côté du Phuc Yu, un restaurant viet.

Je raccrochai, dénichai un marchand ambulant et lui achetai deux sandwiches polonais, dont un sans moutarde.

De retour dans mon bureau, je tendis sa saucisse à Harry avant d'aller me chercher une tasse de café noir à la cafétéria. Des avis de recherche du FBI, en anglais et en arabe, s'affichaient sur les murs. Deux d'entre eux concernaient Oussama Ben Laden : l'un pour l'attaque de l'*USS Cole*, l'autre pour les attentats contre les ambassades américaines au Kenya et en Tanzanie. Sa tête était mise à prix cinq millions de dollars. Aucun candidat ne s'était déclaré jusqu'à présent, ce qui me semblait curieux. Pour cinq millions, la plupart des gens vendraient leur mère et leur meilleur ami en prime.

Autre bizarrerie : Ben Laden n'avait jamais revendiqué les attentats qu'on le soupçonnait d'avoir mis sur pied. La CIA les lui avait attribués, mais je me demandais si elle était vraiment sûre de son fait. Le problème, c'était que les groupes terroristes avaient cessé de se vanter de leurs exploits, ce qui pouvait être le cas pour la destruction du Boeing de la TWA.

J'examinai Ben Laden. Sale gueule. En fait, les dix beaux messieurs du Moyen-Orient dont les traits s'étalaient sur les avis de recherche avaient tous des mines patibulaires, mais je suppose que n'importe qui, présenté ainsi comme un criminel, aurait eu la tête de l'emploi.

Je regardai la photo de mon vieil ennemi Adas Khalil, alias le Lion. Il était le seul à avoir l'air tout à fait normal, beau gosse et propre sur lui. Mais il suffisait de fixer ses yeux pour changer d'avis.

Une légende rédigée en termes vagues accompagnait son portrait. Elle mentionnait simplement une série de meurtres d'Américains et d'Européens commis dans divers pays. On offrait pour sa capture un misérable petit million de dollars, ce qui me parut personnellement insultant, dans la mesure où cette ordure avait voulu me tuer et courait toujours.

Je regagnai mon bureau, m'assis à ma table, me connectai à Internet et tapai « TWA 800 ».

Bien sûr, les services de la sécurité intérieure espionnaient parfois nos ordinateurs, mais s'ils m'avaient à l'œil, ils savaient déjà ce que je recherchais.

Constatant qu'il m'aurait fallu une semaine pour parcourir tous les textes sur la catastrophe, j'allai d'abord sur le site du FIRO, où je me plongeai pendant une demi-heure dans le complot et les embrouilles.

Je consultai ensuite d'autres sites, puis des articles de journaux et de magazines. Je remarquai que les plus anciens, écrits dans les six mois qui avaient suivi le crash, soulevaient de nombreuses questions que les articles plus récents, y compris ceux signés par les mêmes auteurs, ne résolvaient pas.

Je sentis sur moi le regard de Harry. Sa voix me fit relever la tête.

– Tu vas manger ça ?

Je lui tendis mon sandwich par-dessus la petite cloison qui nous séparait, me déconnectai et éteignis mon ordinateur.

– Je vais être en retard à mon stage, déclarai-je en remettant ma veste.

Il gloussa, comme à son habitude.

Je me dirigeai vers le bureau de Kate. Elle leva les yeux de son écran, les baissa de nouveau et ferma rapidement le fichier qu'elle était en train de lire, comme s'il s'agissait d'un dossier secret dont je ne devais rien savoir, ou d'un message de son amant.

– J'ai quelqu'un à voir, lui dis-je.

Normalement, elle aurait dû répondre : « Qui ? » Mais elle murmura :

– Tu en as pour longtemps ?

– Moins d'une heure. Si tu es libre, retrouve-moi chez Ecco pour le déjeuner. À treize heures.

Elle sourit.

– Ça, c'est un rendez-vous. Je vais réserver une table.

Réprimant mon envie de poser un baiser sur sa tempe, je frôlai son épaule du bout des doigts.

Je quittai l'immeuble, achetai le *Daily News* à un kiosque et marchai vers Chinatown, quelques rues plus au nord.

De nombreux policiers et agents du FBI se rencontraient à Chinatown. Pour une raison très simple : il était bien plus facile de savoir si on était suivi, sauf, bien sûr, si on avait un Chinois sur les talons. Et puis c'était bon marché. J'ignorais où les gens de la CIA retrouvaient leurs contacts, mais j'aurais misé sur le Yale Club. Je me retournai. Personne ne me filait.

Après l'avoir dépassé, je pénétrai, en revenant sur mes pas, au Dim Sum Go, dans le petit restaurant chinois que les policiers de New York avaient affectueusement rebaptisé le Ding

Deng Dong, et m'installai sur une banquette du fond, face à la porte.

Uniquement fréquenté par la clientèle locale, l'établissement semblait exister depuis toujours. Il n'était pas encore midi. La salle était presque vide, à l'exception de quelques habitants du quartier qui buvaient du thé en bavardant en cantonais, hormis le couple assis près de moi qui, lui, conversait en mandarin.

Je blague.

Une jeune Chinoise d'une beauté exquise disposait les couverts sur les tables. Elle se déplaçait d'une démarche si légère qu'elle paraissait flotter. Elle glissa vers moi, nous nous sourîmes et elle disparut comme par enchantement, remplacée par une octogénaire en charentaises. Dieu, me dis-je, joue des tours cruels aux hommes mariés. Je commandai du café.

La vieille femme s'éloigna en traînant les pieds. J'ouvris le *Daily News* à la page des sports. Dans la cuisine, on préparait les mystérieux plats du jour. Je crus entendre un chat, un chien et un canard, puis des coups sourds. Ensuite, plus rien. Une odeur délicieuse se faufila sous la porte.

Je lus mon journal et sirotai mon café, attendant Dick Kearns.

Chapitre 16

Il apparut quelques minutes plus tard. Il m'aperçut depuis le seuil, se dirigea vers moi et me serra la main en prenant place sur la banquette face à la mienne.

– Merci d'être venu, lui dis-je.

– C'est la moindre des choses. Mais je dois m'en aller à treize heures.

Toujours tiré à quatre épingles, Dick avait la soixantaine, toutes ses dents et une chevelure fournie.

– Comment va Mo ? lançai-je.

– On ne peut mieux. Son caractère ne change pas. Autrefois, elle me reprochait les nuits que je passais au commissariat, puis à l'ATTF. Maintenant que je travaille chez moi, elle a trouvé autre chose. Elle m'a dit : « Je t'ai épousé pour le meilleur et pour le pire, Dick. Pas pour le déjeuner. »

Je souris. À lui de me questionner :

– Et toi ? Ton mariage ?

– Idyllique. Travailler ensemble facilite les choses. Et j'ai droit à des conseils juridiques gratuits.

Il sourit à son tour.

– Tu aurais pu tomber plus mal. C'est une vraie perle.

– J'en remercie Dieu tous les matins.

– À propos de conseil juridique, tu as des nouvelles de Robin ?

– De temps à autre. Quand elle m'a quitté, elle n'a emporté que son balai. Pas pour faire le ménage, mais pour se déplacer. Elle s'est envolée par le balcon en agitant la main.

Il éclata de rire. Après ces préliminaires, je changeai de sujet.

– Tu aimes ce que tu fais ?

– Les collègues me manquent, mais je suis libre de mes horaires et je gagne bien ma vie. Parfois, c'est un peu trop calme. Pourtant, il faudrait améliorer la sécurité, dans ce pays. Regarde les guignols chargés de celle des aéroports. En dépit de l'importance de leur rôle, on les paye des clopinettes et la moitié est recrutée n'importe où. Ce sont eux qui sont dangereux.

– Tu parles comme un privé qui aurait envie de faire des heures supplémentaires.

– Je ne suis pas payé au temps passé sur chaque affaire, mais au forfait.

La petite vieille revint. Dick lui demanda du café et un cendrier. Il alluma une cigarette et reprit :

– Bien, que puis-je pour toi ? Tu cherches à te reconvertir dans le privé ? Je pourrais te mettre en relation avec deux ou trois personnes.

Nous savions tous les deux que je n'avais pas demandé à le rencontrer sans délai pour discuter d'un emploi, mais ça serait un bon bobard au cas où quelqu'un aurait eu vent de notre entretien.

– Pourquoi pas ? lui dis-je.

Son café arriva. Tout en buvant et en fumant, il me décrivit rapidement ses activités pour que mes propos paraissent plausibles le jour où on me cuisinerait.

Dans la catégorie : « De quoi d'autre avez-vous parlé ? », j'ajoutai :

– Venons-en au fait. J'ai besoin d'informations sur le vol 800.

Il ne réagit pas. Je poursuivis :

– Je ne suis pas sur l'affaire et, comme tu le sais, je ne l'ai jamais été. Mais tu n'ignores pas que Kate, elle, s'en est occupée. Or elle reste avec moi muette comme une carpe. Personne, à l'ATTF, ne me donnera le moindre renseignement. De toute façon, je ne veux pas m'adresser à eux. Toi, tu es un vieil ami et tu es rangé des voitures. J'aimerais donc que tu éclaires ma lanterne.

Il garda le silence un instant. Puis :

– Je dépends du gouvernement fédéral pour mon ordinaire.

– Moi aussi. Alors, parlons d'ancien flic à ancien flic.

– John, ne me fais pas ça. Et ne te mets pas toi-même en danger.

– Laisse-moi m'inquiéter de mon propre sort, Dick. Quant à toi, tu sais que je ne te balancerai jamais.

– Je n'en doute pas. Mais... j'ai signé un engagement.

– Torche-toi avec. Ils ont classé l'affaire. Tu peux tout déballer.

Il se tut. J'insistai.

– Écoute, Dick. Faisons comme si nous n'avions jamais entendu parler du FBI ou de la Force d'action antiterroriste. J'enquête sur une affaire pour mon propre compte, en dehors de mes heures de bureau. Et j'ai besoin de ton aide.

Il fixa sa tasse et murmura :

– Pourquoi ? Pourquoi t'intéresses-tu à cette histoire ?

– J'ai assisté hier au service commémoratif. J'ai été très ému. Et puis un type m'a abordé. Liam Griffith. Tu connais ?

Il hocha la tête.

– Il m'a posé trop de questions sur les raisons de ma présence à la cérémonie. Ça m'a rendu curieux.

– Ce n'est pas une raison suffisante pour fourrer ton nez là-dedans. Des tas de types s'y sont cassé les dents. Laisse tomber.

– J'ai déjà décidé de ne pas laisser tomber. J'en suis au stade où je pose des questions.

– Ouais. Eh bien, je te ne donne pas une semaine avant que les types du vingt-huitième étage se mettent à t'interroger, toi.

– Je comprends... Tant pis. Merci quand même de ta sollicitude. Je pensais que tu pourrais me donner un petit coup de pouce. Mais je comprends.

Je regardai ma montre.

– Je déjeune avec Kate à une heure.

Il consulta la sienne, alluma une autre cigarette.

Nous demeurâmes silencieux une minute. Dick déclara enfin :

– Laisse-moi d'abord te dire ceci : je ne crois pas une seconde que l'avion ait été descendu par un missile et je ne crois pas une seconde non plus qu'il y ait eu complot ou dissimulation. Mais cette affaire était faussée au départ. Dès le début, elle a été pourrie par la politique. Des gens qui détestaient Clinton voulaient absolument croire qu'il s'agissait d'un attentat et que l'Administration étouffait l'affaire parce que nos dirigeants n'avaient pas les couilles pour reconnaître l'incompétence de nos services de renseignement, ni pour répliquer à une attaque.

– Ça, je le sais. Je n'étais pas impliqué, mais j'ai lu le *Post* et regardé *Fox News*.

Il se força à sourire et continua :

– En plus, il y a eu l'arrogance du FBI, qui a harcelé le Bureau de la sécurité aérienne, la marine, les garde-côtes et la police locale. Tout cela a fait mauvais effet et en a vexé plus d'un. D'où les murmures sur une volonté de dissimulation, la disparition de preuves, les mauvaises techniques d'investigation, et j'en passe. Ensuite, pour tout arranger, la CIA est entrée dans la danse, ce qui n'a fait que renforcer les soupçons. Ajoutes-y les familles des victimes, plus les médias, et tu aboutis à une situation rendue plus tendue encore par la douleur et la colère. Ceci étant, cela n'a pas empêché l'enquête de parvenir à la bonne conclusion : c'était un accident.

– Tu crois ?

– J'en suis sûr.

– Alors, pourquoi l'affaire est-elle encore brûlante au point qu'on ne puisse même pas l'évoquer cinq ans après ?

– Je te l'ai dit : tout le monde a craché sur tout le monde. Et tout le monde est conscient qu'il y a eu des ratés dans l'enquête. Si on cherche à couvrir quelque chose, c'est uniquement ça.

– En d'autres termes, personne n'a rien à cacher, en dehors des cafouillages et de la susceptibilité des différents services ?

– On peut voir les choses de cette façon.

– Mais pourquoi, alors, a-t-on mis autant d'agents de la CIA sur le coup ?

Il haussa les épaules.

– J'imagine qu'ils ont d'abord cru à une attaque ennemie. C'est le boulot de la CIA, non ?

– D'accord. Pourquoi ont-ils fait cette vidéo débile ?

– Je ne sais pas. Je ne l'ai jamais compris.

– Bien. Reste le problème des témoins. Sans eux, la reconstitution de l'avion à Calverton et les expertises de laboratoire auraient donné le fin mot de l'histoire. Exact ?

Dick joua un moment avec sa cuillère.

– Exact, dit-il enfin.
– Tu as interrogé des témoins, il me semble.
– En effet.
– Combien ?
– Dix.
– Combien d'entre eux avaient vu le faisceau lumineux ?
– Six.
– Et qu'en as-tu conclu ?
Il me regarda droit dans les yeux.
– J'en ai conclu que tous les six ont cru voir quelque chose surgir dans le ciel : un trait de lumière fonçant vers l'avion, qui a ensuite explosé.
– Comment concilier cela avec l'explosion du réservoir central ?
– Écoute, John, j'ai repassé tout ça en revue des dizaines de fois avec le FBI et la CIA, des centaines de fois dans ma tête et, ajouta-t-il en souriant, avec ma femme. Que veux-tu que je te dise ? Que la thèse de l'accident était une foutaise ? Je ne te le dirai pas. Je crois vraiment que tout prouve l'existence d'un court-circuit, qui a fait exploser les vapeurs de kérosène.
– Parfait. Mais qu'est-ce qui a provoqué ce court-circuit ?
– Un fil électrique usé.
– Ou peut-être un missile sans ogive explosive traversant le système d'air conditionné.
– Je ne l'envisage même pas.
– Bien. Revenons à tes témoins. Qu'ont-ils vu ?
– Je n'en sais rien, et eux non plus. Toutefois, mes cent années d'expérience en tant qu'enquêteur me laissent penser qu'ils ont vraiment discerné quelque chose. Un phénomène lumineux dans le ciel. Qu'est-ce que c'était ? Va savoir. Ça pouvait être une étoile filante, ou un feu d'artifice tiré par un connard sur un bateau de plaisance. Et ce qui s'est produit ensuite ne fut qu'une coïncidence. Ils ont aussi pu voir, comme l'affirme le film de la CIA, du carburant en flammes ou l'avion lui-même en train de brûler.
– Sauf que tous assurent que l'animation de la CIA ne correspond en rien à ce qui s'est passé.
– Je constate que tu as bossé, depuis hier.
Il se pencha vers moi.
– Écoute, je pense que mes techniques d'interview sont très

bonnes... Mais ces enfoirés du FBI et de la CIA ont prétendu qu'elles étaient mauvaises. Voilà pourquoi, ont-ils dit, on a eu ce trait de lumière dans les déclarations des témoins. Donc, si deux cents personnes avaient vu la même chose, c'était la faute de la police de New York. Tu peux croire à une connerie pareille ?

– Oui.

Il sourit encore.

– En tout cas, j'ai obtenu tout ce que je pouvais de ces témoins lors des premières entrevues. En ce qui concerne celles qui ont suivi, c'est une autre histoire. Ils avaient tous lu les journaux et regardé la télévision. Leurs nouvelles dépositions allaient de : « Ça s'est passé si vite que je ne suis plus sûr de rien » à : « Je vous ai dit que c'était un missile ! », avec une description détaillée du faisceau rouge orangé, de son panache de fumée, de sa progression en zigzag et tout le toutim, sauf la couleur de ce missile de merde avant qu'il ne percute l'avion. Nous avons tout entendu, John. Combien de témoins ne se rappelaient plus rien ou, mieux encore, se souvenaient d'un tas de conneries qui n'avaient jamais existé ?

– Touché.

Néanmoins, cela me fit penser à autre chose. Trop souvent, nous examinons ce qui nous entoure jusqu'à ce que les yeux nous sortent de la tête. Mais, parfois, c'est ce qui manque qui nous fait sursauter, comme ce chien qui, la nuit, n'aboie pas.

– Je me suis toujours demandé pourquoi on n'avait pas mis sur pied une espèce de commission où tous les protagonistes, témoins, enquêteurs et experts auraient donné leur point de vue et auraient été interrogés par des juges impartiaux.

– Il y a eu des auditions publiques. Et de nombreuses conférences de presse.

– Mais pas de commission parlementaire ou judiciaire.

Il ricana.

– Comme la commission Warren ? Merde, alors ! Je ne sais toujours pas qui a tué Kennedy.

– C'est mon ex-femme. Elle parle dans son sommeil.

Nos rires détendirent l'atmosphère. Dick alluma une cigarette avec le mégot de celle qu'il venait de fumer.

– Je dois aller à Los Angeles pour affaires. Là-bas, on n'a pas le droit de cloper dans les restaurants et les bars. Tu te rends compte ? Où va ce putain de pays ? Des enfoirés édictent des lois et tout le monde obéit. On est en train de devenir des moutons. Bientôt, on n'aura plus le droit de péter. « Les pets sont interdits dans cet établissement. » « Les pets provoquent de sérieux dommages olfactifs. » Et ensuite ?

Je le laissai dégoiser sans l'interrompre. Puis :

– As-tu été appelé à témoigner à l'une de ces auditions publiques ?

– Non, mais...

– A-t-on entendu un autre interviewer, ou un autre témoin ?

– Non, mais...

– La CIA a-t-elle interrogé l'un d'eux lorsqu'elle réalisait son animation ?

– Non... mais elle affirme l'avoir fait. De nombreux témoins ont protesté. La CIA a alors reconnu n'avoir utilisé que des dépositions écrites, rédigées spécialement pour cette animation.

– Ça te choque ?

– Du point de vue de la déontologie... Écoute, de nombreuses erreurs ont été commises. C'est pourquoi des fouineurs dans ton genre continuent à créer des problèmes. Voilà ma conclusion, à laquelle je crois dur comme fer : c'était un accident. Et voilà un conseil : laisse tomber.

– Je vois.

– Je ne fais partie d'aucune conspiration, John. Je te demande de renoncer pour deux raisons. Primo, il n'y a eu ni crime, ni dissimulation, ni complot, et tu ne découvriras rien, à part l'incompétence de certains. Secundo, nous sommes de vieux potes et je ne voudrais pour rien au monde que tu sois dans la panade. Tu veux vraiment t'y mettre ? Fais-le pour quelque chose qui en vaille la peine. Balance un coup de pied dans les roupettes de Kœnig.

– Je l'ai déjà fait ce matin.

Il rit de bon cœur une dernière fois, regarda sa montre.

– Il faut que j'y aille. Embrasse Kate pour moi.

– Entendu. Même chose pour Mo.

Il commença à glisser le long de la banquette. Je l'arrêtai d'un geste.

– Oh, une dernière chose. Hôtel Bayview. Une couverture manquante. Ça t'évoque quelque chose ?

– Vaguement. Mais il y a eu une telle flopée de rumeurs que

même la presse ne pouvait pas suivre. Tu as dû entendre la même que moi.

– Sur quoi ?

– Ce couple qui s'envoyait en l'air sur la plage, devant une caméra vidéo qui a peut-être filmé l'explosion. Un flic local a refilé le tuyau à un de nos gars. C'est tout ce que je sais.

– As-tu entendu dire qu'il était possible que ce couple ait séjourné au Bayview ?

– Ça me rappelle quelque chose. Excuse-moi, faut que j'y aille.

Je me levai.

– J'ai besoin d'un nom.

– Quel nom ?

– N'importe lequel. Quelqu'un dans ton genre, qui a travaillé sur l'affaire et n'a plus rien à craindre des fédéraux. Un type dont tu penses qu'il pourrait me fournir des informations utiles. Tu te souviens du processus. Tu me donnes un nom, je vais voir le gars, il me donne un autre nom. Et ainsi de suite.

Il resta songeur un long moment puis marmonna enfin :

– Tu n'as jamais écouté les bons conseils. Très bien, voilà un nom. Marie Gubitosi. Tu la connais ?

– Oui... Elle bossait à Manhattan Sud.

– Exact. Elle collaborait par intermittence avec l'ATTF avant ton arrivée. Elle est mariée, heureuse, mère de deux mouflets, et elle a quitté la police. Elle te parlera peut-être. Elle n'aura rien à perdre, mais rien à gagner non plus.

– Où puis-je la trouver ?

– Je ne sais pas. Tu es flic. Débrouille-toi.

– Pas de problème. Merci pour le nom.

– Ne mentionne pas le mien.

– Va-t'en avant de me le dire.

Il marcha vers la porte, revint sur ses pas.

– Nous avons discuté de ton souhait d'entrer dans le privé. Je vais passer quelques coups de fil pour toi. Ils serviront de preuves. Envoie-moi ton CV. Tu pourrais être convoqué pour des entretiens.

– Qu'est-ce que je fais si on me propose le job ?

– Prends-le.

Chapitre 17

Je me rendis à l'Ecco, sur Chambers Street. Le maître d'hôtel me reconnut et m'accueillit avec des égards :

– Bonjour, monsieur Mayfield. Votre femme est arrivée.

– Laquelle ?

– Par ici, monsieur.

Il m'accompagna jusqu'à la table où Kate m'attendait en buvant une eau gazeuse et en lisant le *Times*.

Je l'embrassai et m'assis en face d'elle.

– Je t'ai commandé une Budweiser, dit-elle.

– Parfait.

Le mariage a du bon.

Ma bière arriva et je trinquai avec Kate.

L'Ecco est un agréable restaurant de vieille facture, fréquenté par des employés de la mairie de New York, des juristes et, malheureusement, des avocats d'assises, telle mon ex-femme. Je n'étais pas encore tombé sur elle et son avorton, mais cela finirait par arriver un jour.

Le serveur nous apporta la carte. Nous passâmes commande sans la regarder : salade et thon grillé pour Kate, calamars frits et penne à la vodka pour moi.

Je suis le régime du docteur Harvey Aktinson, dentiste obèse de Brooklyn dont la philosophie pourrait se résumer ainsi : « Mange ce qui te paraît bon et sauce ton assiette. »

– Tu forcis un peu, remarqua Kate.

– Ce sont les rayures horizontales de ma cravate.

Qu'ai-je dit, déjà, sur le mariage ?

– Il faut que tu manges plus sainement et que tu fasses de l'exercice. Comment s'est passé ton rendez-vous ?

– Très bien.
– Avait-il un rapport avec la journée d'hier ?
– C'est possible. Sais-tu qui a interrogé Leslie Rosenthal, le gérant de l'hôtel Bayview ?
– Je lui ai posé la question il y a cinq ans. Il a d'abord eu affaire à un policier de New York, qui ne lui a pas révélé son nom. Pensant avoir localisé la couverture de la plage, cet enquêteur a prévenu le FBI. Trois types se sont pointés et se sont présentés comme des fédéraux. L'un d'eux a procédé à l'interrogatoire, mais Rosenthal n'a pas réussi à savoir comment il s'appelait.
– Pas de cartes ?
– C'est ce qu'il affirme. Selon lui, ces trois individus ont cuisiné le personnel, fouillé dans les factures, la comptabilité et l'ordinateur de l'hôtel, fait une copie des reçus et des dernières réservations. Je présume qu'ils voulaient savoir si les deux amoureux de la plage figuraient parmi les clients.
– Et ce que nous ne savons pas, c'est s'ils ont réussi. Mon instinct me chuchote que oui. Donc, même si le couple a été identifié, il a été neutralisé ou liquidé.
Kate ne répondit pas. Je poursuivis :
– Même chose pour la bande vidéo, si elle a jamais existé.
– Eh bien... Si c'est le cas, nous devrions enfin le découvrir. Écoute, John, je n'ai jamais pensé que nous allions résoudre le mystère du vol 800. Je veux simplement... retrouver ce couple, et le rencontrer...
– Pourquoi ?
– Je ne le saurai que lorsque je lui parlerai.
– Cela ressemble à une de mes phrases.
Elle sourit.
– Tu as une grande influence sur ma façon de penser.
– Et toi sur la mienne.
– Je ne l'avais pas remarqué.
Je lui demandai, alors que les amuse-gueule arrivaient :
– À ta connaissance, Rosenthal dirige-t-il toujours l'hôtel Bayview ?
– Oui. Je m'en assure chaque année. J'ai fait mener une enquête sur lui. Je sais où il habite et tout le reste.
Elle me regarda et précisa :

– Je ne travaille pas sur l'affaire. Mais je tiens le dossier à jour.
– Quel dossier ?
Elle se tapota le front.
– Celui-là.
– Bien. Que contient-il d'autre ?
– Je te l'ai dit hier. Désormais, il vaudrait mieux que tu t'adresses à moi en cas de nécessité. Avant de chercher les réponses, commence par les questions.
– Tu lis trop de proverbes chinois.
– Tu as très bien compris.
– D'accord. Tu veux que je traite ce cas comme une enquête de police, ainsi que le ferait un flic juste après la découverte d'un crime. Mais c'est un vieux dossier ; une piste froide. Or je n'ai jamais travaillé au service des affaires classées. J'ai toujours résolu les miennes avant que le sang se fige dans les veines du cadavre.
– S'il te plaît, pas à table.
Elle me tendit trois feuilles de salade au bout de sa fourchette.
– Avale ça.
J'ouvris grand la bouche.
– Pose-moi une autre question, dit-elle.
– D'accord. As-tu discuté de l'affaire avec Ted Nash ?
– Non.
– Pas même au restaurant, ou autour d'un verre ?
– Je n'aurais jamais discuté de ça avec lui, même au lit.
– Je vais l'appeler, répliquai-je sans relever.
– Il est mort, John.
– Je sais bien. Mais j'adore qu'on me le répète.
– Tu n'es pas drôle. Tu ne l'aimais peut-être pas, mais c'était un bon agent. Compétent et très efficace.
– Bien. Je l'appellerai.
On nous apporta les plats. Je commandai une autre bière et entamai mes calamars.
– Prends un peu de ma laitue, suggéra Kate.
– Jack l'Éventreur invite sa mère à déjeuner. Tout en mâchant sa viande, elle lui dit : « Jack, je n'aime pas tes copines. » Il lui répond : « Dans ce cas, ne mange que les légumes. »
– C'est répugnant.
– Généralement, ça fait rire. Donc, ajoutai-je en redevenant

sérieux, j'en déduis que tu n'as pas non plus parlé de l'affaire à Liam Griffith.

– Je n'en ai parlé à personne. Sauf aux types du vingt-huitième, qui m'ont ordonné de mêler de mes oignons.

– Bien. Tu m'as donc refilé le bébé.

– Si tu l'acceptes. Tout dépend des deux amoureux. Si on les a retrouvés et que cela a abouti à un cul-de-sac, s'ils n'ont rien vu ni rien filmé, l'affaire s'arrête là. Le reste, les témoins et les expertises, a été retourné dans tous les sens des millions de fois. Mais ce couple... Cet homme et cette femme qui, cette nuit-là, ont abandonné sur la plage leur couverture et un cache de caméra vidéo... Crois-tu qu'ils aient vraiment filmé ce que les témoins jurent avoir vu ?

– Tout dépend de l'orientation de la caméra et si elle tournait ou non. Tu as ensuite le problème de la qualité du film. Mais admettons que toutes les conditions aient été réunies et que, par le plus grand des hasards, les dernières secondes du 747 aient été enregistrées. Admettons aussi que la bande existe toujours. Et après ?

– Comment, « et après » ? Deux cents témoins visionneront le film et...

– Et aussi le FBI, la CIA et ses experts. Ce film, il faudra l'interpréter.

– Ce ne sera pas nécessaire. Il parlera de lui-même.

– Tu crois ? Une vidéo amateur, tournée de nuit, probablement depuis un trépied fixe si l'on considère que le couple était pris par d'autres activités, risque de ne pas montrer tout ce que tu souhaiterais. Écoute, Kate, tu as cherché le Graal pendant cinq ans. Il existe peut-être, mais il est possible que tu ne le trouves jamais. Et si tu le trouves, il peut très bien n'avoir aucun pouvoir magique.

Elle garda le silence. Je repris :

– Tu as entendu parler du film de Zapruder ?

Elle acquiesça.

– Zapruder a filmé le convoi de Kennedy au moment où il passait devant le dépôt de livres de Dallas. Il utilisait une caméra portable 8 mm Bell & Howel. Le film dure vingt-six secondes. Tu l'as déjà vu ?

Elle hocha la tête.

– Moi aussi. Je l'ai même repassé au ralenti. Donc, combien de coups de feu ont été tirés ? Et d'où provenaient-ils ? On n'en sait rien. Tout change en fonction de ceux à qui on pose la question.

Elle se tut un long moment. Puis :

– De toute façon, on ne peut pas interpréter la bande avant d'avoir mis la main dessus. Chaque chose en son temps.

Le serveur débarrassa nos assiettes avant que j'aie pu saucer la mienne. Je finis ma bière. Kate, l'air soucieuse, termina son eau minérale.

J'avais l'intuition qu'elle n'avait pas partagé ses réflexions avec beaucoup de gens et que ceux à qui elle en avait fait part étaient d'accord avec elle : si on retrouvait la vidéo, cela relancerait toute l'affaire.

Entrée en lice de John Corey ; sceptique, cynique, réaliste, fouineur. J'avais quatorze ans d'expérience de plus que Kate. J'en avais beaucoup vu, peut-être trop, et j'avais été trop souvent déçu, à la fois en tant que flic et en tant qu'homme. J'avais vu des assassins remis en liberté, des centaines de crimes impunis ou non élucidés, des témoins mentant sous serment, des enquêtes bâclées, des procureurs ineptes, des experts incompétents, des avocats nuls, des juges imbéciles, des jurés sans cervelle.

J'avais également connu le meilleur, des moments de grâce où le système fonctionnait comme une horloge, des procès où triomphaient la vérité et la justice. Mais de tels jours étaient rares.

Alors que nous buvions notre café, Kate murmura :

– C'est vrai, ce qu'on raconte sur le mur du silence dans la police ?

– Jamais entendu parler.

– Un flic peut-il, en toute circonstance, se fier aveuglement à un autre flic ?

– Dans quatre-vingt-dix-neuf pour cent des cas. Ça tombe à cinquante pour cent quand une femme est en cause, et remonte jusqu'à cent pour cent s'il s'agit du FBI.

Elle sourit, se pencha vers moi.

– Plus d'une centaine de policiers ont été dépêchés à Long Island après la chute de l'avion ; et au moins autant y sont retournés par la suite. Parmi eux, quelqu'un sait quelque chose.

– Je le trouverai.

Elle serra ma main.

– Mais si ça commence à sentir le roussi, laisse tomber. Et si tu as des ennuis, je prendrai tout sur moi.

Je ne savais pas si je devais lui témoigner une reconnaissance éperdue ou lui rappeler charitablement que si je me prenais les pieds dans le tapis, elle y serait pour quelque chose.

– Permets-moi de te poser une question. En dehors de la vérité et de la justice, qu'est-ce qui te motive, dans cette affaire ?

– Pourquoi aurais-je besoin de motivations supplémentaires ? La vérité et la justice, John. Je n'en ai pas d'autres. Justice pour les victimes et leurs familles. Et si c'était un attentat perpétré par des terroristes étrangers, il y aurait aussi le patriotisme. N'est-ce pas une raison suffisante ?

« Si. » Voilà ce que John Corey aurait dit vingt ans plus tôt. Je me contentai de grommeler :

– J'imagine...

Cela ne lui plut pas.

– Il faut croire à ce qu'on fait, rétorqua-t-elle, et savoir pourquoi on le fait.

– D'accord. Alors, je vais te révéler le fond de ma pensée : je fais mon métier parce que je l'aime. Il est intéressant, il affûte mes neurones et me permet de me sentir plus intelligent que les crétins qui m'emploient. C'est ce qui me relie à la vérité, à la justice et à mon pays. Je fais les bonnes choses pour les mauvaises raisons ; à l'arrivée, la vérité et la justice y trouvent leur compte. Si tu tiens à faire les bonnes choses pour les bonnes raisons, libre à toi ; mais ne me demande pas de partager ton idéalisme.

Elle resta silencieuse un instant, puis murmura :

– Je te prends comme tu es. Nous soignerons ton cynisme une autre fois.

– Parfait. Je marche. Quant à toi, garde un profil bas. Et si on me vire, je continuerai. En fait, cela nous faciliterait peut-être la vie.

– Fais-tu ça un petit peu pour moi ?

– Un petit peu pour toi, un petit peu pour moi.

– Et, disons, à dix pour cent pour la vérité, la justice et ton pays ?

– Cinq.

– Ça me va.

Je me sentis mal à l'aise, comme chaque fois que quelqu'un, surtout une femme, faisait allusion à mon cynisme. Ce cynisme venait de loin. Et dans les jours et les semaines à venir, je risquais d'en avoir bien besoin.

Chapitre 18

Je raccompagnai Kate jusqu'au 26, Federal Plaza.

– J'ai quelques coups de fil à passer, lui dis-je dans le hall. À plus tard.

Elle me dévisagea.

– Tu as l'air absent, comme lorsque tu es sur quelque chose.

– J'ai simplement du mal à digérer les calamars. S'il te plaît, n'essaie pas de lire au fond de moi. Ça me fait peur.

Elle sourit, m'embrassa et marcha vers les ascenseurs.

Je ressortis, trouvai sans mal une cabine sur Broadway et sortis quelques pièces de ma poche. Je me souviens du temps où il fallait faire la queue devant les cabines publiques. Aujourd'hui, même le dernier des sans-abri a son téléphone cellulaire et les cabines sont aussi désertes que les confessionnaux de la cathédrale Saint-Patrick.

Je glissai vingt-cinq cents dans la fente et composai le numéro de mobile de mon ancien coéquipier Dom Fanelli, qui travaillait à Manhattan Sud. Il répondit tout de suite.

– Allô ?

– Salut, Dom.

– Salut, *paisano* ! Ça fait un bail. Où es-tu ? On boit un coup ce soir ?

– Tu es dans ton bureau ?

– Oui, pourquoi ? Tout le monde serait ravi de te voir. Le lieutenant Wolfe te regrette. Il a un nouveau presse-papiers.

– J'ai besoin d'un service.

– C'est comme si c'était fait. Rapplique.

– Je ne peux pas. Ce dont j'ai besoin...

– Tu es libre, ce soir ? J'ai dégoté un nouvel endroit à Chelsea : Le Tonic. Il y a des culs d'enfer, là-bas.
– Je suis marié.
– Non ? Depuis quand ?
– Tu étais au mariage.
– Exact. Comment va Kate ?
– En pleine forme. Elle t'envoie ses amitiés.
– Elle me déteste.
– Elle t'adore.
– C'est pareil.
Difficile d'imaginer, au premier abord, que cet homme était un flic brillant. J'avais beaucoup appris de lui. Notamment à jouer au con.
– Comment va Mary ?
– Aucune idée. Et toi ?
Il rit de sa blague, comme toujours, puis ajouta :
– Comment ça se passe, au 26 Fed ?
– Génial. À ce propos, le capitaine Stein te fait dire qu'il attend toujours ta demande de transfert à l'ATTF. Il te réserve le poste. Il te suffit de confirmer.
– Je croyais que je les avais envoyées, ces paperasses. Bon Dieu, j'espère que je n'ai pas raté l'occasion de travailler pour le FBI !
– C'est un boulot en or. Tu n'en as pas ras le bol, des assassins ?
– J'en aurai ma claque quand ils seront fatigués de tuer.
– Bien. Tu te souviens de... ?
– Oh, avant que j'oublie. Ces deux Hispaniques qui t'ont troué la peau... J'ai peut-être une piste sur eux.
– Raconte.
– Laisse-moi m'en occuper. Tu as assez de pain sur la planche. Je t'appellerai quand le fruit sera mûr.
– Si tu y penses.
Il éclata de rire. Puis, sérieusement :
– Chaque fois que je te revois étendu dans la rue, pissant tout ton sang...
– Encore merci de m'avoir sauvé la vie. Merci aussi de m'avoir fait détacher à l'ATTF, où j'ai rencontré Kate. Je n'oublie rien ?
– Je ne crois pas. Entre nous, on ne compte pas, tu le sais.

Tu me demandes un service, je me mets au garde-à-vous. Et quand j'aurai besoin de la même chose, tu seras là pour moi. Alors, qu'est-ce que je peux faire pour toi ?

– J'ai oublié.

Il rit encore, puis demanda :

– Quelque chose à voir avec l'affaire Khalil ?

– Non.

– Ce fils de pute va réapparaître au moment où tu t'y attendras le moins.

– Merci. Écoute...

Le téléphone cliqueta. Je remis une autre pièce.

– Tu te souviens de Marie Gubitosi ?

– Ouais, pourquoi ? Un cul sublime. Elle se faisait tirer par Kulowski, ou Kowalski. Tu te rappelles ? Il était marié ; sa femme a tout découvert et...

– Il faut que je la voie. Elle est mariée, à présent...

– Je sais. Elle a épousé un pékin. Elle vit à... je crois que c'est à Staten Island. Pourquoi veux-tu la contacter ?

– Je le saurai quand je serai devant elle.

– Alors, pourquoi veux-tu que moi, je la retrouve ? Tu pourrais le faire en moins d'une heure. Et pourquoi appelles-tu d'une cabine ? Qu'est-ce qui se passe, John ? Tu as des problèmes ?

– Non. Je fais quelque chose à côté.

– Ah oui ? De quel côté ?

Je consultai ma montre. Si je voulais prendre le ferry de quinze heures pour Staten Island, il fallait que j'abrège avec Fanelli. Plus facile à dire qu'à faire.

– Dom, je ne peux pas parler au téléphone. Nous boirons un coup la semaine prochaine. J'aurai peut-être besoin d'autres tuyaux. En attendant, trouve-moi les coordonnées de Marie et rappelle-moi sur mon mobile.

– Reste en ligne. J'ai quelqu'un dans ma manche au Central, au service du personnel.

Dom avait ses entrées partout. Je n'attendis pas longtemps. Quelques minutes plus tard, sa voix résonna dans l'écouteur.

– Marie Gubitosi n'a pas vraiment quitté la police. Elle est en congé maternité jusqu'en janvier 97. Elle s'appelle à présent Lentini. Elle a épousé un Macaroni. Mamma est contente. Je n'arrive pas à me souvenir de ce qui s'est passé entre Kowalski et sa femme quand elle a découvert le pot aux roses...

– Dom, refile-moi son putain de téléphone.

– On ne m'a donné qu'un numéro de mobile. Pas d'adresse. Tu notes ?

Il me dicta les coordonnées.

– Merci, lui dis-je. Je te rappelle la semaine prochaine.

– J'y compte. Peut-être plus tôt si tu es dans la merde. Faudra que tu me dises de quoi il s'agit.

– Entendu.

– Fais gaffe à toi.

– Je n'arrête pas.

Je raccrochai, bourrai l'appareil de pièces et composai le numéro. Après trois sonneries, une voix de femme répondit :

– Allô ?

– Marie Gubitosi ?

– Elle-même. Qui est à l'appareil ?

– Marie, ici John Corey. Nous avons travaillé à Manhattan Sud ensemble.

– Oh, oui... Qu'est-ce qui t'amène ?

J'entendais, en arrière-fond, les braillements d'au moins deux marmots.

– J'aimerais t'entretenir d'une vieille affaire. Pourrions-nous nous rencontrer quelque part ?

– Sûr. Trouve-moi une baby-sitter et je picolerai avec toi toute la nuit.

J'annonçai en riant :

– Ma femme est disponible.

– Pas possible ? Ton avocate d'épouse garde des gosses ? Elle prend combien de l'heure ?

– Nous sommes divorcés. J'en ai une nouvelle.

– Sans blague ! Je peux te dire que la première était une sacrée pimbêche. Tu te souviens du pot d'adieu en l'honneur de Charlie Cribbs ?

– Oui. Elle n'était pas très en forme, ce jour-là. Écoute, si ça te convient, je pourrais passer maintenant. Staten Island... C'est ça ?

– Oui. Mais les enfants sont infernaux.

– J'adore les gosses.

– Pas ces deux-là. Je peux peut-être te renseigner tout de suite.

– Je préférerais te parler de vive voix.

– Euh... Joe... Mon mari ne veut plus que je m'occupe de boulot...

– Tu es en congé maternité, Marie. Pas à la retraite.

– Bon, d'accord. Dis donc, tu ne t'étais pas fait mettre en disponibilité ?

– Si.

– Alors, tu es revenu ?

Même si je n'en avais pas envie, j'étais obligé de répondre.

– On m'a détaché à l'ATTF.

Silence au bout de la ligne. Puis :

– J'y ai passé moins de six mois et je n'ai bossé que sur deux affaires. Laquelle des deux t'intéresse ?

– L'autre.

Nouveau silence. Elle dit enfin :

– J'ai l'impression que tu n'es pas en mission officielle.

– En effet. L'affaire est classée. J'ai eu ton nom par un type de la boîte. Il faut que je te parle. En privé.

– Quel type ?

– Je ne peux pas le dire. Et je ne prononcerai pas ton nom non plus. Je suis dans une cabine et je n'ai plus de monnaie. Je ne te demande qu'une demi-heure.

– Mon mari est camionneur. Il rentre toujours à l'improviste. Il est baraqué et jaloux.

– Pas de problème. Je m'expliquerai. Au cas où j'échouerais, j'ai un flingue.

Elle rit.

– Entendu. La compagnie d'un adulte me changera un peu.

Elle me donna son adresse à Staten Island.

– Merci, lui dis-je. Je vais essayer de sauter dans le ferry de trois heures. Pendant ce temps, tu pourrais te rafraîchir la mémoire. Juillet 1996.

Elle ne releva pas l'allusion et précisa :

– J'habite à vingt minutes de taxi du débarcadère. Arrête-toi en route pour m'acheter un paquet de couches. Taille quatre. Tu trouveras un Duane Reade en chemin. À tout à l'heure.

Je raccrochai et sortis de la cabine. Je hélai un taxi sur l'avenue, brandis ma carte de police, bien plus reconnaissable que celle des fédéraux, et lançai au chauffeur, dont le crâne s'ornait d'un turban magnifique :

– Il faut que je prenne le ferry de trois heures. Bombe.

Avec un grand sourire, il démarra en trombe. Il brûla quelques feux rouges et arriva à l'embarcadère à quinze heures moins trois. Ravi de son exploit, digne d'un film noir, il refusa de se faire payer. Grand seigneur, je lui laissai un pourboire de cinq dollars.

Pour des raisons mystérieuses, la traversée était à présent gratuite pour les piétons. Peut-être payaient-ils le retour cent dollars ?

La sirène retentit. Je traversai le terminal en courant, saisis un horaire au passage. Le ferry était presque vide. Je m'installai sur le pont avant. Le soleil, l'eau bleue, le ciel immaculé, les remorqueurs, les mouettes, la brise salée : idéal.

Enfant, je prenais souvent le ferry avec mes amis. La traversée coûtait cinq cents. Une fois de l'autre côté, on achetait une glace, puis on regagnait Manhattan. Prix total : vingt-cinq cents. Pas cher pour une grande aventure.

Des années plus tard, je donnais rendez-vous à mes conquêtes sur le pont supérieur, de nuit. Nous contemplions la statue de la Liberté illuminée, les tours jumelles du nouveau World Trade Center qui, tout au bout de Manhattan, grandissaient d'année en année, le pont de Brooklyn avec ses dentelles de lumières. C'était très romantique ; et très bon marché.

Depuis lors, la ville avait changé. En mieux. On ne pouvait pas en dire autant du reste du monde.

Je levai les yeux vers la statue de la Liberté, cherchant à ranimer un patriotisme de jeunesse oublié depuis longtemps ; ou plutôt en sommeil, ainsi que je m'en étais rendu compte pendant mon déjeuner avec Kate.

La côte de Staten Island approchait. Je pensai à ma brève conversation avec Marie Gubitosi. Elle ne m'avait pas dit : « Tu perds ton temps. Je ne sais rien. » Donc elle savait quelque chose et avait peut-être envie de le partager avec quelqu'un.

Ou alors elle ne désirait qu'un peu de compagnie et un paquet de couches.

En tout cas, c'était une belle journée pour une promenade en bateau.

Chapitre 19

Je descendis du ferry au terminus Saint-Georges, marchai jusqu'à la station de taxi et donnai au chauffeur l'adresse de Marie, à New Springville.

Autrefois, à mes débuts, on menaçait toujours la bleusaille d'un exil à Staten Island en cas de faux pas. Une telle perspective me paraissait pire que le front russe ou les marais de Louisiane. En fait, cette banlieue de New York est un endroit paisible, peuplé de représentants de la classe moyenne pour la plupart républicains, ce qui rend la gratuité du ferry encore plus incompréhensible.

Nombre de flics qu'on y a exilés pour raisons disciplinaires l'ont trouvé à leur goût et s'y sont définitivement installés. C'est ainsi, j'imagine, que s'est créée l'Australie.

Le chauffeur de mon taxi, Slobodan Milkovic, sans doute un criminel de guerre yougoslave, consultait son plan toutes les trente secondes. Je lui demandai de m'arrêter au Duane Read le plus proche. Il hocha la tête et accéléra le long de Victory Boulevard, comme s'il s'agissait d'une mission capitale.

Je ne raconterai pas l'humiliation que subit John Corey pendant les dix minutes qu'il passa dans les rayons du magasin, à la recherche de Pampers de taille quatre. Slobodan ne fit aucun commentaire en me voyant revenir et me déposa, dix autres minutes plus tard, devant la maison de brique rouge de Marie Gubitosi, semblable à toutes celles qui s'étiraient jusqu'au bout de la rue. Le quartier était calme. Des chiens gambadaient sur les pelouses, des enfants jouaient sur le trottoir. Ne sachant pas combien de temps prendrait ma visite, je demandai à Slobodan de m'attendre, remontai la petite allée de béton et sonnai à l'entrée.

Aucun chien n'aboya, aucun enfant ne hurla, ce qui me mit de belle humeur. Quelques secondes plus tard, Marie ouvrit la porte, en pantalon noir et polo rouge sans manches.

– Merci d'avoir pensé aux Pampers, me dit-elle. Entre.

Je la suivis dans le salon à air conditionné, très bien rangé, puis dans la cuisine. Elle avait, effectivement, un cul ravissant. Fanelli a toujours eu une mémoire infaillible pour les détails importants.

Contrairement au salon, la cuisine était dans un désordre inimaginable. Juché sur une chaise de bébé, un enfant d'un âge indéterminé suçait un biberon en jouant avec ses orteils. Jonchés d'objets divers que je fus incapable de répertorier, la table et le sol évoquaient le lieu d'un cambriolage, ou d'un double meurtre précédé d'une lutte farouche.

– Assieds-toi, dit Marie. J'ai fait du café.

– Merci.

Je pris place sur un tabouret et posai les couches sur la table.

– Excuse le cloaque, ajouta Marie.

– C'est très joli.

Elle remplit deux grandes tasses.

– J'essaie de ranger un peu avant le retour de Sa Majesté. Lait ? Sucre ?

– Noir. Nature.

Elle déposa les cafés sur la table. Je notai pour la première fois qu'elle était pieds nus et enceinte. Elle s'installa en face de moi, leva sa tasse, la choqua contre la mienne.

– Tu es en beauté, dis-je.

– Tu as vu ton ophtalmo, récemment ?

– Je suis sincère, répondis-je en souriant.

– Merci. Je te dois combien, pour les Pampers ?

– Cadeau.

Je dégustai mon café. Marie était toujours attirante. Elle avait dû se pomponner avant mon arrivée. Je respirai la senteur discrète d'un parfum, mêlée à une odeur de talc et de lait chaud. Elle me montra la chaise de bébé.

– Voilà Joe junior. Il a quatorze mois. Grâce à Dieu, Melissa, qui a deux ans et demi, fait la sieste, et j'en ai un autre dans le tiroir.

– C'est pour quand ?
– Six semaines et trois jours.
– Félicitations.
– Je ne suis pas près de reprendre le boulot, dit-elle comme pour s'excuser de ses grossesses.
– Tu le feras plus tôt que tu ne crois.
– Possible. Toi aussi, tu as l'air en forme. Tu as un peu forci, peut-être. Donc, tu es divorcé et remarié. Je l'ignorais. Je ne suis plus au courant de rien. Qui est l'heureuse élue ?
– Kate Mayfield, du FBI.
– Je ne crois pas la connaître.
– Elle a intégré l'ATTF juste avant la catastrophe du vol 800 de la TWA. Elle a travaillé sur l'affaire.
Marie ne releva pas la précision.
– D'abord une avocate, puis une fille du FBI ! Tu es obsédé, ou quoi ?
– J'adore baiser les juristes.
Elle rit si fort qu'elle faillit renverser son café.
Nous continuâmes à bavarder, évoquant de vieux souvenirs.
– Tu te souviens de ce meurtre sur lequel Dom et toi enquêtiez, de cette femme de Gramercy Park qui avait flingué son mari ? Elle prétendait qu'il l'avait menacée avec son pistolet, qu'elle s'était débattue et que le coup était parti tout seul. Dom est allé dans la chambre, où le corps était déjà raide. Il revient et crie : « Il est vivant ! Appelle une ambulance ! » Puis il se tourne vers la femme : « Il m'a chuchoté à l'oreille que vous aviez pointé le pistolet vers lui et tiré de sang-froid. » Et la femme tombe dans les pommes.
Cette vieille histoire, que j'avais oubliée, éveilla en moi la nostalgie du bon vieux temps. Marie nous resservit du café.
– Bien. Que puis-je pour toi ?
Je reposai ma tasse.
– Voilà. Hier, j'ai assisté au service commémoratif en mémoire des victimes du vol 800 et...
– J'ai suivi ça aux infos. Mais je ne t'ai pas vu. Quand on pense qu'il y a déjà cinq ans...
– Le temps file vite. Donc, après le service, un type de l'ATTF, un fédéral, m'aborde et me demande ce que je fais là.
Je poursuivis mon récit, sans mentionner la présence de Kate. Marie, fine mouche, m'interrompit :

– Pourquoi étais-tu là-bas ?

– Ainsi que je te l'ai dit, Kate a travaillé sur l'affaire et se rend à la cérémonie presque chaque année. Je suis un bon mari.

Elle me regarda comme si elle ne me croyait qu'à moitié. J'eus l'impression qu'elle appréciait la situation, qu'elle aimait mieux jouer les détectives que laver les tétines.

– Donc tu bosses pour l'ATTF ?

– Oui, avouai-je. Comme agent détaché.

– Tu m'as dit que tu n'étais pas en mission officielle. Alors pourquoi es-tu là ?

– J'y viens. Donc, ce zozo se met dans la tête que je m'intéresse à l'affaire et m'ordonne de laisser tomber.

– C'est qui, ce type ?

– Je ne peux pas le dire. Écoute, Marie, moins je t'en révélerai, mieux ça vaudra. J'ai juste besoin d'apprendre ce que toi, tu sais ; et je ne sais même pas quelles questions te poser.

Elle se tut un instant.

– Je ne veux pas te vexer, mais comment savoir si tu ne travailles pas pour la sécurité intérieure ?

– Est-ce que j'ai la tête à ça ?

– Tu ne l'avais pas quand je t'ai connu. Mais, depuis, tu as épousé deux juristes.

Je souris. Nos regards se croisèrent. Elle déclara enfin :

– D'accord. J'ai planché deux mois sur l'affaire. J'enquêtais dans les marinas, interrogeant les gens sur les bateaux et les individus suspects. On murmurait qu'un terroriste ou un cinglé était parti en mer et avait tiré une roquette sur l'avion. J'ai donc passé l'été dans les marinas et les clubs nautiques. Tu ne t'imagines pas le nombre de ports de plaisance qu'on trouve dans le coin. Enfin, ce n'était pas un travail trop pénible. Pendant mes heures de loisir, j'allais à la pêche.

Elle s'interrompit.

– Mais pas à la pêche aux crabes... Personne n'avait envie de manger du crabe, parce que... tu sais...

Elle se tut encore. En dépit de sa gouaille, je sentais bien que ces souvenirs ne l'enchantaient guère.

– Avec qui faisais-tu équipe ?

– Je veux bien te parler, mais tu n'auras aucun nom, John.

– C'est de bonne guerre. Continue.

– Donne-moi un élément de départ.

– Hôtel Bayview.

– Je m'en doutais. Après ton coup de téléphone, j'ai relu mes notes pour me rafraîchir la mémoire, mais je n'ai pas trouvé grand-chose. Les fédéraux nous avaient conseillé d'en prendre le moins possible, parce qu'on ne nous demanderait jamais de rapport là-dessus. C'était leur affaire et nous n'étions là que pour donner un coup de main.

Je hochai la tête.

– Ils voulaient le moins de traces écrites possible.

– Peut-être, dit-elle en haussant les épaules. Ces types jouent leur propre jeu.

– C'est le moins qu'on puisse dire. Donc, tu es allée au Bayview ?

– Oui. Deux jours après le crash, je reçois un appel m'enjoignant de m'y rendre. Des agents du FBI sont en train d'interroger le personnel et ont besoin d'aide pour identifier quelqu'un qui pourrait savoir quelque chose sur ce qui les intéresse. J'y vais, en compagnie de trois flics de New York détachés à l'ATTF. Les trois fédéraux sont déjà sur place. Ils nous briefent et nous disent...

Joe junior lâcha son biberon et se mit à hurler. Marie se leva, se dirigea vers la chaise de bébé et minauda :

– Qu'est-ce qu'il y a, mon trésor ?

Elle lui fourra le biberon dans la bouche. Junior cria plus fort. Marie le prit dans ses bras et chantonna :

– Oh, pauvre bébé a fait un gros popo.

Était-ce une raison pour beugler ? Si j'avais fait dans mon froc, je l'aurais bouclée. Marie saisit le paquet de Pampers et emmena l'enfant dans le salon pour le changer.

J'en profitai pour interroger le répondeur de mon bureau depuis mon mobile. Pas de message. J'appelai mon collègue Harry Muller sur le sien.

– Harry, tu es au bureau ?

– Oui, pourquoi ?

– Est-ce que quelqu'un m'a demandé ?

– Non. Tu t'es perdu ? J'envoie une meute de scouts à ta recherche. Quel est le dernier signe de piste que tu aies vu ?

Même lui ne pouvait s'empêcher de faire le clown.

– Harry, répétai-je, est-ce que quelqu'un t'a demandé où j'étais ?

– Oui. Kœnig est passé il y a une heure. Il voulait savoir où tu te cachais. Je lui ai dit que tu étais parti déjeuner.

Je trouvai étrange que Kœnig, s'il souhaitait vraiment me parler, n'ait pas cherché à me joindre directement. Peut-être voulait-il simplement raconter une nouvelle blague à son enquêteur favori. De toute façon, je n'avais aucune envie d'avoir affaire à lui pour le moment.

– Kate est dans les parages ? ajoutai-je.

– Oui... Elle est à son bureau. Je la vois d'ici. Pourquoi ?

– Rends-moi un service. Propose-lui de me retrouver...

Je consultai ma montre et l'horaire du ferry. Si Joe senior ne rentrait pas à l'improviste, je pourrais attraper celui de 17 h 30.

– Dis-lui que je l'attendrai au Delmonico à 18 heures, pour l'apéritif.

– Pourquoi ne l'appelles-tu pas ?

– Pourquoi ne vas-tu pas lui faire la commission ?

– Suis-je autorisé à aller jusque là-bas ?

– Oui. Remplis de papiers une corbeille vide.

– D'accord, dit-il en riant. Delmonico, 18 heures.

– Garde ça pour toi.

– Ah, oui ?

– Merci.

Je raccrochai.

Marie revint dans la cuisine, avec l'enfant et un mobile ; des visages souriants tournaient doucement autour d'un axe, au son de *Un jour, mon prince viendra*. Elle posa fermement Joe junior sur la chaise de bébé, devant le jouet, cala de nouveau le biberon dans sa bouche. Elle nous servit encore un café et s'assit.

– C'est vraiment un enfant délicieux, lui dis-je.

– Tu le veux ?

Je souris.

– Donc, on t'a briefée.

– Oui. Les types du FBI nous ont entraînés tous les quatre dans le bureau du directeur de l'hôtel. Là, ils nous ont révélé qu'ils recherchaient deux personnes qui pouvaient avoir assisté au crash et séjourné au Bayview. Et comment le savaient-ils ? Parce que la police locale avait retrouvé sur une plage une couverture qui provenait peut-être de cet établissement. Ils en avaient appris l'existence tôt le matin et avaient enquêté dans les hôtels et les motels des environs pour découvrir à qui elle appartenait. De fil en aiguille, ils étaient arrivés jusqu'au Bayview. Tu me suis ?

– Jusque-là, ça va.

– Bien. Maintenant, qu'est-ce qui cloche dans cette salade ?

– Il y a toujours quelque chose qui cloche dans ce qui vient du FBI.

Elle sourit.

– Allons, John, réfléchis.

– D'accord. Ce qui cloche, c'est ceci : pourquoi se braquer sur deux témoins supplémentaires ?

– Exact. Pourquoi gaspiller du temps et des effectifs pour leur courir après, alors que des dizaines de témoins font déjà la queue devant la base des garde-côtes et que le standard croule sous les appels ? Qu'est-ce que ces deux-là ont de spécial ? Tu le sais ?

– Non. Et toi ?

– Non plus. Mais il y avait autre chose.

Cette autre chose, c'était le cache de caméra vidéo abandonné sur la couverture. Cela, l'agent du FBI ne l'avait pas mentionné. Dick Kearns en avait eu connaissance par la police locale, mais Marie, visiblement, n'avait pas eu vent de la rumeur. Cependant, comme elle était futée, elle avait senti qu'il se passait quelque chose.

– Ce type du FBI qui vous a briefés, qui était-ce ?

– Je te l'ai dit : pas de nom.

– Tu le connaissais ?

– Un peu. Le genre d'hommes qui confond arrogance et personnalité.

– Ça me rappelle Liam Griffith.

Elle sourit une nouvelle fois.

– Joli nom. Appelons-le Liam Griffith.

– Qui était avec lui ?

– Deux autres types, je te l'ai dit. Des fédéraux que je n'avais jamais vus. On ne nous les a pas présentés. Ils sont restés assis dans un coin pendant que Griffith nous briefait.

Je décrivis Ted Nash à Marie, employant à contrecœur l'expression « beau gosse ».

– Oui, je m'en souviens, même après cinq ans. Qui est-ce ?

Contre toute prudence, je dis, pour mettre Marie en confiance :

– CIA.

– Sans blague ! Tu es sur quoi, exactement ?
– Tu ne veux pas le savoir.
– Non, mais... J'en ai peut-être assez dit.
Je regardai l'enfant dans la chaise de bébé, puis Marie.
– Ils nous font peur ?
Elle ne répondit pas. Après un silence, je repris :
– Écoute, il s'agit des États-Unis d'Amérique, et tout citoyen a le droit et le devoir de...
– Arrête ton char.
– Alors, disons : es-tu satisfaite des conclusions de l'enquête ?
– Je ne réponds pas à ça. Mais je te raconterai ce qui s'est passé ce jour-là à l'hôtel Bayview si tu joues franc jeu avec moi.
– Je joue franc jeu avec toi. C'est toi qui ne veux rien savoir.
Elle réfléchit un instant, puis hocha la tête.
– D'accord... L'un de nous quatre demande à Griffith pourquoi ce couple est si important. Agacé par la question, il réplique : « Laissez-nous en juger. Votre travail consiste à interroger le personnel et les clients. » Il nous apprend qu'une femme de ménage de l'hôtel a déclaré à la direction qu'il manquait une couverture dans la chambre 203. On lui a montré, ainsi qu'au directeur, celle qu'on a trouvée sur la plage. Ils ont répondu que ce pourrait être celle-là, mais, comme ils en possèdent au moins six modèles, ils n'en sont pas sûrs.
– Bien. Qui occupait la chambre 203 ?
– Mystère. Sinon, nous ne serions pas là. On sait simplement qu'un individu s'est présenté à l'hôtel Bayview vers 16 h 15, le jour du crash, le mercredi 17 juillet 1996. Il n'avait pas réservé et a demandé une chambre. Le réceptionniste lui a dit qu'il y en avait plusieurs de libres. Le type a rempli une fiche et payé deux cents dollars en liquide pour la nuit. Le réceptionniste lui a demandé son numéro de carte de crédit en cas de détérioration, pour le mini-bar, etc. L'autre a rétorqué qu'il ne croyait pas aux cartes de crédit et lui a laissé cinq cents dollars de caution en espèces. Le réceptionniste lui a alors demandé son permis de conduire, pour le photocopier. Le client a répondu qu'il était dans son autre pantalon, ou quelque chose d'approchant, et lui a tendu sa carte professionnelle, que le réceptionniste a acceptée avant de lui remettre la clé de la chambre 203, dans l'aile moderne de l'hôtel, loin du bâtiment principal, selon

son désir. Le réceptionniste n'a donc plus jamais revu le client dans le vestibule. Il n'a jamais vu non plus sa voiture et n'a jamais su s'il était accompagné. Tu me suis ?

– Oui. Tripette pour l'identification.

– Tout juste. Mais quand Griffith arrive le vendredi matin, il pense probablement qu'il va toucher le gros lot. Il relève les informations sur le véhicule du client, reportées sur la fiche d'hôtel. Toutes bidon. Griffith nous apprend également, si j'en crois mes notes, que la carte professionnelle est au nom de Samuel Reynolds, avoué, avec une adresse à Manhattan et un numéro de téléphone. Bidon, bien entendu. Il semble que nous ayons affaire au don Juan classique, qui n'en est pas à son coup d'essai et se balade avec une dame qui n'est pas censée l'accompagner.

– Je ne l'aurais jamais deviné.

– Moi non plus, murmura Marie en souriant. Le réceptionniste sait très bien qu'il commet une faute professionnelle, mais il a cinq cents dollars de caution et sans doute quelques billets dans sa poche. Quant au client, il n'a laissé aucune trace écrite, de sorte que le Bayview ne pourra pas lui envoyer de courrier de remerciement ou des offres de tarifs réduits.

– Les hommes mariés apprennent vite.

– Ils ont ça dans le sang.

– Quand le client a-t-il signalé son départ ?

– Il ne l'a pas fait. Il a disparu le lendemain avant 11 heures du matin, heure où l'on rend les chambres. Selon Griffith, une femme de ménage a frappé à la porte de la 203 vers 11 h 15, sans obtenir de réponse. Le réceptionniste, un nouveau, a alors appelé la chambre ; sans succès. La femme de ménage y a donc pénétré. Aucune trace du client ; ni bagages ni rien. Sur le lit, la couverture manquait. L'homme avait filé à l'anglaise en faisant une croix sur ses cinq cents dollars. Griffith nous a dit : « C'est suspect. » Il est finaud...

– Il n'est pas flic.

– Tu m'étonnes. Quoi qu'il en soit, ce qui n'était pour nous qu'une enquête de routine est devenu autre chose. La première hypothèse qui traverse l'esprit d'un flic, c'est le crime : viol, agression, meurtre. Mais la chambre ne montrait rien de tout cela. Cela ne veut pas dire que l'individu en question n'a pas tué la personne qui l'accompagnait avant de fourrer son cadavre dans le coffre de sa voiture. Toutefois, nous devions prendre en compte un autre élément : la couverture trouvée sur la plage et qui semblait provenir de cette chambre. J'en déduis que le client et la femme avaient une relation illicite. Ils sont allés sur la plage, ils ont vu le crash et n'ont pas voulu être identifiés comme témoins. Ils ont donc regagné leur chambre après la catastrophe, rassemblé leurs affaires en vitesse et se sont tirés. Exact ?

– On peut voir les choses de cette façon.

Je savais par Kate que deux personnes s'étaient assises sur la couverture, mais j'ignorais encore comment Marie ou Liam Griffith pouvaient être sûrs qu'il y en avait eu deux dans la chambre.

– Comment peux-tu être certaine qu'il y avait une femme ?

– La femme de ménage a repéré des traces de la présence de deux personnes. Un homme et une femme. Du rouge à lèvres sur un verre, pour commencer. Le FBI a passé la chambre au peigne fin pour récolter des empreintes, des cheveux et tout le bazar. Mais la boniche l'avait nettoyée à fond. Résultat : l'homme n'avait laissé ses empreintes que sur les miches de sa nana... Griffith nous ordonne donc d'interroger le personnel et tous les clients qui se trouvaient là le jour du crash, au cas où ils auraient remarqué le type et/ou sa dulcinée. Le réceptionniste nous avait donné le signalement du tombeur : race blanche, un mètre soixante-quinze, corpulence moyenne, cheveux bruns, yeux marron, teint clair ; imberbe, pas de lunettes, pas de cicatrice visible ou de tatouage, aucune infirmité apparente ; bien habillé, pantalon beige, blazer bleu... Qu'est-ce que j'oublie ?

– La bosse de son pantalon.

Elle rit.

– Oui, il avait un missile dans la poche. Le réceptionniste a fait son portrait-robot avec un dessinateur du FBI. On nous l'a distribué pour que nous le montrions un peu partout. Un beau mec...

– Tu l'as gardé, ce portrait ?

Le mobile arrivait en bout de course et l'enfant s'inquiétait. Il commença à couiner, comme s'il suppliait les bonshommes de continuer à tourner.

Marie se leva et remonta le ressort en chantonnant à mon intention, ou à celle de Joe junior :

– Bébé réjoui aime ses gentils amis...

Le jouet se remit à fonctionner, toujours au son de *Un jour, mon prince viendra*. Dans vingt ans, devenu un tueur en série, le gosse fredonnerait cet air en étranglant ses victimes.

Marie consulta sa montre.

– Il faut que j'aille jeter un coup d'œil sur Melissa. Je reviens tout de suite.

Elle quitta la cuisine. Je l'entendis monter l'escalier.

Je réfléchis à ce que je venais d'apprendre sur l'homme et la femme du Bayview.

Ils étaient arrivés ensemble ou chacun de son côté, étaient descendus au Bayview par hasard ou parce qu'ils le connaissaient. Il ne s'agit pas d'un motel borgne où l'on ne pose pas de questions. C'est un établissement à deux cents dollars la nuit. L'homme avait donc les moyens et la dame préférait vivre son idylle dans des draps propres. Le vin découvert sur la plage était cher, lui aussi. Ces gens-là sont généralement faciles à identifier ; mais l'homme avait pris ses précautions.

Ensuite, en admettant qu'ils aient assisté au crash et que l'un d'eux ait été marié, ou les deux, ils s'étaient affolés, avaient déguerpi en oubliant des objets sur le sable et regagné l'hôtel à la hâte. Puis, pensant que quelqu'un les avait peut-être vus et que les flics pourraient venir rôder dans les parages, ou encore que leurs conjoints allaient les appeler sur leur mobile à propos du crash, ils avaient filé.

Donc ils risquaient gros s'ils se faisaient choper. J'essayai d'imaginer ce que j'aurais fait dans la même situation. Aurais-je, en bon citoyen, contacté les autorités ? Ou aurais-je fait disparaître les traces de mon escapade pour sauver ma réputation et mon mariage ? Et si, une fois découvert, je m'étais retrouvé confronté aux autorités, aurais-je aggravé mon cas en mentant ?

J'avais connu un cas semblable : une femme voulait témoigner sur une fusillade dont elle avait été témoin, mais l'homme qui se trouvait avec elle n'avait aucune envie d'expliquer ce qu'ils faisaient ensemble.

Je me demandai si le couple du Bayview avait eu le même problème. Et dans ce cas, comment avait-il été résolu ? À l'amiable, ou d'une autre manière ?

Je n'eus pas le temps de pousser ma réflexion plus loin. Marie revint dans la cuisine et s'assit devant moi.

Chapitre 20

– Tu veux des enfants ?

– Pardon ?

– Des gosses. Ta femme et toi avez l'intention de fonder une famille ?

– J'en ai déjà une. Tous des fêlés.

Elle rit et reprit :

– Où en étions-nous ?

– Le portrait-robot du don Juan. Tu l'as gardé ?

– Non. Griffith nous en donné quatre photocopies et les a récupérées.

– Bien. Donc, vous avez commencé à interroger les clients et le personnel.

– Oui. Nous voulions vérifier si, en dehors du réceptionniste, quelqu'un avait vu l'homme, ou sa voiture, ou la dame, dont on aurait pu nous donner le signalement. Il nous fallait aussi vérifier leurs allées et venues, savoir s'ils s'étaient rendus au bar ou au restaurant de l'hôtel, s'ils avaient utilisé des cartes de crédit et tout le bataclan. Griffith nous avait donné des instructions comme si nous n'avions jamais mené d'enquête auparavant. À ce propos, je n'arrêtais pas de m'interroger. Qu'est-ce qu'on faisait, là ? Une enquête matrimoniale ou une investigation sur le crash ? Je lui ai posé la question : « Est-ce que nous cherchons deux témoins ou deux suspects ? » À mon avis, toute cette agitation n'avait de sens que si nous traquions des suspects avec une roquette dans le coffre de leur voiture. Ça se tient, non ?

Ce n'était pas tout à fait ça, mais je répondis :

– À peu près.

– Donc, je pose ma question, qui semble faire germer dans le cerveau de Griffith une idée lumineuse. Il déclare : « Tout témoin est un suspect en puissance », ou une ânerie du même tonneau. On nous confie aussi sec la liste de tout le personnel de l'hôtel, depuis les femmes de ménage jusqu'aux jardiniers, en passant par les préposés aux cuisines. Environ cinquante personnes supposées avoir été de service pendant la période en question : de 16 h 15 le mercredi 17 juillet, jusqu'à midi le lendemain. J'en avais une dizaine à interroger.

– À quoi ressemble le Bayview ?

– C'est une vieille maison, style auberge, avec une quinzaine de chambres, accolée à une aile moderne dotée de trente autres chambres. Il y a, en plus, quelques pavillons le long de la baie. Un bar, un restaurant et même une bibliothèque. Un bel endroit. Tu le constateras toi-même quand tu iras là-bas.

Je ne répondis pas.

– Nous y sommes restés toute la journée, jusque tard dans la soirée, à cause du roulement du personnel. J'avais une liste de quatorze clients qui logeaient là depuis le 17 juillet et n'étaient pas encore repartis. J'avais une autre liste, comprenant ceux qui se trouvaient à l'hôtel le 17, mais avaient déjà plié bagage. Nous étions censés remonter leur piste le lendemain. Nous ne l'avons jamais fait.

– Pourquoi ?

– Je n'en sais rien. D'autres gens l'ont peut-être fait à notre place. Ou alors Griffith et ses sbires ont touché le gros lot ce soir-là. Ils ne t'ont jamais rien dit ?

– Le moins possible.

– En tout cas, ils n'étaient pas francs du collier. Par exemple, Griffith nous annonce qu'il a prévu une réunion de toute l'équipe à 11 heures du soir, dans un lieu qu'il précisera plus tard. Mais lui et les autres fédéraux nous ont collé aux basques toute la journée, assistant à plusieurs interrogatoires. Ensuite, Griffith nous a remerciés l'un après l'autre en nous disant à chacun d'arrêter. Résultat : la réunion n'a jamais eu lieu et je n'ai jamais pu comparer mes notes avec celles de mes trois collègues. Je crois que cette réunion, c'était du flanc.

J'avais la très nette impression que Marie n'était guère satisfaite de la façon dont on les avait traités. C'était la raison pour laquelle elle avait décidé de se mettre à table alors qu'on lui avait intimé, cinq ans plus tôt, l'ordre de ne parler à personne. Et elle avait visiblement envie de se laisser aller.

– Tu veux une bière ?

– Non, merci. Je ne suis pas en service.

Elle rit et ajouta :

– Mon Dieu, je ponds et je torche des gosses depuis si longtemps que j'ai oublié la saveur de la bière.

– Je t'en offrirai une quand tu auras retrouvé le goût.

– Volontiers. Donc, interrogatoires, avec le portrait à la main. Après les entretiens préliminaires, je sélectionne quatre employés et deux clients, leur demande de me rejoindre à différents moments de la journée dans un petit bureau de l'hôtel. J'en arrive à l'interrogatoire d'une femme de ménage nommée Lucita, qui vient de se faire embaucher et me prend sans doute pour un agent de l'immigration. Je lui montre le portait du don Juan. Elle me répond qu'elle ne le connaît pas, mais son visage me prouve le contraire. Je lui demande donc sa carte de séjour ou son certificat de naturalisation. Elle commence à chialer. Alors, outrepassant légèrement mes attributions, je lui promets de l'aider légalement si elle coopère. Le marché lui paraît honnête et elle me dit que oui, elle a vu le type quitter la chambre 203 en compagnie d'une dame, à 7 heures du soir. Bingo.

– N'est-ce pas un témoignage obtenu sous la pression ?

– Pas du tout. Enfin, si. Mais c'était pour la bonne cause.

– Bien. A-t-elle pu décrire la dame ?

– Vaguement. Lucita se trouvait à dix mètres du couple au moment où il quittait la chambre. Elle l'a aperçu brièvement sur la terrasse du deuxième étage du bâtiment, avant qu'il ne disparaisse dans l'escalier. La dame avait à peu près l'âge du don Juan. Un peu plus petite que lui, mince, elle portait un short beige, un chemisier bleu et des sandales. Mais elle avait aussi des lunettes de soleil et un chapeau lâche à large bord, comme si elle avait peur qu'on la reconnaisse.

– Où allaient-ils ?

– Double bingo. Ils se dirigeaient vers le parking. L'homme trimbalait une couverture qui avait l'air de provenir de la chambre, ce qui a attiré l'attention de Lucita. Toutefois, elle m'a dit que les clients faisaient ça souvent et qu'ils rapportaient ensuite la couverture. Elle n'est donc pas intervenue. Conclusion : c'était bien notre couple. Exact ?

– Exact. Est-ce qu'ils transportaient autre chose ?

– Comme quoi ?

– Comme... n'importe quoi.

Elle me dévisagea.

– C'est ce que Griffith a demandé trois fois à cette femme de ménage. Qu'est-ce qu'on cherche, John ?

– Une glacière.

– Il n'y avait qu'une couverture.

S'il s'agissait du couple en question, et cela en avait tout l'air, la glacière et la caméra vidéo étaient déjà dans la voiture.

– J'espère, dis-je à Marie, que Lucita a noté la marque, le modèle, l'année, la couleur et le numéro de châssis du véhicule.

Elle sourit.

– Il ne faut pas exiger la lune. Mais elle a vu l'auto. Même si elle n'a pas pu me la décrire, elle a remarqué que le couple ouvrait un hayon arrière. Je l'ai donc emmenée jusqu'au parking. Je lui ai montré des voitures ordinaires, des 4 × 4, des fourgonnettes, des breaks : au moins vingt modèles de vingt marques différentes. Elle n'y connaît pas grand-chose en bagnoles, mais elle m'a donné un détail : la couleur ; beige.

Juste après le crash, le policier de Westhampton avait croisé une Ford Explorer claire venant de la plage. Tout semblait concorder, se mettre en place comme les pièces d'un puzzle.

– Lucita, poursuivit Marie, déclare que le couple est monté dans le véhicule et est parti. Fin de la piste.

– A-t-on fait, d'après sa description, un portrait-robot de la dame ?

– Non. Je crois qu'il y avait un petit problème de langue. D'un autre côté, comme je te l'ai dit, la dulcinée portait des lunettes noires et un grand chapeau. Lucita m'a dit, ajouta-t-elle en souriant, que c'était peut-être une star de cinéma.

Je répliquai, souriant à mon tour :

– Dans un sens, elle n'avait peut-être pas tort.

– C'est-à-dire ?

– Je t'expliquerai plus tard. Quel est le nom de famille de Lucita ?

– Gonzalez Perez, d'après mes notes.

Je le notai dans un coin de ma mémoire.

– A-t-on envisagé que la dame pouvait avoir garé sa propre voiture sur le parking ?

– Oui. Et cela rendrait plus vraisemblable l'hypothèse de deux amants mariés chacun de son côté. Mais personne ne l'a aperçue dans un autre véhicule. Nous avons vérifié les plaques d'immatriculation des clients au cas où une automobile non identifiée aurait été abandonnée sur le parking. Nous pensions encore que la dame avait pu être victime d'un crime. Le type l'aurait butée sur la plage, ou même dans la chambre, avant de la fourrer dans son coffre, enveloppée dans la couverture... Cela n'a rien donné, du moins à ma connaissance.

– Est-ce que quelqu'un les a vus regagner l'hôtel cette nuit-là ?

– Non. Ils se sont volatilisés entre le moment où Lucita les a croisés et celui où, le lendemain, une autre femme de ménage est entrée dans la chambre et a constaté la disparition d'une couverture, de toute évidence celle qu'on a retrouvée sur la plage.

– As-tu interrogé cette femme de ménage-là ?

– Pas moyen. Griffith et ses sbires l'avaient déjà cuisinée et elle n'a jamais figuré sur nos listes. Mais Griffith nous a appris qu'elle se souvenait de rouge à lèvres sur un verre. Elle a aussi fourni d'autres détails : on avait utilisé la douche, le lit était défait et, bien sûr, la couverture manquait. Il a ajouté que la chambre n'avait livré aucun indice : la boniche l'avait nettoyée de fond en comble et débarrassée de tout ce qui aurait pu servir à identifier le couple. C'est en tout cas ce qu'il nous a dit.

– Tu devrais apprendre à faire confiance aux fédéraux, suggérai-je.

Elle éclata de rire.

Je n'étais guère plus avancé. Si j'avais une idée assez précise de ce qui s'était passé à l'hôtel Bayview cinq ans plus tôt, je n'avais pas plus de chances de retrouver le couple que la veille. Si Griffith, Nash et les autres avaient fait chou blanc cinq ans auparavant avec tous les moyens dont ils disposaient, je m'étais, moi, fourvoyé sur une voie de garage.

D'un autre côté, ils avaient peut-être touché le gros lot. Dans ce cas, c'était encore pire. Il est déjà difficile de résoudre une affaire vieille de cinq ans. Mais il est encore plus difficile d'en résoudre une déjà bouclée par quelqu'un qui a ensuite dissimulé les indices et mis les témoins à l'abri.

Il ne me restait qu'à retourner au bureau et à demander les dossiers « TWA 800 – Hôtel Bayview » ou quelque chose d'approchant.

– Y a-t-il autre chose qui te vienne à l'esprit ?

– Non, mais j'y réfléchirai.

Je lui donnai ma carte.

– Appelle-moi sur mon mobile en cas de besoin. N'essaie pas de me joindre au bureau.

Elle acquiesça. Je fis une dernière tentative.

– Tu ne peux vraiment pas me donner un nom ?

– Non. Mais je peux toujours passer quelques coups de fil pour voir si un de mes trois collègues serait prêt à parler.

– Je te ferai signe si j'ai besoin de le rencontrer.

– John, qu'est-ce que c'est que cette histoire ?

– Je vais te révéler ce que Griffith a pris soin de ne pas vous dire : sur cette couverture abandonnée sur la plage, on a ramassé un cache de caméra vidéo.

Elle mit deux secondes à réagir.

– Bon Dieu, tu crois que...

– On ne sait jamais.

J'ajoutai en me levant :

– Garde ça pour toi. Réfléchis encore à cette journée au Bayview et à ce que tu aurais pu entendre par la suite. Et merci, Marie, pour ton temps et ton aide.

Je me penchai vers la chaise de bébé, remontai le mobile.

– Je connais le chemin.

Elle m'enlaça, me serra contre elle.

– Sois prudent, murmura-t-elle.

Chapitre 21

Le Delmonico existe depuis cent cinquante ans. Situé dans le quartier des affaires, il est fréquenté par la faune de Wall Street. On y croise rarement des agents du 26, Federal Plaza. Voilà pourquoi j'y avais donné rendez-vous à Kate.

Elle était ma motivation principale. Bien sûr, il y avait les victimes, le chagrin de leurs familles. Sans compter ma fierté, mon ego. Je m'imaginais déjà, après avoir réussi à faire rouvrir le dossier, félicité sous les applaudissements de tous mes collègues par Kœnig, Griffith et mon supérieur de la police de New York, le capitaine David Stein, puis invité à dîner à la Maison-Blanche.

Cela ne se passerait sans doute pas comme ça. Et je préférais ne pas penser à ce qui se passerait vraiment. Car Kate comptait par-dessus tout. Et elle comptait sur moi. Combien d'hommes se sont brisé les reins pour essayer d'impressionner une femme ? Au moins six milliards. Peut-être plus.

Elle m'attendait au bar, où deux golden boys lui faisaient du gringue. Je m'insinuai entre eux et lui demandai :

– Vous avez eu mal ?

– Quand ?

– Lorsque vous êtes tombée du ciel...

Elle sourit et dit :

– J'espère que vous n'avez jamais utilisé cette ligne.

– Je vous ai déjà vue quelque part, répondis-je en commandant un Dewer soda.

Elle sourit de nouveau et répliqua :

– Je viens d'arriver à New York.

– Moi aussi. Mon bateau a accosté il y a quelques minutes.

Le barman m'apporta mon scotch et nous trinquâmes.

– Où étais-tu ?

– Staten Island.

– Pourquoi ?

– Je cherchais une maison pour nous deux. Tu n'as jamais songé à avoir des enfants ?

– Euh... Parfois. Pourquoi me demandes-tu cela ?

– Je suis enceint.

Elle tapota mon estomac et dit :

– Je vois ça... Et en dehors de la maison et des gosses ?

– Je suis allé interroger une femme flic en congé maternité. Elle a travaillé à l'ATTF en 96. Elle a assisté aux interrogatoires à l'hôtel Bayview.

– Vraiment ? Comment l'as-tu retrouvée ?

– Je peux trouver n'importe qui.

– Tu n'es pas capable de dénicher deux chaussettes assorties. Qu'est-ce qu'elle t'a dit ?

– Elle a interrogé une femme de ménage qui a vu l'homme qui, apparemment, avait emporté la couverture à la plage ; et aussi sa dulcinée.

Kate se tut un instant. Puis :

– Est-ce que ta copine sait si le FBI a identifié le couple ?

– Pas vraiment. L'homme s'est présenté sous un faux nom.

Je bus une gorgée de whisky.

– Qu'as-tu appris d'autre de cette personne ?

– Les trois agents fédéraux qui menaient la danse n'ont rien partagé avec les quatre policiers de New York qui enquêtaient pour eux. Mais ça, je le savais déjà.

Je la regardai et poursuivis :

– À propos, raconte-moi comment tu as eu connaissance de ce rapport de police de Westhampton sur la couverture.

Elle parut réfléchir quelques secondes.

– Par hasard. Une nuit, alors que je parcourais une pile de rapports dans le motel où je logeais, celui-là a attiré mon attention.

– Essaie encore.

– Bon... Ted et moi buvions un verre un soir, et il m'en a parlé. Je crois qu'il avait forcé la dose.

Cela me mit dans une rage folle. Je gardai pourtant mon sang-froid et déclarai très gentiment :

– Tu m'as assuré que tu n'avais jamais parlé de l'affaire avec lui.

– Désolée.

– Sur quoi d'autre m'as-tu menti ?

– Je... je ne pensais pas qu'il était important pour toi de savoir d'où je tenais mes informations. Je sais comment tu es quand on fait la moindre allusion à Ted Nash.

– Ah bon ? Je suis comment ?

– Psychotique.

J'avais, sans m'en rendre compte, haussé le ton. Cela inquiéta le barman, qui se tourna vers nous.

– Tout va bien, madame ?

– Très bien, répondit Kate.

Puis, à voix basse :

– Allons-nous-en.

– Non. J'apprécie cet endroit. Déballe-moi ce que tu as encore oublié de me dire. Tout de suite.

Elle resta calme, mais je la sentais perturbée. Quant à moi, je bouillais.

– Accouche.

– Ne me parle pas sur ce ton. Tu n'es pas...

– Crache le morceau. Et pas de bobard.

Elle prit une longue inspiration.

– Très bien... Mais ce n'est pas ce que tu crois.

– Ne t'occupe pas de ce que je crois.

– D'accord. Ted travaillait également sur l'affaire de la TWA, ainsi que tu l'as sans doute appris. C'était un collègue de bureau. Mais nous n'avons jamais eu de liaison, ce que je me suis tuée à te répéter et ce qui est la stricte vérité.

– On s'en fout. Il est mort. Pourquoi t'a-t-il parlé de cette couverture sur la plage et du cache de la caméra vidéo ?

– Un soir, nous sirotions un verre dans un bar du coin. C'était à peu près une semaine après le crash et il buvait trop. Nous buvions tous trop. Il a mentionné ce rapport de la police locale et il a dit quelque chose comme : « Ce couple était sans doute en train de filmer ses ébats sur la plage et il est possible qu'il ait aussi enregistré l'explosion. » Je lui ai posé d'autres questions, et il s'est refermé comme une huître. Le lendemain, il m'a appelée pour me dire qu'on avait retrouvé le couple, qu'il s'agissait de deux vieilles personnes mariées depuis longtemps. Le cache ne provenait pas d'une caméra vidéo, mais d'une caméra ordinaire. Le couple n'avait rien vu et ce qu'il avait filmé n'avait aucun rapport avec l'explosion.

– Continue.

– De toute évidence, Ted regrettait de s'être montré trop bavard la veille. Je lui ai dit : « C'est dommage », ou quelque chose de ce genre, et nous avons parlé d'autre chose. Mais je me suis rendue au commissariat de Westhampton. Là, les flics m'ont annoncé que le FBI était déjà passé et avait pris le rapport, dont ils attendaient la restitution. Ils doivent l'attendre encore. J'ai obtenu le nom de son auteur. Je l'ai questionné. Il a fini par m'apprendre, après bien des hésitations, que la couverture provenait peut-être d'un motel ou d'un hôtel. Comme j'étais totalement accaparée par mes interrogatoires de témoins, je n'ai pas poussé plus loin et, pour être honnête, je ne voyais aucune raison de le faire. Je travaillais sous le contrôle de Ted et des autres. Toutefois, une semaine plus tard, de retour au bureau pour quelques jours, j'ai appelé, comme je te l'ai dit, des motels et des hôtels des environs. Je suis tombée sur le Bayview. J'ai eu son directeur, Leslie Rosenthal. Il m'a révélé que le FBI était déjà venu avec la couverture et avait interrogé son personnel et ses clients. Il a ajouté que le chef de l'équipe ne l'avait mis au courant de rien et lui avait simplement intimé l'ordre de ne parler de cela à personne.

Elle me fixa droit dans les yeux.

– C'est tout, conclut-elle.

– Qui était ce chef d'équipe ?

– Liam Griffith. Je suis certaine que tu le sais déjà par ton contact de Long Island.

– C'est vrai. Mais pourquoi me l'as-tu caché ?

– Parce que je te l'ai dit dès le départ : « Pas de noms ». C'est pourquoi je n'ai pas mentionné Ted.

– Il est mort... Qu'as-tu fait des renseignements fournis par Rosenthal ?

– Rien. Que pouvais-je en faire ? Bien sûr, j'y ai réfléchi. Mais j'ai été convoquée presque tout de suite par l'OPR. Je te l'ai raconté.

Elle termina son verre et reprit :

– Je suis sûre que Ted a su que j'étais allée fouiner là-bas et s'est fait taper sur les doigts pour ça. Mais il n'y a jamais fait allusion devant moi. Il s'est contenté de me battre froid.

– Oh, pauvre chérie.

– Arrête ton numéro, John. Je n'ai rien à cacher et rien à me reprocher.

– Tu m'as menti.

– C'est vrai. Je t'ai menti pour ne pas avoir à subir une scène aussi grotesque que celle que tu es en train de me faire. Quelle importance peut avoir la provenance de mes informations ? Quatre-vingt-dix-neuf pour cent de ce que je t'ai dit était vrai, et ce que je ne t'ai pas dit n'a eu aucune incidence sur ce que tu as fait ou appris. Alors sois heureux de savoir que Ted Nash, quand il était ivre, était aussi stupide que toi et que n'importe qui. D'accord ?

Je restai coi, pétrifié par la colère. Elle posa la main sur mon bras, se força à sourire.

– Puis-je t'offrir un verre ?

Si j'en avais bu deux de plus, je me serais sans doute calmé. Mais je n'en avais que la moitié d'un dans l'estomac et je n'arrivais pas à avaler le fait que ma femme m'avait menti. En plus, je n'étais pas totalement convaincu de son absolue sincérité sur un point : Ted et elle étaient-ils assis ou allongés quand il lui avait parlé de la couverture ?

– Allons, John, répéta-t-elle doucement, buvons un verre...

Je tournai les talons et sortis.

Chapitre 22

Je me réveillai dans mon lit, avec un mal de crâne carabiné.

Je me souvenais d'avoir pris au Delmonico un taxi jusqu'au Dresner, un bar proche de mon domicile où j'avais mes habitudes et dont le barman, mon ami Aidan, m'avait abreuvé jusqu'à plus soif. Je me rappelais également, et c'était à peu près tout, avoir tenté de chasser quelque chose de mon visage : le parquet.

Je me redressai et constatai que j'étais en caleçon. Je me demandai si j'étais rentré chez moi dans cette tenue. J'aperçus alors mes vêtements éparpillés par terre, ce qui me rassura.

Je me levai lentement. Le soleil du matin entrait à flots par la porte-fenêtre du balcon, vrillant mes yeux et mon cerveau.

Attiré par une odeur de café, je titubai jusqu'à la cuisine. Il y avait un petit mot près de la machine : « John, je suis partie travailler. » L'horloge à affichage numérique indiquait 9 h 17. Puis 9 h 18. Fascinant.

Je me servis un grand bol de café noir bouillant, tout en essayant de me remémorer en détail l'incident du Delmonico. Je finis par reconnaître que ma colère avait été un peu exagérée et me sentis envahi par le remords. Il faudrait que je tente d'arranger les choses avec Kate, même s'il était hors de question pour moi de m'excuser.

Je terminai mon café, gagnai la salle de bains, avalai deux aspirines, me rasai et me douchai.

Me sentant un peu mieux, je décidai de téléphoner au bureau pour me faire porter pâle, m'habillai ensuite d'un pantalon beige, d'une chemise de sport, d'un blazer bleu et de chaussures souples, sans oublier mon holster sanglé à l'épaule.

J'appelai le garage pour qu'on sorte ma voiture, pris un paquet de chips pour la route et descendis.

Alfred, mon portier, m'accueillit avec bonne humeur, ce qui contribua à assombrir la mienne. Au volant de ma Jeep, je descendis la 2e Avenue jusqu'au tunnel de Midtown, qui me conduisit directement sur la voie express de Long Island.

Le temps était gris, humide. Selon le thermomètre du tableau de bord, il faisait 26 degrés à l'extérieur, température plutôt fraîche pour la saison. En ce jeudi de juillet, la circulation était fluide. C'était un bon jour pour aller rendre visite à l'hôtel Bayview.

Je mis la radio sur une station qui diffusait de la musique country, excellent remède contre la gueule de bois. Tim McGraw beuglait *Please Remember Me.* Je croquai quelques chips.

Kate m'avait débité un pieux mensonge pour éviter d'avoir à mentionner devant moi le nom de Ted Nash, qui me rendait nerveux. Quel mot avait-elle employé ? « Psychotique ». J'aurais dû lui être reconnaissant de sa délicatesse. D'un autre côté, tout bon flic sait que les mensonges sont comme les cafards : quand on en voit un, il y en a d'autres.

Notre prise de bec avait toutefois un aspect positif : elle mettait une certaine distance entre Kate et moi, ce qui était bon pour la suite des opérations. Je le lui expliquerais peut-être plus tard.

Ne me voyant pas au bureau, elle avait déjà dû m'appeler. Mais mon téléphone restait muet. Et pour cause...

Nos mobiles et nos bipers sont reliés à un central. Allumés, et même si on ne les utilise pas, ils émettent un signal vers le relais le plus proche, ce qui permet de les localiser en permanence. Sans être paranoïaque, il existait cinquante chances sur cent pour que le service du personnel absent, au 26, Federal Plaza, cherche à savoir ce que j'allais faire de ma journée de congé maladie. En éteignant à la fois mon biper et mon mobile, j'avais outrageusement violé le règlement. C'était le cadet de mes soucis.

Alors que je quittais le Queens pour entrer dans le district suburbain de Nassau, le chanteur, à la radio, se mit à hurler une complainte désespérée où il était question d'une épouse infidèle, d'un ami proche, d'un cœur volage et de nuits solitaires. Un bon scotch lui aurait fait du bien. Je changeai de station.

Je me retrouvai en plein milieu d'un débat animé et confus. Je perçus d'abord deux syllabes : « Aden ». Je crus qu'il s'agissait de mon ami Aiden, le barman du Dresner. Toujours la gueule de bois. Ensuite, un des participants prononça le mot « Yémen ».

L'ambassadeur américain dans ce pays, une dame du nom de Barbara Bodine, avait, semble-t-il, empêché John O'Neill de retourner au Yémen. Or je savais que O'Neill était le directeur respecté de l'enquête menée par le FBI sur l'attentat contre l'*USS Cole* dans le port d'Aden, capitale du Yémen. Voilà, j'avais compris.

En bonne diplomate, Mme Bodine désapprouvait les méthodes agressives employées par O'Neill lors de ses investigations. Après le rappel de l'enquêteur aux États-Unis pour consultation, elle lui avait donc interdit de revenir dans le pays. Telle était la cause de l'affrontement verbal entre un représentant du Département d'État, à la voix châtiée de fils de famille, et l'animateur de l'émission, au ton beaucoup moins onctueux.

– Madame Bodine, déclarait posément le fonctionnaire, a pris une sage décision. Nous devons maintenir de bonnes relations avec le gouvernement yéménite, qui coopère avec les...

– Coopérer ! Mais ce sont ces gens-là qui ont commandité l'attentat !

Suivait toute une série de noms d'oiseaux, d'où il ressortait que le Département d'État était un vivier de demeurés, de lâches, d'irresponsables et même de « traîtres ».

– De quel côté êtes-vous donc ? Dix-sept marins ont été tués et vous parlez de bonnes relations ? Ignorez-vous que nous sommes en guerre ? Oui, monsieur. En guerre !

– N'exagérons rien.

Bien sûr... Je revins à la station country. Là au moins, les chanteurs dégoisaient de leurs problèmes en musique.

Quittant Nassau, je traversai le district de Suffolk en direction des Hampton, dépassai les sorties du Laboratoire national de Brookhaven et de Calverton, qui me rappelèrent pourquoi je faisais l'école buissonnière ce jour-là, pourquoi je m'étais disputé avec ma femme et pourquoi je fonçais tout droit vers un désastre.

J'abandonnai la voie express à la sortie suivante, en direction de Westhampton. Je roulai vers le sud, vers la baie et l'océan. Vingt minutes plus tard, j'arrivai en vue du village pittoresque et vieillot de Westhampton Beach. Il était un peu plus de 13 heures.

Je parcourus le bourg, essayant d'imaginer don Juan effectuant le même trajet cinq ans auparavant. Sa dulcinée était-elle près de lui ? Probablement pas, s'ils étaient mariés chacun de son côté. Passer la prendre chez elle n'aurait pas été une bonne idée. Ils s'étaient donc rendus jusqu'ici séparément et avaient dû se donner rendez-vous quelque part sur place, avant de gagner leur hôtel. Ils avaient certainement d'excellents prétextes pour justifier leur absence d'une nuit ; ou des conjoints benêts.

Je les imaginais déjeunant dans un des restaurants de la rue principale. Ou ils connaissaient déjà le Bayview, ou ils l'avaient repéré en explorant les lieux. La glacière me disait qu'ils avaient sans doute prévu d'aller sur la plage. Quant à la caméra vidéo, ils ne l'avaient pas apportée pour filmer des images de coucher de soleil à l'intention de leurs enfants.

Même si j'ignorais l'emplacement du Bayview, mon intuition me chuchotait qu'il se trouvait près de la baie. Je poussai donc plus au sud, sur une route baptisée « Chemin de la Plage ». On apprend ce genre de déductions à l'école de police.

Avançant au pas, je rattrapai un jeune couple à bicyclette qui se montra très coopératif. Cinq minutes plus tard, je pénétrai dans la cour de l'hôtel, où une pancarte annonçait qu'il restait des chambres libres, me garai sur un petit parking proche de la réception.

Habillé comme l'était, selon Marie Gubitosi, notre don Juan le 17 juillet 1996, je marchai jusqu'au perron.

J'allais soit me heurter à un mur, soit tomber sur une fenêtre magique qui me permettrait de remonter le temps et d'assister à ce qui s'était passé ici cinq ans plus tôt.

Chapitre 23

Le Bayview correspondait en tout point à ce que Marie m'avait décrit : une vieille maison de style victorien, qui avait dû être jadis une résidence privée.

Au-delà de la maison, un bâtiment moderne d'un étage, aux allures de motel, se dressait entre de vieux arbres. Plus loin encore, j'aperçus quelques pavillons indépendants. Le terrain descendait en pente douce vers la baie, barrée par l'île côtière où serpentait la route des Dunes. C'était un bel endroit. Je compris pourquoi un couple illégitime de quadragénaires huppés l'avait choisi pour abriter ses amours. D'un autre côté, c'était le genre d'établissement où M. et Mme Bobo de Luxe risquaient de tomber nez à nez avec quelqu'un de connaissance. Un des tourtereaux, ou les deux, avait fait preuve d'une certaine insouciance. Je me demandais s'ils vivaient toujours avec leurs conjoints. En fait, je me demandais surtout si la dame était encore vivante. Vieux réflexe d'un ancien de la criminelle...

Je montai les marches de bois et entrai dans le vestibule rafraîchi par l'air conditionné. Le réceptionniste, jeune homme aux manières de dandy, m'accueillit avec componction.

– Bienvenue à l'hôtel Bayview, monsieur. Que puis-je pour votre service ?

– J'ai vu qu'il vous restait des chambres libres, répondis-je. J'aimerais en prendre une dans le nouveau bâtiment.

Il pianota sur son clavier d'ordinateur.

– Nous avons, effectivement, une chambre disponible dans l'annexe de Moneybogue Bay, avec une vue ravissante sur la baie, pour deux cent cinquante dollars la nuit.

Une bagatelle...

– Je la prends.

– Très bien. Combien de temps comptez-vous séjourner parmi nous ?

– Une nuit.

– Certainement.

Il posa une fiche et un stylo sur le comptoir, me montrant ses ongles manucurés. Je remplis la fiche. Elle était en papier glacé. N'importe quel doigt un peu sale y laisserait des empreintes.

Le réceptionniste arborait, au-dessus du cœur, un badge à son nom : Peter.

– Comment comptez-vous régler, monsieur ?

– En liquide.

– Très bien. Puis-je noter le numéro de votre carte de crédit ?

– Je ne crois pas aux cartes de crédit, répliquai-je en poussant la fiche vers lui. Mais je peux vous laisser une caution de cinq cents dollars en espèces.

Il regarda la fiche, puis moi.

– Ce sera parfait, monsieur Corey. Puis-je faire une photocopie de votre permis de conduire ?

– Je ne l'ai pas sur moi.

Je jetai ma carte professionnelle, flanquée du sigle du FBI, sur le comptoir.

– Gardez-la.

Il examina la carte, hésita un instant.

– Auriez-vous une autre pièce d'identité ?

J'avais, bien sûr, mon laissez-passer du Bureau fédéral, mais je tenais à savoir si je pouvais obtenir une chambre avec la même facilité que don Juan.

– Mon caleçon porte mes initiales. Vous voulez voir ?

– Je vous demande pardon ?

– Laissez tomber, Peter. Cash pour la chambre, caution en espèces et ma carte professionnelle. Il me faut une chambre.

Je fourrai deux billets de vingt dollars dans sa paume.

– Pour le dérangement.

– Merci, monsieur.

Il glissa les billets au fond de sa poche, extirpa un registre de dessous le comptoir, lorgna de nouveau ma carte pour vérifier le nom.

– Vous... vous êtes du FBI ?

– Exact. En fait, je n'ai pas besoin d'une chambre. Je voudrais parler à M. Rosenthal.

Je lui tendis mon laissez-passer, assez longtemps pour qu'il puisse reconnaître ma photo.

– Je suis en mission officielle.

– Oui, monsieur. Puis-je...

– M. Rosenthal. Merci.

Il tapa un numéro à trois chiffres et déclara au téléphone :

– Susan, j'ai ici un monsieur du FBI qui désire voir M. Rosenthal.

Silence. Puis :

– Non, je n'ai pas... Très bien.

Il raccrocha.

– Mme Corva, l'assistante de M. Rosenthal, arrive tout de suite.

– Merveilleux.

Je repris ma carte professionnelle et la fiche d'admission, les glissai dans ma poche. Toutefois, dans ma grande bonté, je laissai à Peter les quarante dollars pour sa prochaine manucure. Je détaillai le vestibule aux parois d'acajou, ses plantes vertes, ses meubles massifs, ses rideaux de dentelle.

À gauche, une porte à deux battants donnait sur le bar et le restaurant, où déjeunaient quelques clients. Le fumet de la nourriture me tordit l'estomac.

À droite, une autre porte à deux battants s'ouvrait sur le salon et la bibliothèque, mentionnés par Marie. Au fond, s'élevait un grand escalier d'où descendait une belle jeune femme en jupe noire, chemisier blanc et mocassins. Elle s'avança vers moi et me dit :

– Susan Corva, assistante de M. Rosenthal. Puis-je vous aider ?

– John Corey, du FBI. J'aimerais voir M. Leslie Rosenthal.

– À quel sujet, je vous prie ?

– Il s'agit d'une enquête officielle, madame Corva, et je ne suis pas autorisé à en faire état.

– Eh bien... Il est très occupé pour l'instant, mais...

– Je suis très pris moi-même. Je n'en aurai pas pour longtemps. Je vous suis.

Elle hocha la tête, tourna les talons et m'indiqua l'escalier, que nous grimpâmes ensemble.

– Bel endroit, lui dis-je.

– Merci.

– Vous y travaillez depuis longtemps ?

– C'est mon deuxième été.

– Fermez-vous en hiver ?

– Non, mais c'est très calme après le Labor Day qui, le premier lundi de septembre, marque la fin de la saison d'été.

– Que devient le personnel ?

– La plupart de nos employés reprennent leur liberté. Ce sont des intermittents : enseignants, étudiants ou saisonniers, qui descendent plus au sud après le Labor Day.

– Je vois. Reviennent-ils chaque été ?

Nous avions atteint le haut des marches.

– Nombre d'entre eux le font, attirés par nos salaires et nos conditions de travail.

Elle se tourna vers moi.

– Y a-t-il un problème ?

– Pas le moindre. Simple routine.

Au bout d'un large couloir où s'alignaient les portes des chambres, un corridor latéral débouchait sur une autre porte flanquée d'une plaque : *Privé. Réservé au personnel.* Mme Corva la poussa et m'introduisit dans une pièce où quatre demoiselles, assises devant des écrans d'ordinateur, répondaient au téléphone.

Elle m'entraîna vers une troisième porte, frappa, ouvrit et me fit signe d'entrer.

Derrière un grand bureau se tenait un homme d'âge mûr dont la chemise à col ouvert arborait une cravate dénouée, aux couleurs vives. Il se leva et contourna la table, révélant sa haute taille, sa silhouette longiligne. Il avait un visage intelligent, mais une lueur perplexe dans le regard.

– Monsieur Rosenthal, annonça Mme Corva, voici M. Corey, du FBI.

Nous nous serrâmes la main.

– Merci de me recevoir, lui dis-je.

– Vous êtes le bienvenu.

Il congédia son assistante.

– Merci, Susan.

Elle s'en alla en refermant la porte. Rosenthal m'indiqua un siège.

– Asseyez-vous, monsieur... ?

– Corey. John Corey.

Il regagna son bureau.

– En quoi puis-je vous être utile, monsieur Corey ?

Le FBI demande à ses agents de se montrer très polis, non seulement avec les bons citoyens, mais aussi avec les suspects, les espions, les clandestins et les terroristes. M. Rosenthal n'était soupçonné d'aucun crime, hormis le mauvais goût de sa cravate, ornée de dessins de petites baleines. Je lui dis :

– J'effectue un suivi de routine sur le crash du vol 800 de la TWA.

Il parut soulagé. Sans doute avait-il cru à une enquête sur les travailleurs en situation irrégulière.

– Ainsi que vous le savez, poursuivis-je, la tragédie s'est produite il y a cinq ans. Cet anniversaire a donné lieu à une large couverture médiatique, ce qui a réveillé l'intérêt du public.

Il hocha la tête et répondit :

– J'y ai moi-même pensé au cours des derniers jours.

– Bien.

Je jetai un regard circulaire à son bureau. Aux murs, des diplômes universitaires côtoyaient des récompenses professionnelles et des extraits de presse. Par la grande fenêtre à laquelle il tournait le dos, j'apercevais la baie et le nouveau bâtiment qui, même vu d'ici, ressemblait toujours à un motel. Sur la droite, le long de la route qui menait à la plage, le parking de l'annexe neuve était presque désert. Les gens étaient partis se baigner.

– Pour affiner divers aspects de cette affaire, nous reprenons certains éléments de l'enquête.

Cela ne voulait strictement rien dire, mais M. Rosenthal approuva d'un signe de tête.

– Vous vous souvenez sans doute, poursuivis-je, que deux témoins potentiels de la catastrophe ont séjourné dans votre hôtel le 17 juillet 1996, jour du drame.

– Comment pourrais-je l'oublier ? Avez-vous retrouvé ces deux personnes ?

– Non.

– En tout cas, elles ne sont jamais revenues chez nous. Du moins à ma connaissance. Je vous aurais prévenus.

– Bien sûr. Avez-vous un contact et un numéro de téléphone précis ?

– Non... Mais je sais comment joindre le FBI.

– Parfait. J'ai lu le rapport des agents qui ont enquêté ici à l'époque, et j'aimerais que vous clarifiiez quelques points pour moi.

– Volontiers.

M. Rosenthal me semblait honnête et coopératif.

– Le réceptionniste qui a accueilli un des deux témoins potentiels travaille-t-il toujours chez vous ?

– Non. Il nous a quittés peu de temps après le crash.

– Je vois. Comment s'appelait-il ?

– Christopher Brock.

– Savez-vous où je pourrais le trouver ?

– Non. Mais je peux vous montrer son dossier.

– Cela me serait d'une grande utilité. Une femme de ménage, une Hispanique nommée Lucita Gonzalez Perez, a vu ce témoin potentiel et une femme quitter la chambre 203, qu'ils occupaient ce jour-là. Travaille-t-elle toujours dans votre établissement ?

– Je ne crois pas. Je ne l'ai pas revue depuis cet été-là. Mais je vérifierai.

– Auriez-vous un dossier sur elle ?

Il parut légèrement mal à l'aise.

– Nous conservons des photocopies des cartes vertes de nos employés saisonniers. Tous ceux qui sont nés à l'étranger doivent être citoyens américains ou posséder un permis de travail. Autrement, nous ne les embauchons pas.

– Je n'en doute pas. Le problème n'est pas la situation légale de cette personne. Elle nous intéresse à titre de témoin, et nous aimerions lui parler à nouveau.

– Je m'en occuperai.

– Merci. Il y avait une autre femme de ménage : celle qui a pénétré dans la chambre le lendemain à midi. Elle a déclaré que les clients s'étaient volatilisés et qu'il manquait une couverture. Est-elle toujours ici ?

– Non, je ne l'ai pas revue, elle non plus, depuis cet été-là.

Le puzzle commençait à se mettre en place.

– Mais vous vous souvenez d'elle.

– Oui.

– Avez-vous un dossier la concernant ?

– Sans aucun doute. C'était une jeune étudiante. Elle travaillait ici chaque été. Dure à la tâche ; et sortant beaucoup le soir, ajouta-t-il en souriant. Je crois que, lors de la dernière saison qu'elle a passée ici, elle préparait son diplôme de fin d'études.

– Comment s'appelle-t-elle ?

– Roxanne Scarangello.

– Est-elle originaire de la région ?

– Non. Elle habitait près de Philadelphie. Je crois qu'elle fréquentait l'université de Pennsylvanie. Cela figure dans sa demande d'embauche.

– Vous conservez ces documents ?

– Oui, pour l'administration fiscale. En outre, nous réemployons les personnes dont nous sommes satisfaits. Nous les contactons en mai. Il est très difficile de trouver du personnel supplémentaire en été.

– Parfait.

Roxanne l'étudiante n'était pas un témoin capital, pas plus que Christopher le réceptionniste, ni Lucita. Alors, qu'est-ce que je faisais là ? Mais il faut parfois avancer au hasard, comme dans un labyrinthe, questionner des gens qui ne savent rien.

– Vous souvenez-vous du nom des agents fédéraux qui sont venus ici enquêter sur les occupants de la chambre 203 ?

– Non. Je n'ai jamais su comment ils s'appelaient. Un homme s'est présenté un matin... C'était le vendredi après le crash. Il voulait savoir si un membre du personnel avait signalé la disparition d'une couverture. La responsable de l'entretien lui a déclaré qu'effectivement il en manquait une à la chambre 203. L'homme m'a alors demandé l'autorisation d'interroger l'ensemble de mes employés. Je lui ai donné mon accord, mais, lorsque je me suis enquis des raisons de cet interrogatoire, il m'a répondu qu'il me mettrait au courant plus tard. Entre-temps, les trois agents du FBI sont arrivés. L'un d'eux m'a dit que leur présence avait un rapport avec la catastrophe. Il avait sous le bras un sac de plastique contenant une couverture, avec une étiquette : « Indice ». Il nous l'a montré, à moi, à la responsable de l'entretien et à quelques femmes de ménage. Nous avons répondu qu'il pouvait, en effet, s'agir de la couverture manquante de la chambre 203. Les agents ont alors demandé à consulter mes fiches d'admission, le contenu de nos ordinateurs, et à s'entretenir avec le réceptionniste qui était de service ce jour-là. Mais vous savez tout cela.

– Oui. Vous rappelez-vous le nom du premier agent, celui qui recherchait la provenance de la couverture ?

– Non. Il m'a donné sa carte, mais l'a reprise ensuite.

– Je vois. Continuez, je vous en prie.

M. Rosenthal poursuivit son récit, racontant des événements vieux de cinq ans avec une précision surprenante, comme s'il les avait débités cent fois devant sa famille et ses amis, ou comme si la présence d'agents fédéraux venus troubler la quiétude feutrée de son charmant hôtel l'avait traumatisé.

Il ne m'apprit rien de bien nouveau. Je l'écoutai néanmoins avec attention, au cas où un détail me frapperait.

– Donc, continua-t-il, il est apparu que ce client s'était présenté à la réception sous un faux nom... Par déontologie, nous n'acceptons pas ce genre de pratiques.

– Sauf pendant la morte saison.

– Je vous demande pardon ?

– Rien. Continuez.

– Nous tenons à savoir à qui nous avons affaire. De ce point de vue, Christopher a agi comme il fallait.

– Alors, pourquoi est-il parti ?

– Euh... Nous avons eu un léger différend sur la façon dont il avait reçu cette personne. Je ne lui ai adressé aucun reproche. Je lui ai simplement demandé de me préciser quelles pièces d'identité le client lui avait fournies. Cela n'a pas eu l'air de le perturber particulièrement. Pourtant, un ou deux jours plus tard, il est parti. Les gens qui travaillent dans l'hôtellerie, surtout les hommes, sont assez susceptibles...

– Qu'est devenue la caution de cinq cents dollars ?

– Nous la conservons à l'intention du client. Moins, rectifia Rosenthal avec un sourire, trente-six dollars pour deux demi-bouteilles de vin empruntées au mini-bar.

– Prévenez-moi, répliquai-je en souriant à mon tour, s'il vient la récupérer.

– Je le ferai.

Don Juan et sa dulcinée avaient bu du vin avant d'aller à la plage ou en rentrant.

– Y a-t-il des bouteilles de 75 centilitres dans les chambres ?

– Non. Un des agents du FBI m'a également posé cette question. Pourquoi est-ce si important ?

– Ça ne l'est pas. La carte professionnelle de ce client était au nom de... ?

– Je ne m'en souviens pas. Je crois que c'était une carte d'avoué.

Il poursuivit son récit, évoqua les quatre agents qui avaient rejoint ceux du FBI ; trois hommes, plus une femme : Marie Gubitosi.

– Ils ont interrogé tout le monde : personnel et pensionnaires. C'était un peu perturbant, mais nous nous sommes efforcés de coopérer le mieux possible, puisque l'enquête avait un rapport avec la catastrophe. Nous étions tous très affectés par ce qui venait de se passer, et nous étions incapables de parler d'autre chose.

Ma gueule de bois se dissipait peu à peu. Je pouvais remuer la tête sans douleur. J'extirpai subrepticement mon téléphone cellulaire et mon biper de ma poche, les allumai. D'ordinaire, nous disposons d'au moins dix minutes avant que les Big Brothers ne captent le signal, parfois plus longtemps ; mais ils ont parfois de la chance et arrivent alors à nous localiser assez vite. J'attendis cinq minutes tout en écoutant Rosenthal, puis éteignis les appareils. Après l'avoir été par son mensonge, je me sentais irrité par le silence de Kate. Comment avoir une bonne prise de bec si on ne se parle pas ?

Il me vint soudain à l'esprit qu'elle avait peut-être été convoquée par un supérieur, ou l'OPR, et subissait à présent un interrogatoire serré. Je redoutai également que, même si je ne l'avais prévenue de mon déplacement et alors que j'étais certain de ne pas avoir été pisté jusqu'ici, les gens de l'OPR n'aient deviné où je passais mon jour de congé maladie. Je m'attendais presque à voir Griffith et trois gros bras enfoncer la porte pour s'emparer de moi. Cela aurait surpris M. Rosenthal. Mais pas moi.

– Nombre de nos clients, dit-il, ont quitté l'hôtel parce qu'ils ne voulaient plus descendre à la plage... À cause des... des débris rejetés par la mer...

Il prit une profonde inspiration.

– Mais ensuite, les curieux ont commencé à affluer, suivis des équipes de radio et de télévision, et de quelques politiciens. Les gens du FBI m'ont proposé de me louer trente chambre si je leur offrais des tarifs avantageux. J'ai accepté et je ne le regrette pas. Ils ont renouvelé les locations ; quelques-uns sont même restés bien au-delà du Labor Day.

– Vous avez fait une bonne affaire.

– Tout le monde, dans la région, a profité des circonstances. Mais vous savez quoi ? J'aurais mis gratuitement mes chambres à la disposition des enquêteurs si cela leur avait facilité la tâche. Chaque agent a eu droit, pendant son séjour, au petit déjeuner gratuit.

– C'est très généreux de votre part. Est-ce que certains de ceux qui vous avaient questionné sont restés sur place ?

– Un ou deux... Après cinq ans, je ne m'en souviens plus très bien. Je n'avais pratiquement plus affaire à eux. Mais tout ceci ne figure-t-il pas dans le rapport officiel ?

– Bien sûr. C'est ce que nous appelons une coordination de dossiers.

Je venais d'inventer la formule, mais il eut l'air de me croire. J'avais abouti au cul-de-sac escompté ; pourtant, j'avais quand même deux noms : Christopher Brock, le réceptionniste, et Roxanne Scarangello, la jeune étudiante. Il m'en fallait rapidement au moins un autre, en cas d'irruption brutale des Big Brothers.

– Comment s'appelait la responsable de l'entretien ?

– Anita Morales.

– Travaille-t-elle toujours pour vous ?

– Oui. Elle fait partie du personnel permanent. C'est un chef de service très compétent.

J'aurais aimé en dire autant des miens.

– Revenons à Roxanne. Lui avez-vous parlé après son interrogatoire par le FBI ?

– Oui. Mais on lui avait enjoint de ne révéler à personne la teneur de sa déposition ; pas même à moi.

– Elle a pourtant déclaré avoir remarqué, dans la chambre, du rouge à lèvres sur un verre. Elle a constaté qu'on avait utilisé la douche, que le lit était défait et que la couverture manquait.

– Elle n'a pas discuté de ça avec moi.

– Très bien. Le FBI a-t-il pris vos empreintes et celles du personnel ?

– Oui. Ils ont relevé celles de Christopher et de Roxanne. Ils affirmaient en avoir besoin pour les différencier de celles laissées sur le comptoir de la réception et dans la chambre.

Sans parler de la fiche d'admission. Don Juan y avait certainement laissé des empreintes correspondant à celles trouvées sur le verre de vin et la bouteille de la plage, ce qui confirmait sa présence aux deux endroits. Sa dulcinée avait elle aussi imprimé les siennes sur le verre et la bouteille, sinon dans la chambre. Mais si ni l'un ni l'autre n'avaient été ensuite interpellés pour un motif quelconque, ce qui aurait permis de comparer leurs empreintes avec celles dont on disposait, tout cela n'avait servi à rien.

M. Rosenthal interrompit le fil de mes pensées.

– Dois-je signer une déposition ?

– Non. Vous y tenez ?

– Pas vraiment... Mais je me demandais... Vous ne prenez pas de notes ?

– Je n'en ai pas besoin. Tout cela est informel.

Et si je griffonnais des informations sur un calepin, je me retrouverais dans un pétrin encore plus gros au cas où je me ferais prendre.

– Avez-vous signé une déposition il y a cinq ans ? demandai-je à Rosenthal.

– Bien entendu. Vous ne l'avez pas vue ?

– Si, bien sûr.

Il était temps de changer de sujet ; et de lieu.

– J'aimerais jeter un coup d'œil sur les dossiers du personnel.

– Je vais vous les montrer moi-même, dit-il en se levant.

– C'est très aimable à vous.

Nous quittâmes son bureau et redescendîmes jusqu'au vestibule. Je mis de nouveau mon mobile et mon biper en marche, pour voir si je n'avais pas de message. Tous les bœufs-carottes de la police de New York, du FBI ou de la CIA vous le diront : personne n'est plus difficile à coincer qu'un membre de la maison. Il n'existe pas de criminel intelligent. Ils sont tous plus bêtes les uns que les autres et laissent autant de traces de leurs activités que le Père Noël le matin du 25 décembre. Mais en ce qui concerne les flics, les agents du FBI ou de la CIA, c'est une autre histoire. Quand ils décident de franchir la ligne jaune, on a le plus grand mal à les repérer.

Cela dit, j'avais la sensation très nette d'être sous surveillance. Il ne se passerait peut-être pas vingt-quatre heures avant que le détail de mes faits et gestes ne parvienne à qui de droit. Ou vingt-quatre secondes.

Chapitre 24

Rosenthal m'escorta jusqu'à une porte nichée sous la cage d'escalier, qu'il ouvrit avec une clé. Nous descendîmes au sous-sol, sombre et humide.

– Cave à vin et archives, annonça-t-il.

– Voyons d'abord la cave à vin.

Il rit à ma première plaisanterie de l'après-midi, ce qui renforça la bonne opinion que j'avais de lui.

Il déverrouilla une autre porte et alluma une série de néons, révélant une pièce basse remplie d'étagères et de classeurs.

– Voulez-vous le dossier de Christopher Brock ?

– S'il vous plaît.

Il marcha vers un des classeurs, ouvrit un tiroir étiqueté « A-D », fouilla dans les dossiers. Il n'y en avait que douze. Mais celui qu'il cherchait n'y était pas.

– C'est étrange, dit-il en reculant d'un pas.

Pas vraiment. La bonne nouvelle, c'était que le dossier de Christopher Brock se trouvait au 26, Federal Plaza. La mauvaise, c'était que je ne le verrais jamais.

– Et celui de Roxanne Scarangello ? demandai-je.

Soucieux, Rosenthal ne m'entendit pas.

– La femme de ménage étudiante à l'université, insistai-je.

– Oh, oui... Suivez-moi.

Je l'accompagnai jusqu'au classeur : « Personnel intérimaire et saisonnier ». Il ouvrit un tiroir étiqueté « S-U ».

– Roxanne Scarangello... Il devrait être là.

Je l'aidai à parcourir la rangée de chemises. Deux fois.

– Vous êtes sûr du nom ?

– Oui. Elle a travaillé chez nous cinq ou six étés. Une fille charmante. Brillante, jolie...

– Dure à la tâche.

– Oui. Eh bien, j'ai l'impression que son dossier n'est pas là. C'est incroyable. Je suis pourtant très pointilleux sur les archives. Si je ne m'en occupe pas moi-même, on les classe n'importe comment.

– Est-il possible que les enquêteurs du FBI aient pris ces dossiers, et oublié de les restituer ?

– Ils les ont empruntés, en effet, mais ils les ont intégralement photocopiés avant de les rendre.

– À qui ?

– Je... je n'en suis pas sûr. Je crois qu'ils les ont replacés directement dans les archives. Ils ont passé beaucoup de temps ici... Vous devriez avoir des photocopies de ces documents à votre siège.

– Je n'en doute pas.

– Pourriez-vous m'en faire parvenir ?

– Volontiers... Gardez-vous, dans votre ordinateur, des renseignements sur vos employés ?

– Aujourd'hui, oui. Mais nous ne le faisions pas à l'époque. C'est pourquoi nous conservons ces archives. De toute façon, je crois davantage aux pièces écrites qu'à l'informatique.

– Moi aussi. Bien. Reste Lucita Gonzalez Perez.

Il se dirigea vers le classeur « E-G ». Nous le consultâmes également. Mais Lucita ne s'y trouvait pas. Nous essayâmes « P » ; sans succès.

– Apparemment, soit vos collègues ont mal rangé les dossiers que vous recherchez, soit ils ont oublié de restituer ceux de Brock, Scarangello et Gonzales Perez.

– Ça m'en a tout l'air. Je regarderai au siège... Est-ce que Mme Morales est là aujourd'hui ?

– Oui.

– Pourriez-vous lui demander de venir ?

– Bien sûr.

Il sortit un petit talkie-walkie de sa poche, appela son assistante.

– Susan, s'il vous plaît, demandez à Mme Morales de descendre aux archives. Merci.

Il se tourna vers moi.

– Désirez-vous voir la cave à vin ?

– Non. Je plaisantais. En fait, je ne bois pas d'alcool.
– Souhaiteriez-vous jeter un œil sur d'autres dossiers ?
– Certainement.

J'ouvris un tiroir au hasard et trouvai quelques dossiers aux noms hispaniques. Je les parcourus rapidement. Ils ne contenaient que peu d'informations, hormis des fiches de salaire et des appréciations professionnelles. Pas de numéro de Sécurité sociale, pas de copies de cartes vertes. J'en fis la remarque à Rosenthal, qui répliqua :

– Je suis sûr que mes services comptables ont toutes ces données.
– Je n'en doute pas.

Je n'étais pas là pour lui reprocher d'employer des clandestins, mais j'avais à présent de quoi faire pression sur lui en cas de besoin.

Une femme imposante, de type hispanique, entra dans la pièce et s'enquit dans un anglais parfait, avec un léger accent :

– Vous désirez me voir, monsieur Rosenthal ?
– Oui, madame Morales. Ce monsieur, précisa-t-il en me regardant, aimerait vous poser quelques questions. Tâchez de lui donner satisfaction.

Elle hocha la tête. Sans me présenter, je déclarai :

– Vous souvenez-vous d'une femme qui travaillait ici il y a cinq ans et s'appelait Lucita Gonzales Perez ? Il s'agit de la personne ayant vu sortir les clients de la chambre 203, qui faisaient l'objet d'une enquête du FBI.
– Je m'en souviens très bien, répondit-elle.
– Bien. Lui avez-vous parlé après son interrogatoire ?
– Oui. Elle avait l'air ravie.
– J'aurais besoin de rester seul quelques instants avec Mme Morales, dis-je à Rosenthal.

Il sortit et referma la porte. Je m'adressai de nouveau à la responsable de l'entretien.

– Pourquoi était-elle ravie ?
– Elle était heureuse d'avoir pu aider la police.
– C'est très estimable. Cela me fait très plaisir à moi aussi. Quelle était la situation de Lucita vis-à-vis des services d'immigration ?

Mme Morales hésita un instant. Puis :

– Elle avait dépassé le délai de son visa de travail.
– Et les enquêteurs lui ont promis de régler ce problème ?

– Oui.
– L'ont-ils fait ?
– Je l'ignore.
Elle ajouta :
– Le lendemain, elle n'est pas venue travailler et je ne l'ai plus revue.
Et vous ne la reverrez jamais, madame Morales. Moi non plus, d'ailleurs...
– Vous souvenez-vous de la femme de ménage nommée Roxanne Scarangello ? L'étudiante...
– Bien sûr. Elle a passé de nombreux étés parmi nous.
– Lui avez-vous parlé après son interrogatoire ?
– Non.
– S'est-elle présentée à son travail le lendemain ?
– Non.
– Est-elle revenue par la suite ?
– Jamais.
Cette pauvre Mme Morales se demandait sans doute si elle allait disparaître elle aussi. Et je commençais à me demander si je n'allais pas me volatiliser à mon tour. Tout cela ressemblait à un épisode de *X-Files*. Mais je me garderais bien d'en parler à Kate. Je souris au chef de service.
– Savez-vous où je pourrais trouver Lucita ?
– Non. Ainsi que je vous l'ai dit, je n'ai plus eu de ses nouvelles.
– Quel âge avait-elle ?
Elle haussa les épaules.
– C'était une gamine. Dix-huit ans, peut-être dix-neuf.
– Son pays d'origine ?
– Le Salvador.
– Où habitait-elle, aux États-Unis ?
– Elle vivait chez des parents.
– Où ?
– Je ne sais pas trop.
– Merci, madame Morales. Veuillez ne mentionner cette conversation devant personne.
Ou vous passerez à la trappe...
– Ayez l'obligeance de demander à M. Rosenthal de venir me rejoindre.
Elle acquiesça et sortit.

Je comprenais pourquoi Lucita n'avait plus remis les pieds au Bayview. Pour Roxanne Scarangello, c'était différent. Il y avait aussi le réceptionniste, Christopher Brock, qui avait subitement démissionné, ou qu'on avait renvoyé sans préavis. Cet établissement avait été nettoyé cinq ans plus tôt, sauf en ce qui concernait Rosenthal et Mme Morales, moins aisés à neutraliser : trop de coïncidences auraient été difficiles à expliquer si on avait ébruité l'affaire.

Rosenthal revint.

– Mme Morales vous a été utile ?

– Elle n'a pas eu l'air de se souvenir de grand-chose.

– Ces événements se sont produits il y a cinq ans.

– C'est juste. À propos, vous rappelez-vous si Roxanne Scarangello a entièrement rempli son contrat, cet été-là ?

Il réfléchit un instant.

– D'habitude, ils restent jusqu'au bout. Mais nombre de ses camarades étudiants s'en vont à la mi-août, pour s'accorder une pause avant la rentrée universitaire.

– Et Roxanne ?

– Maintenant que vous m'y faites penser, elle a arrêté plus tôt. Je l'ai cherchée quelques jours après et quelqu'un m'a dit qu'elle avait quitté l'établissement. Je me souviens, à présent, que quelques membres du personnel sont partis après l'accident. Ils étaient bouleversés.

– Quel âge avait Christopher Brock ?

– Une vingtaine d'années.

– Vous m'avez dit avoir loué trente chambres au FBI.

– Oui.

– De combien de chambres disposez-vous ?

– Il y a en douze ici, dans la vieille maison, et vingt-quatre dans l'annexe de Moneybogue Bay ; sans compter les quatre pavillons.

– Avez-vous dû déplacer des clients pour faire de la place au FBI ?

– Quelques-uns. Mais nous avons surtout annulé des réservations et refusé les touristes de passage qui se présentaient à la réception... Au bout d'une semaine, presque toutes les chambres étaient occupées par le FBI.

– Je vois.

– Ces gens-là n'étaient pas faciles, je peux vous l'assurer. Sans vouloir vous offenser...

– Il n'y a pas de mal. Vous ont-ils demandé de mettre dehors les journalistes qui s'étaient installés chez vous ?

– Plutôt deux fois qu'une.

Il ajouta avec un sourire :

– Je ne saurais dire qui sont les plus pénibles : les agents du FBI ou les gens de la presse et de la télévision. Encore toutes mes excuses...

– Acceptées.

– Les journalistes ont fait un raffut de tous les diables. Mais, comme la sécurité nationale était en jeu, ils ont dû plier bagage.

– Pourriez-vous retrouver les noms des agents du FBI qui ont séjourné ici de juillet 1996 au mois d'octobre ?

– Je ne crois pas. À la fin, un membre du FBI a nettoyé l'ordinateur. Sécurité nationale... Voilà pourquoi je ne me fie qu'aux documents écrits.

– Même chose pour moi.

Le mur auquel je me heurtais s'épaississait un peu plus. J'avais pourtant découvert des éléments étranges et intéressants que ni Kate, ni Dick Kearns, ni Marie Gubitosi n'avaient mentionnés devant moi. Sans doute par ignorance. Du moins, Dick et Marie n'étaient certainement pas au courant de ces démissions, de ces disparitions de dossiers et de données d'ordinateur. Mais Mme Mayfield, elle, en avait peut-être eu connaissance.

– Voyons la chambre 203, soufflai-je à Rosenthal.

Il me dévisagea et murmura :

– Pourquoi ? Ça fait cinq ans...

– Les chambres me parlent toujours.

Il me jeta un regard singulier. J'eus l'impression qu'il devenait un peu soupçonneux.

– Elle est peut-être occupée... Verriez-vous un inconvénient, bredouilla-t-il, à ce que je m'enquière une nouvelle fois de l'objet de votre visite ?

Quand je travaille seul, je dois endosser à la fois les rôles du gentil et du méchant flic. Cela déconcerte parfois mes interlocuteurs. Pas moi.

– Le but de ma visite, lui assenai-je, ne concerne en rien le statut légal de vos employés. Toutefois, les services d'immigration pourraient s'y intéresser. Ceci étant, il s'agit de mon enquête, monsieur Rosenthal ; pas de la vôtre. Conduisez-moi à la chambre 203.

Chapitre 25

Nous nous arrêtâmes à la réception. Rosenthal s'adressa à Peter :

– Est-ce que quelqu'un occupe la chambre 203 ?

Le réceptionniste pianota sur son ordinateur et répondit :

– Oui, monsieur : M. et Mme Schultz. Ils ont réservé pour deux nuits et sont arrivés à...

Je l'interrompis.

– Voyez s'ils y sont.

– Oui, monsieur.

Il composa le numéro de la chambre. Quelqu'un décrocha. Peter m'interrogea du regard. Je me penchai vers lui.

– Dites-leur de quitter la chambre. Annoncez-leur qu'il y a un serpent sous le lit, ou n'importe quoi. Ils pourront revenir dans vingt minutes.

Il s'éclaircit la gorge et déclara dans l'appareil :

– Je suis navré, madame Schultz, il vous faudra libérer la chambre pendant une vingtaine de minutes. Il y a... Il y a un petit problème d'installation électrique. Oui. Je vous remercie.

Rosenthal paraissait plus que contrarié. Il ordonna quand même à Peter :

– Donnez à M. Corey la clé de la 203.

Le réceptionniste ouvrit un tiroir et me tendit une clé métallique.

– J'imagine que vous n'avez pas besoin de moi, me dit Rosenthal. Je serai dans mon bureau, au cas où...

Je n'avais aucune envie de le laisser hors de ma portée et de lui donner l'occasion de téléphoner au FBI.

– J'aimerais que vous m'accompagniez. Montrez-moi le chemin.

À contrecœur, il me précéda vers la porte d'entrée, puis le long de l'allée menant à l'annexe, bâtisse sans charme ni originalité, hormis la coupole qui la surmontait et dont la girouette indiquait que le vent soufflait de la baie.

J'empruntai à sa suite un escalier extérieur, jusqu'à la terrasse du premier étage que son avant-toit, à cette heure de la journée, plongeait dans l'ombre. Un couple d'âge mûr était en train de quitter précipitamment la 203. Il passa devant nous. J'ouvris la porte avec la clé et pénétrai dans la chambre.

Les Schultz étaient des gens soigneux. La chambre était dans un ordre parfait, comme si personne n'y avait séjourné depuis longtemps.

Ainsi que dans l'ensemble de l'hôtel, le bleu et le blanc dominaient. La salle de bains comprenait une cabine de douche assez vaste pour que deux personnes, ou quatre amis intimes, y gambadent à l'aise. Dans le coin salon, je remarquai une télévision posée sur un meuble tournant, des verres, des serviettes et un tire-bouchon sur des étagères alignées au-dessus du placard renfermant le mini-bar.

Je savais que les agents FBI avaient fouillé l'endroit dans ses moindres recoins, passant l'aspirateur sur les tapis, les fauteuils et le lit. Mais Roxanne Scarangello les avait précédés. Sans doute n'avait-elle pas laissé la moindre empreinte, la moindre fibre ni le moindre cheveu. Pas même un préservatif usagé flottant dans la cuvette des toilettes. Mais on ne sait jamais.

Je fis tourner le poste de télévision, révélant, à l'arrière, des fiches audio et vidéo près de la connexion du câble.

Anticipant sur ce que je savais déjà, j'imaginai don Juan et sa dulcinée s'engouffrant en hâte dans la chambre après leurs ébats sur la plage. Lors du retour, celui des deux qui ne conduisait pas avait certainement vérifié, sur l'écran de contrôle, si la caméra avait enregistré l'explosion en plein ciel à laquelle ils venaient d'assister. Si c'était le cas, ils avaient sûrement voulu revoir la scène sur l'écran de télévision.

Ils avaient donc branché la caméra sur le poste, l'avaient mise en marche. S'ils avaient eu pour intention première d'admirer leurs ébats en sirotant un verre, histoire de s'échauffer encore, ils devaient avoir emporté avec eux un adaptateur et un câble.

Peut-être, sur la plage, n'avaient-ils pas fait l'amour. Peut-être s'étaient-ils contentés de se tenir la main en s'extasiant devant le coucher de soleil pendant que la caméra filmait, à titre de souvenir, leurs silhouettes en ombres chinoises à la tombée de la nuit.

En tout cas, une chose était sûre : submergés par le désir ou simplement romantiques, ces deux-là n'étaient pas mariés. Dans le cas contraire, ils auraient transmis la cassette au FBI.

Au lieu de cela, ils avaient déguerpi avec une telle précipitation qu'ils avaient abandonné des indices sur la plage et une caution de cinq cents dollars en liquide à la réception du Bayview.

La seule question qui se posait était celle-ci : avaient-ils détruit la cassette ?

À leur place, je l'aurais fait. Mais eux ? Une fois détruite, cette cassette aurait été irrécupérable. Or personne n'aime franchir ce pas ultime. Je sais par expérience que les gens qui ont quelque chose à se reprocher préfèrent cacher une preuve plutôt que de la faire disparaître. Je connais au moins dix criminels qui croupissent en prison pour avoir agi aussi bêtement. Le narcissisme ne rend pas intelligent.

Rosenthal se tenait près de moi, silencieux, comme s'il attendait que la chambre me parle. Je songeai un instant à mettre ma main en cornet autour de mon oreille. Je me ravisai. Il s'était montré jusque-là très coopératif et je crois qu'il n'aurait pas apprécié mon ironie.

– Le couple avait-il laissé la clé dans la chambre ? lui demandai-je.

– Oui. Je m'en souviens parce que le FBI l'a gardée pour essayer d'y prélever des empreintes, tout comme sur l'étiquette de plastique. Mais Roxanne, l'ayant trouvée dans la chambre, l'avait ramassée. Ensuite, Christopher, et peut-être d'autres personnes, l'avaient manipulée. En tout cas, les agents du FBI l'ont prise et m'ont donné un reçu.

– Ce reçu, l'avez-vous toujours ?

– Non. Ils m'ont rendu la clé quelques jours plus tard, et je le leur ai restitué.

– Bien. Quelqu'un a-t-il séjourné dans la chambre entre le départ du couple et l'arrivée du FBI ?

– Non. Nous avions une réservation pour ce jour-là, mais

nous avons appelé nos clients pour leur signifier qu'elle était annulée.

– Parfait.

Je lui demandai de m'épeler le nom de Roxanne Scarangello. Il le fit sans aucune hésitation. Visiblement, il l'appréciait, cette petite.

– Quel âge avait-elle ?

– Vingt et un, vingt-deux ans...

– Vous vous souvenez de sa date de naissance ?

– Euh... Je crois que c'était en juin. Je n'ai pas le jour exact en mémoire, mais je me rappelle que le personnel organisait pour elle, tous les mois de juin, une petite fête dans la salle de réception. Elle était très aimée.

– Je vois ça. Et Brock s'écrit B-R-O-C-K ?

– Oui.

– Utilise-t-il d'autres noms ?

– Pas à ma connaissance... Excusez-moi, est-ce que tout cela ne figure pas dans vos dossiers ?

– Bien sûr. Je me suis engagé à les retrouver pour vous. Vous vous souvenez ?

– Oh, oui. Merci.

– Tout le plaisir est pour moi.

Je jetai un dernier coup d'œil alentour, puis retournai sur la terrasse. Rosenthal me suivit.

C'était là que, cinq ans plus tôt, Lucita avait aperçu le couple en train de quitter la chambre, l'homme portant une couverture de l'hôtel. Peu importait qu'elle eût reconnu don Juan sur le portrait-robot, ou qu'elle eût mal distingué les traits de la dame. La seule chose qui comptait, c'était qu'elle les avait vus sortir de la chambre 203, qu'il y avait une femme et une couverture.

De là où je me trouvais, je distinguais le parking, à une cinquantaine de mètres. Lucita avait donc pu suivre des yeux les deux tourtereaux jusqu'à leur véhicule, une voiture beige à hayon arrière.

Décidant de laisser à Rosenthal un bon souvenir de ma visite, je conclus aimablement :

– J'en ai terminé. Merci de votre coopération. J'espère ne pas avoir trop abusé de votre temps.

– J'ai été heureux de me rendre utile une nouvelle fois,

répondit-il. N'oubliez pas de me renvoyer les dossiers manquants.

– Je m'en occupe le plus rapidement possible. De votre côté, ne parlez de ma visite à personne.

– Êtes-vous sur le point de découvrir ce qui est arrivé à cet avion ?

– Nous le savons déjà. Explosion accidentelle du réservoir central.

– Non, ce n'était pas ça.

– Si, c'était ça. Et l'affaire est close, monsieur Rosenthal. Ma visite n'avait d'autre but que de vérifier les méthodes d'investigation et les rapports des agents qui ont travaillé ici. Coordination des dossiers.

– Si vous le dites...

Il redevenait irrité. Je lui rappelai donc :

– Vous êtes tenu de faire des photocopies des cartes vertes de vos employés et de noter leur numéro de Sécurité sociale.

Il ne répondit pas.

Je lui rendis la clé et ajoutai :

– J'aime beaucoup votre cravate.

Je le laissai sur la terrasse, descendis l'escalier et marchai jusqu'à ma Jeep.

Je roulai en direction du sud, vers la baie. Après avoir franchi le petit pont, je pris la route des Dunes. Dix minutes plus tard, je pénétrai dans le parking du parc régional de Cupsogue Beach. Un gardien sortit d'une guérite. Je lui montrai ma plaque.

– Je dois emprunter le chemin de la Plage.

– C'est interdit.

– Merci.

Je traversai le parking, bondé en cette journée ensoleillée et chaude. J'actionnai les quatre roues motrices de ma voiture et m'engageai sur le chemin. Des gens remontaient à pied de la plage. Ils s'écartèrent prudemment sur mon passage.

Je me garai là où Kate et moi nous étions arrêtés deux nuits plus tôt. Il m'avait fallu presque vingt minutes pour venir de l'hôtel. Si le témoignage de Lucita était juste, don Juan et Elvire étaient arrivés là aux environs de 19 h 20.

Ils avaient déniché un endroit abrité entre deux dunes, avaient étalé la couverture, sorti la glacière, installé la caméra vidéo, ou du moins ôté le cache, ouvert la bouteille de vin ; et puis le reste, ce qui nous amenait aux alentours de 19 h 45.

Ensuite, un verre, un peu de ceci et de cela sur la couverture ; et ensuite, peut-être, un tour au bord de l'eau, avec ou sans vêtements.

La mer était calme. J'enlevai mes chaussures et traversai la plage, où une centaine d'estivants prenaient le soleil, marchaient, couraient, jouaient au badminton ou barbotaient dans les vagues calmes.

Je me demandai si don Juan et sa compagne étaient du genre à se baigner nus, même la nuit. Peut-être. Les amoureux sont insouciants par nature. Je m'arrêtai sur le rivage, me retournai vers la dune.

En admettant qu'ils fussent descendus au bord de l'eau, sans doute avaient-ils voulu immortaliser cet instant, ce qui impliquait que la caméra était pointée sur eux au moment de l'explosion.

Je contemplai l'océan, réfléchissant à tout cela.

J'allumai mon téléphone mobile. Pas de message. Peu de gens connaissent mes coordonnées ; et ceux qui les ont ne m'aiment guère. Mais, d'ordinaire, je reçois au moins deux ou trois messages par jour.

J'allumai mon biper. Nombre de personnes en ont le numéro, y compris des informateurs, des suspects, des témoins, le service d'entretien de mon immeuble... Une centaine en tout. Mais il n'y avait pas de bip.

Ce silence ne signifiait peut-être rien. Ou alors il était de mauvais augure. L'expérience m'a appris que le silence est, la plupart du temps, sans conséquence. Sauf quand il devient assourdissant...

Assez de zen pour aujourd'hui.

J'envisageai un instant de prendre le risque d'appeler Kate sur son mobile. Mais je sais, toujours d'expérience, que trop d'hommes en cavale se sont fait piéger en essayant de contacter une femme. J'éteignis le téléphone et le biper.

Je consultai ma montre. Presque 16 heures. Les gens commençaient à rassembler leurs affaires et à quitter la plage.

Je regagnai ma voiture, songeant à ma visite à l'hôtel Bayview. J'étais sûr qu'elle avait été utile. Pourtant, on a toujours le sentiment exaspérant d'avoir raté quelque chose, d'avoir oublié de poser une question, de noter un indice.

En fait, j'étais persuadé d'avoir négligé l'essentiel, un détail qui n'avait fait que m'effleurer.

L'intervalle entre deux événements est toujours capital. Car c'est pendant ce laps de temps que tout arrive ; 16 h 30 à la réception, 19 heures à la plage... Cela laissait un trou de deux heures et demie, que don Juan et sa dulcinée avaient passées dans la chambre ou ailleurs.

S'ils étaient restés à l'hôtel, ils avaient peut-être fait l'amour, mais ne s'étaient pas filmés puisque la caméra se trouvait dans le coffre de leur voiture. Ils étaient ensuite allés à la plage en emportant la couverture, probablement pour faire l'amour de nouveau et, cette fois, enregistrer la scène. Sacré mec. Ils avaient ensuite l'intention de regagner le Bayview avec leur film X et de faire l'amour une troisième fois pendant que la cassette tournait. Superman.

Ahurissant. À moins qu'ils n'aient pas forniqué juste après 16 h 30. Dès lors, qu'avaient-ils fait pendant ces deux heures et demie ? Ils avaient parlé. Ils avaient fait la sieste. Ils avaient regardé la télévision ; ou lu. Ou ils avaient quitté la chambre et s'étaient rendus quelque part, laissant peut-être une trace de leur présence.

Malheureusement, cela avait eu lieu cinq ans auparavant. Non seulement la piste était froide, mais Ted Nash et Liam Griffith s'étaient, de toute évidence, empressés de l'effacer.

Là, j'allais vraiment avoir du mal.

Chapitre 26

Je regagnai mon appartement un peu après 19 heures. Kate guettait mon arrivée dans la cuisine. En chemise de nuit miniature, elle préparait mon plat favori, un vrai steak-frites à la française accompagné de pain à l'ail. Les vêtements que j'avais laissés épars dans le salon avaient disparu et une Budweiser m'attendait dans un seau à glace.

Un beau rêve. En fait, Kate lisait le *Times* dans un fauteuil.

– Bonsoir, dis-je.

Elle leva les yeux.

– Bonsoir.

Je jetai mon blazer sur le canapé, signe que je comptais rester, et lançai :

– Comment s'est passée ta journée ?

– Très bien.

Elle retourna à son journal.

– Je viens de chez mon médecin, ajoutai-je. Il me reste moins d'un mois à vivre.

– À partir de quand ?

– Minuit.

– Je le cocherai sur le calendrier.

– D'accord. Laisse-moi te dire ceci : je ne m'excuserai pas pour ma conduite d'hier soir.

– C'est pourtant ce que tu aurais de mieux à faire.

– Parfait. Je m'incline. Mais tu dois faire amende honorable pour m'avoir menti.

– Je l'ai fait. Trois fois.

– J'accepte tes regrets. Je comprends pourquoi tu as agi de

la sorte. Je crois en outre que ce fut une expérience bénéfique pour nous deux et, pour notre relation, un épisode libérateur.

– Tu n'es qu'un sale con.

– Qu'en déduis-tu ?

– Laissons tomber.

– Très bien. Mais je veux que tu saches que je t'aime. C'est pourquoi Ted Nash me sort par les yeux.

– John, je crois que tu le hais plus que tu ne m'aimes.

– C'est faux. Bon. Quoi de neuf dans la lutte antiterroriste ?

– Pas grand-chose. Qu'as-tu fait de ta journée ?

– J'ai roulé vers l'est.

Elle ne répondit pas. Je précisai :

– On ne m'a pas suivi. J'ai laissé mon mobile et mon biper éteints. Voilà pourquoi tu n'as pas pu me joindre.

– Je n'ai pas essayé. Mais j'ai un message pour toi.

– De qui ?

– Du capitaine Stein. Il veut te voir dans son bureau, demain matin à 9 heures.

– A-t-il précisé pourquoi ?

– Non.

Le capitaine Stein, je l'ai déjà dit, est le chef des membres de la police de New York détachés à l'ATTF. Jack Kœnig, son homologue du FBI, qui coiffe l'ATTF dans son ensemble, supervise les activités des agents fédéraux, telle Kate. En tant qu'agent sous contrat, je dépends parfois de Stein, parfois de Kœnig, et la plupart du temps des deux. Je ne me porte jamais mieux que lorsque je n'ai affaire ni à l'un ni à l'autre.

– Pourquoi Stein me convoque-t-il par l'intermédiaire de ma femme ? m'étonnai-je.

– Je l'ignore. Il a peut-être essayé de t'appeler.

– Il aurait pu m'envoyer un mail, un fax ici, me laisser un message sur mon répondeur ou sur mon mobile. En plus, j'ai un biper.

– Il est possible que ton mobile et ton biper aient été éteints quand il a cherché à te joindre. Je te rappelle que couper simultanément les deux appareils est totalement contraire au règlement.

– Tu ne m'apprends rien. Mais je ne pense pas que ce soit pour ça qu'il veut me voir.

– Moi non plus.

– Tu crois qu'il est sur mes talons ?

– Nous sommes tous les deux dans la ligne de mire, répondit Kate. Jack m'attend demain à 9 heures.

Deux convocations au même moment : ce ne pouvait être une coïncidence.

– Qu'y a-t-il pour le dîner ?

– Du pain sec et de l'eau. Il faudra que tu t'y habitues.

– Je t'invite au restaurant.

– Je n'ai pas envie de sortir.

– Je pourrais peut-être commander des plats cuisinés. Pizza ? Chinois ?

– Ni l'un ni l'autre.

– Qu'y a-t-il dans le frigo ?

– Rien.

– Je te sers un verre ?

– J'ai ouvert une bouteille de vin blanc.

– Merveilleux.

Je me rendis à la cuisine, trouvai dans le frigo la bouteille de vin blanc à moitié vide et de l'eau gazeuse. Je remplis un verre de vin pour Kate, me servis un scotch.

Les jeux étaient faits. J'en étais persuadé. Il ne me restait plus qu'à féliciter Liam Griffith et à lui serrer la main le jour où je lui balancerais mon genou dans les parties.

De retour dans le salon, je tendis son verre à Kate et nous trinquâmes.

– À nous, dis-je.

Elle but son vin d'un air songeur. Puis :

– Il faut que nous concoctions à nouveau notre histoire.

– Rien de plus facile. Dis la vérité.

Je me calai dans mon fauteuil à bascule, me penchai vers elle.

– Un faux pas n'est pas un crime ; mais le parjure, oui. Les prisons fédérales sont remplies de gens qui ont menti sur une broutille. Souviens-toi du slogan de la CIA : « La vérité rend libre. »

– Je pourrais perdre ma place.

– Tu n'as rien fait de mal.

– On m'a ordonné, il y a cinq ans, de ne plus m'occuper de cette affaire, sauf si on me le demandait.

– Et tu as obéi. C'est à moi que Griffith a fermement

conseillé, il y a quarante-huit heures, de ne pas fourrer mon nez là-dedans.

– Ce n'est pas ton patron.

– Très juste. Écoute, le pire qui puisse arriver demain, c'est une engueulade, peut-être un blâme officiel et l'injonction de ne plus te mêler de rien. Ils ne voudront pas provoquer un scandale qui pourrait attirer l'attention. Je sais comment ça fonctionne. Ne te prends pas les pieds dans un bobard et tout ira bien.

Elle acquiesça.

– Tu as raison... Mais cela ne favorisera pas ma carrière.

– Ce sera compensé par le fait que tu m'as épousé.

– Je ne plaisante pas. C'est important pour moi. Mon père était du FBI, j'ai travaillé dur pour...

– Accroche-toi. Que deviennent la justice, la vérité, le patriotisme ? Quand tu as franchi la ligne jaune, la pente est devenue savonneuse. Qu'allait-il arriver, selon toi ?

Elle termina son vin et murmura :

– Pardon. Pardon de t'avoir entraîné dans cette histoire.

– Ces deux derniers jours ont été passionnants. Regarde-moi. Rien de grave ne se produira demain matin. Tu sais pourquoi ? Parce qu'ils ont, eux, quelque chose à cacher. Ils sont inquiets. Voilà pourquoi tu ne dois pas t'inquiéter. Et pourquoi tu ne dois rien dissimuler.

Elle me regarda, sourit pour la première fois et murmura :

– Les vieillards ont une connaissance approfondie du monde.

– Merci du compliment.

– Je me sens beaucoup mieux. Rien de fâcheux ne se passera demain.

– Cette entrevue sera peut-être très positive.

– Pourquoi ?

– Je n'en sais rien. Mais, quoi qu'il arrive, il est temps pour nous de partir en vacances. Un voyage à l'étranger nous ferait le plus grand bien.

– Quelle excellente idée ! Je rêve de visiter Paris. Et toi, où comptes-tu aller ?

Mme Corey commençait à avoir le sens de l'humour. Je répondis :

– J'aimerais voir la patrie du whisky, le pays où l'on fabrique le Dewar's. Je t'enverrai une carte postale.

Elle se leva, s'avança vers moi et s'assit sur mes genoux. Elle passa ses bras autour de moi, posa la tête sur mon épaule.

– Peu importe ce qui arrivera demain, chuchota-t-elle. Nous le surmonterons parce que nous sommes ensemble. Je ne me sens plus si seule.

– Tu n'es pas seule.

Aussitôt, une pensée désagréable me vint à l'esprit : à la place de Jack Kœnig, j'aurais très bien su comment manipuler M. et Mme Corey.

Chapitre 27

Le capitaine David Stein ne me fit pas lanterner. À 9 heures tapantes, je pénétrai dans son bureau.

Il ne se leva pas. Il ne le fait jamais, sauf pour les gros bonnets. Il m'indiqua un siège en face de lui et parla le premier.

– Bonjour.

– Bonjour.

Son visage n'exprimait rien de précis. Il avait son air accablé habituel.

Il faut reconnaître que sa situation de second couteau vis-à-vis de Jack Kœnig n'est guère confortable. Mais Stein est un vieux Juif au cuir solide qui ne se laisse marcher sur les pieds par personne, surtout pas par Kœnig.

Son diplôme de droit accroché au mur indique qu'il peut employer, en cas de besoin, le même langage que les gens du FBI. Il a d'abord fait carrière dans les services de renseignement de la police de New York, jadis spécialisée dans la chasse aux communistes. Le péril rouge ayant disparu, le service s'est focalisé sur le terrorisme moyen-oriental. Stein m'a dit un jour :

– Je préférais ces enfoirés de cocos. Au moins, ils respectaient certaines règles.

La nostalgie n'est plus ce qu'elle était.

Stein regrettait sans doute autant que moi son ancien poste. Mais le directeur de la police l'avait nommé là et il faisait contre mauvaise fortune bon cœur. Comme moi, il était tiraillé entre deux loyautés : tout en travaillant pour les fédéraux, nous restions policiers. J'étais sûr qu'il ne se montrerait pas trop dur avec moi.

Il me regarda et lança :

– Tu es dans une sacrée merde, mon pote.

Qu'est-ce que je disais... ?

Il poursuivit :

– Tu as baisé la femme d'un ponte, ou quoi ?

– Pas récemment.

– Tu ne sais même pas de quoi il retourne ?

– Non, et toi ?

Il alluma un mégot de cigare.

– Jack Kœnig exige tes burnes sur un plateau et tu ne sais pas pourquoi ?

– Euh, je veux dire que ça pourrait être n'importe quoi. Tu les connais...

Il ne releva pas ma remarque, mais elle lui rappela que nous étions frères.

Il tira une bouffée de son cigare. On n'avait plus le droit de fumer dans les bâtiments fédéraux depuis cinq ans, mais ce n'était pas le moment de le lui faire remarquer. En fait, le cendrier de Stein était posé sur un panneau *« No Smoking »*.

Il consulta une note sur son bureau et déclara :

– Je me suis laissé dire que personne n'avait pu te joindre hier, ni sur ton mobile ni sur ton biper. Pourquoi ?

– J'avais tout éteint.

– Tu es censé ne jamais fermer ton biper. Et s'il y avait une alerte nationale ? Tu ne voudrais pas être au courant ?

– Bien sûr que si.

– Alors ? Pourquoi as-tu débranché ton mobile et ton biper ?

– Je n'ai aucune excuse.

– Trouves-en une.

– Je vais faire mieux. À la vérité, je ne voulais pas être pisté.

– Pourquoi ? Tu couches avec quelqu'un ?

– Non.

– Qu'as-tu fait hier ?

– Je suis allé aux Hamptons.

– Je te croyais malade.

– Je ne l'étais pas. J'ai fait l'école buissonnière.

– Pourquoi ?

Me souvenant du conseil que j'avais donné à Kate, je répondis :

– Je fais des recherches sur le vol 800 de la TWA. Pour mon propre compte.

Il resta silencieux un instant. Puis :

– Comment ça, pour ton propre compte ?

– Le cas m'intéresse.

– Ah, oui ? Qu'a-t-il de si intéressant ?

– Ce qu'il cache. Tout ce qu'on cache me passionne.

– Moi aussi. Personne ne t'a demandé de t'en occuper ? C'était ta propre idée ?

– J'ai assisté, mardi, au service commémoratif pour le cinquième anniversaire de la catastrophe. Ça m'a fait réfléchir.

– Tu y es allé avec ta femme ?

– En effet.

– Et ça t'a fait gamberger sur le vol 800 ?

– Exact. Je crois qu'on dissimule certains éléments.

– Ah oui ? Et tu comptes les découvrir ?

– J'essaie. À titre personnel.

Il y réfléchit quelques instants.

– Kœnig ne m'a pas révélé pourquoi tu étais dans la merde. Il m'a suggéré de te le demander. À mon avis, c'est à cause du crash. Qu'est-ce que tu en penses ?

– C'est sans doute vrai, capitaine. Ils ont tous une attitude bizarre, à propos de cette affaire.

– Corey, pourquoi fourres-tu ton nez dans tout ce qui ne te regarde pas ?

– Je suis policier.

– Moi aussi, mon pote. Mais j'obéis aux ordres.

– Même s'ils sont illégaux ?

– Ne me gonfle pas avec ces arguties à la noix. Je suis juriste et je pourrais couillonner n'importe qui, toi compris.

– Je n'en doute pas. Ce que je veux dire, c'est que...

– Est-ce que quelqu'un t'a clairement enjoint de ne pas te mêler de cette histoire ?

– Oui. Liam Griffith. Pendant la cérémonie. Il y assistait, pour une raison que j'ignore. Mais je ne travaille pas pour lui. Alors, ses injonctions...

– D'accord, d'accord... Écoute-moi. Je t'aime bien, Corey. Vraiment. Mais au cours de la brève année que tu as passée ici, tu m'as causé plus de problèmes que n'importe qui. Tu es passé entre les gouttes parce que : un, tu es un agent sous contrat ;

deux, tu as été blessé en service à deux reprises ; trois, tu as fait du bon travail sur l'affaire Khalil ; quatre, et je suis sincère, tu es compétent. Même Kœnig t'apprécie. Il ne te blaire pas, mais il te respecte. Tu es un atout pour l'équipe. Et ta femme aussi. Les gens ont de la considération pour elle, même s'ils te haïssent.

– Merci.

– Mais tu es un boulet. Tu ne favorises pas sa carrière. Il faudra que tu apprennes à te comporter normalement. Ou que tu t'en ailles.

Quelque chose commençait à sentir mauvais. Et ce n'était pas uniquement le cigare de Stein.

– En gros, lui dis-je, tu me demandes de démissionner.

– Ai-je employé ce terme ? Je t'ai donné le choix entre t'acheter une conduite ou t'en aller. Est-ce si difficile ? Dis-moi que tu te tiendras tranquille. Allez, dis-le-moi.

– D'accord. Je...

Changement de sujet.

– Capitaine, je n'arrive pas à croire qu'ils ne t'aient pas appris de quoi il retournait. J'ai peut-être avoué la mauvaise faute.

– Quel autre délit as-tu commis ?

– J'ai joué au poker vidéo sur mon ordinateur professionnel.

– Moi aussi. Tu connais Mike Halloran ? Tu sais, le prêtre...

– Oui, il...

– Il m'a enseigné quelque chose. Regarde.

Il leva la main qui tenait son cigare, fit une vague bénédiction.

– Tes péchés te sont remis. Va et ne pèche plus.

Et moi qui croyais être cinglé...

– Merci de ton absolution. Eh bien, je...

– J'ai autre chose...

Il farfouilla sur son bureau en désordre.

– Une affectation pour toi. Elle vient directement de Kœnig.

– À ce propos, Kate est avec lui en ce moment.

– Je sais.

– Il veut me voir ?

– Je l'ignore.

Il trouva une chemise en papier bulle et l'ouvrit. Je déteste voir les gens faire ça.

– Tu te souviens de *Mission impossible* ?
– Pas vraiment. Je suis plutôt amateur de *X-Files*.
– Ah... Eh bien, là, c'est *Mission impossible*. Une mission pour toi, si tu l'acceptes...
Il consulta le dossier et ajouta :
– Tu as suivi ce micmac à propos d'Aden ?
J'espérais qu'il allait me parler du barman du Dresner.
– Tu es au courant ?
– Oui. L'ambassadrice Bodine a interdit à John O'Neill de retourner à Aden, pour arrogance. Je pense, personnellement...
– C'est une emmerdeuse. Voilà ce que moi, je pense. Mais cela ne sortira pas de ce bureau. En tout cas, ainsi que tu le sais sans doute, nous avons là-bas des agents opérationnels du FBI et de la police de New York. Ils ont réclamé du renfort.
– Maintenant, ils en ont probablement assez.
– C'est ce qu'affirme Bodine. Mais O'Neill a obtenu l'envoi d'effectifs supplémentaires, en échange de sa mise à l'écart en douceur.
– Marché de dupes. Il devrait faire un esclandre.
– Les fédéraux de carrière font ce qu'on leur dit. Quoi qu'il en soit, Kœnig a recommandé ton intégration dans l'équipe.
– Où ?
– À Aden. Au Yémen.
– C'est une blague ?
– Pas du tout. Ta nomination est là. Vu qu'il s'agit d'un poste à risques, la bonne nouvelle est que ça va donner une impulsion décisive à ta carrière.
– Perspective éblouissante. Mais je ne suis pas certain d'en être digne.
– Bien sûr que si.
– Combien de temps durerait cette affectation de rêve ?
– Deux mois. C'est le maximum qu'un homme puisse supporter. Le pays est vraiment impossible. Tu en as déjà parlé avec des types qui y sont allés ?
– Non.
– Moi, si. Il fait soixante degrés à l'ombre, mais il n'y a pas d'ombre. On trouve une créature sublime derrière chaque arbre, mais il n'y a pas d'arbre. Toutefois, l'hôtel est convenable, tout comme le bar. Malheureusement, on ne peut pas faire monter de femmes dans les chambres. Tu es marié, donc ce n'est pas

ton problème. De toute façon, les relations sexuelles hors mariage constituent un crime passible de la peine de mort. Décapitation pour l'homme, lapidation pour sa partenaire. On te mettra au courant là-bas. Tu devrais y réfléchir. Ce serait une promotion intéressante.

– Pour qui ?

– Pour toi.

– Aussi tentante qu'elle puisse paraître, j'ai bien peur de devoir la refuser.

Stein me scruta à travers la fumée de son cigare.

– Nous ne pouvons pas t'obliger à accepter, dit-il.

– Très juste.

– Il faut que tu sois volontaire.

– Excellent principe.

– Pourtant, j'ai le sentiment que si tu n'acceptes pas, ton contrat pourrait ne pas être renouvelé. Bien évidemment, je ne peux pas te le dire. Cela passerait pour de la coercition.

– J'emploierais plutôt le mot « menace ».

– Ne chipotons pas sur le vocabulaire. Eh, ça pourrait être amusant ! Prends le job.

– Je donne deux cours au John Jay College. Il faut que j'y sois le mardi qui suit le Labor Day. C'est dans mon contrat.

– On essaiera de te faire rentrer à temps. Discutes-en avec ton épouse.

– Je peux te répondre tout de suite, capitaine. Je n'irai pas dans ce putain de Yémen.

– Ai-je mentionné les primes ? Et les dix jours de perm' exceptionnelle à ton retour ? Ajouté aux périodes de congé que tu auras accumulées là-bas, ça te fera de sacrées vacances.

– Ça m'a l'air merveilleux. Je connais plusieurs pères de famille qui ne cracheraient pas sur le salaire. Et les autres avantages, s'il y en a...

– Attends. Je vais te dire deux ou trois autres choses qui t'aideront à te décider.

– Écoute, capitaine, si tu insinues qu'un refus de ma part briserait la carrière de ma femme, tu outrepasses tes attributions. C'est illégal et contraire à toute déontologie.

– Ah, oui ? Eh bien, je n'insinuerai rien. Mais cela revient au même.

Nous nous fixâmes un instant en silence.

– Pourquoi Kœnig tient-il à me voir quitter New York ? lâchai-je enfin.

– Ce n'est pas New York, qu'il veut que tu quittes. C'est cette foutue planète. Pourquoi ? À toi de me l'apprendre. En tout cas, mon pote, ça n'a rien à voir avec ton biper. Quoi que Kœnig ait sur toi, c'est du biscuit. Il te tient. Et il tient aussi ta femme.

– Qu'il aille se faire foutre.

– Je te retourne le compliment de sa part.

Je me levai sans qu'il eût mis fin à l'entretien.

– Tu auras ma démission sur ton bureau dans une heure.

– Parles-en d'abord à Kate. Tu ne peux pas démissionner sans son accord.

Je me dirigeai vers la porte. Stein se leva et contourna son bureau.

– Tu es dans le collimateur, petit, conclut-il en me regardant droit dans les yeux. Fais attention à toi. C'est un conseil d'ami.

Je tournai les talons et sortis.

Chapitre 28

Quand je quittai le bureau de Stein, Kate n'était pas devant le sien. Je demandai à sa coéquipière, Jennifer Lupo, où elle se trouvait.

– Elle avait rendez-vous avec Jack, répondit-elle. Je ne l'ai pas vue depuis.

Apparemment, Jack Kœnig et Kate Mayfield avaient bien plus à se dire que David Stein et John Corey. Je n'aimais pas ça du tout.

Je regagnai mon poste de travail, par lequel je n'étais pas passé avant mon entrevue avec Stein. Il n'y avait rien sur ma table et aucun message urgent sur mon répondeur. Je consultai mon courrier électronique ; les insanités habituelles, hormis un message du service des voyages du FBI, à Washington : « Nous contacter dès que possible. Référence : Yémen. »

– Merde, alors !

Harry Muller leva le nez de son ordinateur.

– Qu'est-ce qu'il y a ?

– Mon horoscope est mauvais.

– Essaie le mien. Je suis Capricorne. Dis donc, qu'est-ce que tu as fait hier ?

– J'étais malade.

– Stein te cherchait.

– Il m'a trouvé.

Muller se pencha vers moi et murmura :

– Tu as des ennuis ?

– J'ai toujours des ennuis. Rends-moi un service. Kate est avec Kœnig. Quand elle sortira, demande-lui de me retrouver au bistrot grec, juste au coin de l'avenue : Le Parthénon, L'Acropole, Sparte... Un truc comme ça.

– Pourquoi ne laisses-tu pas un message sur son bureau ?

– Pourquoi ne me rends-tu pas ce service ?

– Chaque fois que je fais une commission pour toi, j'ai l'impression de me rendre complice d'un crime.

– Je te rapporterai un baklava.

– Je préférerais un muffin.

Je me levai et lui dis :

– Garde ça pour toi.

– Grillé, avec du beurre.

Je me hâtai de gagner l'ascenseur. En descendant, je songeai à ce que me soufflait mon instinct. D'abord, quitter l'immeuble, au cas où Kœnig voudrait m'interroger après avoir cuisiné Kate. Secundo, il était indispensable que je la voie le plus rapidement possible, en tête à tête et loin du ministère de l'Amour.

Je me précipitai hors de l'ascenseur, puis de l'immeuble, et descendis Broadway en direction du sud, vers le World Trade Center.

Le bistrot grec (c'était L'Acropole) présentait l'avantage d'avoir des banquettes à haut dossier, ce qui empêchait d'identifier les consommateurs depuis le trottoir. De plus, une horrible musique hellène enregistrée couvrait les conversations, ponctuée toutes les cinq minutes par un fracas exaspérant de vaisselle cassée, enregistré lui aussi. Une plaisanterie, paraît-il, très appréciée des autochtones.

Je m'installai sur une banquette libre, au fond du café.

J'avais le sentiment que l'étau se resserrait autour de moi, qu'il fallait que je m'abstienne d'utiliser mon mobile ou le téléphone de mon bureau, mon courrier électronique et même ma ligne privée. Quand les fédéraux ont posé leurs grosses pattes sur vous, ils ne vous lâchent plus.

La serveuse vint prendre ma commande. J'optai pour du café.

– Avec ça ?

– Des toasts.

Je buvais ma troisième tasse, les yeux rivés sur la porte d'entrée, lorsque Kate arriva. Elle m'aperçut, marcha rapidement vers moi et se glissa sur la banquette face à la mienne.

– Pourquoi ce rendez-vous ? s'enquit-elle.

– Il faut que nous parlions. Seule à seul.

– Jack te cherche.

– Voilà pourquoi je suis là. Comment s'est passée ta conversation avec lui ?

– Il voulait savoir si je faisais des recherches sur le vol de la TWA. J'ai répondu par l'affirmative. Il m'a remerciée pour ma franchise, puis m'a demandé si, toi aussi, tu t'intéressais à l'affaire.

Elle hésita avant de poursuivre :

– Je lui ai dit que c'était le cas. Comme il voulait des détails, je lui ai raconté tout ce qui s'était produit depuis la commémoration jusqu'à maintenant, ce qu'il savait sans doute déjà. C'est ce que tu m'avais suggéré, n'est-ce pas ?

– Tout à fait. Comment a-t-il réagi à la vérité ?

– Pas très bien.

La serveuse revint. Kate commanda un thé à la camomille. J'ignorais que cela existait.

– Lui as-tu révélé où j'étais allé hier ? repris-je.

– Je lui ai dit que tu étais parti vers l'est et que je n'en savais pas plus. Je lui ai expliqué très franchement que tu ne partageais pas grand-chose avec moi, pour ne pas me mettre dans l'obligation de mentir. Il a apprécié cette stratégie d'un point de vue professionnel, mais il était hors de lui.

– La moindre mention de mon nom le rend dingue.

On apporta le thé de Kate. Au même moment, le bruit de vaisselle la fit sursauter. Son entrevue d'une heure avec Kœnig l'avait rendue nerveuse.

– C'est une bande enregistrée, lui dis-je. Tu vas bien ?

– Oui.

Elle but une gorgée de thé, puis se pencha vers moi.

– Je lui ai dit crûment que je t'avais proposé d'étudier cette affaire, que tu t'étais montré réticent mais que tu avais accepté, par loyauté envers moi, de vérifier certaines choses. J'ai certifié que je prenais l'entière responsabilité de toute violation de la loi, tout mépris du règlement, des consignes, etc.

– Est-il devenu cramoisi ? J'adore voir son visage rougir jusqu'à l'apoplexie. Tu l'as déjà vu briser un crayon entre deux doigts ?

– Arrête de plaisanter... Oui, il a perdu son sang-froid.

– Tant mieux. C'est révélateur, non ? Quelqu'un, le gouvernement, le FBI, la CIA, a quelque chose à cacher.

– Pas nécessairement. Il était furieux parce que c'était la seconde fois qu'on me disait que cette histoire ne me concernait pas. Ils n'aiment pas répéter la même chose, même s'il s'agit d'une broutille. Il n'y a pas de place, dans l'équipe, pour des renégats ou des francs-tireurs. La colère de Jack n'a rien à voir avec l'affaire elle-même. Selon lui, nous risquons d'apporter de l'eau au moulin des maniaques du complot et aux médias, toujours à l'affût d'un scandale.

– Pourquoi n'y avons-nous pas pensé ?

– Parce que c'est du flanc.

– J'espère que c'est ce que tu lui as répondu.

– Non. Je lui ai assuré que je comprenais parfaitement.

Je ne savais plus très bien de quel côté se trouvait à présent Mme Mayfield. J'ajoutai donc :

– Quel est le résultat des courses ?

– Il m'a sèchement ordonné de ne pas me mêler de cette histoire. J'ai acquiescé.

– Et il a dit... ?

– Qu'il me croyait sur parole et que rien de négatif n'apparaîtrait dans mes états de service.

– Et voilà. Pas de marché. Où aimerais-tu déjeuner ?

Elle ignora mon invitation et me questionna à son tour.

– Que t'a dit le capitaine Stein ?

– Oh, Stein... Kœnig ne lui a pas appris grand-chose, sauf qu'un de ses flics à problèmes, moi, avait besoin d'un coup de pied quelque part pour une raison qu'il lui laissait le soin de découvrir. Il fallait que je dise moi-même à Stein de quoi il retournait pour qu'il m'engueule ensuite. C'était un peu bizarre.

– C'est tout ?

– À peu près.

Je décidai de ne pas mentionner le Yémen pour l'instant.

– Alors pourquoi Jack veut-il te voir ? s'étonna Kate.

– Aucune idée. Et toi ?

– Peut-être veut-il te passer un savon lui-même.

– Impossible. Il m'adore.

– Pas le moins du monde. Mais il te respecte.

– Et je l'estime.

– Mais... il pense que tu n'as pas l'esprit d'équipe. Il craint que tu ne jettes le discrédit sur l'ATTF.

– Ah, oui ? Qu'il aille se faire voir. Fondamentalement, il

déteste tous ces flics avec lesquels il est forcé de collaborer. Ils lui donnent de l'urticaire.

Elle ne fit aucun commentaire.

– Je n'ai pas besoin de voir Jack, précisai-je. J'ai démissionné.

Elle leva les yeux vers moi.

– Quoi ?

– Stein m'a donné le choix. Laisser tomber le vol 800 ou démissionner. J'ai choisi la démission.

– Pourquoi ? Abandonne cette affaire, John. Elle ne vaut pas la peine qu'on lui sacrifie nos carrières.

– Peut-être que si. Peut-être que non. J'ai démissionné par principe. En d'autres termes, je suis fatigué de ce job.

Et aussi, je ne voulais plus d'un poste où quelqu'un pouvait m'envoyer au Yémen et m'empoisonner l'existence. Cela, je ne l'avouai pas à Kate.

– Nous en discuterons plus tard, me dit-elle.

Elle se tut un instant. Puis :

– Jack m'a aussi soumis quelques options.

Je savais bien que nous ne nous en tirerions pas aussi facilement.

– La première, poursuivit-elle, serait une mutation permanente quelque part à l'intérieur des États-Unis. La seconde, une affectation temporaire comme assistante de l'attaché du FBI chargé d'enquêter sur l'attentat à la bombe contre l'ambassade américaine de Dar es-Salaam, en Tanzanie.

Je laissai cette nouvelle pénétrer en moi, évitant le regard de Kate. Je déclarai enfin :

– Tu te rends compte, bien sûr, qu'il s'agit d'une sanction et non d'une promotion.

– Ce n'est pas ainsi qu'il m'a présenté les choses.

– Que comptes-tu faire ?

– Que souhaites-tu que je fasse ?

– Eh bien... Tu n'aimes pas New York. Accepte une mutation à Dubuque ou ailleurs.

– En fait, j'aime New York.

– Depuis quand ?

– Depuis que je risque d'en partir. Écoute, John, si je choisis l'affectation provisoire en Tanzanie, on me garantit au moins deux années supplémentaires à New York. À l'inverse, ma mutation à l'intérieur des États-Unis sera permanente. Tu devras demander la tienne là où on m'aura envoyée. Nous risquons d'attendre des années avant de nous retrouver dans la même ville. Si cela se produit.

– Je te l'ai dit : je vais démissionner.

– Non, tu ne le feras pas. Et même si tu le faisais, quitterais-tu New York pour venir avec moi à Dallas, Cleveland ou Wichita ?

– Je te suivrais n'importe où. Je n'ai jamais dépassé l'ouest de la 11e Avenue. Ce pourrait être amusant.

Elle me dévisagea pour s'assurer que je parlais sérieusement, ce qui n'était pas le cas.

– Je prendrai un travail d'agent de sécurité dans un grand magasin. Il y a une autre possibilité : envoie Kœnig au diable.

– Ce ne serait pas un bon choix de carrière. Je pourrais déposer une réclamation écrite ou plaider le surmenage, mais le mieux consisterait à accepter l'affectation à l'étranger. Elle ne durera pas plus de trois mois. Ensuite, je rentre, l'ardoise est effacée, nous reprenons notre vie et notre travail ici. J'ai fait promettre à Jack qu'on te proposerait un nouveau contrat de deux ans à New York.

– S'il te plaît, ne négocie pas mes contrats pour moi. J'ai un avocat pour ça.

– Je suis ton avocate.

– Alors, c'est moi qui te donnerai des instructions. Pas le contraire.

Elle me prit la main.

– John, laisse-moi accepter cette affectation à l'étranger. S'il te plaît. C'est le seul moyen de nous sortir de ce guêpier.

Je serrai sa paume.

– Que suis-je censé faire tout seul à New York ?

Elle se força à sourire.

– Ce que tu voudras. Mais garde à l'esprit que j'aurai dix espions qui te surveilleront vingt-quatre heures sur vingt-quatre et sept jours sur sept.

Je lui rendis son sourire et réfléchis à ces intéressants développements. Fondamentalement, Kate Mayfield et John Corey, deux simples mortels, avaient offensé les dieux, qui avaient décidé de les bannir du café L'Acropole pour des trous perdus d'Afrique et du Moyen-Orient. À moins que nous ne préférions nous allonger devant un rouleau compresseur.

– Et toi ? dis-je à Kate. Pourquoi ne démissionnes-tu pas ?

– Je ne le ferai pas. Et toi non plus.

– Alors, je me porte volontaire pour t'accompagner en Tanzanie.

– Oublie ça. Je l'ai déjà demandé. Refusé.

Elle me regarda.

– John, s'il te plaît. Laisse-moi partir et, je t'en supplie, ne démissionne pas. Attends au moins mon retour.

Prenant une décision impulsive et stupide, je rétorquai :

– Je ne me sentirai pas très bien en te sachant en Afrique alors que je vivrai ici dans la luxure. Je vais donc me porter volontaire pour aller à Aden. C'est au Yémen.

Elle me fixa un long moment.

– C'est adorable. Très...

Elle commençait à se sentir remuée. Elle lâcha ma main, se tamponna les yeux avec une serviette en papier.

– Je ne peux pas te laisser faire ça, dit-elle. Il n'y a aucune raison... Tout est ma faute.

– C'est vrai. Mais je savais où je mettais les pieds. Simplement, je ne pensais pas qu'ils nous tomberaient dessus aussi vite. Je croyais que leur lutte contre le terrorisme moyen-oriental passait avant tout, qu'ils avaient d'autres chats à fouetter.

Elle ne répondit pas, me laissa poursuivre.

– Nous allons donc accepter deux affectations différentes, rentrer chez nous bronzés, en pleine forme, et tout reprendre là où nous l'aurons laissé.

Elle hocha lentement la tête.

– Es-tu vraiment sûr qu'ils agréeront ton offre d'aller au Yémen ?

– Ils ont besoin de renfort là-bas et ont du mal à trouver des volontaires.

– Comment le sais-tu ?

– Stein me l'a appris.

– Il... pourquoi... Lui as-tu offert d'y aller ?

– Il me l'a suggéré. C'est une sacrée coïncidence.

– Salaud.

Elle me donna, sous la table, un coup pied dans le tibia et s'exclama :

– Pourquoi ne me l'as-tu pas dit ?

– L'offre de Stein n'était plus d'actualité. Je l'avais rejetée et lui avais annoncé que je démissionnais. Mais maintenant que tu as l'intention de t'accrocher à ton job, j'irai au Yémen et toi en Tanzanie.

Cela me paraissait logique. Pourtant, elle bouillait encore. Je tendis ma main vers la sienne. Elle la retira et croisa les bras sur la poitrine. Généralement, ce n'est pas bon signe.

La vaisselle se brisa de nouveau et un vieux couple assis derrière nous fit un bond sur sa banquette. Kate finit par retrouver son calme.

– Parfait, dit-elle. Nous acceptons les affectations temporaires, ce qui pourrait nous faire du bien, et nous laissons ce problème derrière nous.

– Considère cela comme un atout pour nos deux carrières. Et tu as raison : deux ou trois mois de séparation nous seront peut-être bénéfiques.

– Ce n'est pas ce que je voulais dire.

– Moi non plus.

Nous joignîmes nos mains à travers la table.

– Il faut que tu voies Jack, me rappela-t-elle.

– Je brûle d'impatience.

– J'ai jusqu'à mardi pour mettre mes affaires en ordre. Et toi, combien de temps te faudra-t-il ?

– Pour mettre de l'ordre dans mes affaires, il me faudrait au moins dix ans. Mais j'essaierai d'y arriver d'ici mardi.

– Je dois subir certaines vaccinations. Et appeler le service des voyages aujourd'hui.

– Moi aussi.

– Lorsque je vivais seule, murmura-t-elle, je me fichais complètement de mes mutations ou de mes affectations temporaires.

– Moi de même.

– Tu étais flic à New York.

– Exact. Mais, une fois, j'ai été obligé de passer deux semaines dans le Bronx.

– John, sois sérieux cinq minutes.

– D'accord. Je suis sérieusement furibard. Ils se servent de chacun de nous pour se débarrasser de l'autre et nous faire taire tous les deux. C'était un avertissement. La prochaine fois, nous ne nous en tirerons pas à si bon compte.

– Il n'y aura pas de prochaine fois. L'affaire est classée.

– Je suis d'accord.

– Répète-le.

Je ne pouvais obtempérer qu'en étant sincère. Or j'étais révulsé par le fait que Jack utilisait les liens qui nous unissaient, Kate et moi, pour me ligoter. Ça, je ne l'admettais pas.

– Je suis mauvais perdant, dis-je.

– Laisse ton machisme de côté. Le dossier est clos. Je l'ai ouvert. Je le referme.

– Entendu. Nous n'y ferons plus jamais allusion.

Elle changea de sujet.

– Tu crois qu'on a quelque chose de nouveau sur l'affaire de l'*USS Cole* ?

– Pas à ma connaissance. On me mettra au courant là-bas.

– On explore de nouvelles pistes sur les attentats à la bombe de Tanzanie et du Kenya. Il n'y a plus de doute sur le fait que cette organisation, al-Qaida, est derrière ces attaques. Nous avons capturé deux suspects importants qui se sont mis à table. Comme tu le sais, al-Qaida était également impliqué dans l'attentat contre le *Cole*.

– Exact.

J'appelai la serveuse, lui commandai un muffin beurré à emporter.

– Ces affectations sont peut-être des sanctions, me dit Kate, mais nous pourrions faire du bon travail sur place.

– Très juste. On le boucle et on rentre. Tu veux encore du thé ?

– Non. Tu m'écoutes ?

– Je suis tout ouïe.

– Sois prudent, là-bas. C'est un pays hostile.

– Je ne me sentirai pas dépaysé. Toi aussi, sois prudente.

– La Tanzanie est une nation amie : elle a perdu des centaines de ses ressortissants dans l'attentat contre l'ambassade.

– Tu me rassures. Pars la première. Je te rejoins dans dix minutes.

Elle se glissa hors de la banquette, se leva et m'embrassa.

– Pas de pugilat avec Jack.

– Je n'y songe même pas.

Elle s'en alla. Je terminai mon café. Le petit pain arriva et je réglai la note. La serveuse me rendit de la menue monnaie.

J'étais au-delà de la fureur. Je me sentais calme, déterminé, maître de moi et avide de revanche.

Chapitre 29

Ma monnaie en poche, je trouvai une cabine publique sur Broadway et téléphonai à Dom Fanelli sur son mobile. Il répondit immédiatement.

– Dom, tu peux parler ?

– On vient de m'appeler pour un double homicide sur la 35e Ouest, mais pour toi, j'ai du temps. Que me vaut l'honneur ?

Je ne sais jamais quand ce type me mène en bateau. Il doit se plaindre de la même chose à mon sujet.

– Je voudrais que tu retrouves trois personnes, lui dis-je.

– Pour toi, j'en trouverais quatre.

– La première... Sexe : féminin ; nom de famille : Scarangello ; prénom : Roxanne.

– Eh, j'ai trois cousines nommées Roxanne Scarangello. Qu'est-ce que tu as sur elle ?

– Diplômée de l'université de Pennsylvanie. Elle doit approcher de la trentaine. Élevée à Philadelphie, elle y vit peut-être toujours. Née en juin. Je n'ai ni le jour ni l'année.

– C'est tout ?

Je n'avais aucune raison de mentionner à Dom le job d'été de Roxanne. Je ne tenais pas à ce qu'il aille rôder autour de l'hôtel Bayview.

– C'est tout. Contacte d'abord l'université. Deuxième personne... Sexe : masculin ; nom de famille : Brock. J'épelle... Prénom : Christopher. Trente-cinq ans environ. Pas de date de naissance. Travaille ou a travaillé dans l'hôtellerie. Dernière adresse connue, remontant à cinq ans : Long Island.

– Ce n'est pas beaucoup.

– Une souris tatouée cligne de l'œil dans son trou de balle.

– Ah, ce Christopher Brock-là...

– Troisième personne... Sexe : féminin ; nom de famille : Gonzales Perez ; prénom : Lucita. Je n'ai pas l'orthographe exacte. Hispanique, comme de juste, originaire du Salvador, statut d'immigration inconnu, trente-trois ou trente-quatre ans, travaillait dans l'hôtellerie. Tu n'auras pas beaucoup de chance avec celle-là. Concentre-toi sur les deux autres.

– Bien. De quoi s'agit-il ?

– Je ne peux rien dire, Dom.

– Puis-je deviner ?

Je ne répondis pas.

– Figure-toi, reprit-il, que j'ai appelé Harry Muller, juste pour lui dire bonjour et lui demander comment se passait son travail chez les fédéraux. Nous en sommes venus à évoquer John Corey. Il m'a confié que tu te comportais de façon bizarre. Je lui ai rétorqué : « Qu'y a-t-il de bizarre à ce que Corey ait un comportement bizarre ? » Il m'a appris que tu avais été absent sans permission au cours des derniers jours et qu'il transmettait de ta part, de vive voix, des messages à ta femme. Plus étrange encore, tu as acheté deux sandwiches à la saucisse pour toi et lui, et tu n'as pas mangé le tien. Il m'a rappelé ce matin pour m'annoncer que Stein t'avait convoqué dans son bureau, que tu avais encore filé à l'anglaise et qu'il attendait que tu lui rapportes un muffin. Donc...

– Tu ne devais pas aller sur les lieux d'un double meurtre ?

– Les cadavres ne vont pas s'envoler. Donc j'en ai déduit que tu étais en train de fourrer ton nez dans l'affaire de la TWA.

J'en restai un peu abasourdi. Toutefois, je répliquai calmement :

– Qu'est-ce qui t'a fait conclure ça ?

– Facile. J'ai recollé les morceaux.

– Lesquels ?

– Oh, et puis tu as demandé à Muller s'il avait travaillé sur l'affaire. Tu lui as aussi raconté que tu avais assisté au service commémoratif. D'un autre côté, je sais que Kate a participé à l'enquête sur le crash ; tout comme Marie Gubitosi. Et voilà que tu veux des renseignements sur un certain Brock, qui habitait Long Island il y a cinq ans. Coïncidence ? Je ne pense pas. J'ai rassemblé les pièces du puzzle, John.

J'oublie parfois que le téléphone arabe, dans la police, fonctionne dans les deux sens et que Dom Fanelli est un excellent enquêteur.

– Tu devrais être détective, lui dis-je. D'accord, vois ce que tu peux dégoter sur ces noms.

– Quand en as-tu besoin ?

– D'ici deux mois.

– Je devrais être au parfum dans deux semaines. Peut-être deux jours. Je t'appellerai.

– Prends ton temps. Je pars deux mois au Yémen.

– Où est-ce ?

– Sur la carte. On m'expédie là-bas pour m'apprendre à obéir aux ordres.

– C'est vache. Tu devrais peut-être apprendre à obéir aux ordres.

– C'est ce que je fais. Je vais au Yémen.

– Ça ressemble à Staten Island ?

– Oui, sauf que les fédéraux y sont un peu plus envahissants. Kate s'en va elle aussi. On l'envoie en Afrique pour les mêmes raisons.

– Mamma mia ! Ils ne vous ont pas ratés. Je garderai un œil sur votre appartement pendant votre absence.

– Je te donnerai la clé. Mais ne t'en sers pas comme nid d'amour.

– Comme quoi ? Eh, *paisano*, qu'est-ce qui me tombera dessus si les fédéraux apprennent que je recherche ces gens ? J'aurai droit à un billet gratuit pour le Yémen ?

– Ils ne découvriront rien. Tu n'auras pas à interroger ces quidams, ni à établir le moindre contact avec eux. J'ai juste besoin de savoir où ils crèchent. Je m'en occuperai à mon retour.

– Tope-là. Buvons une bière avant ton départ.

– Ce ne serait pas une bonne idée. Je suis un peu sur la brèche, en ce moment. Je laisserai les clés dans le bureau du responsable de l'immeuble.

– Très bien. Ça en vaut la peine ?

Je compris sa question.

– Au début, je n'en étais pas sûr. Mais le système m'a balancé un coup de pied dans les parties. À présent, il faut que je le rende.

Il garda le silence, ce qui n'était guère dans ses habitudes. Puis :

– Je comprends ça. Parfois, pourtant, il vaut mieux encaisser le coup.

– Pas cette fois.

– Tu as quelque chose de nouveau sur cette affaire ?

– Quelle affaire ?

– D'accord. Quand pars-tu ?

– Probablement mardi.

– Appelle-moi avant.

– Non, je te téléphonerai à mon retour. Ne cherche pas à me joindre là-bas.

– Je ne sais même pas où se trouve ce foutu pays. Souhaite un bon voyage à Kate. On se voit quand tu rentres.

– Merci, Dom.

Je raccrochai et retournai au 26, Federal Plaza.

La démence, selon certains, se définit par l'acharnement à faire plusieurs fois la même chose en escomptant des résultats différents.

De ce point de vue, j'étais vraiment fêlé.

Chapitre 30

Immense, le bureau de Kœnig jouissait d'une vue superbe sur le World Trade Center, la statue de la Liberté, Staten Island et le port.

J'y étais entré plusieurs fois, en des circonstances peu réjouissantes. Celle-là ne ferait pas exception.

Debout devant l'une des fenêtres, Kœnig me tournait le dos et contemplait le port. C'est un de ses jeux favoris. Il éprouve ainsi son pouvoir et teste la réaction de son visiteur, sa façon de lui signaler sa présence. Malgré mon désir de crier en arabe : « Allah Akbar ! » avant de lui casser la gueule, je me contentai de me racler la gorge.

Il se retourna, me salua d'un signe de tête.

Grand, mince, Jack Kœnig porte des costumes gris qui s'harmonisent avec ses cheveux ras et la couleur de ses yeux ; d'« acier », diraient certains. Il me font plutôt penser à des mines de crayon ou à du béton.

Il me serra la main, se dirigea vers une table ronde.

– Prenez un siège.

Je m'assis. Il s'installa en face de moi, avant de prendre à nouveau la parole.

– Kate vous a dit que je voulais vous voir ?

– Oui.

– Où étiez-vous ?

– Dans le bureau du capitaine Stein.

– Et ensuite ?

– Je suis allé prendre l'air. Son cigare m'indispose. Je ne me plains pas de sa manie de fumer dans un lieu non fumeur, mais...

– David m'a appris que vous désiriez démissionner.

– J'ai reconsidéré la question. À moins que vous ne soyez d'un avis différent.

– Non. Je vous veux ici.

Il ne précisa pas : « Là où je pourrai garder un œil sur vous et vous pourrir la vie », mais nous nous comprîmes à demi-mot.

– J'apprécie votre confiance en moi, déclarai-je.

– Je n'ai jamais dit ça. Ma confiance en votre jugement est inexistante. Mais je souhaite vous donner une autre chance de servir notre équipe et votre pays.

– Excellent.

– Ne jouez pas au plus malin avec moi, John. Je ne suis pas d'humeur.

– Moi non plus.

– Bien. Venons-en au fait. Vous vous êtes mêlé de l'affaire du vol 800 de la TWA, en empiétant sur votre temps de travail et en dépit de l'injonction explicite de vous abstenir.

– Je ne reçois pas d'ordre de Liam Griffith.

– Non. Vous en recevez de moi et je vous répète ce que j'ai dit à Kate : ne mettez pas votre nez là-dedans. Qu'espérez-vous trouver ? Une dissimulation ? Un complot ? Si vous y croyez vraiment, démissionnez pour de bon et poursuivez vos recherches. Vous le ferez peut-être. Mais pour l'instant, je veux que vous partiez pour le Yémen et que vous vous rendiez compte de ce que nous accomplissons pour la sécurité des États-Unis à travers le monde.

– Qu'accomplissons-nous ?

– À vous de le découvrir.

– Pourquoi le Yémen ? Pourquoi pas le même pays que Kate ?

– Quoi que vous en pensiez, il ne s'agit pas d'une sanction. Servir à l'étranger est un honneur.

Nous n'évoluions pas sur la même planète. Discuter avec lui n'aurait servi à rien.

– Je vous suis reconnaissant de cette opportunité, répondis-je.

– Je sais que vous l'êtes.

– Que suis-je censé faire là-bas ?

– On vous expliquera tout sur place.

– Parfait. Je ne tiens pas à me montrer trop zélé et à me faire virer par l'ambassadrice.

Il me jeta un regard glacial.

– C'est une mission importante. Dix-sept marins américains ont été assassinés et nous châtierons les coupables.

– Inutile de me bourrer le crâne. Je connais mon métier.

– Et vous l'exercerez. Mais selon les règles.

– Très bien. Est-ce tout ?

– En ce qui concerne le Yémen, oui. Racontez-moi ce que vous avez fait hier.

– Une promenade en auto, vers l'est.

– Où êtes-vous allé ?

– À la plage.

– Vous n'avez pas pris de coup de soleil.

– Je suis resté à l'ombre.

– Pourquoi aviez-vous éteint votre téléphone cellulaire et votre biper ?

– J'avais besoin de me refaire une santé mentale.

– Il est bon que vous le reconnaissiez.

C'était drôle et je souris. Il ajouta :

– Mais nous n'éteindrez plus jamais votre biper.

– Bien, monsieur. Est-ce que mon mobile et lui fonctionneront au Yémen ?

– Nous nous en assurerons. Laissez-moi m'enquérir d'un détail : pensez-vous vraiment pouvoir récolter de nouvelles informations sur le vol 800 ?

Question pipée. Je lui renvoyai la balle.

– Si c'était le cas, vous seriez le premier à le savoir.

– Cela va sans dire. Vous avez probablement entendu parler, murmura-t-il d'une voix nonchalante, de cette rumeur sur une cassette vidéo...

– En effet.

– De nombreuses personnes ont eu vent de cette fable. Comme toutes les rumeurs, les légendes ou les mythes, elle ne repose sur rien. Vous savez comment naissent ces fadaises. Les gens ont un besoin viscéral d'expliquer l'inexplicable. Il leur faut absolument croire à quelque chose, le Saint-Graal, un code secret ou, dans ce cas, à un crime, qui donnerait la clé d'une énigme non résolue. La vie n'est pas aussi simple.

– Elle l'est parfois.

– Dès lors, des individus à l'imagination fertile clament qu'on a détruit ou dissimulé des preuves qui, si on les trouve, feront éclater la vérité. Ils finissent par s'en persuader, parce que cela les rassure. Et bientôt, la rumeur se mue en légende et en mythe.

– Je ne vous suis plus.

Il se pencha vers moi et martela :

– Il n'existe pas de vidéo montrant un couple s'envoyant en l'air sur la plage au moment où l'avion explose en plein ciel.

– Pas de roquette non plus ?

– Ni de missile à la con.

– Vous me soulagez d'un grand poids. Pourquoi ne pas annuler le Yémen et la Tanzanie ?

– Hors de question.

– Très bien. Si vous n'avez rien d'autre à me dire, il ne me reste qu'à appeler le service des voyages.

Kœnig resta assis. Je ne bougeai pas non plus.

– Je sais que vous êtes très frustré par l'affaire Khalil, et nous partageons votre frustration.

– J'en suis touché. Mais cela demeure ma propre frustration.

– Et, bien sûr, vous vous sentez personnellement impliqué dans cette affaire. Vous souhaitez qu'elle soit résolue. Vous espérez...

– Me venger.

– La mort des hommes et des femmes qui enquêtaient à vos côtés vous a profondément affecté. Selon Kate, vous avez du mal à admettre la réalité du décès de Ted Nash.

– Euh... Quoi ?

– Elle m'a affirmé que vous étiez dans une phase de dénégation. C'est une réaction très courante lorsqu'un collègue proche meurt. En niant sa disparition, on écarte l'idée qu'on pourrait subir le même sort. C'est un mécanisme de défense.

– Oui, eh bien, je...

... m'en fous comme de l'an quarante.

– Ainsi que vous le savez sans doute, Kate et Ted étaient devenus très amis. Elle a pourtant réussi à surmonter son chagrin.

Kœnig cherchait à me faire sortir de mes gonds, parce que je l'avais rendu dingue. Retour à l'envoyeur.

– Pour être honnête à propos de Ted Nash, répliquai-je, je

ne pouvais pas l'encadrer et j'ai surmonté mon chagrin deux secondes après avoir appris sa mort. Où voulez-vous en venir ?

Un petit sourire plissa ses lèvres fines, puis s'estompa.

– Je crois que je m'écartais du sujet, reconnut-il. Ce que je voulais vous annoncer, c'est que, dès votre retour, nous reconstituerons notre équipe spéciale et redoublerons d'efforts pour régler le cas Khalil.

– D'accord. C'est la carotte.

– Et le bâton, c'est le Yémen. Comprenez-moi bien, John.

– J'ai parfaitement saisi.

– Jouez le jeu et vous gagnerez votre billet de retour. Sinon, vous serez bon pour la ferraille.

– Jolie formule. Vous avez raison. L'affaire Khalil est plus importante pour moi que la traque d'indices fantômes sur le vol 800.

J'ajoutai, parce que c'était vrai :

– Je comprends pourquoi vous occupez votre poste. Vous êtes très fort.

– Je le suis, en effet. Mais c'est toujours agréable à entendre.

Je m'attendais qu'il se lance dans son propre panégyrique. Je fus déçu.

– Cela ne vous ennuie pas, dis-je, d'ignorer les possibilités de cette cassette vidéo ?

Il me dévisagea un long moment.

– Je ne les ignore pas. Cette cassette n'a jamais existé. Mais si elle existait, ce ne serait pas de votre ressort. J'espère que c'est clair.

– Tout à fait.

Il se leva et m'accompagna jusqu'à la porte.

– Vous aimerez travailler avec nos agents au Yémen. Ils forment une équipe de premier plan.

– Je suis impatient de contribuer au succès de leur action. J'aimerais être rentré pour le Labor Day.

– Les exigences de la mission passent en premier. Mais c'est envisageable.

– Parfait. Je donne des cours à John Jay.

– Je sais. Nous ne voulons pas vous imposer de tracas inutiles.

– Les utiles suffisent...

– Nous sommes tous des soldats engagés dans la lutte contre le terrorisme mondial.

– Et contre le Jihad islamique.

Il ignora ma remarque et poursuivit :

– Le Yémen est considéré comme un pays hostile. Soyez très prudent. Vous avez ici un grand avenir et je ne voudrais pas qu'il vous arrive quelque chose. Kate non plus, j'en suis sûr. Il vous faudra passer par le service juridique avant votre départ. Pour votre testament ; et une procuration en cas d'enlèvement ou de disparition.

Nous nous scrutâmes un long moment.

– Je n'ai pas envisagé ce genre de possibilités.

– Ne vous méprenez pas. Cet endroit est dangereux. Par exemple, en décembre 1998, quatre touristes occidentaux ont été kidnappés et exécutés par des extrémistes religieux.

– Bouddhistes ?

– Non, musulmans.

– Ah... Il s'agit donc d'un pays musulman.

Kœnig commençait visiblement à perdre patience, mais il se domina.

– Au cours des dix dernières années, plus de cent Occidentaux ont été enlevés au Yémen.

– Sans blague ? Que diable allaient-ils faire là-bas ?

– Je ne sais pas... C'étaient des hommes d'affaires, des universitaires, des touristes...

– Oui, mais après la disparition des quarante ou cinquante premiers, les autres auraient pu se dire : « Pourquoi ne pas aller visiter l'Italie ? »

– Ce qu'ils faisaient au Yémen, coupa-t-il sèchement, n'est pas le problème. Pour votre information, il n'y avait aucun Américain parmi eux. La plupart étaient européens ; des voyageurs aventureux.

– Ou inconscients.

– Quoi qu'il en soit, votre mission consistera en partie à recueillir des informations sur ces Occidentaux disparus. Et à éviter de devenir l'un d'eux.

Je crus voir, mais je l'avais peut-être imaginé, un nouveau sourire jouer sur ses lèvres.

– Je comprends, dis-je.

– Je n'en doute pas.

Nous nous serrâmes la main et je m'en allai.

Chapitre 31

Kate et moi passâmes le reste de la journée au 26, Federal Plaza, à remplir nos formulaires, régler les derniers détails et faire nos adieux.

Nous nous rendîmes à l'infirmerie pour nous faire vacciner contre des maladies dont je n'avais jamais entendu parler et recevoir chacun une provision de pilules contre la malaria. Sans le moindre soupçon d'ironie, les infirmières nous souhaitèrent d'arriver sains et saufs à bon port.

Alors que je débarrassais mon bureau, Harry Muller me dit :

– J'ignorais que tu étais volontaire pour le Yémen.

– Moi aussi.

– Tu as tapé sur le système de quelqu'un ?

– Kœnig croit que j'ai une liaison avec sa femme.

– Sans blague ?

– C'est une bombe. Garde-le pour toi.

– Sûr... Et Kate part pour l'Afrique ?

– La Tanzanie. Attentat contre l'ambassade.

– Qui s'est-elle mis à dos ?

– Kœnig. Il l'a draguée et elle a menacé de porter plainte pour harcèlement sexuel.

– Arrête ton char.

– Ne propage pas de rumeurs. Jack déteste les ragots.

Nous nous serrâmes la main.

– Trouve les salopards qui ont fait péter le *Cole*.

– Je leur réserve un traitement de faveur.

Mon dernier arrêt, sans Kate, fut pour le service juridique, à l'étage au-dessus. Une jeune juriste, qui avait l'air d'avoir seize ans, me donna quelques formulaires à remplir et à signer, y compris une procuration en cas de disparition ou d'enlèvement.

– En cas de décès, m'expliqua-t-elle, vos exécuteurs testamentaires, nommés par vous, auront le pouvoir de régler votre succession. Mais si vous êtes simplement porté disparu, ce sera un vrai bazar. Serez-vous mort ou vivant ? Qui paiera votre loyer et tout le reste ?

– Jack Kœnig.

– D'où la nécessité d'une procuration. À qui souhaitez-vous la donner ? Vous n'êtes pas obligé de désigner un homme de loi. Ce peut être une personne à qui vous faites confiance pour signer vos chèques et gérer vos biens jusqu'à ce qu'on vous retrouve, ou qu'on vous déclare présumé mort, ou officiellement décédé.

– Qui Elvis Presley a-t-il choisi ?

– Pourquoi pas votre épouse ?

– Elle sera sans doute en Afrique.

– Je suis sûre qu'on la laissera rentrer. Votre épouse. D'accord ?

– Vous voulez dire que si je disparais ou si je suis enlevé, ma femme disposera de mes carnets de chèques, de mon compte en banque, de mes cartes de crédit et de mon salaire ?

– Exact.

– Et que se passera-t-il si je réapparais au bout d'un an pour découvrir qu'elle m'a plumé jusqu'à l'os ?

Elle rit.

Je ne suis pas encore très habitué au mariage et c'était un moment de vérité. J'interrogeai la petite juriste.

– Qui ma femme a-t-elle pris ?

– Elle n'est pas encore venue ici.

– Je vois... Très bien. Ma femme.

Elle inscrivit le nom de Kate sur un document. Je le signai et il fut enregistré aussitôt. La gamine et moi réglâmes encore quelques détails.

– Voilà, conclut-elle. Bon voyage. Nous nous verrons à votre retour.

– Je vous enverrai une carte postale si je suis kidnappé.

Kate et moi nous étions mis d'accord pour ne pas quitter l'immeuble ensemble. Elle me donna donc rendez-vous à l'Ecco, son bar favori. J'y arrivai le premier. Comme toujours, l'endroit était rempli de juristes, surtout des avocats d'assises, qui ne se supportent que saouls.

Je commandai d'entrée un double Dewar's. C'était un bon début. Il y avait une jolie femme au fond du bar. Il me fallut un certain temps pour reconnaître Robin, mon ex-épouse, avec une nouvelle coiffure et une nouvelle couleur de cheveux. Nos yeux se rencontrèrent. Elle sourit, leva son verre et nous trinquâmes de part et d'autre de la salle. Les rares fois où nous nous croisons, nous nous entendons bien. Elle me fit signe de venir la rejoindre. Je secouai la tête et commandai un autre double.

Des flics du vingt-sixième étage, dont Harry Muller, firent leur entrée. Je me mêlai à eux. Ensuite apparurent des collaborateurs de Kate, du FBI. J'en déduisis qu'on avait organisé un petit pot d'adieu.

Kate arriva avec d'autres collègues. À 18 h 30, quinze membres de l'ATTF avaient investi la place. Kœnig se trouvait parmi eux. Il ne manquait pas une occasion d'afficher sa sollicitude à l'égard du personnel.

Il prononça un petit discours que, dans le brouhaha, personne n'entendit vraiment. Je distinguai quand même les mots « devoir », « dévouement », « sacrifice ». Peut-être s'entraînait-il pour mon éloge funèbre.

Robin, qui avait plus de couilles que bien des hommes, se joignit au groupe et se présenta de nouveau à certains de mes coéquipiers. Ensuite, elle s'avança vers moi. Nous échangeâmes un baiser du bout des doigts.

– J'ai appris que tu partais pour le Yémen, me dit-elle.

– Tu en es sûre ? On m'a parlé de Paris.

Elle gloussa.

– Tu n'as pas changé.

– Pourquoi écorner la perfection ?

Kate jouait des coudes dans ma direction.

– Robin, déclarai-je, voici ma femme, Kate.

Elles se serrèrent la main. Kate lui sourit.

– Je suis très heureuse de vous rencontrer.

Robin répondit d'une voix sincère :

– Moi aussi. On m'a dit que vous alliez en Tanzanie. Quel métier intéressant vous faites !

Elles bavardèrent un instant et j'eus vraiment envie d'être ailleurs.

– Avez-vous refait l'appartement ? demanda Robin à Kate.

– Non. Je me consacre pour l'instant à la réfection de John.

Elles rirent toutes les deux de bon cœur. Pourquoi ne les imitai-je pas ? Je m'adressai à Robin.

– Où est ton patron ?

Elle me regarda du coin de l'œil et répliqua :

– Il travaille tard. Il me retrouvera ici pour le dîner. Voudriez-vous vous joindre à nous ?

– Tu ne m'as jamais proposé de me joindre à vous quand nous étions mariés et que vous travailliez tous les deux très tard. Que fêtez-vous, ce soir ?

Elle rétorqua fraîchement :

– Toi aussi, tu travaillais tard. Eh bien, bon voyage à tous les deux.

Elle tourna les talons et regagna l'autre extrémité de la salle.

– Tu n'avais pas besoin de te montrer grossier, murmura Kate.

– Je ne suis pas très raffiné. Bien. Allons-nous-en.

– Encore un quart d'heure. Ce serait poli.

Elle se fondit dans la foule.

Kœnig s'éclipsa le premier, suivi par la plupart des gens du FBI, qui n'étaient là qu'en représentation et ne tenaient guère à frayer trop longtemps avec les policiers.

Stein m'aborda et m'affirma :

– Tu as fait le bon choix.

– Il n'y en avait pas.

– Si, il y en avait un et tu l'as fait. Tu reviendras blanc comme neige et même, peut-être, avec une promotion à la clé. Il faut que tu te concentres de nouveau sur l'affaire Khalil et que tu oublies tout le reste. D'accord ?

– D'accord.

– Jure-le.

– Je le jure.

– Je te connais.

– Qui nous offre ces boissons de luxe ?

– La collecte pour les congés maternité. Tu récupères tes dons. Ne change pas de sujet. Tu n'es pas mis sur la touche. On t'offre une seconde chance. Kate l'a compris.

– Généralement, cette équipe ne donne pas de seconde chance. Comment ai-je pu être veinard à ce point ?

Il se rapprocha de moi et chuchota :

– Tu les as fait chier dans leur froc.

Il pivota et s'éloigna.

Cette soirée semblait destinée à me faire rencontrer les personnes que j'appréciais le plus. Je vis Liam Griffith entrer et se diriger vers le bar. Il commanda quelque chose à boire, marcha vers moi, leva son verre et me lança, en français :

– Bon voyage.

Maîtrisant mon envie de lui rentrer dans le lard, je répondis :

– Le barman a oublié de planter une petite ombrelle dans votre verre.

Il sourit. Pourquoi ne l'aurait-il pas fait ?

– J'ai passé quelques semaines au Yémen, me dit-il. Je suis également allé en Tanzanie et au Kenya. Le Yémen est un peu risqué.

Je ne réagis pas. Il poursuivit :

– Je me suis aussi rendu au Soudan, en Somalie, et dans d'autres points chauds.

– Vous avez dû semer un sacré bordel.

Il me dévisagea un long moment. Puis il reprit, d'un ton anodin :

– En élargissant le cadre de nos opérations antiterroristes à l'ensemble de la planète, nous nous sommes aperçus que les réponses à une attaque contre nous perpétrée au point A se trouvent souvent au point B. Et que nos ripostes à ces attaques peuvent se produire au point C. Vous me suivez ?

– Vous m'avez largué après « Bon voyage ».

– Pas du tout. Ce que je veux vous dire, c'est que le contre-terrorisme est une action vaste et complexe, menée contre un réseau de terreur aux ramifications mondiales. Les clés du succès sont la coordination et la coopération. Cela exclut les francs-tireurs et les têtes brûlées.

– Vous faites allusion à moi.

– En tout cas, je ne parle pas de moi. Si vous ne l'aviez pas remarqué jusqu'à présent, le contre-terrorisme n'a rien de commun avec une enquête criminelle.

– En fait, si.

Il s'approcha encore.

– Savez-vous pourquoi je vous parle ?

– Personne d'autre ne veut vous adresser la parole ?

– Je le fais parce que Jack me l'a demandé, pour vous faire comprendre que la réponse à ce qui a pu arriver au vol 800 au large de Long Island, et j'insiste sur cet aspect hypothétique, ne sera pas nécessairement élucidé à Long Island même. Mais peut-être au Yémen. Ou en Somalie. Ou bien au Kenya, ou en Tanzanie.

– Ou à Paris.

– Ou à Paris. Mais vous pouvez commencer par le Yémen.

C'est à ce moment-là que j'aurais dû lui balancer mon genou dans les parties. Pourtant, je gardai mon calme.

– Je découvre soudain, dis-je, pourquoi vous et Ted Nash vous entendiez si bien. Deux fils de pute ne peuvent que s'accorder.

Griffith prit une profonde inspiration

– Ted Nash était un homme de valeur.

– Non, c'était un enfoiré.

– Ce n'est pas ce que pensait votre femme lorsqu'ils ont passé un mois ensemble à l'hôtel Bayview.

Il me titillait pour que je lui envoie mon poing dans les gencives, ce qui aurait entraîné ma radiation immédiate pour agression. Je mords facilement à ce genre d'hameçon. C'est amusant, mais pas très malin.

Je posai ma main sur son épaule, ce qui le sidéra, plaquai ma figure contre la sienne.

– Disparaissez de ma vue.

Il se dégagea et s'exécuta.

Personne n'avait semblé remarquer notre petite altercation et je me mêlai de nouveau au groupe.

Kate et moi restâmes encore un quart d'heure, puis un autre. Vers 19 h 30, je commençai à tituber. Je fis signe à Kate et nous marchâmes jusqu'à la porte.

Dans la rue, elle héla un taxi. Je lui dis :

– Jack m'a annoncé qu'il reconstituerait l'équipe spéciale à notre retour. Il t'en a parlé ?

– Non. Il voulait sans doute que je l'apprenne par toi. C'est une bonne nouvelle.

– Tu crois ?

– Pourquoi ne le croirais-je pas ? Ne sois pas cynique.

– Je suis new-yorkais.
– Dans une semaine, tu seras yéménite.
– Très drôle.
– De quoi vous entreteniez-vous, toi et Griffith ?
– De la même chose que la dernière fois.
– C'était gentil de sa part de venir nous dire au revoir.
– Il n'aurait pas raté ça pour un empire.

Je décidai de ne pas mettre sur le tapis le séjour de Kate et de Ted Nash au Bayview. C'était de l'histoire ancienne, Ted était mort, il ne s'était rien passé entre eux et je ne voulais pas provoquer une scène avant notre séparation. Quant à Liam Griffith, il s'était comporté, selon l'expression des fédéraux, française bien sûr, en « agent provocateur », m'avait menti pour me faire sortir de mes gonds. Toutefois, je me demandai comment lui et Jack Kœnig avaient pu savoir que le sujet m'écorchait à ce point.

Nous rentrâmes en silence, peu désireux de dire quoi que ce soit à propos de cette journée.

Nous consacrâmes celle du lendemain samedi à mettre nos affaires personnelles en ordre, le dimanche à prévenir famille et amis, par téléphone ou par mail, de notre départ simultané pour deux destinations différentes.

Le lundi, Kate modifia le message de notre répondeur, annonçant que nous nous trouverions tous deux à l'étranger jusqu'à plus ample informé.

Pour des raisons de sécurité, on ne peut faire suivre le courrier des agents dans certains pays, dont la Tanzanie et le Yémen. Nous dûmes demander à la Poste de conserver le nôtre. Suivit un après-midi d'achats de toutes sortes, vêtements compris. Avant de partir chacun de notre côté le vendredi suivant, nous nous donnâmes rendez-vous au Windows on the World, situé au cent septième étage de la tour nord du World Trade Center et que les New-Yorkais, dans leur modestie, ont baptisé « le plus grand bar du monde ».

J'y arrivai vers 18 h 30, après un bond de quatre cents mètres qui déboucha brutalement mes oreilles. Le bar était bondé de gens qui avaient envie, comme moi, de s'offrir une consommation à quinze dollars en jouissant de la plus belle vue de New York, sinon de la planète. Je n'y étais pas revenu depuis le mois de septembre précédent, lorsque Kate m'y avait traîné pour le vingtième anniversaire de la fondation de la Force d'action antiterroriste.

Un des gros bonnets du FBI avait déclaré ce soir-là :

– Je vous félicite pour le travail magnifique que vous avez accompli au cours de ces années, et surtout pour l'arrestation et l'inculpation des responsables de la tragédie qui s'est produite ici le 26 février 1993. Nous nous reverrons ici même pour fêter le vingt-cinquième anniversaire de cette superbe équipe et nous aurons d'autres succès à fêter.

Je n'étais pas sûr d'assister à cette fête-là, mais j'espérais qu'il y aurait, effectivement, d'autres succès à célébrer.

Kate m'appela pour me dire qu'elle me rejoindrait sous peu, ce qui signifiait une bonne heure. Je commandai un Dewar's, m'adossai au bar et regardai par les fenêtres qui montaient du sol au plafond. Vues de là-haut, même les raffineries du New Jersey paraissaient belles.

La faune qui m'entourait, cadres de Wall Street, golden boys, piliers de bar ou banlieusards en goguette, sans compter quelques huiles de ma boutique qui avaient leurs bureaux dans la tour nord et se servaient de l'endroit pour des réunions de haut niveau ou des dîners, ne me fascinait guère. Mais Kate avait tenu à ce que nous y passions notre dernière soirée pour, avait-elle dit, admirer New York depuis le sommet du monde ; souvenir qui nous accompagnerait jusqu'à notre retour.

Je ne me sentais pas particulièrement inquiet à l'idée de partir, même si la sincérité de Jack souhaitant qu'il ne m'arrive rien de fâcheux et la signature de documents anticipant ma disparition, mon enlèvement ou ma mort me mettaient un peu mal à l'aise. Je me faisais surtout du souci pour Kate. Savoir qu'elle se trouverait dans un pays où les extrémistes islamiques s'étaient déjà attaqués à des Américains me remplissait d'appréhension. Bien sûr, notre travail consistait à combattre le terrorisme, mais jusque-là nous l'avions fait aux États-Unis, où ne s'était produit qu'un seul attentat authentifié, précisément ici, au World Trade Center.

Elle me rejoignit étonnamment tôt. Nous nous étreignîmes et nous embrassâmes comme si, loin de nous séparer, nous nous retrouvions après une longue absence.

– J'ai préparé quelques paquets qui parviendront demain aux ambassades par la valise diplomatique, me dit-elle.

– J'ai tout ce qu'il me faut.

– J'y ai inclus six packs de Budweiser à ton intention.

– Je t'adore.

Je commandai pour elle une vodka avec des glaçons. Puis nous restâmes immobiles, adossés au comptoir, main dans la main, admirant le coucher de soleil sur le New Jersey.

Le brouhaha des conversations s'estompa peu à peu. Tous les consommateurs jouissaient eux aussi du crépuscule, à quatre cents mètres au-dessus du sol, séparés du monde réel par la limpide paroi de verre.

– Nous reviendrons ici à notre retour, dit Kate.

– Bonne idée.

– Tu vas me manquer.

– Tu me manques déjà.

– Et maintenant, comment te sens-tu ?

– À cette altitude, l'alcool doit imbiber le cerveau plus rapidement. J'ai l'impression que la salle tangue.

– Mais elle tangue pour de bon !

– J'aime mieux ça.

– Je vais regretter ton sens de l'humour.

– Et moi mon unique public.

Elle serra ma main et murmura :

– Promettons-nous de rentrer identiques à ce que nous sommes maintenant. Tu comprends ?

– Oui.

Comme tous les vendredis, un orchestre disco se mit à jouer à 9 heures du soir. J'entraînai Kate sur la petite piste de danse et lui montrai comment je gesticulais dans les années soixante-dix, ce qui l'amusa.

Les verres succédèrent aux verres. Lorsque nous quittâmes le plus grand bar du monde, vers minuit, j'étais ivre. Je n'avais pas eu de tels élancements dans le crâne depuis des années.

Dans le taxi, Kate s'endormit la tête sur mon épaule. Je regardai par la portière pendant tout le trajet. New York, vendredi soir... Il faudrait que je m'en souvienne au cours des mois à venir.

Le service des voyages du FBI avait eu la délicatesse de nous faire décoller de l'aéroport Kennedy à deux heures d'intervalle. Kate prendrait un vol Delta pour Le Caire. Quant à moi, je m'embarquerais à bord d'un appareil d'American Airlines à destination de Londres. De là, je gagnerais Amman, en Jordanie, puis Aden. Kate, elle, atterrirait directement à Dar es-Salaam, en Tanzanie. En principe, nos armes nous auraient précédés, transportées par la valise diplomatique.

Alfred, notre portier, nous souhaita bon voyage. Une navette nous déposa d'abord devant le terminal de Delta. Nous nous séparâmes sur le trottoir, sans effusions ni larmes.

– Sois prudente, dis-je. Je t'aime. À bientôt.

– Toi aussi, sois prudent. Essayons de nous retrouver à Paris sur le chemin du retour.

– Voilà un bon plan.

Un bagagiste emporta ses valises à l'intérieur. Elle le suivit. Nous nous fîmes un dernier signe de la main à travers la vitre.

Je remontai dans la navette qui me conduisit au terminal d'American Airlines.

Comme Kate et tous les gens du métier, j'avais un passeport diplomatique. Les formalités d'enregistrement en classe affaires furent donc relativement brèves. Mais le cafouillage ubuesque de la sécurité me laissa sceptique. J'aurais pu brandir mon Glock devant l'écran de contrôle plongé dans un coma profond et le récupérer sans dommage de l'autre côté du détecteur de métaux.

J'avais quelques heures à tuer. Je les passai dans le salon de la classe affaires, à lire les journaux en sirotant gratuitement des Bloody Mary.

Mon mobile sonna. C'était Kate.

– Je suis sur le point d'embarquer. Je voulais juste de redire au revoir et te répéter que je t'aime.

– Je t'aime aussi.

– Tu ne m'en veux pas de t'avoir entraîné dans cette histoire ?

– Quelle histoire ? Oh, celle-là... Pas de problème. Cela ajoutera un chapitre supplémentaire à la légende Corey.

Elle garda le silence un moment.

– En avons-nous vraiment fini avec le vol 800 ? dit-elle enfin.

– Définitivement. Jack a raison : c'était une défaillance mécanique dans le réservoir central.

Elle se tut encore. Puis :

– N'oublie pas de m'envoyer un mail à ton arrivée.

– J'attendrai le tien.

Nous échangeâmes quelques ultimes « Je t'aime » avant de raccrocher.

Quelques heures plus tard, alors que Kate survolait l'Atlantique, l'écran vidéo annonça l'embarquement des passagers à destination de Londres. Je m'avançai vers la porte.

Une semaine, jour pour jour, s'était écoulée depuis le service en mémoire des victimes du vol 800 de la TWA. Au cours de cette semaine, j'avais fait de nombreuses découvertes qui, pour l'heure, ne m'avaient rien apporté de bon.

Mais dans ce jeu, il faut penser à long terme. On parle. On fouine. On se creuse la cervelle. Et on recommence.

Il n'existe aucun mystère au monde qu'on ne puisse résoudre, si on vit assez longtemps pour en venir à bout.

RETOUR
Septembre

Conclusions : les experts de la CIA ne croient pas que le vol 800 de la TWA ait été la cible d'un missile. Il n'existe aucune preuve, physique ou autre, de l'emploi d'un missile.

Rapport d'analyse de la CIA
28 mars 1997

Chapitre 32

Retour au pays.

N'étant été ni enlevé, ni tué par balles ou par la malaria, j'arrivai à l'aéroport Kennedy par le vol Delta en provenance de Londres, à 16 h 05, le mardi suivant le Labor Day, après avoir passé quarante jours et quarante nuits dans les étendues désertiques du Yémen.

Kate était encore à Dar es-Salaam, mais rentrerait dans la semaine. À en croire ses mails, la Tanzanie lui plaisait : peuple accueillant, nourriture délectable, paysages superbes. N'en jetez plus.

Pourquoi nous avait-on rapatriés plus tôt que prévu ? Mystère. Jack Kœnig et ses sbires avaient peut-être pensé qu'un exil abrégé nous servirait de leçon, alors qu'une prolongation aurait, au contraire, suscité en nous ressentiment et désir de revanche.

Grosse erreur. J'étais toujours hors de moi et n'éprouvais aucune reconnaissance pour ce traitement de faveur.

Délesté de mes vêtements de safari, que j'avais abandonnés sur place, et de mon Glock qui avait voyagé par la valise diplomatique, mais nullement de ma rancune, je franchis sans encombre le contrôle des passeports et de l'immigration. Je portais un pantalon beige, un blazer bleu et une chemise de sport qui n'étaient pas trop fripés quand je les avais enfilés, un jour plus tôt.

Le retour à la civilisation, si l'on peut employer ce terme à propos de l'aéroport international JFK, me procura une sensation étrange. Le spectacle, les bruits, les odeurs qui ne m'avaient jamais frappé auparavant me sautèrent au visage.

La véritable capitale du Yémen, je m'en étais rendu compte une fois là-bas, n'est pas Aden, mais un trou perdu nommé Sana'a. J'avais dû m'y rendre plusieurs fois pour raisons professionnelles et j'avais eu le plaisir d'y rencontrer l'ambassadrice Bodine. Je m'étais présenté comme un ami intime de John O'Neill, que je n'avais rencontré qu'à l'occasion. Je ne me fis pas virer, ce qui était le but de l'opération, mais je ne fus pas non plus invité à dîner à l'ambassade.

J'étais stationné à Aden même, port où avait eu lieu l'attentat contre l'*USS Cole*. Là aussi, on étouffait. Mais l'hôtel Sheraton, où logeait notre équipe, disposait d'une salle de musculation et d'une piscine. J'étais devenu plus bronzé et plus mince que je ne l'avais jamais été. J'avais réduit au minimum ma consommation d'alcool, appris à apprécier le poisson et découvert les joies de la chasteté. Je me sentais un homme neuf. Toutefois, le vieil homme avait besoin d'un verre, de viande et d'une partie de jambes en l'air.

Je m'arrêtai au bar, commandai une bière et un hamburger.

La batterie de mon mobile étant aussi morte que mes parties honteuses, je demandai au barman de brancher mon chargeur, ce qu'il s'empressa de faire.

Il y avait un service e-mail à Aden, grâce auquel Kate et moi étions restés en contact. Nous nous étions aussi téléphoné. Nous n'avions jamais mentionné le vol 800, mais j'avais eu tout le temps d'y penser.

J'avais envoyé un courrier électronique aux dirigeants du John Jay College, leur annonçant que j'effectuais une périlleuse mission secrète pour le compte du gouvernement et que j'aurais sans doute quelques jours de retard. Je leur suggérais de commencer les cours de droit pénal sans moi.

La télévision, au-dessus du bar, diffusait la chaîne d'informations continues. Rien ne s'était passé pendant mon absence. Le présentateur météo s'attardait sur le sublime été indien qui régnait sur New York et se prolongerait au cours des jours suivants. Merveilleux. Aden était une fournaise. Quant à l'intérieur du Yémen, c'était l'enfer. Comment les gens réussissaient-ils à vivre dans de tels endroits ?

Je commandai une autre bière, ouvris le *Daily News* posé sur le comptoir. Les nouvelles n'avaient pas grand intérêt. Je parcourus les pages sportives, puis lus mon horoscope : « Ne soyez pas surpris si vous ressentez tout au long de la journée un mélange d'extase, de jalousie, de détresse et de béatitude. » J'étais prévenu.

À Aden, les jours se ressemblaient. Je travaillais avec six agents du FBI, dont deux femmes, et quatre policiers new-yorkais détachés à l'ATTF. J'en connaissais déjà deux, ce qui facilitait les choses. Nous avions aussi vingt marines armés jusqu'aux dents, plus huit tireurs d'élite qui se relayaient sur le toit de l'hôtel Sheraton et qu'à mon sens la direction de l'établissement utilisait comme argument publicitaire à l'intention de ses rares autres clients.

La mission comprenait également une dizaine d'agents de sécurité du personnel diplomatique, des membres des services de renseignement de l'armée et de la marine. Et, bien sûr, de la CIA. Leur identité et leur nombre étaient un secret absolu, mais j'en avais compté quatre. Tous ces Américains entretenaient de bons rapports, dans la mesure où ils n'avaient, dans cet endroit oublié de Dieu, personne d'autre à qui parler.

Mon travail à Aden consistait à collaborer avec les services secrets locaux, corrompus et bornés, pour trouver des pistes sur les auteurs de l'attentat. La plupart de leurs agents parlaient un semblant d'anglais hérité de la période coloniale britannique, qu'ils oubliaient dès que mes collègues et moi devenions un peu trop curieux ou vindicatifs.

De temps à autre, ils arrêtaient quelques suspects au hasard et les emmenaient au quartier général de la police pour nous prouver que l'enquête progressait.

Une fois par semaine, cinq ou six enquêteurs de l'ATTF se rendaient à ce quartier général pour interroger ces misérables épaves par l'intermédiaire d'interprètes ineptes et menteurs, dans une salle d'interrogatoire fétide et sans fenêtre. Les agents yéménites les frappaient devant nous et nous assuraient que la chasse aux « terroristes étrangers » qui avaient fait sauter le *Cole* était en bonne voie.

À mon avis, ces suspects étaient loués pour la journée, mais j'appréciais les techniques d'interrogatoire.

Je plaisante.

Et puis il y avait les « informateurs », qui nous orientaient sur des pistes inutilisables en échange de quelques dollars. Je jure les avoir vus arpenter la ville en uniforme de policiers les jours où ils ne jouaient pas le rôle d'indics.

En fait, nous pissions dans un violon. Notre présence était purement symbolique. On avait tué dix-sept marins américains, mis un navire de guerre US hors de combat ; l'administration tenait à montrer que nous agissions en conséquence. Mais lorsque John O'Neill avait vraiment tenté de faire quelque chose, on l'avait sacqué.

Une semaine plus tôt, une rumeur nous avait appris qu'il travaillait désormais comme conseiller à la sécurité du World Trade Center. Il faudrait que je voie pour lui demander un job. Selon la tournure que prendrait l'affaire de la TWA, je serais soit très sollicité, soit inemployable à vie.

Dans ses mails, Kate me vantait l'atmosphère qui régnait en Tanzanie, dont le gouvernement coopérait sans réticence, en partie à cause des Tanzaniens tués lors de l'attentat contre l'ambassade. Les autorités yéménites, au contraire, se montraient non seulement peu coopératives, mais fourbes et carrément hostiles. Quant au chef des services secrets, le colonel Anzi, un faux jeton que nous surnommions le colonel Nazi, il aurait fait passer Jack Kœnig pour un clone de mère Teresa.

Au Yémen, le danger rôdait en permanence. Nous nous déplacions toujours avec des gilets pare-balles, escortés par des marines ou des tireurs d'élite. Nous nous mêlions peu à la population et je dormais toujours avec mon copain Glock sous l'oreiller.

Quelques années plus tôt, des rebelles avaient attaqué notre hôtel au mortier et à la roquette. À présent, ils étaient tous morts. Nous n'avions à redouter que les terroristes qui avaient détruit le *Cole* et rêvaient de faire sauter le Sheraton à la première occasion.

Pendant ce temps, ma Kate adorée faisait la bombe à Dar es-Salaam.

Mon mobile étant en partie rechargé, j'appelai Dom Fanelli.

– Je suis rentré, lui dis-je.

– Salut ! Je me faisais de mouron pour toi. J'ai suivi tous les jours les nouvelles du Koweït.

– J'étais au Yémen.

– Ah bon ? C'est pareil, non ?

– Si on veut. Je suis à JFK. Je ne peux pas parler trop longtemps, au cas où ils seraient encore sur mes talons. Où es-tu ?

– Dans mon bureau. Mais moi, je peux parler.

– Parfait. Que devient mon appartement ?

– Nickel... Si j'avais su, j'aurais fait le ménage... Comment va Kate ?

– Elle rentre dans quelques jours.

– Alors, on pourrait faire la bringue un de ces quatre.

– J'essaierai. J'ai quinze jours de congé, et je vais prendre des vacances.

– Tu le mérites. Que fais-tu ce soir ?

– Ça dépendra de toi.

– Ah oui, ces noms.

– Dom, il va falloir que je raccroche dans quelques minutes.

– D'accord. Oublie Gonzales Perez. En ce qui concerne Christopher Brock, deux possibilités : une à Daytona Beach, l'autre à San Francisco. Tu veux les coordonnées ?

– Vas-y.

Il me donna les adresses et les numéros de téléphone, que je griffonnai sur une serviette en papier.

– Roxanne Scarangello, poursuivit-il. Là, je crois que j'ai du biscuit. Tu notes ?

– Je t'écoute.

– Où est-ce que j'ai foutu cette... Ah, voilà. Scarangello, Roxanne. Âge, vingt-huit ans. Troisième année de doctorat à l'université de Pennsylvanie, à Philadelphie. A déjà passé sa licence et sa maîtrise. Elle s'est inscrite pour la rentrée. Elle devrait déjà avoir commencé.

– Adresse ?

– Elle vit à Chestnut Street avec un petit copain du nom de Sam Carlson. Mamma n'est pas contente.

Il me dicta l'adresse, le numéro de l'appartement et du mobile.

– J'ai fouiné du côté de sa banque. Ces salauds ont plus de renseignements sur les gens que le FBI... J'ai découvert qu'elle travaillait l'été à l'hôtel Bayview. C'est ta souris, non ?

– Exact.

– J'ai même une photo d'elle, extraite de l'annuaire de l'université. Jolie frimousse. Tu la veux ?

– Peut-être. Rien d'autre ? Casier judiciaire ?

– Vierge comme la Madone. Apparemment, elle n'a guère de ressources. Son petit ami l'aide peut-être, mais il est étudiant lui aussi et son compte est aussi vide que le sien. Quant à ses parents, ils ne roulent pas sur l'or.

– Une bourse d'études ?

– Oui. Avec des versements réguliers. Octroyée par le gouvernement fédéral, ai-je appris en fouillant un peu. Mais ce n'est peut-être qu'une coïncidence.

– Peut-être. Beau travail.

– Du gâteau. Allons boire une bière. Tu m'en dois une.

– Je sais. Mais le décalage horaire m'a lessivé.

– Des clous. Tu pars pour Philadelphie. Accorde-toi une pause, John. Retrouve-moi au Judson Grill. C'est bourré de nanas.

– Dom, je ne l'ai pas sortie depuis six semaines. Ne me tente pas.

– Six semaines ! Comment sais-tu qu'elle marche encore ?

– Va mettre de l'ordre dans mon appartement. Je rentrerai tard dans la nuit, ou tôt demain matin. Ciao.

– Ciao, petit. Bienvenue au pays. Gaffe à ce que tu fais, si tu ne veux pas qu'on te réexpédie au Yémen.

– Merci.

J'éteignis mon mobile, payai la note et laissai au barman cinq dollars de pourboire pour l'électricité.

En traversant le terminal, je réglai ma montre sur l'horloge numérique : 17 h 01.

J'étais réellement sonné par le décalage horaire et portais les mêmes vêtements depuis plus de vingt-quatre heures. J'aurais dû rentrer chez moi. Mais Philadelphie d'abord.

De New York, on peut s'y rendre de trois façons : en bus, en avion depuis l'aéroport La Guardia, ou par le train. Je ne connaissais pas les horaires. Il me restait Hertz, juste en face. Je louai une Ford Taurus. Trente minutes plus tard, je roulais sur la route du littoral en direction du pont de Verrazano, la radio allumée et mon mobile branché sur la prise intérieure.

J'appelai mon répondeur chez moi, écoutai une dizaine de messages de gens qui paraissaient surpris par notre départ. Il y en avait aussi six de Dom, qui s'inquiétait. Je raccrochai, laissant le téléphone en charge. Quant à mon biper, il n'avait pas fonctionné au Yémen. Suivant les consignes de Jack, je l'avais quand même laissé en marche en permanence. La batterie était morte. Mais il était allumé.

Je franchis le Verrazano, traversai Staten Island, passai le pont de Goethals. Une fois dans le New Jersey, je pris la I 95 et filai vers le sud, en direction de Philadelphie. J'y serais d'ici deux ou trois heures.

Roxanne Scarangello. Elle ne savait peut-être rien. Pourtant, si Griffith et Nash lui avaient parlé, il fallait que je le fasse aussi.

J'avais cinq ans de retard sur eux. Mais il n'est jamais trop tard pour rouvrir une affaire.

Chapitre 33

Située à environ cent cinquante kilomètres au sud de New York, Philadelphie ressemble à la statue de la Liberté : historique, connue comme le loup blanc et parfaitement évitable.

Je m'y étais rendu plusieurs fois, pour des conférences ou des matches de base-ball. Je connaissais donc la ville. Tout bien considéré, je la préférais au Yémen.

Vers 19 h 30, je me garai devant un immeuble de cinq étages, au 2201, Chestnut Street, non loin de Rittenhouse Square. Je téléphonai aussitôt à Roxanne Scarangello. Une voix féminine me répondit.

– Allô ?

– Roxanne Scarangello, je vous prie ?

– Elle-même.

– Mademoiselle Scarangello, John Corey à l'appareil : policier détaché au FBI. J'aimerais m'entretenir quelques instants avec vous.

Il y eut un long silence. Puis :

– À quel sujet ?

– À propos du vol 800 de la TWA.

– Je vous ai révélé tout ce que je savais il y a cinq ans. On m'avait promis de ne plus m'appeler.

– Nous possédons de nouveaux éléments. Je suis en bas de chez vous. Puis-je monter ?

– Non. Je... je ne suis pas habillée.

– Eh bien, habillez-vous.

– Je... En fait, on m'attend pour dîner et je suis en retard.

– Je peux vous déposer.

– J'y vais à pied.

– Je marcherai avec vous.

Je perçus un profond soupir.

– Bon. Je descends.

Je coupai mon téléphone et attendis devant l'immeuble, dont la discrétion s'harmonisait avec le charme de la rue bordée d'arbres, proche de l'université vénérable, huppée et très coûteuse de Pennsylvanie.

La nuit tombait, le ciel était clair. Les odeurs d'automne charriées par la brise me firent soudain ressentir, physiquement, que j'étais rentré au pays. J'eus presque envie de m'agenouiller et de baiser le sol en murmurant : « Dieu bénisse l'Amérique. »

Vêtue d'un jean et d'un chemisier noirs, une grande et séduisante jeune femme aux longs cheveux corbeau apparut devant moi.

– Mademoiselle Scarangello ? John Corey, du FBI.

Je lui tendis ma carte.

– Merci de me consacrer un peu de votre temps.

– Je vous ai déjà dit tout ce que savais, répondit-elle. Et ce n'est pas grand-chose.

C'est ce que tu t'imagines, petite...

– Je vous accompagne.

Elle haussa les épaules.

– Je dîne avec mon compagnon, précisa-t-elle alors que nous traversions Rittenhouse Square.

– J'ai, moi aussi, un rendez-vous. Je ne vous importunerai pas longtemps.

Tout en marchant, je lui posai quelques questions anodines sur l'université, ses premiers jours de rentrée, Philadelphie, son programme de doctorat ; en littérature anglaise, m'apprit-elle.

Je ne pus réprimer un bâillement.

– Je vous ennuie ?

– Pas du tout. Je rentre à peine du Moyen-Orient. Vous avez remarqué mon bronzage ? Voulez-vous que je vous montre mon billet d'avion ?

Elle rit.

– Non, je vous crois. Que faisiez-vous là-bas ?

– J'œuvrais à l'expansion de la démocratie à travers le monde.

– Vous pourriez commencer ici.

Je me souvins que j'avais affaire à une étudiante.

– Vous avez tout à fait raison.

Elle se lança dans une diatribe sur la dernière élection présidentielle, que j'approuvai par des murmures appuyés.

Elle m'entraîna dans un restaurant nommé Alma de Cuba, à la limite du parc, genre d'endroit à la mode réservé à une clientèle choisie. Je me demandai à combien s'élevait le montant de sa bourse.

Mlle Scarangello me proposa de prendre un verre en attendant l'arrivée de son Roméo. Nous trouvâmes une table dans la salle des cocktails et commandâmes une carafe de sangria pour elle et, pour rester fidèle à l'enseigne de l'établissement, un Cuba Libre pour moi.

– Laissez-moi en venir directement au fait, lui dis-je. La femme de chambre qui a pénétré dans la chambre 203 de l'hôtel Bayview, vers midi, le 18 juillet 1996, lendemain du crash, c'était vous. Exact ?

– En effet.

– Aucun autre membre du personnel n'y était entré avant vous. Je me trompe ?

– Pas à ma connaissance. Les clients n'avaient pas annoncé leur départ à la réception et ne répondaient ni au téléphone, ni aux coups frappés à la porte, où l'on avait placardé une pancarte « Ne pas déranger ».

C'était la première fois que j'entendais ça. Mais c'était logique, si don Juan et son Elvire voulaient mettre de la distance et du temps entre eux et l'hôtel.

– Vous êtes entrée avec votre passe ?

– Oui. C'est la procédure habituelle après 11 heures du matin, moment où l'on doit libérer les chambres.

Les boissons arrivèrent. Je lui versai de la sangria et nos choquâmes nos verres.

– Vous rappelez-vous, repris-je, le nom des membres du FBI qui vous ont interrogée la première fois ?

– Pas après cinq ans. De toute façon, ils n'employaient que leur prénom.

– Faites un effort.

– Il me semble que l'un d'eux avait une consonance irlandaise.

– Sean ? Seamus ? Giuseppe ?

Elle rit.

– Ce n'est pas irlandais.

Je souris.

– Liam, peut-être...

– C'est ça. L'autre, c'était... Je ne sais plus. Vous le connaissez ?

– Ted, probablement.

– Je crois, oui. Un homme charmant.

... Et un fumier.

Au tour de Roxanne de m'interroger :

– Êtes-vous toujours à la recherche de ce couple ? Est-ce de cela qu'il s'agit ?

– Oui, mademoiselle.

– Pourquoi a-t-il une telle importance ?

– Nous le saurons quand nous l'aurons trouvé.

– Cet homme et cette femme n'étaient certainement pas mariés l'un avec l'autre. Ils ne veulent pas qu'on les identifie.

– Ils auraient pourtant besoin d'un conseiller conjugal.

Elle sourit.

– Sans doute.

– Le FBI vous a-t-il montré un portrait-robot de l'homme ?

– Oui. Mais je ne l'ai pas reconnu.

– Et le visage de la femme ?

– Non. Je ne l'ai jamais vu.

– Bien. Donc, vous entrez dans la chambre. Ensuite ?

– Eh bien... J'ai appelé, au cas où ils se seraient trouvés dans la salle de bains. Mais je me suis vite rendu compte qu'ils étaient partis. J'ai tiré mon chariot à l'intérieur et j'ai commencé par faire le lit.

– On y avait dormi ?

– Enfin... Non. On avait repoussé le dessus-de-lit, et la couverture avait disparu. Ils s'étaient sans doute allongés, peut-être pour faire la sieste, regarder la télévision ou... autre chose. Mais le lit ne donnait pas l'impression qu'on y avait passé la nuit. Je suis devenue très forte pour reconnaître les nuances entre les différentes manières d'occuper une chambre, ajouta-t-elle avec un petit rire.

– Je n'ai jamais été majordome anglais. Qu'est-ce qu'une nuance ?

Elle rit encore.

– Vous êtes marrant.

Elle me surprit en allumant une cigarette.

– Je ne fume que quand je bois, dit-elle. Vous en voulez une ?

– Volontiers.

Je pris une cigarette, qu'elle alluma pour moi. Je suis un ancien fumeur. La première bouffée ne m'étouffa pas.

– Donc, poursuivis-je, la couverture manquait ?

– Oui. Et j'ai fait un nœud à mon mouchoir pour ne pas oublier de prévenir la responsable de l'entretien.

– Mme Morales.

– Exact. Je me demande ce qu'elle est devenue.

– Elle travaille toujours là-bas.

– Une grande dame.

– C'est le mot. Connaissiez-vous Lucita ? La femme de ménage ?

– Non.

– Et Christopher Brock, le réceptionniste ?

– Pas très bien.

– Lui avez-vous parlé après votre interrogatoire par le FBI ?

– Non. Les agents nous avaient ordonné de ne nous confier à personne. Et quand ils disaient « personne », c'était personne.

– Et le directeur, M. Rosenthal ?

– Il souhaitait m'entretenir à ce sujet, mais je lui ai répondu que c'était impossible.

– Très bien. Et vous avez quitté l'hôtel peu de temps après cette journée ?

Elle se tut un instant, puis avoua :

– En effet.

– Pourquoi ?

– Ne le savez-vous pas ?

– Pas la moindre idée.

– Eh bien... Ces types du FBI m'ont dit qu'il vaudrait mieux que j'abandonne mon travail au Bayview. Parce que je risquais d'être tentée de parler aux journalistes, que je serais peut-être harcelée par les fouineurs des médias. J'ai répliqué que je ne pouvais pas me permettre de quitter mon job. Alors ils m'ont promis de me dédommager si je coopérais, si je m'en allais et... si je me tenais tranquille.

– Excellent arrangement.

– Oui... Pour le gouvernement fédéral, ce sont des clopinettes. Il paye les fermiers pour ne rien cultiver, non ?

– Très juste. Et il me paie, moi, pour ne pas arroser les plantes vertes de mon bureau.

Elle sourit une nouvelle fois.

– De quoi le FBI ne voulait-il pas que vous parliez ?

– C'est ça, le hic. Je ne savais strictement rien. Mais il y avait ce couple de la chambre 203, qui était, paraît-il, allé sur la plage et avait assisté au crash. Il n'y avait pas de quoi fouetter un chat, mais ils en ont fait tout un foin et les gens des médias ont eu vent de quelque chose. Je n'en sais pas plus, sauf que j'ai démissionné et que je suis ici.

Je hochai la tête. Les fédéraux déboulent comme des malfrats, plantent une merde pas possible et la nettoient ensuite avec des billets de banque.

– Vous ont-ils aidée à poursuivre vos études ?

– D'une certaine façon. Vous ne le savez pas ?

– Ce n'est pas de mon ressort.

Le téléphone cellulaire de Mlle Scarangello sonna. Elle décrocha. Je devinai que c'était son petit ami.

– Oui, je suis arrivée. Mais prends ton temps. Je suis au bar et je bavarde avec un de mes anciens profs. Tout va bien. À tout à l'heure.

Elle raccrocha, se tourna vers moi.

– C'était Sam, mon copain. Il est à l'appartement. Je suis censée ne jamais mentionner le vol 800, non ?

– Tout juste.

– Mon numéro n'était pas mal, non ?

– Parfait. Est-ce que je ressemble à un prof ?

Elle éclata de rire.

– Non, mais vous en serez un pour Sam.

Deuxième carafe, deuxième Cuba Libre.

– Bien. Racontez-moi tout ce que vous avez fait et vu dans cette chambre, les choses que vous avez senties ou touchées et qui vous ont paru sortir de l'ordinaire, ou même les détails tout à fait anodins.

– Oh, mon Dieu... Ça fait cinq ans.

– Je sais. Mais si vous commencez, tout reviendra petit à petit.

– J'en doute. Mais bon... Ensuite, je suis allée dans la salle de bains, parce que c'est la partie la moins agréable du boulot et que je voulais m'en débarrasser. J'ai commencé par la douche.

– On s'en était servi ?

– Oui, mais pas ce matin-là. Plutôt la veille, dans la soirée. Le savon et la cabine étaient secs, tout comme les serviettes usagées. Je me rappelle avoir dit à un mec du FBI que c'était comme si on l'avait utilisée à la va-vite. Une douche rapide et basta.

– Y avait-il du sable par terre ? Dans le lit ?

– J'en ai remarqué dans la salle de bains. Je l'ai dit au type du FBI.

– Bien. Donc, vous retournez dans la chambre.

– Oui. J'ai d'abord vidé les corbeilles, puis les cendriers.

– Ils avaient fumé ?

– Non, pardon... je ne crois pas. Mais c'est ce que je fais d'habitude.

– Essayez de séparer cette chambre des centaines d'autres où vous avez fait le ménage.

Elle s'esclaffa.

– En cinq ans, j'ai dû en nettoyer trois mille.

– Je sais, mais on vous a longtemps questionnée sur celle-là. Vous pouvez donc vous remémorer ce que vous avez décrit aux agents du FBI.

– En fait, ils ne m'ont pas interrogée si longtemps que ça. Ils m'ont juste demandé ce que j'y avais vu et fait, puis ils m'ont remerciée.

Je hochai la tête. Ni Liam Griffith, probablement membre de l'OPR, ni Ted Nash, de la CIA, ne savaient cuisiner un témoin. Ils n'étaient pas policiers. Moi, j'en suis un. Je demandai à Roxanne :

– Est-ce que le couple a laissé un pourboire ?

– Non.

– Vous voyez ? Vous vous souvenez de ça.

– Des grippe-sou, murmura-t-elle avec un petit sourire.

– Ce soir, c'est moi qui offre les verres.

– Vous êtes gentil.

– Qu'y avait-il dans les corbeilles ?

– Je ne m'en souviens pas vraiment. Des mouchoirs en papier, ce genre de choses...

– Pas d'emballage de cassette vidéo ?

– Non... Vous croyez qu'ils se sont filmés en train de... ?

– Je ne sais pas. Rien d'autre ? Pas de paquets de chewing-gums vides, de tickets d'achat, de reçus ?

– Non. Mais il y avait un bout de sparadrap dans le cendrier.

– Des traces de sang ?

– Non.

– Bien. Racontez-moi comment vous avez nettoyé la chambre. Comment vous procédiez dans toutes les chambres.

– Parfois, je variais un peu, parce que c'était abrutissant, mais j'avais une routine.

Elle se mit à me donner une leçon de nettoyage, qui me serait fort utile si ma propre femme de ménage venait à mourir. Je lui demandai ensuite :

– Il y avait vraiment du rouge à lèvres sur un verre à vin ?

– Oui. Je crois que c'est la première chose qui m'a fait deviner qu'une femme avait séjourné dans la chambre.

– D'autres preuves ? Du talc ? Du maquillage ? Un cheveu long ?

– Non. Mais ils étaient deux, c'est sûr. Les deux oreillers étaient écrasés. Il y avait plusieurs serviettes usagées. Les hommes n'en utilisent qu'une, commenta-t-elle en souriant. Les femmes en chiffonnent des tas et en demandent d'autres.

– Je ne tiendrai pas compte de cette remarque sexiste.

Son sourire s'accentua et elle se donna une petite tape sur la joue. Ou elle était très mignonne, ou j'étais resté trop longtemps dans le désert.

Elle continua son récit. La sangria et les cigarettes aidant, sa mémoire s'améliorait. Quand elle eut terminé, je lui posai une dernière question.

– Est-ce plus ou moins ce que vous avez dit au FBI ?

– Plutôt moins. Pourquoi est-ce si important ?

– On ne le sait jamais avant de le demander.

Elle alluma une autre cigarette, m'en proposa une, que je refusai.

Je réalisai que le temps qui me restait à passer avec elle s'amenuisait, si on tenait compte du quart d'heure qu'il nous avait fallu pour venir de son immeuble et qui se réduirait, pour son petit ami, à dix minutes.

Elle sentit que je songeais à mettre un terme à notre entretien et me dit :

– Restez un peu. J'aimerais que vous fassiez la connaissance de Sam.

– Pourquoi ?

– Vous l'apprécierez.

– Et lui ?

– Non, mais ce n'est pas le but.

– Ne soyez pas garce.

Elle rit de bon cœur.

– Allez, ne partez pas.

– Eh bien... J'ai besoin d'un bon café avant de reprendre la route de New York.

– Vous habitez New York ?

– Manhattan.

– C'est là que j'aimerais vivre quand j'aurai décroché mon doctorat.

– Très bon projet.

Je fis signe à la serveuse et commandai un café.

Ensuite, Roxanne et moi bavardâmes de tout et de rien, ce que je réussis à merveille en pensant à autre chose. Je n'avais pas fait tout ce chemin depuis le Yémen pour flirter avec une étudiante...

Vraiment ?

Chapitre 34

Roméo était en retard, Roxanne devenait légèrement éméchée. Quant à moi, la moitié de mon cerveau planait encore à quatre mille mètres d'altitude tandis que l'autre moitié se diluait dans le rhum.

J'avais envie de partir, mais quelque chose me poussait à ne pas bouger. L'épuisement, ou peut-être Roxanne, ou alors l'intuition que, si je restais encore un peu, si je posais les bonnes questions ou si j'écoutais plus attentivement, l'imprévu surgirait.

Je bus mon café d'un trait, en commandai un autre. Je continuai à bavarder avec Roxanne, tout en réfléchissant à ce qui aurait pu m'échapper.

– La télévision était-elle allumée quand vous êtes entrée dans la chambre ? Parfois, les gens la laissent en marche quand ils veulent faire croire qu'ils sont toujours dans la pièce.

Elle souffla la fumée de sa cigarette.

– On revient dans la chambre ?

– Juste une minute.

– Non, la télévision ne marchait pas. En fait, c'est moi qui l'ai allumée.

– Pourquoi ?

– Nous ne sommes pas censées regarder la télé en faisant les chambres, mais je voulais écouter les nouvelles à propos du vol 800.

– Je ne vous cafarderai pas. Qu'y avait-il, aux nouvelles ?

Elle secoua la tête.

– C'était vraiment affreux.

– Affreux, en effet. Peut-être pourrez-vous m'aider sur un point. Ce couple est arrivé à l'hôtel vers 16 h 30. D'accord ? L'homme s'est présenté seul à la réception. On les a vus pour la dernière fois aux environs de 19 heures, lorsque la femme de ménage, Lucita, les a aperçus se dirigeant vers leur voiture avec la couverture. Personne ne semble les avoir croisés pendant cet intervalle de deux heures et demie. Où sont-ils allés ? Que font les clients de l'hôtel en fin d'après-midi ?

– Vous me le demandez à moi ? Comment voulez-vous que je le sache ? J'imagine qu'ils vont courir les boutiques, boire un verre, se promener en voiture. Ils sont peut-être tout simplement restés dans la chambre. Voilà pourquoi personne ne les a vus.

– C'est long, deux heures et demie dans une chambre...

Elle sourit.

– Ils sont peut-être devenus romantiques. Ils étaient là pour ça. Ils ont fait l'amour, puis la sieste, et ont ensuite regardé la télévision, ou un film à l'eau de rose sur cassette.

– C'est possible.

Le problème, c'était que je voulais qu'ils se soient rendus au bar de l'hôtel et aient réglé leurs boissons avec une carte de crédit, ou jeté dans la corbeille à papiers un ticket d'achat venu d'un magasin local. Or ils n'avaient rien fait de tout cela.

Je m'appuyai contre le dossier de mon siège, fermai les yeux et bâillai. Ces deux heures et demie aboutissaient visiblement à un cul-de-sac, mais cela n'avait peut-être pas d'importance. Une sieste aurait amplement rempli l'après-midi, ou bien une émission de télévision, ou une partie de jambes en l'air avant la plage ; aucune de ces activités n'aurait laissé la moindre trace écrite...

– Vous dormez ? s'enquit Roxanne.

J'ouvris les yeux. Un éclair venait de jaillir au milieu des vapeurs de rhum.

– Qu'est-ce que voulez dire par « un film à l'eau de rose sur cassette » ?

– Une vidéo.

– Il n'y avait pas de magnétoscope dans la chambre.

– À cette époque-là, si.

Bien sûr... Depuis l'apparition du câble, des satellites et des innombrables chaînes nouvelles, y compris pornographiques, de nombreux hôtels s'étaient débarrassés de leurs magnétoscopes, autrefois installés partout.

– Vous rappelez-vous s'il était en marche ?

– Je crois que oui. Oui... Je l'ai éteint.

– Avez-vous vérifié s'il contenait une cassette ?

– Oui. J'ai poussé le bouton Eject, mais rien n'est sorti. Cela fait partie de la routine. Les films sur cassette que les clients apportaient avec eux et qu'ils oubliaient en partant devaient être remis à la réception, pour le cas où leurs propriétaires les réclameraient. Ceux de la vidéothèque étaient, eux, rendus directement à la vidéothèque ou au réceptionniste.

– Quelle vidéothèque ?

– Celle de l'hôtel.

– Où ?

– Vous êtes allé au Bayview ?

– Oui.

– Eh bien, dans le vestibule, juste à l'entrée, il y a une bibliothèque. On y vend des journaux et des magazines. On y prête aussi des livres et des cassettes vidéo.

– Les clients peuvent donc en emporter...

– C'est ce que je suis en train de vous dire.

– Ce détail a-t-il été évoqué dans votre entretien avec le FBI ?

– Non.

Je me redressai dans mon siège, regardai dans le vide. Comment Liam Griffith et/ou Ted Nash avaient-ils pu passer à côté ? Moi-même, John Corey, policier confirmé, je ne l'avais pas vu... Mais l'excitation me faisait peut-être pécher par optimisme.

– Laissait-on un dépôt, une caution pour chaque emprunt ?

– Non. On signait, sans plus. Même chose pour les livres.

Elle réfléchit un moment.

– Vous croyez que ce type aurait pu emprunter une cassette et signer de son vrai nom ?

– Vous devriez être détective.

Ravie, elle s'exclama :

– C'est ce qu'ils ont fait dans la chambre cet après-midi-là ! Ils ont regardé un film. Voilà pourquoi le magnétoscope était allumé.

Elle se concentra et ajouta :

– Les deux oreillers étaient surélevés, appuyés contre le bois du lit, comme si l'homme et la femme, effectivement, avaient regardé la télé.

Je hochai la tête. Si don Juan avait emprunté une cassette, il s'était bien gardé de signer le reçu de son nom. Mais sa dulcinée, si c'était elle qui était allée chercher le film, avait pu le faire.

– Devait-on présenter une pièce d'identité pour emprunter un livre ou une cassette ?

– Je ne crois pas. Le nom du client et le numéro de la chambre suffisaient. Vous devriez vous renseigner auprès de l'hôtel.

– Où les clients apposaient-ils leur signature ? Sur un registre ? Une carte ?

Elle alluma une troisième cigarette.

– Sur un carnet de reçus aux doubles en carbone rose. Le client y écrivait le nom du livre ou de la cassette, signait et y inscrivait le numéro de sa chambre. Ensuite, lorsque lui – ou la femme de chambre – rapportait son emprunt, on lui donnait le double qui lui servait de reçu, avec la mention « Rendu ». C'était simple.

Je pensai à Rosenthal et à ses archives, qui auraient fait honte aux bibliothécaires du Congrès. Ce type était un maniaque du rangement. Il ne devait même pas jeter ses paquets de chewing-gums vides.

– M. Rosenthal, dis-je à la jeune femme, m'a paru extrêmement méticuleux.

Elle sourit.

– Il est un peu anal.

– Vous le connaissiez bien ?

– Il m'appréciait.

– Vous a-t-il emmenée au sous-sol pour vous montrer ses archives ?

Elle s'esclaffa, resta songeuse un instant.

– Il est possible que les carnets de reçus soient entreposés là-bas.

– Je vous en prie, gardez tout cela pour vous.

– En cinq ans, je n'ai pas dit un seul mot là-dessus.

– Parfait.

Quelles étaient les chances pour que don Juan ou son Elvire aient emprunté une cassette ? Bien sûr, le magnétoscope était allumé. Mais l'explication la plus plausible était qu'ils avaient branché leur caméra vidéo sur l'appareil pour revoir sur l'écran du poste de télévision ce à quoi ils avaient assisté sur la plage cette nuit-là.

D'un autre côté, ils avaient sans doute passé, l'après-midi, deux heures et demie dans leur chambre. L'un des deux était peut-être allé chercher un film à la vidéothèque. Mais l'un ou l'autre avait-il signé de son vrai nom ?

J'eus soudain la sensation déprimante de courir après des brins de paille. Mais quand on n'a que de la paille à saisir, on ne la laisse pas s'envoler.

Le prince charmant arriva, légèrement essoufflé. Il se pencha vers Roxanne, l'embrassa sur la joue.

– Sam, lui dit-elle, voici le professeur Corey. J'ai suivi son cours de philosophie.

Je me levai pour le saluer. Il avait la main molle ; comme lui, semblait-il. Toutefois, il était assez joli garçon.

– Vous enseignez la philosophie ? me demanda-t-il.

– En effet. *Cogito ergo sum.*

Il répliqua en souriant :

– Je suis étudiant en physique. Je ne connais rien à la philosophie.

– Moi non plus.

Il s'assit. Il y eut un long silence. Je m'adressai enfin à Roxanne.

– Quelles étaient les heures d'ouverture de la bibliothèque ?

Elle jeta un regard à Sam, puis à moi, avant de répondre :

– De 8 heures du matin à 8 heures du soir, je crois...

– Que se passait-il si un client quittait l'hôtel avant ou après ces heures et voulait restituer son emprunt ?

Passablement mal à l'aise, elle gratifia Sam d'un bref sourire avant de préciser :

– Ils le remettaient au réceptionniste, qui gardait le carnet de reçus pendant les heures de fermeture.

– C'est logique.

Je me tournai vers Sam.

– Vous buvez quelque chose ?

– Euh... Nous devrions peut-être aller dîner. On nous a réservé une table. Voudriez-vous vous joindre à nous ?

– Non, merci. Vous souvenez-vous, ajoutai-je à l'intention de Roxanne, sur quel mode avait été laissé le magnétophone ? Lecture, enregistrement, rembobinage ?

– Euh, non.

– Je ne comprends rien à cette conversation, déclara Sam.

– Le monde physique existe-t-il en dehors de notre esprit ? lui dis-je.

– Bien sûr. Il existe des milliers d'instruments capables d'enregistrer et de vérifier la réalité du monde physique mieux que ne le ferait n'importe quel cerveau humain.

– Comme une caméra.

– Exact.

Je me levai, m'inclinai devant Roxanne.

– Merci de votre compagnie.

Elle se leva elle aussi, me serra la main.

– Merci pour les verres, professeur.

Je tapotai le dos de Sam.

– Vous êtes un type verni.

Mon regard capta celui de la jeune femme. D'un geste du menton, je désignai le bar. Puis j'allai régler la note.

Roxanne me rejoignit. Je lui glissai ma carte de visite.

– Merci pour votre aide. Appelez-moi si qui que ce soit, je dis bien qui que ce soit, vous contacte à propos de cette affaire.

– Je le ferai. Quant à vous, téléphonez-moi si vous avez besoin d'autre chose. Voulez-vous le numéro de mon domicile ?

– Je l'ai. Merci.

J'ajoutai :

– Sam est un type bien.

Je quittai l'Alma de Cuba, marchai jusqu'à Chestnut Street et montai dans ma voiture.

J'avais les jambes en coton. Mais mon esprit était déjà à l'hôtel Bayview.

Chapitre 35

Vingt et une heures dix. Radio plein pot pour m'éviter de piquer du nez sur le volant, pied au plancher car la circulation était fluide. Le pont de Goethals, la voie express de Staten Island jusqu'au Verrazano, Brooklyn et puis la route du littoral, en direction de l'est. Ensuite, l'aéroport Kennedy, et enfin, à Nassau, la route du littoral sud, toujours en direction de l'est, vers les Hamptons.

Je me demandai quelle heure il était à Dar es-Salaam. J'imaginais mon épouse adorée dormant dans un hôtel trois étoiles doté d'une vue sublime sur l'océan Indien. « C'est si beau, John, m'avait-elle écrit dans un courrier électronique. J'aimerais que tu sois là. » Nous avions annulé notre escale à Paris, en partie parce que nos dates de retour ne coïncidaient pas, mais surtout à cause de mon obsession du vol 800 de la TWA.

Je ne rêvais que d'une chose : damner le pion à Kœnig et à Liam Griffith, leur planter jusqu'au tréfonds, avec délectation, une preuve grandiose, irréfutable, définitive.

Lorsque je me garai devant le Bayview, une diva beuglait à la radio *Parigi, o cara*, extrait de *La Traviata*. Dom Fanelli, qui avait des places gratuites, m'avait emmené deux fois à l'opéra. Par respect pour lui, je laissai la cantatrice achever son morceau. Un léger brouillard flottait sur la baie. J'avais mis cinq heures pour venir de Philadelphie.

Je n'en pouvais plus. Mais si les archives de l'hôtel ne devaient me mener nulle part, mieux valait le savoir tout de suite. Je suis un grand garçon, capable de surmonter une déception. Si je ne trouvais rien, je me lancerais sur une autre piste.

Probablement celle de Christopher Brock. Ensuite, si je me cassais vraiment les dents, il ne me resterait plus qu'à prendre Griffith au collet et à le secouer comme un prunier pour lui faire cracher sa Valda. Mais vraiment en dernier recours.

Je reconnus le veilleur de nuit. C'était mon réceptionniste favori. La saison étant terminée, le vestibule, en ce jour de semaine, était calme, silencieux. Les portes du bar étaient closes, ce qui me contraria.

Évitant les formalités, je dis à Peter :

– Il faut que je parle à M. Rosenthal.

Il regarda sa montre, geste machinal de ceux qui tiennent à vous faire comprendre qu'on ne dérange pas les gens à une heure indue.

– Monsieur, il est presque 1 heure du matin.

– Tu sais quelle heure il est au Yémen ? Huit heures. L'heure d'aller au turbin. Appelle-le.

– Mais... C'est urgent ?

– Pourquoi suis-je ici, à ton avis ? Dépêche-toi.

– Oui, monsieur.

Il décrocha et composa le numéro de Leslie Rosenthal.

– As-tu les clés du sous-sol ? lui demandai-je.

– Non, monsieur. Seul M. Rosenthal...

Une voix répondit au bout du fil.

– Monsieur Rosenthal ? bafouilla Peter. Je suis vraiment confus de vous importuner aussi tard... Non, rien de grave... Mais ce monsieur...

– Corey.

– M. Corey, du FBI, est de nouveau là et souhaiterait vous parler. Oui, monsieur... Je crois qu'il sait très bien quelle heure il est.

– Une heure cinq, précisai-je. Passe-le-moi.

Je m'emparai du récepteur.

– Monsieur Rosenthal, je suis vraiment navré vous réveiller. Je ne pouvais pas faire autrement. Je viens de mettre la main sur un élément nouveau. Il y a urgence.

– Quel élément nouveau ?

– Je dois absolument consulter vos archives. S'il vous plaît, apportez vos clés.

– Cela ne peut pas attendre demain matin ? grommela-t-il

après un silence, d'une voix à la fois excédée et ensommeillée.

– J'ai bien peur que non.

J'ajoutai, pour le rassurer :

– Cela n'a rien à voir avec l'emploi d'immigrés clandestins.

Second silence. Puis :

– Très bien... J'habite à une vingtaine de minutes de l'hôtel. Laissez-moi le temps de m'habiller.

– Je vous sais gré de votre inlassable coopération.

Je raccrochai, me penchai vers Peter.

– Je ne refuserais pas un Coca.

– Je peux aller vous en chercher un au bar.

– Merci. Ajoutes-y un doigt de scotch. Et puis non. Laisse tomber le Coca.

– Pardon, monsieur ?

– Dewar's, sec.

– Bien, monsieur.

Il déverrouilla les portes du bar et disparut à l'intérieur.

Je m'approchai de celle de la bibliothèque, jetai un coup d'œil. Au-delà des parois vitrées, tout était sombre.

Peter revint avec mon whisky sur un plateau.

– Mets-le sur ma note, lui dis-je en saisissant le verre.

– Vous restez avec nous ce soir ?

– C'est ce que j'ai prévu. Chambre 203.

Il se faufila derrière le comptoir de la réception, pianota sur son ordinateur.

– Vous avez de la chance. Elle n'est pas occupée.

Peter ne saisissait pas très bien. Je lui expliquai le fond de ma pensée.

– C'est toi qui as de la chance. Tu n'auras personne à jeter dehors.

– Oui, monsieur.

Je fis tourner le verre de scotch dans ma main, en avalai la moitié. Après un mois de régime sec, il avait un goût d'iode. Peut-être était-ce sa saveur naturelle ? Je reposai mon verre sur un guéridon, interrogeai Peter à brûle-pourpoint.

– Depuis quand travailles-tu ici ?

– C'est ma deuxième année.

– T'occupes-tu des prêts de cassettes vidéo ?

– Non, monsieur. Il n'y a pas de magnétoscope dans les chambres.

– Il y en avait lorsque tu es arrivé ?
– Non, monsieur.
– Bien. Et pour les livres, quelle est la procédure ?
– Le client choisit un volume et signe.
– Montre-moi.

Je lui indiquai la librairie. Il prit son passe, ouvrit la double porte, alluma la lumière.

C'était une vaste pièce aux lambris d'acajou, tapissée de livres et meublée comme un salon. Au fond, à gauche, un téléphone trônait sur une longue table. Derrière, divers articles remplissaient un placard de verre. À droite du bureau, des quotidiens et des magazines s'empilaient sur des étagères.

À première vue, la bibliothèque ne possédait qu'une issue. À moins de sauter par la fenêtre, on ne pouvait en sortir que par la porte.

Si j'avais bien compris ce que m'avait raconté Marie Gubitosi, Christopher Brock, le réceptionniste de l'époque, n'avait pas revu don Juan après son passage à la réception. Toutefois, sa dulcinée était peut-être descendue acheter un journal, un article quelconque, ou emprunter une cassette pour tuer le temps avant son escapade sous les étoiles.

J'aurais dû, la fois précédente, examiner plus attentivement cette pièce. Malheureusement, les plus grands détectives eux-mêmes ne peuvent pas penser à tout la première fois.

– Où les clients apposent-ils leur signature ?
– Sur un carnet de reçus.
– Que tu ranges derrière ton comptoir.
– Oui. Ainsi, on peut rendre les livres à n'importe quelle heure.
– Voyons ce carnet.

Nous regagnâmes le vestibule. Peter plongea la main sous le comptoir, en sortit le carnet de reçus. Quant à moi, je m'emparai de mon scotch.

– Une fois tous les reçus utilisés, conserve-t-on les carnets ?
– Je crois que oui. M. Rosenthal garde l'ensemble des pièces pendant sept ans. Parfois plus longtemps.
– Excellente précaution.

J'ouvris le carnet. Il ressemblait à ce que m'en avait décrit Roxanne. Un carnet comme on en vend dans les papeteries, avec trois reçus par page et des doubles en carbone rose. Il y avait un emplacement pour la date, le mot « prêté » imprimé sur une ligne, quelques lignes blanches et l'emplacement de la signature. Chaque reçu portait un numéro rouge.

– Le client doit-il fournir une pièce d'identité ?

– Non. Pour les frais annexes, bar, restaurant, etc., si son nom et son numéro de chambre correspondent à ce qui est consigné dans l'ordinateur, cela suffit. C'est la pratique habituelle dans tous les bons hôtels.

– Parfait.

Ayant vécu dans un hôtel exécrable pendant six semaines, je l'ignorais. Je songeai à la dulcinée de don Juan, qui, peut-être, ne savait même pas sous quel nom son amoureux s'était inscrit à la réception.

– Admettons qu'ils ne correspondent pas, suggérai-je à Peter.

– Eh bien, parfois, la personne qui partage la chambre avec le client ne porte pas le même nom que lui. Dans ce cas, il lui suffit de montrer la clé de la chambre ou de donner l'identité du client en question.

– D'accord. Mais si j'ai oublié de prendre la clé et si je ne me souviens pas du nom de la personne avec qui je couche, me prêteras-tu un livre ?

Une expression de revanche illumina le visage du réceptionniste. Il planta ses yeux dans les miens et chuchota :

– Non.

Je feuilletai le carnet. Il ne contenait aucune information sur les clients, hormis leur signature et leur numéro de chambre. Je notai, çà et là, un deuxième nom griffonné sur un reçu. Il devait s'agir, si je me fiais à Peter, du nom du locataire de la chambre, différent de celui de la personne qui avait emprunté le livre. Je risquai une dernière question.

– Depuis ma venue, l'hôtel a-t-il reçu la visite d'un membre du FBI ?

– Pas à ma connaissance.

– Parfait. Remplissons la fiche de la 203.

Peter fit ce pour quoi il était le plus doué. En cinq minutes, je bouclai les formalités avec ma carte American Express, qui, au Yémen, ne m'avait pas servi à grand-chose. Les prix d'arrière-saison étaient tombés à cent cinquante dollars, ce qui n'était pas cher si je décrochais le gros lot, mais fournirait à l'OPR une trace écrite très compromettante si je faisais chou blanc.

Le directeur prenait son temps. Maîtrisant mon impatience, je m'installai dans un fauteuil à bascule pour attendre ce bon M. Rosenthal, détenteur de la clé des archives et, peut-être, du sésame qui m'ouvrirait la caverne d'Ali Baba.

Chapitre 36

Rosenthal arriva enfin, en pantalon de toile et chemise de sport, sans sa cravate à baleines. Je me levai.

– Bonsoir.

– Bonjour serait plus approprié. Vous avez d'autres dossiers à coordonner ?

– Oui.

– À 1 h 30 du matin ?

– Le FBI ne dort jamais.

– Moi, si. J'ai l'impression que vous n'êtes pas ici en mission de routine.

– Qu'est-ce qui vous fait le supposer ?

– L'heure, tout d'abord. De quoi s'agit-il, encore ?

– Je ne suis pas autorisé à vous le révéler. Vous avez vos clés ?

– Bien sûr. Avez-vous rapporté mes dossiers manquants ?

– En fait, depuis notre dernière rencontre, je suis allé au Moyen-Orient. Vous avez remarqué mon bronzage ? Voulez-vous que je vous montre mon billet d'avion ?

Il ignora mon ironie.

– Que souhaitez-vous voir ?

– Les reçus des emprunts de cassettes vidéo.

Il parut interloqué.

– Nous avons fermé la vidéothèque il y a trois ans. Nous avons fait don de toutes les cassettes à un hôpital.

– C'est éminemment charitable. Mais vous avez gardé les reçus, bien entendu.

– Je crois que oui. À moins qu'un imbécile ne les ait jetés.

– En dehors de vous, quel autre imb... membre du personnel possède les clés de la salle des archives ?

– Aucun.

– Eh bien, allons-y.

Je le suivis jusqu'à la porte du sous-sol, qu'il déverrouilla. Il alluma la lumière et nous descendîmes l'escalier.

Il ouvrit la porte de la salle des archives et marcha directement vers le fond de la pièce, où des boîtes en carton s'alignaient sur des étagères métalliques. Chaque boîte était étiquetée et datée. Au bout d'une minute, nous en trouvâmes une portant la mention : *Reçus Vidéothèque : février 96 – mars 97.*

– Le FBI a-t-il demandé ces reçus en 1996 ? dis-je à Rosenthal.

– Je leur ai expliqué l'organisation de la salle des archives, puis je les ai laissés seuls. J'ignore ce qu'ils ont consulté.

Je pris la boîte, la posai sur un classeur.

– Vous croyez que ce couple a peut-être emprunté une cassette, murmura Rosenthal.

Tout le monde se muait en détective, ces derniers temps. Je répondis :

– Cette éventualité m'a traversé l'esprit.

J'ouvris la boîte, bourrée de carnets de reçus ; œuvre, de toute évidence, d'un anal compulsif.

Je commençai à sortir les carnets, notant au passage les dates de début et de fin inscrites sur les couvertures, m'attendant à découvrir que l'un d'eux manquait, remplacé par un petit mot de Liam Griffith : *Niqué, Corey.*

– Pourquoi gardez-vous tout cela ?

– Je conserve l'ensemble des pièces pendant sept ans. Vous n'imaginez pas la curiosité de l'administration fiscale. Ou du FBI. Sept années me semblent une période raisonnable.

– Il faut toujours protéger ses arrières.

Je tombai enfin sur un carnet allant du 12 juin au 25 juillet 1996. Je tirai la boîte sous le néon et commençai à le feuilleter.

– Nous pourrons également vérifier les emprunts de livres, si vous ne...

– Tout à l'heure.

Mes mains devenaient de plus en plus fébriles à mesure que j'approchais du 17 juillet.

Le premier reçu datant de ce jour-là était au sommet de la page et portait la signature de Kevin Mabry, chambre 109. Kevin avait emprunté *Butch Cassidy et le Kid*. La cliente suivante, Alise Young, avait emporté *Dernier Tango à Paris*. Vas-y, Alice. Venait ensuite la signature illisible de l'occupant de la chambre 8, située sans doute dans ce bâtiment-ci, qui avait choisi *Le Parrain*. Je déchiffrai plus bas deux autres signatures et titres de films pour la journée du 17 juillet. Aucune mention de la chambre 203. Le dernier reçu, tout au bas de la page, était daté du lendemain, 18 juillet.

– Vous avez trouvé votre bonheur ? s'enquit Rosenthal.

Je ne répondis pas.

Je revins en arrière et parcourus la page précédente, me concentrant sur les numéros, examinai de nouveau celle que je venais de détailler. Sur l'ensemble des deux pages, trois numéros manquaient. Ouvrant grand le carnet, je me rendis compte qu'on en avait soigneusement découpé une page au rasoir.

– Les fumiers.

– Pardon ?

Je replaçai brutalement le carnet dans la boîte.

– Allons-nous-en.

Je me dirigeai vers la porte, suivi de Rosenthal, qui jeta par-dessus son épaule un regard accablé sur la pagaille que j'avais laissée.

Je subodorais depuis le début que les agents du FBI n'avaient pas pu séjourner dans cet hôtel pendant deux mois sans penser à la bibliothèque de prêt. Ils n'étaient certes pas de vrais policiers ; mais ils n'étaient pas complètement demeurés non plus. Merde !

Je venais quand même de prouver quelque chose : un des occupants de la chambre 203 avait effectivement emprunté une cassette vidéo ; d'où la page découpée. Ma compétence de grand détective m'avait conduit à une nouvelle subtilisation d'indice. Les salauds !

– Souhaitez-vous voir les reçus des prêts de livres ? me demanda Rosenthal au moment de refermer la porte.

– Non.

Tout d'un coup, un détail que j'avais appris quelques heures plus tôt de Roxanne me revint.

– Je n'ai pas vu, dans le carnet, de doubles pour les cassettes non retournées.

– C'est normal. Nous les arrachons et les conservons dans un endroit à part.

– À part ? Où ça ?

– Ici. Ils nous servent à dresser l'inventaire des articles manquants.

– Quand séparez-vous ces doubles des carnets ?

– Un jour ou deux après le départ du client, lorsque nous découvrons qu'un des objets empruntés par lui s'est volatilisé.

– Bien... Donc, les locataires de la 203 arrivent ici le 17 juillet. Le 18 à midi, vous vous rendez compte qu'ils ont filé à l'anglaise, sans avertir la réception. Le matin du 19, le FBI déboule au Bayview, vous interroge pour savoir s'il ne vous manque pas une couverture. Plus tard dans la matinée, d'autres agents vous posent des questions sur les occupants de la 203. Est-il possible qu'un membre de votre personnel ait déjà, à ce moment-là, arraché du carnet le double d'un reçu de l'avant-veille et catalogué l'objet correspondant comme manquant ?

– D'ordinaire, la bibliothécaire attend un peu, au cas où une femme de ménage, ou qui que ce soit, rapporterait l'emprunt. Si cela ne se produit pas, un peu plus tard dans la journée, ou le lendemain, on transmet le double au comptable, qui facture l'objet au client, soit par courrier, soit sur sa carte de crédit, dont il nous a laissé le numéro à titre de caution. Parfois, l'objet nous est retourné par la poste. Dans ce cas, nous conservons le double du reçu pour l'inventaire mensuel. Si, passé ce délai, nous n'avons pas récupéré l'objet ou s'il n'a pas été payé, le double rejoint le dossier fiscal, puisque le prix de nos articles perdus est déduit de nos impôts.

– Ensuite ?

– Ainsi que je vous l'ai dit, les doubles sont archivés. Pendant sept ans.

– Montrez-moi le chemin.

Rosenthal me conduisit vers un classeur étiqueté : *Dossier Impôts, 1996*, en sortit une enveloppe de papier bulle portant la mention *Doubles Reçus Bibliothèque*.

Je l'ouvris. Elle contenait une liasse de feuilles roses serrées par un élastique. J'ôtai l'élastique, parcourus la trentaine de reçus d'emprunts de livres ou de cassettes vidéo. Rosenthal se rapprocha.

– Puis-je vous aider ?

– Non.

Les reçus n'étant pas classés dans un ordre chronologique strict, je les étudiai avec soin. Tous portaient l'inscription : *Non retourné.* Vers le milieu de la pile, je m'arrêtai sur un double daté du 17 juillet. Numéro de chambre : 203. Titre du film emprunté : *Un homme et une femme.*

La signature était gribouillée et la signataire n'avait pas appuyé assez fort pour imprimer une trace nette sur le papier, où une autre main avait griffonné la formule : *Non retourné,* suivie d'un nom : Reynolds. Si j'en croyais ce que m'avait dit Marie Gubitosi, c'était celui sous lequel don Juan s'était présenté à la réception.

Je questionnai Rosenthal à ce sujet.

– Apparemment, commenta-t-il, cette personne n'avait pas la clé de sa chambre. La bibliothécaire a donc consulté son ordinateur et constaté que la signature portée sur le reçu ne correspondait pas au nom enregistré à la réception. Elle l'a fait remarquer à la personne, qui lui a alors indiqué le nom du locataire de la chambre, identique à celui figurant dans l'ordinateur.

– Parfait.

Par conséquent, la dame connaissait le nom d'emprunt derrière lequel don Juan se cachait ce jour-là. Cela prouvait qu'ils avaient déjà fait d'autres escapades ensemble, qu'ils entretenaient une liaison régulière.

Je regardai à nouveau le reçu. La lumière n'était pas bonne. Je reconnus quand même la signature d'une femme.

– Remontons, dis-je.

Nous quittâmes la salle des archives. Rosenthal jeta un autre coup d'œil consterné sur le désordre.

Une fois devant la réception, je posai la feuille rose sur le comptoir, sous la lampe la plus forte.

– Tu as une loupe ? demandai-je à Peter.

Il sortit une loupe carrée de derrière le comptoir. Je l'appliquai sur la pâle signature. *Jill Winslow.* Je regardai mieux, examinant chaque lettre. *Jill Winslow.*

Coupant court à la curiosité de Peter, je glissai le reçu dans ma poche, avec la loupe. J'entraînai ensuite Rosenthal vers la bibliothèque plongée dans l'obscurité.

– Exerçant votre métier de directeur d'hôtel depuis de nombreuses années, croyez-vous possible que l'occupante de la chambre 203 ait signé un reçu d'emprunt d'une cassette vidéo de son véritable nom ?

Il réfléchit un instant.

– Je crois, oui.

– Pourquoi ?

– Eh bien, la démarche est la même pour le bar, le restaurant ou le comptoir des articles de plage. On exige une signature, plus le numéro de la chambre. Or le personnel peut vérifier immédiatement, en présence de la personne, la conformité de ce qu'elle vient de déclarer avec les données de l'ordinateur. On peut également lui demander de montrer la clé de sa chambre, ou même un permis de conduire. De toute façon, signer de son vrai nom est un réflexe normal.

– À moins de voyager incognito avec un amant. L'homme n'a pas donné sa véritable identité à la réception.

– Oui, mais là, c'est différent. Apposer sa signature sur un reçu de bibliothèque ou de vidéothèque ne porte pas à conséquence. Il vaut mieux donner son vrai nom et le numéro de sa chambre, pour éviter des désagréments.

– J'aime votre façon de penser, monsieur Rosenthal.

– Vous me rassurez.

Je découvrais son sens de l'humour, acéré, presque sarcastique. Je tire toujours le meilleur des gens que je rencontre.

Rosenthal me suivit hors de la bibliothèque.

– Avez-vous besoin de garder le reçu ?

– Oui.

– Alors, il me faudra un reçu pour le reçu.

Je ris poliment de sa petite plaisanterie.

– Mettez-le sur ma note.

Nous étions à présent devant la porte d'entrée.

– Restez-vous parmi nous ce soir ? s'enquit-il.

– En effet. J'apprécie la morte saison.

Il interpella Peter.

– Quelle chambre pour M. Corey ?

– La 203.

– Bien entendu.

Il s'adressa de nouveau à moi.

– Pensez-vous qu'elle vous parlera ?

– Les chambres ne parlent pas, monsieur Rosenthal. Qu'on me réveille à 7 heures, dis-je à Peter, qui le nota dans son registre.

– Avez-vous besoin d'aide pour vos bagages ou pour vous rendre à l'annexe ?

– Non. Merci de votre coopération, messieurs.

Je quittai le lobby, m'enfonçai dans la nuit brumeuse et fraîche.

Je montai dans ma voiture de location, roulai jusqu'au parking de l'annexe, sortis mon sac de voyage du coffre, montai les marches extérieures et pénétrai dans la chambre 203.

Une voix, dans ma tête ou dans la chambre, clamait :

– Eurêka !

Chapitre 37

Je m'installai devant le secrétaire, allumai la lampe et examinai le reçu à la loupe.

La main qui avait tracé *« Un homme et une femme »* était indubitablement féminine, identique à celle qui, sur le double, avait apposé la date, le numéro de la chambre et la signature. Quelqu'un d'autre, probablement la bibliothécaire, avait ajouté : « Reynolds », puis : *Non retourné.*

J'ai pris autrefois, au John Jay College, des cours de graphologie. L'écriture et la signature d'une personne révèlent bien des éléments de sa personnalité. Malheureusement, il ne m'en restait pas grand-chose. Je me rappelais cependant qu'il existe une grande différence entre une fausse signature et une vraie. Celle-là avait l'air authentique. Peut-être parce que je le voulais. N'étais-je pas en train de me raconter des histoires ?

Je me levai, éteignis la lampe, me dirigeai vers le poste de télévision. Je remarquai, sous le meuble qui le soutenait, une étagère vide au bois blanc marqué de quatre petits cercles plus clairs, formant les coins d'un rectangle : la trace des coussinets en caoutchouc du magnétoscope, qu'on avait enlevé trois ans auparavant.

Ce n'était pas une découverte sensationnelle. Mais je me sens mieux quand je peux vérifier physiquement ce que m'a décrit un témoin.

Je m'assis de nouveau devant le secrétaire, composai le numéro du mobile de Dom Fanelli. Je n'avais aucune idée de l'endroit où il se trouvait à cette heure de la nuit ; mais l'avantage, avec les mobiles, c'est que ça n'a aucune importance.

– Allô ?

Une musique trépidante résonnait en arrière-fond.

– C'est ton alter ego ! criai-je.

– Salut, patate ! C'est quoi, cet hôtel Bayview dont le numéro s'affiche sur mon téléphone ? Qu'est-ce que tu fous là-bas ?

– Je prends des vacances. Où es-tu ?

– Mon téléphone s'est mis à vibrer dans la poche de mon pantalon et j'ai cru que c'était Sally. Ou Sarah. Sarah, dis bonjour à...

– Dom, je t'entends à peine.

– Reste en ligne.

Une minute plus tard, il reprit :

– Je suis dehors. Je filais le suspect d'un meurtre et il est entré dans cette boîte, à Varick Street. Tuant, comme boulot. Qu'est-ce qu'il y a ?

– J'ai besoin de tuyaux sur un nom.

– Encore ? Qu'as-tu fait de ceux que je t'ai donnés ? Tu es allé à Philadelphie ?

– Oui. Ce que j'ai besoin de savoir...

– Et maintenant, tu te dores la pilule à Westhampton Beach. Pourquoi ne rentres-tu pas chez toi ?

– Et toi ? Le nom est...

– J'ai rangé ton appartement. La femme de ménage vient demain. Vendredi, c'est ça ?

– À moins qu'elle soit morte entre-temps. Écoute... Jill Winslow. J'épelle... Elle doit avoir entre trente-cinq et quarante ans.

– C'est précis.

– Je n'ai rien de tangible sur elle. Mais elle est descendue ici pour une partie de galipettes avec son étalon, un jour de semaine, le 17 juillet 1996.

– Une date connue.

– Ouais. Le type a utilisé un pseudo. Il est sans doute marié. Elle aussi, probablement...

– Quand on est marié, rien n'est plus commode qu'une femme mariée.

– C'est ce que dit la tienne à propos de ses amants... Bon. À mon avis, elle vit à Long Island, ou bien à Manhattan. Combien de kilomètres ferais-tu pour tirer un coup ?

– Une fois, je suis allé jusqu'à Seattle. Mais j'avais dix-neuf ans. Et toi ?

– Toronto. Bien. Donc...

– Et cette fille du FBI, qui habitait Washington ? Qu'est-ce qui est le plus loin ? Washington ou Toronto ?

– On s'en fout. De toute façon, tu m'as coiffé au poteau avec Seattle. Écoute, bon Dieu... Fouille d'abord du côté du fichier des cartes grises. Cherche une Ford Explorer beige, d'au moins cinq ans d'âge. C'est la voiture de l'homme, pas de la femme. Il est possible qu'il l'ait vendue. Vois aussi les titres de propriété et les registres d'état civil de Long Island : jugements de divorce, etc. Même chose pour Manhattan. Ils ont certainement le téléphone, mais ils doivent être sur liste rouge. Souviens-toi : tout ce fourbi n'est peut-être pas à son nom, mais à celui de son mari. Donc...

– J'y suis. Jill Winslow, 8, Maple Lane, Locust Valley, Long Island. Ford Explorer beige, modèle 1996. Prénom du mari, Roger... Je blague, toto. Toi aussi, tu devrais pianoter sur ton ordinateur. J'ai un meurtre sur les bras.

– Celui-là pourrait être le plus grand homicide dont tu aies jamais eu à t'occuper.

Silence. Puis :

– Je comprends.

– Parfait. Regarde aussi dans le registre des décès.

– Tu crois qu'elle est morte ? Qu'on l'a butée ?

– J'espère que non.

– Tu es sur quoi ? Cette fois, dis-le-moi, au cas où on te flinguerait toi aussi.

– Je te posterai une note.

– Je ne plaisante pas, John...

– Rappelle-moi demain à ce numéro. Chambre 203. Laisse un message en cas d'absence. Tu es M. Verdi.

Il éclata de rire.

– Je n'ai jamais entendu quelqu'un ronfler aussi fort que toi à l'opéra.

– Des clous. J'ai adoré le moment où la grosse diva calanche à la fin de *La Traviata*. À demain.

– Ciao.

Je raccrochai, me déshabillai, pliai soigneusement mes vêtements sur une chaise. Je pris mon nécessaire de toilette dans mon sac de voyage, gagnai la salle de bains, me rasai, me lavai les dents et me douchai.

Ainsi donc, Liam Griffith, Ted Nash et ceux qui les accompagnaient avaient découvert le carnet de reçus de la vidéothèque et en avaient arraché une page. Mais ils avaient oublié le double. Nuls...

Enfin, nous commettons tous des erreurs. Même moi.

Plus important : Jill Winslow était-il le vrai nom de la dame ? Et l'avaient-il retrouvée ? J'étais sûr de pouvoir répondre par l'affirmative aux deux questions. Cela impliquait que, par l'intermédiaire de la dulcinée, ils avaient mis la main sur don Juan. À moins qu'ils ne l'aient identifié d'abord, grâce à ses empreintes digitales. Dans les deux cas, ils s'étaient fait pincer tous les deux.

J'imaginais très bien Nash et/ou Griffith les cuisinant sur l'usage qu'ils avaient fait de la caméra vidéo sur la plage ; et sur leur relation.

Pour quels résultats ? Il y avait trois solutions. Un : les tourtereaux n'avaient pas enregistré l'explosion du vol 800. Deux : ils l'avaient fait, mais avaient détruit la cassette. Trois : ils avaient enregistré l'explosion et conservé la cassette, qu'ils avaient remise à Nash, Griffith et consorts en échange de la promesse que leur liaison resterait secrète, à supposer que l'un d'eux (ou les deux) fût marié et tînt à le demeurer. Dans tous les cas, le couple était passé au détecteur de mensonges.

J'avais la certitude que Dom Fanelli ou moi trouverions Jill Winslow si elle était encore en vie.

Je l'interrogerais à mon tour et elle me déballerait tout ce qu'elle avait confié au FBI cinq ans plus tôt... Parce que je me présenterais comme un agent fédéral chargé d'un complément d'enquête.

Mais cela ne mettrait pas la cassette entre mes mains.

J'aboutirais une fois encore à une impasse. Toutefois, je connaîtrais au moins la vérité sur la cassette. Dès lors, je pourrais peut-être communiquer cette information à une autorité supérieure. Ou je disparaîtrais.

Une dernière pensée me vint à l'esprit, à propos d'*Un homme et une femme*. Pourquoi Jill Winslow, à moins que ce ne fût don Juan, l'avait-elle chapardé ? Pourquoi, quand on quitte une chambre à la hâte en laissant la clé sur la porte et sans passer par la réception, fourrer dans son sac ou sa valise un film emprunté ?

Je réfléchis à cette incongruité. Une parole de Roxanne me revenant en mémoire, je crus deviner pourquoi don Juan et son Elvire avaient emporté cette cassette. Quand je la verrais, je demanderais de vive voix à Jill Winslow si mon intuition était juste.

Chapitre 38

Peter me réveilla par téléphone à 7 heures du matin. Je crus déceler une intonation malicieuse dans sa voix.

Je roulai sur mon lit, plongeai d'instinct la main sous mon oreiller à la recherche de mon Glock, avant de me souvenir que nous étions temporairement séparés.

Je me douchai, m'habillai et gagnai le bâtiment principal pour prendre mon petit déjeuner.

Peter m'accueillit avec un « Bonjour » à peine audible. On était dimanche. De nouveaux clients avaient dû arriver la veille au soir pour le week-end. Pourtant, la salle de restaurant était quasiment déserte.

La serveuse m'apporta du café et la carte. Après un séjour de quarante jours dans un pays musulman, je me sentais en manque de porc. Je commandai donc des œufs au bacon, du jambon et des saucisses en prime.

Une fois rassasié, je me rendis dans la bibliothèque. Quelques estivants lisaient des journaux ou des magazines, alanguis dans des fauteuils, face aux fenêtres baignées de soleil.

Je pris sur un rayon un roman de Stephen King, le posai sur la table du fond, où officiait la bibliothécaire.

– Je voudrais emprunter ce livre.

Elle sourit et répondit :

– Celui-là vous tiendra éveillé toute la nuit.

Elle poussa vers moi le carnet de reçus.

– Veuillez remplir ceci, je vous prie.

J'écrivis la date, le titre du livre, le numéro de ma chambre, 203, et signai « Giuseppe Verdi ».

– Avez-vous la clé de votre chambre ? susurra la dame.

– Non, madame.

Elle rechercha la 203 sur son ordinateur.

– J'ai là le nom d'un autre client.

– Mon amant, John Corey.

– Euh... Très bien.

Elle inscrivit « Corey » sur la fiche.

– Merci, monsieur Verdi. Bonne lecture. Vous devrez rendre le livre avant votre départ.

– Vous ne me donnez pas de reçu ?

– Vous en aurez un double lors de la restitution. Il est vous également possible de laisser le volume dans la chambre en partant, si vous ne désirez pas de reçu.

– Très bien. Puis-je acheter le livre, s'il me passionne ?

– Non, je regrette.

Je montai au premier étage, où se trouvaient les bureaux de l'hôtel, tombai sur Susan Corva, l'assistante du directeur. Elle sembla me reconnaître et me gratifia d'un bref sourire.

– Bonjour, dis-je. M. Rosenthal est là ?

– Il vient toujours le dimanche ; mais ce matin, il sera un peu en retard.

– Sans doute n'a-t-il pas assez dormi. Me permettez-vous d'utiliser votre ordinateur ?

Elle me désigna un bureau vacant.

Je parcourus mon courrier électronique. J'avais, entre autres, un message de Kate : *« J'ai essayé de te joindre chez nous. Dis-moi si tu es bien arrivé. Je rentre lundi. Je prendrai un taxi. Tu me manques. Avec tout mon amour. Kate. »*

Je tapai la réponse : *« Bien arrivé. Je ne suis pas à l'appartement. Je passe quelques jours à la plage. Tu me manques aussi. J'essaierai d'aller te chercher à l'aéroport. Avec tout mon amour. John. »*

J'expédiai ma réponse, remerciai Susan et quittai le bureau. À la réception, je demandai à Peter où il se faisait couper les cheveux. Il me recommanda une adresse à Westhampton Beach.

Je pus enfin avoir ma première coupe décente depuis un mois. Je bavardai avec Tiffany, la jeune fille qui me coiffait.

– Connaissez-vous Peter, le réceptionniste de l'hôtel Bayview ?

– Bien sûr. Il a des cheveux merveilleux. Et une peau sublime...

– Et moi ?

– Votre bronzage est réussi.

– J'arrive du Yémen.

– Où c'est ?

– Dans la péninsule arabique.

– Sans blague ? C'est où ?

– Je n'en sais trop rien.

– En vacances ?

– Non. J'effectuais une périlleuse mission secrète pour le gouvernement.

– Sans blague ? Je vous mets de la laque ?

– Non, merci. Où pourrais-je m'acheter un maillot de bain ?

Elle m'indiqua un magasin de sport, au coin de la rue. J'en ressortis avec un short de bain vert, un tee-shirt noir et des sandales de plage. Très « Hamptons »...

De retour à l'hôtel, je m'arrêtai à nouveau à la réception pour m'enquérir de mes messages téléphoniques et voir si Peter remarquerait ma nouvelle coupe. Il n'était plus de service et il n'y avait pas de message. Je regagnai ma chambre pour revêtir ma panoplie de touriste, sans oublier d'ôter les étiquettes.

Pas d'appel, non plus, sur mon mobile. Quant à mon biper, il était toujours à plat.

Pensant à Roxanne, je laissai quelques dollars à l'intention de la femme de ménage et quittai la chambre.

Je roulai jusqu'au parc régional de Cupsogue Beach, me garai sur l'aire de stationnement. Je descendis à pied vers les dunes. Il faisait beau. Une légère brise atténuait la chaleur.

Je passai la matinée à nager et à courir le long du rivage, en fredonnant le thème des *Chariots de feu*. À midi, seules quelques familles restèrent sur la plage, jouissant du dernier week-end ensoleillé de l'été finissant. Je poussai jusqu'à l'extrémité du parc. Une anse séparait l'île côtière de Fire Island, au cœur du parc de Smith Point, où avait eu lieu le service commémoratif. C'était par ce goulot que le commandant Spruck avait gagné la haute mer, le soir du 17 juillet 1996.

D'étranges oiseaux tournoyaient dans le lointain, puis plongeaient d'un seul coup sur des poissons sans méfiance. Là-bas, au-dessus de l'océan, deux cent trente personnes volant vers

Paris avaient, elles aussi, subitement entamé une chute vertigineuse dans le ciel nocturne, jusqu'à la mer.

On peut juger une société à sa façon de réagir aux morts prématurées, assassinats ou accidents. La nôtre consacre beaucoup de temps, d'argent et d'efforts à enquêter sur ces drames. Aucun meurtre ne doit rester impuni, pas un accident ne doit être considéré comme inévitable. Tel est notre credo.

Pourtant, cinq ans après la destruction en plein ciel du Boeing de la TWA, officiellement provoquée par une étincelle dans le réservoir central, on n'avait pas fait grand-chose pour remédier au problème.

Qu'est-ce que cela signifiait, sinon que la deuxième hypothèse, celle du missile, influençait encore le raisonnement et la prise de décisions de certaines personnes ?

Les années passant et aucune autre difficulté du même ordre n'ayant surgi alors qu'on n'avait pas jugé utile de corriger les défauts des réservoirs, les conclusions officielles devenaient un peu plus suspectes.

Je bifurquai vers l'intérieur des terres et escaladai quelques dunes, espérant apercevoir la queue d'un missile fichée dans le sable. Cours toujours, John. En revanche, je retrouvai le petit vallon où don Juan et son Elvire, qui s'appelait à présent Jill Winslow, avaient étalé une couverture avant de passer sous les étoiles une heure furieusement romantique et sans doute illicite. Je me demandai si l'horreur à laquelle ils avaient assisté les hantait encore.

Je me mis torse nu et m'allongeai là où ils s'étaient couchés. Mon tee-shirt me servant d'oreiller, je m'endormis sur le sable chaud. Je fis un rêve érotique délicieux : je vivais dans une oasis du désert yéménite, au milieu d'un harem composé de Kate, Marie, Roxanne et Jill, qui dissimulait son visage derrière un voile. Rien de bien subtil. Mon rêve n'avait besoin d'aucune analyse, hormis le moment où Ted Nash apparaissait juché sur un chameau.

Lorsque je rentrai à l'hôtel, l'avertisseur de mon téléphone clignotait, me signalant un message. J'appelai la réception.

– M. Verdi a cherché à vous joindre, me dit le réceptionniste. Il vous demande de rappeler. Il n'a pas laissé de numéro.

Utilisant mon mobile, j'appelai Dom Fanelli sur le sien.

– M. Corey, pour M. Verdi.

– Salut, Giovanni, tu as eu mon message ?

– Oui. Alors ?

– Où es-tu ?

– Toujours au Bayview. Sur mon mobile. Je ne peux donc pas parler longtemps.

– Qu'as-tu fait aujourd'hui ?

– Je me suis doré la pilule sur la plage.

– Et moi qui, pour tes beaux yeux, me bousille la vue devant mon ordinateur ! C'est dimanche. J'aimerais pouvoir consacrer un peu de temps à ma femme.

– Dis à Mary que tout est ma faute.

– Pas de problème. Elle passe sa journée chez sa sœur, dans le New Jersey. Elles écument les magasins d'usine. Tu es déjà allé dans ces machins-là ? Mamma mia ! Ces nanas changent carrément de fringues tous les deux mètres. Plus on dépense, moins c'est cher. Mon cul...

Je savais, à l'entendre déblatérer, qu'il avait du biscuit pour moi.

– Bon. J'ai dégoté quelques Winslow. Une certaine Jill Winslow pourrait coller. Tu la veux ?

– Sûr.

– Dis-moi d'abord de quoi il s'agit.

– Dom, je ne peux pas.

– Je veux savoir. Je ne marchande pas, puisque je te donnerai les tuyaux de toute façon, mais je veux savoir ce qui te pollue le cerveau et menace ta carrière.

– Je ne peux pas en parler au téléphone. Mais je te révélerai tout demain, en tête à tête.

– Et si tu te fais descendre d'ici là ?

– Je te léguerai un mémo. Accouche. Je n'ai pas beaucoup de temps.

– D'accord. Voici la seule Jill Winslow dont l'âge et le domicile correspondent à ce que tu cherches. Prêt ?

– Prêt.

– Jill Penelope Winslow, épouse de Mark Randall Winslow... Où ces Wasps, ces enfoirés d'Anglo-Saxons protestants propres sur eux, vont-ils chercher leur nom ? Trente-neuf ans, sans profession. Lui a quarante-cinq ans. Cadre supérieur à la banque Morgan Stanley. Travaille à Manhattan. Adresse privée : 12,

Quail Hollow Lane, Old Brookeville, Long Island, New York. Pas d'autre résidence. Selon le service des cartes grises, ils ont trois voitures : une Lexus SUV, une Mercedes et une BMW Z3.

Il énonça les modèles, les couleurs et les immatriculations. Je notai le tout.

– La BMW est au nom de la dame. J'ai épluché diverses sources pour le numéro de téléphone. Tripette. Je pourrai sans doute t'avoir un numéro d'ici lundi... Pas de casier judiciaire. Aucune Jill Penelope Winslow divorcée ou décédée. Toutefois, celle que j'ai dénichée pourrait très bien ne pas être la bonne. Sans un second prénom, une date de naissance ou un numéro de Sécurité sociale...

– Je sais comment ça marche. Merci.

– J'ai fait de mon mieux hier matin, malgré ma gueule de bois. Tu aurais dû venir à ce club. Cette louloute, Sally...

– Sarah... Accorde-moi une faveur : signale-moi par e-mail toute autre Winslow qui pourrait correspondre. Je vais partir d'ici et je ne serai pas joignable sur mon mobile aujourd'hui. Tu peux quand même laisser un message. Je serai chez moi ce soir.

– J'ai mis dans le frigo une bouteille de champagne pour Kate et toi.

– C'est gentil de ta part.

– Tu m'excuseras, j'en ai bu la moitié. Quand rentre-t-elle ?

– Lundi.

– Magnifique. Tu as dû avoir eu une éjaculation spontanée, depuis le temps...

Il s'esclaffa.

– Très drôle. Il faut que j'y aille.

– À Old Brookeville ?

– Oui.

– Fais-moi savoir si j'ai trouvé la bonne Jill Winslow. D'accord ?

– Tu seras le premier informé après moi.

– Tu brûles ?

– Je crois.

– Les derniers mètres sont les plus dangereux.

– Je sais. Ciao.

– Ciao.

Je raccrochai, me douchai pour me débarrasser du sable. J'étais en train de me sécher lorsque le téléphone sonna. Une seule personne, dans tout l'univers, savait que je me trouvais ici, et je venais de lui parler. La communication devait donc provenir de l'hôtel. Je décrochai.

– Allô ?

– Monsieur Corey ? demanda une voix féminine.

– Je quitte l'hôtel dans un instant. Préparez ma note.

– Je ne suis pas au Bayview, dit la femme. J'aimerais m'entretenir avec vous.

– À quel sujet ?

– Le vol 800 de la TWA.

– Quel vol ?

– Je ne peux pas m'étendre au téléphone. Pourrions-nous nous rencontrer ?

– Pas avant que vous me disiez de quoi il retourne et qui vous êtes.

– Je vous l'ai dit : je ne peux rien révéler par téléphone. Retrouvons-nous ce soir. J'ai en ma possession ce que vous cherchez.

– Qu'est-ce que je cherche ?

– Des informations. Peut-être une cassette vidéo.

Je gardai le silence quelques instants. Puis :

– J'ai ce dont j'ai besoin. Merci quand même.

Elle ne tint pas compte de ma réplique, ce dont j'étais sûr, et conclut :

– Vingt heures, parc régional de Cupsogue Beach ; l'anse. Je ne rappellerai pas.

Elle raccrocha.

J'essayai le 69 précédé de « étoile », le service d'identification d'appels. Une voix enregistrée m'informa qu'on ne pouvait pas me connecter au numéro.

Je regardai le réveil de la table de nuit : 15 h 18. Je n'avais pas le temps de foncer jusqu'à Old Brookeville, puis de revenir à Cupsogue Beach.

Ce coup de fil puait le traquenard. Si l'on doit absolument aller au-devant de quelqu'un dans un endroit désert, après le coucher du soleil, il faut impérativement avoir une équipe de couverture derrière soi et ne pas oublier son flingue.

Or j'agissais seul et mon Glock était dans la valise diplomatique, quelque part entre le Yémen et New York.

De toute façon, je n'avais aucune intention d'aller à ce rendez-vous.

Chapitre 39

Je changeai d'avis.

Que ce soit pour le plaisir ou pour une raison plus sérieuse, il n'est jamais prudent de se rendre à un rendez-vous clandestin par le chemin le plus direct. Plutôt que de me garer sur l'aire de stationnement du parc de Cupsogue Beach, je poussai un peu plus loin sur la route des Dunes et trouvai une seconde voie d'accès à la plage, entre deux maisons.

Pieds nus, vêtu de mon maillot de bain et de mon tee-shirt noir, je longeai l'océan. Une pancarte m'indiqua que je pénétrais dans le parc.

Il était un peu plus de 19 heures. La tombée de la nuit était officiellement prévue pour 19 h 17. Le soleil plongeait déjà dans les flots, où scintillaient des reflets rouge et or. Les rares estivants encore présents rassemblaient leurs affaires et commençaient à regagner leurs voitures.

Je me dirigeai vers l'anse, à l'extrême pointe de l'île côtière. Je fus bientôt la dernière personne sur la plage, hormis un gardien qui la parcourait au volant d'un véhicule tout terrain, équipé d'un mégaphone annonçant la fermeture du parc.

Il me dépassa et m'interpella.

– Veuillez faire demi-tour.

Je bifurquai vers l'intérieur, escaladai une dune. Depuis le sommet, j'aperçus le chemin de Cupsogue Beach. Deux couples, leurs effets sous le bras, marchaient vers le parking. Il était 19 h 15. Il me restait quarante-cinq minutes pour revenir à la raison. J'avais déjà disposé de près de quarante ans pour le faire et je n'y étais toujours pas parvenu.

Le soleil se coucha. De pourpre, le ciel vira au noir. Les étoiles apparurent, une brise marine fit frissonner les hautes herbes qui m'entouraient. Une petite vague s'écrasant sur le sable troublait parfois le rythme du ressac.

J'atteignis la dernière dune, à cinquante mètres de l'anse. Je distinguais Moriches Bay à ma droite, l'océan à ma gauche. Quelques bateaux de plaisance, aux feux de position allumés, s'engageaient dans la baie, croisant des pêcheurs de homards qui voguaient vers le large. Sur l'autre rive brillaient les lumières de la base des garde-côtes.

Je n'avais aucune idée de l'itinéraire qu'emprunterait ma pseudo-informatrice, à coup sûr un informateur, pour gagner la pointe de l'île côtière. L'homme pouvait longer l'océan ou le rivage de l'île du côté de la baie, couper à travers les dunes, ou encore arriver par bateau. Étant le premier sur place, j'avais l'avantage d'avoir pu reconnaître le terrain et d'occuper la position la plus élevée. Toutefois, je me serais senti beaucoup mieux si j'avais eu mon arme sur moi. Quant à ma position stratégique, elle m'aurait été bien plus utile en plein jour.

À 20 h 05, la pointe sablonneuse de l'île était toujours déserte. Mon informateur était en retard ou se dissimulait dans les dunes, guettant le moment où je m'avancerais vers le lieu du rendez-vous.

À 20 h 15, j'envisageai de faire le premier mouvement. Ce pouvait être mon dernier.

Seul, sans arme... C'était stupide. Or je ne suis pas idiot ; juste un peu imprudent. Et ma curiosité l'emportait sur tout le reste.

J'écoutais intensément le moindre frémissement autour de moi. Il m'aurait été impossible de distinguer un bruit de pas dans le sable. Pourtant, je percevais des froissements d'herbes lorsque la brise s'apaisait.

Je tournai lentement la tête, cherchant à percer la pénombre. Rien ne bougea.

La lune se leva, illuminant la plage et la mer. Je me sentais relativement exposé, assis là, sur la dune, au milieu des hautes herbes. Au moins, mes vêtements et ma peau étaient sombres.

À 20 h 25, il me fallait prendre une décision. Rester ou déguerpir. Je résolus de patienter encore un peu. Celui qui avait voulu cette rencontre devait se manifester le premier. C'est la règle.

Cinq minutes plus tard, j'entendis un bruit : une toux, ou un grognement de chien. Silence. Puis le bruit de nouveau, provenant, semblait-il, de la dune qui me faisait face.

Je pivotai lentement dans sa direction. Personne.

Le bruit, une troisième fois. Ce n'était pas un chien. Il s'agissait d'un être humain et il se déplaçait en décrivant des cercles autour de moi. Ou alors ils étaient plusieurs, armés de pistolets automatiques munis de silencieux.

Excédé, je criai :

– Levez-vous, pour que je puisse vous voir !

– Où êtes-vous ? lança une voix d'homme.

Elle venait de la dune située à ma droite. Je répétai :

– Levez-vous. Lentement.

Une silhouette se dressa derrière la dune, à une dizaine de mètres de moi. Une tête, puis les épaules d'un homme de haute taille, dont je ne distinguais pas les traits.

– Approchez ! lui intimai-je. Les mains en évidence.

La silhouette se dressa un peu plus. L'homme franchit le sommet de la dune, commença à descendre la pente jusqu'au vallon sombre.

– Arrêtez-vous là !

Il s'immobilisa.

– Tournez-vous et accroupissez-vous.

Il ne respecta pas mes instructions, ce qui me met toujours en fureur. Je beuglai, dans le plus pur style de la police new-yorkaise :

– Je te cause, mec ! Tu te tournes et tu t'aplatis. Tout de suite !

Il resta où il était, me regardant, puis alluma une cigarette. Son briquet éclaira furtivement son visage. Je crus le reconnaître. Mais ce n'était pas possible. Je m'exclamai :

– Eh, Ducon, j'ai un feu pointé sur toi. Tu l'entendras dans trois secondes. Tourne-toi. Tout de suite. Un, deux...

– Ton pétard est au fond d'une valise. Et à moins que tu en aies déniché un autre, il n'y en a qu'un ici, ce soir. Le mien.

Ces traits... Cette voix...

C'était Ted Nash, revenu d'entre les morts.

Chapitre 40

Il me fallut quelques secondes pour digérer ma stupeur. Quant à ma déception, je savais que je ne la surmonterais jamais. Je m'exclamai :

– Est-ce que tu n'étais pas mort, ou quelque chose d'approchant ?

– Officiellement décédé. Mais je me porte à merveille.

– Je pourrais arranger ça.

Il jeta sa cigarette et s'avança, remontant la pente. Il portait un jean, un tee-shirt sombre et un coupe-vent, derrière lequel il dissimulait sans doute son arme.

Il s'approcha de biais, pour que je ne puisse pas, d'un coup de pied, lui projeter du sable au visage ou lui planter mon talon entre les yeux.

Il s'arrêta au sommet de la dune, à trois mètres de moi.

Ted Nash, de la CIA, était un homme de haute stature, d'à peu près ma taille, mais moins musclé que moi. Pour des raisons connues d'elles seules, les femmes appréciaient ses traits et ses cheveux poivre et sel, parfaitement coiffés. Je m'étais souvent demandé si un nez cassé accroîtrait ou diminuerait son charme.

Nous avions toujours éprouvé l'un envers l'autre une antipathie profonde. Cette aversion datait de l'affaire de Plum Island, sur laquelle nous avions fait équipe. Je l'avais tout de suite trouvé imbuvable, je détestais son arrogance, et surtout, il draguait sans vergogne une de nos enquêtrices, ce qui, nonobstant l'intérêt que je portais à la dame, me paraissait déplacé et anti-professionnel. Ensuite, il y avait eu sa relation avec Kate, sur laquelle j'avais passé l'éponge, puisqu'il était mort. À présent, la seule raison que j'avais de me montrer indulgent n'existait plus.

Bref, hormis nos goûts en matière de femmes, nous n'avions aucun point commun.

Remarquant mon short de bain et mon tee-shirt, il ricana.

– J'interromps tes vacances ?

Je continuai à l'observer, passant mentalement en revue tout ce qui me l'avait fait haïr au cours de sa première vie. Il y avait d'abord ce ton dédaigneux. Et puis ce rictus sarcastique, dont il ne se départait jamais.

Il consulta sa montre.

– Notre rendez-vous n'était-il pas fixé à 20 heures, devant l'anse ?

– Ferme-la, Ted.

– J'ai parié avec un ami que tu viendrais. Seul un demeuré se rendrait sans arme à un rendez-vous nocturne, en un endroit désert, avec un inconnu.

– Seul un crétin prendrait le risque de me rencontrer seul. J'espère que tes copains te couvrent.

– Comment était le Yémen ?

Silence. Puis :

– Je me suis laissé dire que Kate passait du bon temps en Tanzanie.

Je me trouvais assez près de lui pour lui flanquer un marron avant qu'il n'atteigne son arme. Il s'en rendit compte, recula de quelques pas.

– Quelle nuit superbe ! C'est bon d'être vivant...

– Ne t'y habitue pas trop vite.

– Tu n'as pas l'air étonné de me savoir en vie.

– Consterné. Voilà ce que je suis.

Il sourit.

– Je ne t'ai pas félicité pour ton mariage.

– Tu étais mort. Tu te souviens ?

– M'aurais-tu invité à la noce ?

– Je l'aurais fait volontiers si j'avais su où l'on t'avait enterré.

Il descendit la pente en direction de l'océan, me fit signe de le suivre.

– Dix pas derrière moi.

J'obtempérai. Il enleva ses chaussures et marcha le long du rivage, laissant le ressac recouvrir ses pieds.

– On se mouille, dit-il, ce qui, dans le jargon de la CIA, désigne la liquidation physique d'un ennemi.

– Très drôle.

– Tu n'as jamais apprécié mon humour. Mais Kate, si.

– Va te faire foutre.

– Ne pourrions-nous pas avoir une conversation intelligente sans jurer toutes les cinq secondes ?

– Mille excuses. Va te faire mettre.

– Tu m'agaces, John.

– Toi aussi, Ted. Et que tu sois vivant me navre.

– Je te retourne le compliment.

Nous longeâmes le rivage, à dix pas l'un de l'autre. Je fis un écart sur la gauche et raccourcis la distance qui nous séparait. Il s'en aperçut.

– À présent, dit-il, tu me gênes.

– Je t'entends mal, à cause du ressac.

– Un pas de plus, Corey, et tu sauras quel genre d'arme je porte sur moi.

– Je m'en apercevrai tôt ou tard, de toute façon. Pourquoi pas maintenant ?

Il s'arrêta et se tourna vers moi, le dos à l'océan.

– Soyons clairs. Je suis armé, tu ne l'es pas. Tu es venu ici pour obtenir des réponses. Je vais te les donner. Ce qui se passera ensuite dépendra en partie de toi. En attendant, c'est moi qui mène le jeu.

– Tu ne mènes rien du tout, Teddy. Tu n'es qu'un sale con égoïste, narcissique et prétentieux.

– Regarde la mer, Corey. Qu'est-ce que tu vois ?

– L'endroit où tu flotteras entre deux eaux avant la fin de la nuit.

– À moins que ce ne soit toi, mon vieux.

Nous étions à présent à cinq pas l'un de l'autre. Le bruit du ressac s'accentuait. Nash éleva la voix.

– Tu es persuadé que j'ai été l'amant de Kate. Tu n'oses pas me poser la question, parce que tu ne veux pas entendre la réponse.

Je pris une profonde inspiration. Mais je ne réagis pas. Dieu sait pourtant que j'avais envie de lui clouer le bec.

– De toute façon, reprit-il, je ne te le dirai pas. Un gentleman ne crie pas ses bonnes fortunes sur les toits, à l'inverse de ces ploucs de la police de New York, dont tu fais partie.

L'insulte me laissa froid.

– Pourquoi m'as-tu fait venir ici ? dis-je. Pour m'annoncer ta miraculeuse résurrection ? M'infliger tes blagues à la con ? C'est très cruel de ta part, Ted. Donne-moi ton arme et laisse-moi me brûler la cervelle.

Il alluma une autre cigarette, souffla la fumée dans la brise.

– Je t'ai fait venir parce que tu crées des problèmes à mon organisation et à la tienne. Tu continues à te mêler de ce qui ne te regarde pas. De toute évidence, le Yémen ne t'a rien appris.

– Qu'étais-je supposé y apprendre, maître ?

– À obéir aux ordres. Que fais-tu à l'hôtel Bayview ?

– Je prends des vacances.

– À d'autres.

Il me montra le ciel et déclara :

– C'était mon affaire. Pas la tienne. Ni celle de Kate, de Dick Kearns ou de Marie Gubitosi. C'était la mienne. Et elle est classée. Tu n'aurais pas dû la rouvrir, John. Ça pourrait mal finir pour toi.

Qu'il fût au courant pour Dick et Marie me surprit et me déstabilisa.

– Tu me menaces ? m'écriai-je. Tu l'as déjà fait une fois, et c'était une fois de trop.

Il jeta sa cigarette dans le ressac, remit ses chaussures. Il enleva son coupe-vent, dévoilant un holster où était fiché un Glock. Il noua les manches autour de sa taille et proposa :

– On marche.

– Toi, tu marches. Va le plus loin possible.

Je pivotai et remontai la plage, en direction de l'endroit où j'avais garé ma voiture. Il m'interpella.

– Tu ne veux pas savoir ce qui est arrivé ici à ce couple ?

S'il avait eu l'intention de tirer, il l'aurait déjà fait. Me loger une balle dans le dos ne l'aurait pas gêné. Mais j'avais l'intuition qu'il n'en avait pas l'autorisation ou, s'il l'avait, qu'il voulait d'abord apprendre ce que je savais.

– Il faut que nous parlions, John !

Je continuai à avancer. J'aperçus, devant moi, la première maison construite en bordure de la plage, à la limite du parc. Ted me suivait. Il cria encore :

– Il vaut mieux que nous parlions ici, entre nous ! Sinon, tu devras t'expliquer devant une commission d'enquête. Tu risques d'être inculpé d'activités criminelles. Tout comme Kate.

Je me retournai, rebroussai chemin.

– Garde tes distances ! ordonna-t-il.

– C'est toi qui as le flingue. Et à dix pas, tu ne pourrais pas m'atteindre. Je te facilite les choses.

Je m'immobilisai à deux mètres de lui. Il extirpa le Glock de son holster, le pointa vers moi.

– Ne m'oblige pas à m'en servir.

– Ted, ôte le chargeur et remets le Glock à sa place.

Il n'obéit pas. Mais il ne tira pas.

– Un homme digne de ce nom, ajoutai-je, n'a pas besoin d'une arme pour parler à un autre homme. Lance-moi le chargeur, Ted.

– Viens le chercher.

Je fis un pas en avant.

– Tu serais moins fier si tu n'avais pas tes petits copains planqués quelque part, en bon pétochard que tu es.

Deux pas, trois...

– Donne-moi ça, mauviette.

Il fut plus rapide que moi. Je pris son gauche en pleine figure.

Le combat qui suivit fut bref, violent, sans merci. Ma fureur et ma haine décuplèrent mes forces. Je cognai comme un sourd. Lui aussi. Nous nous retrouvâmes dans la mer, avec de l'eau jusqu'à la taille. Je lui enfonçai plusieurs fois la tête sous la surface. Je ne rêvais que d'une chose : le noyer. Il le comprit et, tout d'un coup, réussit à se dégager. Lourdement, il regagna le rivage, s'agenouilla sur le sable. Je le suivis. J'avais mal à la mâchoire, aux côtes et surtout entre les jambes, où il m'avait envoyé son genou. Pourtant, en dépit de la douleur et du souffle que je retrouvais avec peine, je me sentais heureux. Ted, lui aussi, respirait difficilement. Il saignait du nez, avait perdu ses chaussures. Il se redressa lentement. Reconnaissant sa défaite, il murmura en crachant de l'eau salée :

– Salopard...

– Allez, Ted, sans rancune.

Tu parles... J'avais le Glock dans la paume. Je le glissai dans mon dos, entre ma peau et la ceinture de mon maillot de bain. Ted s'essuya le nez. Il leva la tête, me regarda.

– J'aurais pu te faire exploser six fois le crâne.

– Une seule aurait suffi.

Il ne put s'empêcher de rire. Il tituba dans ma direction, allongea le bras.

– Rends-moi mon pétard.

Je pris sa main, la serrai.

– Tu t'es bien battu.

– Ne me touche pas !... La prochaine fois, je t'aurai.

– Sûr.

Il se détourna, marcha vers les dunes.

– Suis-moi, connard.

Comment résister à une si gracieuse invitation ? Nous nous hissâmes au sommet de la dune que Kate et moi avions escaladée en juillet. Une fois là-haut, il me dit :

– Je vais te raconter ce qui s'est passé ici dans la nuit du 17 juillet 1996.

Il aurait pu le faire une demi-heure plus tôt et nous épargner à tous deux un plongeon dans l'océan. Mais il avait préféré évoquer d'abord une question qui me tenait à cœur et qui n'était toujours pas réglée.

– Pas de bobards, Ted.

Il me serina la devise de la CIA :

– La vérité te rendra libre.

– Belle formule.

– J'aurais préféré m'occuper de ton cas à ma manière. Mais j'obéis aux ordres.

– Depuis quand ?

– Parle pour toi. Nous avons quelque chose en commun, Corey. Nous sommes des solitaires. Et nous faisons notre travail mieux que n'importe quelle équipe ou que les politiciens véreux qui nous emploient. Nous ne disons pas toujours la vérité, mais nous nous battons pour elle. Je suis le seul à pouvoir te la révéler et, peut-être, le seul que tu accepteras de croire.

– Tu vas me faire pleurer.

– Ravale tes larmes et ouvre tes oreilles.

– Ted, depuis que je te connais, tu as toujours cherché à m'embrouiller.

Il sourit et répondit :

– Laisse-moi essayer encore une fois.

Même si je crus déceler un double sens dans ces paroles, je n'en laissai rien paraître.

– La sollicitude de la CIA à mon égard me flatte, répliquai-je. Je t'écoute.

Chapitre 41

Il resta silencieux un instant, reprenant toujours son souffle, puis commença :

– Bon. Ce couple a effectivement quitté l'hôtel Bayview vers 19 heures, en emportant une couverture. L'homme avait dans le coffre de sa voiture une glacière, une bouteille de vin et une caméra vidéo munie d'un trépied.

– Je sais tout cela.

– Je suis au courant. Kate s'est confiée à toi et tu as mené ta propre enquête. Qu'as-tu appris d'autre ?

– Je ne suis pas là pour répondre aux questions.

– Kate est, elle aussi, dans la ligne de mire pour t'avoir mis dans la confidence.

– Et toi ? As-tu eu des ennuis pour lui avoir craché le morceau il y a cinq ans ? Est-ce pour cette raison qu'on t'a ressuscité et retiré du circuit ? Pour que tu puisses réparer ta bévue ?

Il me considéra un moment, puis reprit :

– Disons que je suis le mieux placé pour colmater la brèche et remettre les choses en place.

Je consultai ma montre, qui fonctionnait toujours.

– Dis ce que tu as à dire. J'ai une longue route à faire jusqu'à Manhattan.

Il parut agacé par mon peu d'intérêt pour son petit numéro, qu'il avait dû préparer et répéter avec soin.

– Ce que tu ignores, poursuivit-il, c'est qu'après avoir fait l'amour...

Il désigna du doigt le vallon niché entre les dunes.

– ... là, sur la couverture, la femme a voulu aller se baigner nue et continuer à être filmée. L'homme a donc monté la caméra et le trépied jusqu'ici, réglé le zoom sur l'infini et pointé la caméra vers le rivage, ce qui, de là, englobait une grande partie du ciel.

– Comment le sais-tu ?

– Je leur ai parlé. Autrement, comment diable le saurais-je ?

– Continue.

– Ils ont couru jusqu'au bord de l'eau, se sont baignés puis ont refait l'amour sur le rivage, sous l'œil de la caméra.

Il sourit et précisa :

– Tu peux être sûr qu'ils n'étaient pas mari et femme.

– Et que si ce type a eu deux érections le même soir, c'est qu'il n'était pas de la CIA.

Ted ne releva pas ce dernier point et me montra la plage.

– Tout à leur passion, ils ne prêtaient aucune attention à ce qui se passait dans le ciel. Mais ils ont entendu une explosion, dont le bruit leur est parvenu quarante secondes plus tard. Lorsqu'ils se sont tournés dans sa direction, l'avion s'était brisé. Le nez était déjà dans l'océan. Quant au fuselage, il grimpait toujours. Il a ensuite amorcé sa chute. Détail intéressant : c'est à ce moment précis qu'ils ont cru voir un trait de lumière montant vers l'appareil, soit après sa destruction. Ils se sont rendu compte qu'il s'agissait du reflet sur l'eau d'une coulée de carburant enflammé. Ils l'ont répété par la suite, en visionnant la bande.

Il me regarda.

– Tu saisis ?

– Sûr. Fumée et mirages. C'est votre spécialité.

– Pas dans ce cas. Bon. Réalisant qu'une foule de gens descendrait sur la plage quelques minutes plus tard, ils ont regagné cette dune en courant, se sont rhabillés à la hâte, se sont emparés de la caméra et du trépied et se sont précipités vers leur véhicule, une Ford Explorer. Ils ont foncé jusqu'à l'hôtel Bayview. Malheureusement pour eux, ils ont oublié la couverture et le cache de la caméra, ce qui nous a révélé deux choses : où ils se trouvaient et ce qu'ils faisaient là. Ils ont également abandonné la glacière, la bouteille de vin et deux verres, où ils ont laissé de superbes empreintes.

L'histoire de Ted se tenait parfaitement. Elle correspondait au scénario que nous avions échafaudé, Kate, moi et d'autres, agrémenté de quelques détails fournis par le couple lors de son interrogatoire.

– Qu'y avait-il sur la bande ? demandai-je.

– Pas ce que tu aimerais y trouver.

– Écoute, Ted. Je ne suis pas un obsédé du complot, et je ne suis pas professionnellement lié, comme toi, par les conclusions officielles. Je ne suis qu'un homme à l'esprit ouvert, qui cherche la vérité. Et la justice.

Il eut ce petit rictus que je déteste tant.

– Je sais cela, John. Voilà pourquoi nous sommes ici. Et pourquoi j'ai renoncé à mon samedi soir.

– Eh, tu peux rater un loto paroissial de temps à autre. Qu'y avait-il sur la bande ?

– Sur le chemin de l'hôtel, la femme l'a fait défiler sur l'écran de contrôle. Elle ne distinguait pas grand-chose. Toutefois, elle a réellement vu ce qui leur avait échappé pendant qu'ils faisaient l'amour : l'explosion de l'avion. Elle m'a dit qu'elle trouvait bizarre que l'appareil ait explosé en haut et à droite de l'écran alors qu'elle et son compagnon étaient filmés en bas à gauche, et qu'ils n'aient même pas levé les yeux. Bien sûr, le bruit ne leur était pas encore parvenu et ils avaient continué à faire l'amour pendant que l'appareil se muait en une énorme boule de feu, puis se brisait, vivant ses derniers moments... L'homme m'a raconté que, lorsqu'il avait visionné la cassette avec elle, il avait dû lui expliquer l'énorme différence entre la vitesse du son et celle de la lumière.

– Remercie Dieu d'avoir créé les lois de la physique. Sinon, vous auriez eu du mal à réaliser une animation où aucun témoin n'a reconnu le drame auquel il avait assisté.

Ma remarque parut l'irriter.

– Cette reconstitution, dit-il, était très précise, basée sur les lois de la physique, les déclarations des témoins, les observations radar et la connaissance de ce qu'il advient d'un avion quand une explosion se produit à bord.

– Parfait. Puis-je voir cette cassette ?

– Laisse-moi finir.

– Tu as fini. Je veux voir cette cassette et parler à ce couple.

– Je termine. De retour à l'hôtel, ils ont branché la caméra sur le magnétoscope et regardé la bande sur l'écran de télévision. Ils ont distinctement entendu l'explosion avant de la voir sur l'écran quarante secondes plus tard. L'accident avait été enregistré du début à la fin, en couleur, avec le son et une bonne qualité d'images. Le couple a également vu, sur la bande, les feux de position du 747 clignoter avant la déflagration.

Il me fixa intensément et martela :

– Il n'y a pas eu de trait de lumière montant vers l'appareil avant qu'il n'explose.

Je m'y attendais. Je répliquai :

– Voilà une bonne nouvelle. Il faut que je voie cette cassette et que je m'entretienne avec ce couple.

– Laisse-moi te poser une question. À leur place, si tu avais une liaison adultère et si tu avais filmé tes propres ébats, que ferais-tu de cette cassette ?

– Je la diffuserais sur Internet.

– Toi, peut-être. Eux l'ont détruite.

– Ah oui ? Quand ? Comment ?

– Cette nuit-là. Tout de suite après avoir quitté leur chambre d'hôtel. Ils se sont arrêtés sur le bas-côté de la route. L'homme a roulé sur la cassette, puis a brûlé la bande.

– Où se sont-ils procuré le briquet ou les allumettes ?

– Aucune idée. L'un d'eux était peut-être fumeur.

Selon Roxanne, ni l'un ni l'autre ne fumait, mais je le gardai pour moi. Il était très commode pour Nash d'affirmer que l'homme avait détruit la bande plutôt que de l'effacer ; car une bande effacée peut être restaurée en laboratoire, et Ted ne tenait pas à me fourrer cette idée dans la tête.

– Bien, dis-je. Ils ont donc brûlé la bande. Et ensuite ?

– Ils se sont rendus à Westhampton, où la femme avait garé sa propre voiture. Leurs téléphones cellulaires ne cessaient de sonner. On cherchait à les joindre à propos de l'accident. Ils avaient raconté à leurs conjoints qu'ils se trouvaient dans les Hamptons. Lui pêchait en mer. Quant à elle, elle faisait des emplettes à East Hampton, puis dînait chez une amie qui la logeait pour la nuit.

– Ça n'était pas mal inventé pour l'homme. La femme, par contre...

– La plupart des gens mariés se font confiance. Ne fais-tu pas confiance à Kate, en Tanzanie ?

– Ted, si tu prononces encore une fois son nom, je t'enfonce ton flingue où je pense, la crosse la première.

Il sourit, reprit le cours de son récit.

– Chacun est rentré chez soi au volant de sa voiture, puis a passé le reste de la soirée avec son conjoint, à suivre les informations à la télévision.

– Ils ont dû vivre des moments inoubliables.

– Et voilà. Alors que des milliers de personnes se perdaient en conjectures et imaginaient des scénarios délirants, un couple qui faisait l'amour sur la plage avait filmé par inadvertance le déroulement de l'accident. Et sur cette bande, il n'y avait ni roquette ni missile.

– C'est ta version de leur interrogatoire.

– Bien entendu, je les ai soumis au détecteur de mensonges. Ils s'en sont très bien sortis.

– Merveilleux. Il faut donc que je prenne connaissance des résultats du détecteur et de leurs dépositions, écrites ou enregistrées, avant de m'entretenir avec eux.

Les agents de la CIA n'aiment pas avoir affaire aux flics. Les policiers ne se fient qu'aux preuves. Eux jonglent avec les abstractions, les hypothèses et les analyses, ce qui est le meilleur moyen de noyer le poisson.

Ted m'expliqua patiemment :

– Ils ont tous les deux dit la vérité à propos de leurs relations sexuelles sur la plage. Or c'est là qu'on aurait pu s'attendre à des mensonges, provoqués par la gêne. Pourtant, ils nous ont tout raconté en détail. Ensuite, quand nous leur avons demandé de nous décrire ce qu'ils avaient vu de leurs propres yeux, au bord de l'océan puis sur la bande, ils ont encore fait preuve d'une sincérité absolue. Pas de trait de lumière. L'interrogatoire sous détecteur de mensonges a été, pour nous, aussi décisif que si nous avions eu la cassette entre les mains.

J'avais du mal à gober ça. Je ne le montrai pas. Mais Nash me connaissait trop bien.

– Je ne t'ai pas convaincu, me dit-il.

– Si. À propos, comment as-tu retrouvé ce couple ?

– J'ai eu plus de chance que toi. L'homme avait donné ses empreintes pour un emploi. Nous, nous les avions prélevées sur la bouteille et le verre de vin. Nous les avons envoyées à la banque de données du FBI et, le lundi matin, nous l'avons appelé à son bureau. C'est lui qui nous a donné le nom de sa maîtresse.

– Facile. J'espère que vous avez aussi relevé ses empreintes sur sa fiche d'enregistrement au Bayview, pour prouver sa présence à l'hôtel.

– Euh, non... Mais nous ne cherchions pas à établir un dossier criminel contre lui.

– La destruction de preuves est un crime.

– Aucun crime n'a été commis contre le vol 800 de la TWA. Donc cette preuve n'était pas... Cet homme et cette femme se sont simplement trouvés au mauvais endroit au mauvais moment. Ce qu'ils ont vu ne différait en rien des déclarations des deux cents autres témoins ; et leur bande vidéo ne contenait aucun élément susceptible d'intéresser la CIA ou le FBI. Le détecteur de mensonges l'a confirmé. Je les ai longuement interrogés. D'autres l'ont fait, notamment ton collègue du FBI, Liam Griffith. Tout le monde est persuadé qu'ils ont dit la vérité. Adresse-toi à Liam Griffith. Il te le certifiera.

– J'en suis certain. Mais je me ferai une opinion après leur avoir parlé. Tu as un crayon et un papier sur toi ?

– Tu n'en tireras rien de plus.

– Pourquoi ?

– Nous leur avons promis l'anonymat jusqu'à la fin des temps en échange de leur coopération et de leur sincérité.

– Je ferai de même.

Il marqua une pause, sans doute pour réfléchir aux instructions qu'il avait reçues à mon sujet.

– C'est très simple, Ted. Tu me donnes leurs noms, je les rencontre, je leur parle et on règle le problème une bonne fois pour toutes.

– J'ai besoin d'un feu vert.

– Entendu. Appelle-moi demain sur mon mobile. Laisse un message.

– Accorde-moi jusqu'à lundi.

– Très bien. Revoyons-nous lundi.

– Je te tiendrai au courant.

Il plongea la main dans la poche supérieure de son coupe-vent, à la recherche de ses cigarettes, s'aperçut qu'elles étaient mouillées et renonça à fumer.

– Voilà pourquoi tu manques de souffle. Le tabac te tuera.

– Comment va ta mâchoire ?

– Très bien. Je l'ai plongée dans l'eau salée en même temps que ta tête.

– Il me semble que mon genou, quand je te l'ai envoyé dans les burnes, n'a rien rencontré.

Ted avait de la repartie. Moi aussi.

– À mon avis, c'est ton Tampax trempé qui t'a fait couler.

– Connard.

C'était drôle, mais peu productif. Je changeai de sujet.

– Donc, appelle-moi sur mon mobile. Nous organiserons une rencontre, cette fois dans un lieu public. C'est moi qui choisis. Amène du monde si tu y tiens. Mais je veux les noms de cet homme et de cette femme avant même que nous nous disions bonjour.

– Prépare-toi à répondre toi-même à quelques questions, ou tout ce que tu récolteras, lors de cette réunion, ce sera un mandat d'amener. Tu n'as pas le pouvoir que tu t'es octroyé, Corey. Nous n'avons rien à cacher, parce qu'il n'y a rien de plus, dans cette affaire, que ce que je viens de t'apprendre. Et je vais te confier un secret : s'il y avait réellement quelque chose, tu serais déjà à six pieds sous terre.

– Tu me menaces encore. Laisse-moi, à mon tour, te dire une chose : quelle que soit l'issue de cette affaire, toi et moi, nous nous rencontrerons une dernière fois.

– Je brûle d'impatience.

– Pas autant que moi.

Il tendit le bras. Nous étions trop éloignés l'un de l'autre pour échanger une poignée de main. J'en déduisis qu'il voulait que je lui rende son arme.

– Tu me menaces de mort et maintenant tu veux que je te restitue ton flingue ? J'ai raté un épisode, ou quoi ?

– Je te l'ai dit : si j'avais dû te tuer, je l'aurais déjà fait. Or, puisque, de toute évidence, tu crois ce que je viens de te raconter, je ne suis pas obligé de te descendre. Mais il me faut mon feu.

– Entendu. Tu me promets de ne pas le pointer sur moi pour me forcer à te dire ce que je sais sur l'affaire ?

– Promis.

– Croix de bois, croix de fer ?

– Rends-moi mon pétard.

Je sortis le Glock de la ceinture de mon maillot de bain, le laissai tomber dans le sable. Je gardai le chargeur.

– La prochaine fois, ajoutai-je, j'aurai le mien.

Je me détournai et m'éloignai.

Il me cria :

– Quand tu verras Kate à l'aéroport, n'oublie pas de lui dire que je suis en vie et que je l'appellerai bientôt !

Ted Nash aurait eu besoin d'une bonne raclée, tout de suite. Mais j'avais mieux à faire.

Chapitre 42

Je me sentais beaucoup moins paranoïaque depuis que j'avais découvert qu'il y avait vraiment des gens qui me suivaient et voulaient me liquider. C'était un grand soulagement.

Je roulais sur la voie express de Long Island, au volant de ma Ford Taurus de location. Il était 22 h 05, ce samedi soir. La circulation était chargée. Je fis quelques brusques embardées pour voir si on me suivait. Mais, sur la voie express de Long Island, les automobilistes conduisent comme des dératés et il m'était impossible de savoir si j'avais à mes trousses un agent fédéral ou un chauffard ordinaire.

Je quittai la voie express et la rejoignis un peu plus loin, pour m'assurer définitivement que personne ne me suivait. Sous le coup d'une dernière bouffée de paranoïa, je levai les yeux vers le toit ouvrant, craignant d'apercevoir le légendaire hélicoptère noir que les services de sécurité utilisent pour surveiller les citoyens ; il n'y avait rien, excepté la lune et les étoiles.

J'allumai mon mobile pendant cinq minutes. Pas de messages.

Je repensai à ma rencontre et à ma bagarre avec Ted Nash. L'homme était plus déplaisant et arrogant que jamais. Son décès provisoire ne l'avait en rien amélioré. La prochaine fois, je le tuerais et j'assisterais à son enterrement. En attendant, il était de nouveau mêlé à mon affaire, tentant d'entraver mes nobles efforts pour faire éclater la vérité et la justice, sans parler de mes efforts moins nobles pour entuber certaines personnes par la même occasion.

Ma mâchoire me faisait encore souffrir. Un rapide coup d'œil dans le miroir, à l'hôtel Bayview, avait révélé un morceau de peau manquant et une marque bleu noir le long de mon maxillaire. J'avais également mal au crâne, ce qui est habituel chaque fois que je rencontre Ted Nash, que je lui balance ou non un coup de boule dans la figure. Je ressentais aussi une certaine fragilité du côté de mes bijoux de famille, ce qui aurait, à mes yeux, suffi à justifier son assassinat.

En vingt ans de carrière dans la police de New York, je n'ai tué que deux hommes, chaque fois en état de légitime défense. Ma relation personnelle et professionnelle avec Ted était plus complexe que mes brefs rapports avec les deux inconnus que j'avais dû abattre. Il me faudrait donc examiner de plus près mes raisons de le dégommer.

Notre affrontement sur la plage aurait dû nous calmer. En fait, nous n'étions satisfaits ni l'un ni l'autre, et avions besoin d'un match retour.

D'un autre côté, ainsi que l'aurait immanquablement dit Kate, nous étions tous deux des agents fédéraux, essayant de servir notre pays de notre mieux. Cela aurait dû nous rapprocher, faire passer nos querelles au second plan et nous pousser à tenter de nous comprendre. Pourtant, pour parler crûment, je l'aurais volontiers noyé comme un rat ou descendu avec son propre flingue.

Un panneau m'informa que je pénétrais dans le district de Nassau. À la radio, un disc-jockey d'une station locale beuglait : « Des Hamptons à la Gold Coast, de Plum Island à Fire Island, on swingue, on s'éclate, on se marre ! »

Ta gueule. Il était fort possible que Ted m'ait dit la vérité, qu'il n'y ait eu ni roquette ni missile sur la cassette. Si tel était le cas, tant mieux. Croire à un accident ne m'aurait pas posé de problème. Et découvrir autre chose risquait de ne pas me convenir du tout.

Il me restait, dans cette partie, une carte à jouer : Jill Winslow. Mais comment savoir si la Jill Winslow d'Old Brookeville, village vers lequel je me dirigeais, était la bonne personne ? La vraie était peut-être morte, tout comme son amant. Et si je continuais à fouiner dans cette histoire, je pourrais, moi aussi, me retrouver au cimetière, même s'il n'y avait eu ni dissimulation ni complot. À mon avis, Ted Nash voulait simplement ma peau. Je l'avais vexé. Et il avait très mauvais caractère.

Quittant la voie express, je pris la direction du nord, sur Cedar Swamp Road. Je connaissais Nassau pour y avoir accompagné des agents de la force antiterroriste originaires du district et travaillé en équipe avec eux sur quelques affaires délicates. Je n'eus aucun mal à m'orienter jusqu'à Old Brookeville.

Il était plus que probable que, le lendemain au plus tard, Ted Nash se présenterait à l'hôtel Bayview pour s'entretenir avec Rosenthal de ma visite, et de Jill Winslow. Je devais donc agir vite. Toutefois, il me paraissait impossible d'aller interroger la dame cette nuit même ; non seulement à cause de l'heure tardive, mais parce que M. Winslow ignorait probablement tout de l'implication de sa femme dans le triangle « Sexe, mensonge et vidéo ». En temps normal, j'aurais patienté jusqu'au lundi. Avec Ted Nash sur les talons, je ne pouvais pas me le permettre.

Doté d'une population à peu près équivalente à celle de mon immeuble, le village d'Old Brookeville possède son propre poste de police, à l'intersection de Wolver Hollow Road et de la nationale 25A. Une petite bâtisse blanche, « impossible à rater », m'avait dit le sergent Roberts, que j'avais contacté avant de quitter le Bayview.

À un feu rouge, je tournai à gauche dans Wolver Hollow Road et me garai sur le petit parking de l'immeuble, au fronton flanqué de l'inscription *Poste de police d'Old Brookeville*. L'horloge de mon tableau de bord indiquait 0 h 17.

Il y avait deux véhicules sur l'aire de stationnement. Le premier devait appartenir au sergent de garde, l'autre à Mlle Wilson, la fonctionnaire civile que j'avais d'abord eue au téléphone.

Si Ted Nash ou Liam Griffith m'avaient suivi ou avaient placé un mouchard dans ma voiture, ils ne tarderaient pas à arriver.

Désormais, le temps m'était compté.

Chapitre 43

Je pénétrai dans une vaste salle d'attente barrée, sur la gauche, par une grille montant jusqu'au plafond. Au-delà de la grille, derrière un haut comptoir, se tenait une jeune femme ensommeillée, en vêtements civils, répondant, selon la petite pancarte posée à côté d'elle, au nom d'Isabel Celeste Wilson.

– Puis-je vous aider ? s'enquit-elle.

– John Corey, de la police de New York, détaché au FBI.

Je lui tendis mon laissez-passer à travers les barreaux.

– J'ai téléphoné tout à l'heure. Vous avez pris la communication avant de me passer le sergent Roberts.

– Oh, bien sûr.

Elle murmura quelques mots dans l'interphone. Une minute plus tard, un sergent en uniforme apparut par une porte de derrière.

Il examina mon laissez-passer orné de ma photo. Je lui montrai également ma plaque de police et ma carte d'identité de policier en disponibilité. Car, ainsi que nous le savions tous les deux, un flic reste un flic.

Il m'ouvrit un portillon encastré dans la grille et m'escorta vers son bureau, au fond du poste. Il m'offrit un siège et s'assit à sa table. Jusque-là, rien ne lui paraissait douteux, hormis l'odeur de ma chemise.

– Donc, vous travaillez pour le FBI ?

– En effet. J'enquête sur un homicide et j'aurais besoin d'informations sur une personne résidant dans votre ville.

Le sergent Roberts ne cacha pas sa surprise.

– Ah oui ? Nous n'avons beaucoup d'homicides, par ici. Qui est cette personne ?

– Auriez-vous un enquêteur disponible ?

Il eut l'air un peu mortifié, mais, selon les lois hiérarchiques, un enquêteur ne parle qu'à un autre enquêteur et le chef de la police ne s'adresse qu'à Dieu.

– Nous en avons quatre, répliqua-t-il. On vient d'appeler le premier à l'extérieur, le deuxième a terminé son service, le troisième est en congé et le lieutenant est rentré chez lui. Est-ce très important ?

– Oui. Pas assez, cependant, pour troubler le sommeil du lieutenant. Je suis sûr que vous pouvez m'aider.

– De quoi avez-vous besoin ?

Le sergent me semblait le genre d'homme à aller au-delà de la simple courtoisie professionnelle si on le traitait avec égards. Heureusement, il n'avait pas eu d'expérience négative avec le FBI, ce qui pose parfois un problème. D'un autre côté, il devait s'ennuyer à cent sous de l'heure et sa coopération pourrait, croyait-il, rehausser son prestige auprès de ses supérieurs.

– L'homicide a eu lieu dans une autre juridiction. C'est une affaire d'envergure internationale, peut-être liée au terrorisme.

– Sans blague ? Et la personne que vous cherchez est suspectée ?

– Non. C'est un témoin.

– J'aime mieux ça. Nous avons horreur de perdre un contribuable. Comment s'appelle-t-elle ?

– Mme Jill Winslow.

– Pas possible !

– Vous la connaissez ?

– Vaguement. Je connais mieux son mari, Mark Winslow. Il fait partie de la commission d'urbanisme. Je lui ai adressé quelquefois la parole lors de réunions. Quant à elle, je la croise de temps en temps. C'est une dame charmante. Je l'ai un jour verbalisée pour excès de vitesse, ajouta-t-il en souriant. Elle m'a complètement entortillé et presque persuadé qu'elle m'avait fait une fleur en acceptant de se ranger sur le bas-côté.

Je souris poliment.

– Elle travaille ?

– Je ne crois pas.

– Bien... Soyons le plus délicats possible. Est-ce qu'elle papillonne ?

Il gloussa et dit :

– Pas à ma connaissance. Mais elle fait tourner quelques têtes.

– Pas de rumeurs ? De noms associés au sien ? Il y a peut-être quatre ou cinq ans ?

Il réfléchit un instant.

– Rien du tout. Mais je ne suis pas très au courant des ragots. Je n'habite pas ici.

– Bon. M. Winslow siège à la commission d'urbanisme. Et à ses moments perdus, il travaille à la banque Morgan Stanley.

Le sergent s'esclaffa.

– Ouais. C'est sa source de revenus principale. Les fonctions municipales rapportent un dollar par an.

Je souris une nouvelle fois.

– Comment vous débrouillez-vous avec un dollar par an ?

Il rit encore.

– Je suis salarié. Les collaborateurs de la municipalité sont des bénévoles. Bien. Où cette Mme Winslow a-t-elle été témoin du meurtre ?

– Je ne suis pas autorisé à m'étendre sur le sujet. En fait, je ne suis pas sûr qu'il s'agisse de la bonne personne. Permettez-moi donc de vérifier quelques points. Quel âge a-t-elle ?

Il hésita un moment.

– Entre trente-cinq et quarante ans. Cet homicide a-t-il eu lieu hors de nos frontières ?

Le sergent Roberts posait trop de questions ; non par méfiance, mais par simple curiosité. J'eus l'impression que les potins constituaient l'activité principale d'Old Brookeville. Ignorant si Jill Winslow voyageait à l'étranger, ou si le sergent le savait, je répondis :

– L'incident s'est produit aux États-Unis. Les Winslow ont-ils des enfants ?

– Euh... Deux garçons, je crois. Mais je ne sais pas grand-chose sur eux. Ils n'ont jamais causé d'ennuis.

– Ils vivent avec leurs parents ?

– Il me semble qu'ils sont en pension. La plupart des gosses du village fréquentent des écoles privées.

– Depuis combien de temps Mme Winslow réside-t-elle dans la région ?

– Oh, quasiment depuis toujours. Vieille famille. Celle de son mari, je veux dire...

– Pleins au as ?

– Pas de naissance. Il gagne sa vie. Il voyage beaucoup pour son travail.

– Existerait-il une autre Jill Winslow dans les parages ?

Nouvelle réflexion.

– Je n'en ai jamais entendu parler.

– Des problèmes domestiques ?

– Pas que je sache. Des gens sans histoires.

– Depuis combien de temps êtes-vous en poste ici ?

– Onze ans. Pourquoi ?

– Vous souviendriez-vous d'un événement inhabituel ayant impliqué les Winslow il y a environ cinq ans ?

– Rien, en tout cas, qui ait attiré l'attention de la police locale.

Depuis le début de notre entretien, sa radio était restée muette. Mais son téléphone sonna. Il décrocha, échangea quelques mots avec Mlle Wilson. J'eus envie de lui dire :

– Si c'est la CIA, je ne suis pas là.

Ce ne fut pas nécessaire. Il déclara :

– Passez-la-moi... Tapage nocturne, précisa-t-il en me regardant.

Il prit la communication et bavarda avec la personne qui se plaignait d'une soirée donnée près de chez elle, trop bruyante à son gré. Le monde de Mme Winslow était vraiment un univers à part. Comme je le subodorais, elle appartenait à la bonne société locale et aurait beaucoup à perdre si son mari apprenait que, lorsqu'elle sortait, ce n'était pas toujours pour courir les boutiques de prêt-à-porter.

En bon banquier, Mark Winslow devait être un tantinet rasoir. Il appréciait sans doute un cocktail de temps à autre, fréquentait le club de golf et passait le plus clair de ses journées à New York, au bureau ou avec des clients. Peut-être avait-il une bonne amie en ville. Les hommes assommants, occupés et riches ont souvent une maîtresse régulière qui les trouve fascinants.

Je savais par le sergent Roberts qu'il se dévouait à sa communauté et siégeait à la commission d'urbanisme. Cet altruisme affiché lui offrait l'avantage de s'absenter de chez lui au moins une fois par mois, sans compter la possibilité d'empêcher les indésirables de s'installer dans le bourg.

Son épouse s'ennuyait ferme. Elle avait certainement des activités bénévoles, se rendait à New York pour aller dans les musées, au théâtre, au cinéma, faire des achats et déjeuner avec des amies quand elle n'était pas occupée à donner des coups de canif dans son contrat de mariage.

J'essayai d'imaginer son amant ; mais sans autres renseignements que celui que m'avait fournis Nash, à savoir qu'elle était mariée, tout ce que je pouvais affirmer, c'est qu'il se tapait Mme Winslow.

Apparemment, la Ford Taurus lui appartenait. L'un des deux possédait une caméra vidéo qu'ils avaient utilisée pour immortaliser leur séance sur la plage et peut-être d'autres scènes du même ordre. Donc ils se faisaient confiance. Sinon, il n'y aurait pas eu de caméra pour filmer des moments scabreux aux conséquences potentiellement dévastatrices. Ils venaient, de toute évidence, du même milieu social. Leur liaison avait dû commencer par un marivaudage lors d'un cocktail ou dans un club de danse, suivi d'un déjeuner, puis d'un dîner, et enfin d'une première partie de jambes en l'air.

Même embarqués dans une relation hasardeuse, ils étaient restés prudents. Ils contrôlaient, ou avaient parfaitement contrôlé la situation, avaient pris un risque calculé qui, à leurs yeux, en valait la peine.

Dernière réflexion : ils n'étaient pas amoureux l'un de l'autre. Sinon, la nuit du 17 juillet 1997 leur aurait causé un choc. Ils y auraient vu un signe, une preuve de la brièveté de la vie qui les aurait poussés à s'enfuir ensemble, envoyant au diable leurs conjoints, leurs familles et leur monde bien structuré. Et Jill Winslow ne vivrait plus au 12, Quail Hollow Road avec Mark Winslow.

Pour résumer, M. Winslow était un homme séduisant et sans intérêt, un époux aimant, attentif. Quant à Mme Winslow, c'était la salope du coin, maîtresse du bellâtre de service.

Question : comment la convaincre de me raconter exactement ce qui s'était passé, ce qu'elle avait vu et filmé cinq ans plus tôt ? Si elle avait dit la vérité à Nash, tout s'arrêterait là. Il ne me resterait plus qu'à rentrer chez moi et à me balancer dans mon fauteuil. Si Nash m'avait caché quelque chose, ou si elle ne lui avait pas tout dit, cela relancerait l'affaire.

– Un samedi soir typique, commenta le sergent Roberts en raccrochant. Des sauteries un peu partout ; le plus souvent des ados, qui s'éclatent quand leurs parents sont partis en week-end.

Il appela par radio une voiture de patrouille, l'envoya directement sur les lieux du tapage.

– Ce soir, ajouta-t-il, j'ai quatre bagnoles dehors. Parfois, le central d'une entreprise de surveillance me signale le déclenchement d'une alarme. Il y a aussi les accidents de la route, les vieilles dames qui ont entendu un rôdeur : généralement une autre mamie rentrant de sa partie de bridge.

Il continua à énumérer les problèmes de police dans une petite ville où les habitants considèrent les flics comme des larbins. Cela n'avait rien de captivant, mais cela me donna une idée.

– Savez-vous si les Winslow sont sortis ce soir ?

Il se tourna vers son ordinateur, rechercha leur nom.

– Parfois, les résidents nous préviennent de leur absence, pour que nous allions jeter un œil... Non, pas d'information là-dessus...

– Auriez-vous leur numéro de téléphone ?

– Attendez... Oui, le voilà. Vous le voulez ?

– Merci.

Il le griffonna sur un bout de papier, me le tendit. Il faudrait que je me souvienne de vanter à Dom Fanelli les mérites de la police de province.

– Si vous avez l'intention de leur téléphoner ou de sonner chez eux, sachez que Mark Winslow est du genre à ne pas répondre à une question d'un jeu télévisé hors de la présence de son avocat. Si vous souhaitez vous entretenir avec sa femme, arrangez-vous pour qu'il débarrasse le plancher. Je ne vous ai rien dit. D'accord ?

– Je comprends.

En fait, j'avais une bien meilleure raison pour éviter de me trouver nez à nez avec le mari.

– Rendez-moi un service, dis-je au sergent. Appelez-les.

– Maintenant ?

– Oui. Il faut que je m'assure qu'ils sont bien chez eux.

– Ah oui ? Qu'est-ce que je vais leur dire ? Ils sauront, grâce à leur identificateur d'appels, que le coup de fil vient d'ici.

– Annoncez à M. Winslow qu'on a convoqué une réunion d'urgence de la commission d'urbanisme. On vient de vous apprendre qu'un club social hispanique va s'ouvrir dans la grand-rue.

Il éclata de rire.

– Excellent. Il y aurait de quoi ameuter toute la ville.

Il sourit à notre petite plaisanterie politiquement incorrecte, puis suggéra :

– Pourquoi ne pas leur dire qu'on a repéré un rôdeur dans le voisinage ?

– Très bien...

Il composa le numéro.

– Mettez l'amplificateur, lui dis-je.

Il appuya sur le bouton. J'entendis le téléphone sonner. À la quatrième sonnerie, une voix d'homme répondit :

– Allô ?

– Monsieur Winslow ?

– Oui.

– Monsieur Winslow, ici le sergent Roberts, du poste de police d'Old Brookeville. Navré de vous déranger aussi tard, mais on nous a signalé la présence d'un rôdeur dans votre quartier et le déclenchement d'une alarme chez un de vos voisins. Nous nous demandions ni vous aviez vu ou entendu quelque chose.

– Non... Je suis rentré... Attendez voir... Il y a deux heures...

– Parfait. Ne vous inquiétez pas. Nous dépêchons une voiture dans votre secteur. Assurez-vous que vos portes et vos fenêtres sont bien fermées et que votre alarme est branchée. Et rappelez-nous si vous remarquez quelque chose.

– Entendu... Comptez sur moi.

M. Winslow avait l'élocution aussi pâteuse que Rosenthal à 1 heure du matin. Je fis signe au sergent de me le passer. Il déclara à Winslow :

– Il y a ici...

– Police du district.

– Il y a ici un officier de la police du district, qui aimerait vous parler.

– Désolé de vous importuner, dis-je à Winslow, mais nous enquêtons sur une série de cambriolages...

Il me fallait être bref, avant qu'il reprenne ses esprits et croie à un canular.

– Serez-vous chez vous dans la matinée de demain ? Je pourrais faire un saut...

– Euh... Non... Je joue au golf.

– À quelle heure ?

– Huit heures. Petit déjeuner à 7 heures. Au club.

– Je vois. Et votre femme ?

– Elle va à l'église à 10 heures.

– Et vos enfants ?

– Ils sont au collège. Y a-t-il du souci à se faire ?

– Pas le moindre, monsieur. J'aurai simplement besoin d'inspecter les alentours à la lumière du jour. Dites à votre femme de ne pas s'alarmer. Je vous repasse le sergent Roberts.

Celui-ci reprit l'appareil.

– Désolé de vous avoir appelé aussi tard. Je voulais m'assurer que tout allait bien.

– Ne vous excusez pas. J'apprécie votre diligence.

Roberts raccrocha et ajouta à mon intention, au cas où j'aurais mal entendu :

– C'est bon. Il joue au golf demain.

– Parfait. Téléphonez-lui vers 6 h 30. Dites-lui que vous avez arrêté le cambrioleur et que la police du district viendra recueillir des indices après le lever du soleil.

– Vous comptez parler à sa femme ?

– En effet.

– Vous allez l'embarquer ?

– Non. L'interroger à titre de témoin.

– Ça me paraît plus sérieux que ça.

Je me penchai vers lui et murmurai :

– Je vais vous confier un secret, mais cela ne doit pas sortir de cette pièce.

Il hocha la tête d'un air gourmand, espérant une anecdote salace sur Mme Winslow.

– Cette dame, poursuivis-je, pourrait courir un grand danger, lié à ce qu'elle a vu.

– Vraiment ?

– Vraiment. Je vais, cette nuit, planquer devant chez elle. Dites à vos hommes de ne pas se préoccuper d'une Ford Taurus garée sur Quail Hollow Road. Nous resterons en contact pendant la nuit. Je vous réclamerai peut-être des renforts. Vous avez une radio supplémentaire ?

– Je peux vous en prêter une : portable.

– Parfait. À quelle heure arrêtez-vous votre service ?

– Je suis de garde de minuit à 8 heures.

– Je vous appellerai si M. Winslow ne quitte pas son domicile pour aller prendre son petit déjeuner au club de golf. Dès lors, il vous faudra le faire dégager sous un prétexte quelconque. D'accord ?

– D'accord.

Je me levai.

– Comment se rend-on à Quail Hollow Road ?

Il me donna un plan de la ville, se servit d'un feutre pour m'indiquer le chemin. Il me confia sa radio portable et précisa :

– La fréquence est mise. Je suis le QG. Vous serez la voiture zéro.

– Bien reçu. Si d'autres agents fédéraux vous contactent ou viennent jusqu'ici, prévenez-moi.

– Sans faute.

Nous nous serrâmes la main.

– Soyez certain, ajoutai-je, que votre coopération sera appréciée en haut lieu. Je repasserai déposer la radio.

Je sortis du poste. Une veine de cocu, voilà ce que j'avais. Peut-être même arriverais-je, s'il montrait le bout de son nez, à faire arrêter Ted Nash par le sergent Roberts.

La nuit était claire et fraîche. Aucun hélicoptère noir n'évoluait au milieu des étoiles. Hormis les rares voitures circulant sur la nationale 25A et le coassement de quelques rainettes, tout était calme.

Je revins vers Cedar Swamp Road puis roulai vers le nord, suivant les indications du sergent.

Si Ted Nash n'avait pas encore appris par Rosenthal que je connaissais l'identité de Mme Winslow, et s'il s'agissait vraiment de celle que je recherchais, j'aurais, d'ici quelques heures, les réponses à des questions dont j'ignorais jusqu'à l'existence avant que Kate n'ait eu la bonté de les partager avec moi. Depuis, j'avais été récompensé par un voyage au Yémen et par la résurrection de Ted Nash. Drôles de cadeaux...

À moins qu'on ne m'ait d'ici là réexpédié au Yémen ou envoyé en taule, voire à la morgue, je pourrais dire à Kate, à l'aéroport :

– Bienvenue au pays. J'ai une bonne et une mauvaise nouvelle. La bonne, c'est que j'ai retrouvé la femme de la plage et de la vidéo. La mauvaise, c'est que Ted Nash est vivant et que la bonne ne lui plaît pas du tout.

Chapitre 44

Quail Hollow Road était une voie étroite et sinueuse, aux maisons aussi cossues les unes que les autres. Je me garai en face de celle des Winslow. En brique rouge et de style XVIIIe, elle s'élevait à la limite de la forêt, au sommet d'un monticule, au-delà d'une longue allée bordée d'arbres. À l'étage, une des fenêtres était éclairée. La lumière s'éteignit au moment où je coupai le moteur et les phares. Il était 2 h 17. Après avoir appelé Roberts, histoire de m'assurer que Nash et consorts ne s'étaient pas manifestés, je m'endormis, harassé, la nuque sur l'appui-tête.

Lorsque je me réveillai, une aube pâle se levait. Il était 5 h 29. Je rappelai Roberts sur la radio.

– Téléphonez à Winslow à 6 h 30 et dites-lui qu'on a arrêté le rôdeur. Tout va bien dans le meilleur des mondes possibles. C'est un beau jour pour jouer au golf.

Il gloussa et répondit :

– Bonne chance avec madame.

– Merci.

À 6 h 45, la porte automatique du garage des Winslow se souleva. Une Mercedes grise descendit la grande allée puis tourna dans ma direction. J'eus le temps d'entrevoir, derrière son pare-brise, le morne visage de Winslow avant de m'enfoncer dans mon siège au moment où il passait devant moi.

Ne voulant pas tirer sa femme trop tôt hors du lit, je patientai encore un peu.

Une légère brume recouvrait les pelouses des belles demeures qui m'entouraient. Les oiseaux commençaient à chanter. Le soleil émergea lentement de la ligne des arbres. Un animal sauvage traversa la chaussée, si vite que je n'eus pas le temps de l'identifier. Un renard, peut-être, à la poursuite d'une caille... On avait peine à croire que Manhattan se trouvait à moins d'une demi-heure de cette dangereuse forêt primitive. J'avais hâte de retrouver, sous mes semelles, le contact du béton.

À 7 h 32, je pris la radio, sortis de ma voiture, remontai l'allée et sonnai à la porte.

Combien de fois l'avais-je fait pour annoncer une tragédie, demander si je pouvais entrer une minute pour poser quelques questions de routine ? Combien d'ordres de perquisition, de mandats d'arrêt, de condoléances ou, si rarement, de bonnes nouvelles ?

Je n'avais aucune idée, cette fois, de ce qui suivrait. Mais j'étais certain que ma visite allait bouleverser quelques existences.

Chapitre 45

Une voix féminine grésilla dans l'Interphone.

– Qui est là ?

Je levai les yeux, remarquai une caméra de surveillance braquée sur moi.

– Inspecteur Corey, madame Winslow.

Je tendis mon laissez-passer vers l'objectif. Je faillis ajouter : « Souriez. »

– J'ai eu, cette nuit, votre mari au téléphone.

– Oh, oui. Il est absent. Je suis navrée...

Pas moi...

– Pourriez-vous m'accorder quelques instants ? À propos de ce rôdeur...

– Euh, très bien... Une seconde.

Quelques minutes plus tard, la grande porte s'ouvrit.

Jill Winslow était effectivement une femme attirante. Proche de la quarantaine, elle avait des cheveux noirs coupés à la garçonne, de grands yeux sombres, un joli visage très photogénique et le teint hâlé ; moins, toutefois, que le mien.

Elle portait une robe de chambre blanche en coton qui, nouée à la taille, révélait un corps sans défaut. Sans être avenante, elle n'avait pas l'air hostile. Je lui souris, et elle s'efforça de se montrer aimable. Je lui tendis de nouveau mon laissez-passer.

– Désolé de frapper si tôt à votre porte. Je ne vous importunerai pas longtemps.

Elle me fit entrer.

Je traversai à sa suite un vaste vestibule jusqu'à la cuisine, immense et très claire. Elle me désigna une table ronde proche d'une baie vitrée par où pénétrait le soleil.

– Je m'apprêtais à prendre mon café. Vous en voulez ?

– Volontiers, merci.

Je m'assis, posai ma radio sur la table. Elle se dirigea vers le plan de travail et prépara le café.

D'après ce que j'avais pu en voir, la maison trahissait une aisance ancienne et de bon aloi. Tout le bazar des vieilles familles, y compris les antiquités que j'ai toujours imaginées rongées par les vers, les termites et autres petites bêtes. Mais je suis un plouc.

– Ed Roberts, du poste de police, nous a appelés pour nous annoncer qu'on avait arrêté le rôdeur, me dit Jill Winslow en remplissant la cafetière.

– C'est exact.

– Que puis-je pour vous, monsieur... ?

– Corey. J'assure simplement le suivi de l'enquête.

Elle sortit deux tasses du placard, les disposa sur un plateau, puis se tourna vers moi.

– Et vous représentez la police du district ?

– Pas vraiment.

Elle ne réagit pas. J'ajoutai :

– Je suis du FBI.

Elle ne parut ni surprise ni troublée. Nous nous fixâmes quelques secondes et ce regard suffit à me convaincre que je me trouvais bien face à la Jill Winslow qui, cinq ans plus tôt, avait volé la cassette d'*Un homme et une femme* à l'hôtel Bayview. Je brisai la glace le premier.

– D'autres agents fédéraux vous ont-il contactée récemment ?

Elle secoua la tête.

– Vous savez pourquoi je suis ici, dis-je.

Elle acquiesça. J'ajoutai :

– Des éléments nouveaux sont intervenus. J'ai pensé que vous pourriez m'aider à les éclaircir.

– Nous avons déjà tout passé au crible, monsieur Corey.

Elle s'exprimait avec un accent distingué, doux mais clair comme un carillon. Et ses grands yeux m'observaient sans honte.

– Il faut que nous recommencions, répondis-je.

Elle me regardait toujours, sans émotion apparente. Elle secoua de nouveau la tête, non en signe de refus, mais, me sembla-t-il, de tristesse.

Elle avait de la classe. Même au saut du lit et sans maquillage, elle m'apparaissait pour ce qu'elle était : une femme bien née, tout à fait en harmonie avec sa maison.

Pourtant, peut-être parce que je connaissais une partie de son histoire de sexe, mensonges et vidéo, je décelais, derrière ses manières patriciennes, un aspect plus sauvage.

Elle se retourna, garnit le plateau de crème, de sucre, de serviettes et de couverts. Je ne pouvais observer ses traits. Mais ses mains ne tremblaient pas. Elle murmura, en me tournant toujours le dos :

– Il y a quelques mois... en juillet... j'ai suivi le service commémoratif à la télévision. Il est difficile d'imaginer que cinq ans se sont écoulés.

– Le temps passe vite.

Je soufflai dans mes mains pour respirer mon haleine, qui me fit grimacer, reniflai discrètement ma chemise. Mme Winslow se retourna, marcha jusqu'à la table, posa le plateau devant moi. Je me levai.

– Je vous en prie, dit-elle, servez-vous.

– Merci.

Nous nous assîmes tous les deux.

– Je rentre à peine du Yémen, déclarai-je. Je suis un peu... chiffonné.

Ses yeux s'arrêtèrent sur ma plaie et mon bleu au menton.

– Que faisiez-vous là-bas ? Peut-être ne pouvez-vous pas le dire ?

– J'enquêtais sur l'attentat contre l'*USS Cole*.

Je remplis deux tasses. Elle me remercia. J'éteignis ma radio, bus une gorgée de café. Pas mauvais.

– Mon mari joue au golf ce matin, précisa-t-elle. Quant à moi, je vais à l'église à 10 heures.

– Je sais. Nous aurons terminé avant. En ce qui concerne M. Winslow, comme promis, il restera en dehors de tout cela.

– Merci.

– Hier soir, repris-je en me servant une autre tasse tandis qu'elle buvait la sienne, j'ai parlé à l'homme chargé, à l'origine, du dossier : Ted Nash. Vous vous souvenez de lui ?

Elle acquiesça.

– Et il y a quelques semaines, poursuivis-je, je me suis entretenu avec Liam Griffith. Vous vous souvenez également de lui ?

Elle acquiesça une seconde fois.

– Qui d'autre vous a interrogée à l'époque ?

– Un homme qui s'est présenté comme M. Brown.

– FBI ?

– J'imagine.

Je lui décrivis Jack Kœnig, insistant sur sa raideur.

– Je ne suis pas sûre, dit-elle. Mais ne savez-vous pas de qui il s'agit ?

J'éludai sa question.

– Personne d'autre ?

– Non.

– Avez-vous signé une déposition ?

– Non.

– A-t-on fait un enregistrement vidéo de vos déclarations ?

– Non... Pas à ma connaissance. Mais le dénommé Griffith a pris des notes.

– Où a-t-on mené ces interrogatoires ?

– Ici.

– Ici, chez vous ?

– Oui. Pendant que mon mari était au bureau.

– Je vois.

Inhabituel mais pas invraisemblable, surtout avec un témoin coopératif qu'on tenait à garder secret. Visiblement, ils avaient préféré ne pas la convoquer dans les locaux du FBI.

– Et votre ami ?

– Que voulez-vous savoir à son sujet ?

– L'a-t-on interrogé ?

– Je crois que les entretiens ont eu lieu à son bureau. Pourquoi me le demandez-vous ?

– Je vérifie la légalité des procédures.

Elle se contenta de cette explication.

– Quels sont ces nouveaux éléments que vous avez mentionnés et qu'attendez-vous de moi ?

– Je ne suis pas autorisé à en parler. J'ai simplement besoin de quelques éclaircissements.

– C'est-à-dire ?

– Eh bien, par exemple, l'état actuel de vos relations avec votre... ami.

Elle rétorqua, au bord de l'exaspération :

– Je ne vois pas quelle importance cela peut avoir maintenant, mais si vous tenez à le savoir, ma liaison avec Bud ne s'est pas poursuivie depuis la catastrophe.

Bud, donc...

– Mais vous continuez à le voir, à lui adresser la parole...

– À l'occasion. Nous nous rencontrons de façon fortuite à des soirées ou au club. C'est inévitable.

– Oh, je sais bien. Je tombe sur mon ex-épouse et mes anciennes petites amies sur tous les trottoirs de Manhattan.

Je lui souris et elle me rendit mon sourire.

– L'avez-vous questionné ? me demanda-t-elle.

– Non. Je voulais d'abord m'entretenir avec vous. Habite-t-il toujours à la même adresse ?

– Oui. Même maison. Même femme.

– Même travail ?

– Même travail.

– Est-il ici en ce moment ?

– Je crois, oui. Je l'ai croisé au barbecue du Labor Day.

Elle me regarda. Puis :

– Chaque fois que je le vois, je... je me demande...

– Ce que vous avez pu lui trouver.

– Oui...

Silence. Enfin, elle chuchota :

– Ça n'en valait pas la peine.

– C'est toujours ce qu'on se dit après coup. Mais à l'époque, c'était tentant.

– Sans doute, murmura-t-elle, souriant encore une fois.

– Qu'il ait donné votre nom au FBI vous a probablement déçue. Vous pensiez qu'il allait vous protéger.

Elle haussa les épaules.

– Ce n'était pas facile. Ils étaient très persuasifs... presque menaçants... Mais quelqu'un de plus solide aurait pu...

Elle eut un petit rire.

– Je crois qu'il a tenu trois minutes.

– Ne soyez pas trop dure avec lui, dis-je en accentuant mon sourire. Il a fait son devoir de citoyen.

– Bud ne fait que ce qui est bon pour Bud.

Elle réfléchit un instant.

– Si le FBI était venu me trouver la première, j'aurais sans doute agi de la même manière. Mais ce qui a suivi m'a fait comprendre qu'il était...

– Une poule mouillée.

Elle s'esclaffa presque gaiement.

– Oui, une poule mouillée. Un lâche. Et... un mufle.

– Pourquoi ?

– Eh bien... Je voulais contacter le FBI à propos de ce que nous avions vu et filmé. Il m'en a empêchée. Ensuite, quand ils l'ont retrouvé, il leur a affirmé que c'était moi qui avais refusé. C'était horrible... Il ne m'a aidée en rien. Il ne pensait qu'à lui.

– Il doit être avocat.

Elle rit encore : un rire de gorge, très tendre. J'avais l'impression que je la mettais en confiance, ce qui était peut-être la bonne méthode. J'aurais pu essayer l'intimidation, mais Jill Winslow y avait sans doute été soumise cinq ans plus tôt et en avait probablement gardé un certain ressentiment.

J'effleurai la plaie de mon menton.

– Ça a l'air vilain, me dit-elle. Désirez-vous mettre quelque chose dessus ?

– Non, merci. Je l'ai trempée dans l'eau salée.

– Comment est-ce arrivé ?

– J'ai été agressé par des tueurs dans la casbah d'Aden, au Yémen. Non, je plaisante. Auriez-vous un sparadrap ?

– Bien sûr.

Elle se leva, se dirigea vers un placard dont elle sortit une trousse de premiers secours, revint avec du sparadrap et une pommade antiseptique. Je badigeonnai mon menton, puis défis le papier du sparadrap. Elle resta debout, comme si elle songeait à m'aider à me panser. Voyant que je le faisais moi-même, elle se rassit.

– Il faudra garder cette plaie propre, dit-elle.

C'était une femme attentionnée et sa sollicitude me toucha. Malheureusement, elle allait me trouver, d'ici dix minutes, furieusement antipathique. Je gardai le silence un instant, tandis qu'elle fixait l'emballage du sparadrap, que j'avais posé sur la table. Soudain, elle me lança :

– Pourquoi souhaitez-vous avoir des renseignements sur Bud et ma relation avec lui ?

– Nous avons relevé quelques incohérences entre son récit et le vôtre. Par exemple, racontez-moi ce que vous avez fait de la cassette vidéo après l'avoir visionnée dans votre chambre, à l'hôtel Bayview.

– Que vous a-t-il dit ?

– Racontez-moi.

– Très bien... Tout de suite après, il a insisté pour que nous l'effacions. L'idée ne venait pas de moi. Nous avons donc effacé la bande et nous avons quitté l'hôtel.

Cela ne correspondait pas à ce que m'avait débité ce bon vieux Ted. Mais tout s'agençait.

– Essayez de remonter un peu plus loin... Vous êtes partis de la plage et, en rentrant à l'hôtel...

– J'ai regardé l'écran de contrôle et j'ai vu ce que nous avions enregistré... L'explosion de l'avion...

Elle ferma les yeux, prit une profonde inspiration.

– C'était affreux. Affreux. Je ne veux plus jamais revoir quelque chose de semblable.

Je l'observai tandis qu'elle contemplait sa tasse. J'eus l'impression qu'elle avait été, cinq ans plus tôt, une femme différente. Un peu plus heureuse, sans doute, plus avide de vivre. Le drame du 17 juillet 1996 l'avait traumatisée ; et ce qui s'était passé par la suite l'avait déçue, remplie de rancœur, peut-être de crainte. Et puis il y avait Mark Winslow, dont j'avais aperçu le visage à travers le pare-brise de sa Mercedes. Cinq ans après, elle vivait toujours avec lui et savait que cela durerait encore longtemps. La vie n'était qu'une suite de compromis, de déceptions, de trahisons, de remords. Et d'erreurs, qu'on ne cessait de regretter. Jill en avait commis une. J'allais lui fournir l'occasion de la réparer et j'espérais qu'elle la saisirait.

J'attendis qu'elle se fût ressaisie avant de relancer la conversation.

– Donc vous avez vu l'explosion sur l'écran de contrôle.

– Oui.

– Et Bud conduisait.

– Oui. Je lui ai dit : « Arrête-toi. Il faut que tu voies ça », ou quelque chose d'approchant.

– Qu'a-t-il répondu ?

– Rien. Je lui ai dit : « Nous avons tout sur la bande. »

J'hésitai. La question me brûlait les lèvres. En même temps, j'en redoutais les conséquences. Mais j'étais là pour la poser.

– Avez-vous vu le trait de lumière sur la bande ?

Elle me regarda intensément.

– Bien évidemment.

Je me tournai vers la baie vitrée. Elle donnait sur un patio aux dalles d'ardoise, une piscine, puis le jardin. Les roses étaient encore belles. « Bien évidemment... ».

Je me versai une troisième tasse, m'éclaircis la gorge.

– Et ce trait de lumière n'était pas le reflet sur l'eau d'une coulée de carburant enflammé ?

– Non. J'ai vu le... quel que soit le nom qu'on lui donne... surgir de l'océan. Je l'ai vu de mes propres yeux avant de le revoir sur la bande.

– Vous étiez debout sur la plage ?

Elle mit quelques secondes à répondre :

– J'étais assise et... j'ai vu ce trait lumineux escalader le ciel... J'ai dit quelque chose à Bud. Il s'est redressé, s'est tourné dans la direction du faisceau. Nous l'avons tous les deux regardé monter. Quelques secondes plus tard, il y a eu une énorme explosion... Des débris enflammés se sont mis à tomber... Ensuite, l'énorme boule de feu est tombée elle aussi... Enfin, environ une minute plus tard, nous avons entendu l'explosion...

Là encore, cela ne correspondait pas tout à fait à ce que m'avait rapporté le roi de l'embrouille. Cela ne me surprenait guère.

– Le rapport que j'ai lu stipule que vous étiez encore en train de faire l'amour au moment de l'explosion et que ce fut le bruit, quarante secondes plus tard, qui avait attiré votre attention.

Elle eut un geste de dénégation.

– Nous avions fini. J'étais assise...

Son visage s'empourpra.

– ... sur lui, face à la mer.

– Merci. Je mesure la gêne que je vous cause et je ne vous demanderai ce genre de détails que s'ils sont indispensables.

Elle me remercia d'un signe de tête et dit :

– Répondre à ces questions m'embarrassait il y a cinq ans.

Mais je suis loin de tout cela, maintenant... Comme si cela ne s'était jamais produit, ou était arrivé à quelqu'un d'autre.

– Je comprends. Bien... Qu'avez-vous fait après l'explosion de l'appareil ?

– Nous avons couru jusqu'à la dune où nous avions laissé nos affaires.

– Pourquoi ?

– Parce que nous savions que cette explosion allait attirer du monde sur la plage ou sur la route des Dunes. Nous... nous étions nus. Nous avons donc couru, nous nous sommes rhabillés, nous avons saisi la caméra et nous nous sommes précipités vers la voiture.

– La Ford Explorer de Bud.

– Oui. Si nous avions pris quelques instants de plus pour ramasser la couverture et la glacière... En outre, nous ne nous sommes pas rendu compte que nous avions oublié le cache de l'objectif... Nous n'avions qu'une idée en tête : nous en aller au plus vite.

– Je suis certain que Bud y a souvent repensé depuis.

Elle eut un sourire en coin. Apparemment, mes remarques acides sur le bellâtre lui plaisaient.

– Il aurait pu tout aussi bien oublier sa carte de crédit, dit-elle en riant de bon cœur.

Je n'avais même pas besoin de diviser pour régner. Divisés, Jill et Bud l'étaient déjà. Je n'avais aucune loyauté à ménager, ce qui me facilitait la tâche.

– Comment avez-vous réagi en réalisant que vous aviez tout enregistré ?

– Eh bien, j'ai... j'ai été ahurie de tout voir sur l'écran de contrôle. Puis... Je sais que j'ai l'air de me donner le beau rôle, mais j'ai voulu retourner là-bas, au cas où j'aurais pu aider les victimes.

– Vous étiez absolument sûre d'avoir assisté à l'explosion d'un avion ?

– Certaine. Mais, même si je me trompais, je voulais rebrousser chemin. Bud a refusé. J'ai insisté : ce qui défilait sur l'écran de contrôle constituait une preuve, qu'il fallait remettre aux autorités. Il a refusé encore une fois. « Personne, a-t-il répondu, ne nous verra faire l'amour sur cette bande. » Il exigeait que je l'efface tout de suite. Finalement, nous avons résolu de visionner la bande à l'hôtel avant de prendre une décision.

– Donc vous regagnez votre chambre.

– Oui. Nous avons branché la caméra sur le magnétoscope. Nous avions apporté le câble avec nous pour... plus tard, lorsque nous rentrerions de la plage... Nous avons donc visionné la cassette sur l'écran de télévision ; avec le son...

– Et vous avez de nouveau remarqué ce trait lumineux ?

– Oui. Nous nous sommes vus sur la plage, en train de le regarder monter dans le ciel... Ensuite, l'explosion... Nous sautons sur nos pieds. La boule de feu prend de l'altitude, puis amorce sa chute, avec les débris... Alors, la déflagration retentit. Nous pivotons vers la caméra, commençons à courir vers les dunes... Sur l'écran, en arrière-plan, nous avons su pour la première fois ce qui se passait derrière nous... Les flammes se répandant sur la mer...

Elle ferma de nouveau les yeux, se figea sur sa chaise.

– Bud se précipite vers la caméra. Tout à coup, l'image tourne dans tous les sens...

Elle ouvrit les yeux, se força à sourire.

– Il était tellement affolé qu'il n'a pas arrêté la caméra. Quand il l'a jetée sur le siège arrière, elle tournait toujours. On entend, sur la bande, nos voix terrorisées.

– La caméra a donc enregistré votre conversation en entier.

– Oui. Notamment quand j'essaie de le persuader de rebrousser chemin pour tenter de porter secours aux victimes. Parfois, je regrette que nous ayons effacé la bande...

– Moi aussi.

Je triturai l'emballage du sparadrap. Nous nous dévisageâmes quelques secondes.

– Donc, vous avez visionné la bande, puis vous l'avez effacée.

– Oui. Bud m'a convaincue... à juste titre... que des dizaines de personnes avaient vu ce... le missile, l'explosion... et que notre cassette n'apporterait rien de plus... Dès lors, pourquoi la remettre aux autorités ? Elle était... très explicite. Même si nous n'avions pas été mariés chacun de notre côté... si nous avions été célibataires, ou mari et femme... Pourquoi aurions-nous montré cette bande à des inconnus ? Qu'auriez-vous fait, vous ?

Je savais que je n'échapperais pas à cette question. J'y répondis le plus sincèrement possible.

– Je me serais abstenu de l'effacer cette nuit-là. J'aurais attendu, j'en aurais discuté avec ma partenaire, j'aurais examiné mon propre mariage, je me serais demandé pourquoi j'avais une liaison, j'aurais suivi le déroulement de l'enquête pour savoir si l'enregistrement constituait la preuve capitale d'un crime abominable. Ensuite, j'aurais pris ma décision.

Jill Winslow regarda dehors, sortit un mouchoir en papier de la poche de sa robe de chambre et se tamponna les yeux. Elle respira longuement. Puis elle murmura :

– C'est ce que je voulais faire. Vraiment... Tous ces gens... Mon Dieu... J'ai, en effet, suivi le déroulement de l'enquête. Des centaines de témoins affirmaient avoir vu un trait lumineux dans le ciel ; tout le monde pensait qu'il s'agissait d'un missile. Et puis... tout a commencé à changer.

– À ce moment-là, quand on a conclu à un accident, à une défaillance mécanique, auriez-vous remis la cassette aux autorités, si vous l'aviez encore eue entre les mains ?

Elle baissa les yeux, fixa ses doigts qui froissaient son mouchoir.

– Je ne sais pas. Je l'espère.

– Moi, je pense que vous l'auriez fait.

Elle ne répondit pas. Je laissai s'écouler quelques secondes.

– À qui appartenait la caméra ?

– À moi. Pourquoi ?

– Vous connaissiez bien la technologie de la vidéo, à l'époque ?

– J'avais des notions de base. Pourquoi ?

– Et Bud ?

– Je lui ai appris à se servir de la caméra. Pourquoi me demandez-vous cela ?

– Selon le rapport en ma possession, Bud a détruit la minicassette. Est-ce exact ?

– Que voulez-vous dire ?

– Après avoir quitté l'hôtel, vous vous êtes garés sur le bord de la route et Bud a roulé sur la cassette avant de brûler la bande.

– Absolument pas ! Il l'a effacée dans la chambre. C'est ce que j'ai dit au FBI. Bud l'a confirmé. Nous n'avons, ni l'un ni l'autre, parlé d'une destruction de la bande.

En fait, quelqu'un l'avait fait : Ted Nash, pour ne pas le nommer.

– Les agents du FBI vous ont-ils ont demandé, à vous et à Bud, de leur remettre cette bande effacée ?

– Oui. Et je la leur ai donnée. J'ai appris par la suite qu'une bande vidéo qu'on a effacée peut... On peut la reconstituer d'une façon ou d'autre. J'ignore s'ils y sont parvenus. Je suppose que non, car s'ils l'avaient fait, ils auraient vu la même chose que Bud et moi... Et ils seraient arrivés à une conclusion différente.

Elle m'interrogea du regard.

– Vous savez, vous, s'ils ont pu la restaurer ?

– Non.

En fait, je le savais. Si on n'y avait pas enregistré autre chose après l'avoir effacée, il ne faisait aucun doute que le laboratoire du FBI était parfaitement capable de remettre une cassette en état.

– La cassette était-elle vierge lorsque vous l'avez confiée à ceux qui vous questionnaient ?

– Oui. Elle était encore dans la caméra. Quand ils sont venus ici, c'est la première chose qu'ils m'ont demandée. Je suis allée chercher la caméra dans le salon et je la leur ai apportée. Ils étaient assis à cette table.

– Je vois. Que leur avez-vous dit ensuite ?

– La vérité. À propos de ce que Bud et moi avions vu. Ils lui avaient déjà parlé. Mais j'ignorais ce qu'il leur avait dit : ils lui avaient ordonné de ne pas me contacter et de ne pas prendre mes appels.

Elle ajouta avec un sourire amer :

– Et il ne l'a pas fait, ce lâche. Les agents du FBI se sont présentés ici le lundi suivant le crash. Ils m'ont annoncé qu'ils voulaient m'interroger et qu'il valait mieux que ma version ne soit pas différente de la sienne. Il leur avait menti sur plusieurs points, y compris sur le fait que nous avions fait l'amour sur la plage. Il prétendait que nous avions simplement marché et parlé sur le rivage. Moi, je leur ai dit la vérité, du début à la fin.

– Et ils vous ont promis que si vous leur révéliez tout, votre mari ne saurait jamais rien ?

– En effet.

– Vous ont-ils rendu une seconde visite ?

– Oui. Ils m'ont posé d'autres questions, comme s'ils en savaient davantage sur le contenu de la bande. Je leur ai demandé si elle était complètement effacée. Ils m'ont répondu par l'affirmative. Ils ont ajouté que j'avais commis un crime en détruisant une preuve. J'étais terrifiée... Je pleurais... Je ne savais plus vers qui me tourner. Bud ne prenait pas mes appels, je ne pouvais pas me confier à mon mari... J'ai envisagé de contacter mon avocat. Ils m'ont fermement conseillé de m'abstenir, si je voulais éviter des ennuis. J'étais totalement à leur merci.

– La vérité vous rendra libre, récitai-je.

Elle sanglota et rit tout à la fois.

– La vérité m'aurait fait divorcer dans les pires conditions imaginables. Et j'avais deux fils, âgés à l'époque de dix et huit ans... Vous êtes marié ?

Je lui montrai mon alliance.

– Et vous avez des enfants ?

– Pas à ma connaissance.

Son sourire revint. Elle s'essuya les yeux.

– C'est toujours très compliqué, avec les enfants.

– Je comprends... Les agents vous ont-ils soumise au détecteur de mensonges ?

– Lors de leur première visite, ils m'ont demandé si j'accepterais. Je leur ai affirmé que je ne craignais rien de ce côté-là, puisque je leur disais l'entière vérité. Ils m'ont dit qu'ils apporteraient un détecteur la fois suivante. Mais quand ils sont revenus, ils n'en avaient pas. Lorsque je les ai questionnés à ce sujet, ils m'ont répondu que ce n'était pas nécessaire.

Bien sûr. Ce n'était plus nécessaire parce qu'ils avaient restauré la cassette et que tout ce qu'ils voulaient savoir s'y trouvait. Pour le reste, ils ne voulaient surtout pas de déposition écrite, d'interview enregistrée ou d'interrogatoire sous détecteur de mensonges de Jill Winslow ou de Bud, qui auraient pu resurgir par la suite si les deux témoins se manifestaient ou étaient retrouvés par quelqu'un dans mon genre.

En fait, Nash, Griffith et consorts ne cherchaient pas à découvrir une preuve crédible de l'impact d'un missile sur le Boeing de la TWA. Ils cherchaient au contraire à la supprimer, ce dont ils accusaient Jill Winslow.

– Ces messieurs du FBI vous ont-ils fait jurer de garder le silence ?

– Oui.

– Pourtant, après les déclarations officielles concluant à un accident, ne vous êtes-vous pas demandé pourquoi on n'avait pas tenu compte de votre témoignage et de celui de Bud ?

– Bien sûr... Mais cet homme, Nash, m'a téléphoné. Nous nous sommes de nouveau rencontrés ici. Il m'a expliqué que, sans la cassette, ma déposition et celle de Bud n'avaient pas plus d'importance que celles de centaines d'autres témoins. Selon lui, j'avais de la chance. Je devais reprendre le cours de mon existence et ne plus jamais penser à cette histoire.

– Or vous n'avez rien oublié.

– Non... Je revois toujours ce missile...

– Avez-vous vu la reconstitution de l'accident réalisée par la CIA ?

– Oui. Elle était complètement fausse.

– Il aurait été bien utile d'avoir votre cassette.

Elle ne répondit pas.

Après un long silence, elle se leva, alla chercher un autre Kleenex sur le plan de travail et se moucha. Puis elle ouvrit le réfrigérateur.

– Voulez-vous de l'eau minérale ?

– Non, merci. Je ne bois jamais d'eau pure.

Elle sortit la bouteille, versa l'eau dans un verre. Une vraie lady.

Je récapitulai ce qu'elle venait de me raconter. Bud, donc, n'avait pas détruit la bande. Le FBI et la CIA l'avaient restaurée et avaient vu ce que deux cents témoins juraient avoir vu : un trait lumineux jaillissant de la mer.

Qu'en déduire ? Il n'y avait que deux mots pour définir leur attitude : conspiration et dissimulation.

Mais pourquoi ? On pouvait envisager de nombreuses explications. Toutefois, je n'allais pas essayer de me mettre à la place des huiles de Washington, tenter de deviner leurs motivations secrètes et ce qu'elles avaient à gagner en éliminant des preuves. J'étais certain qu'elles avaient de bonnes raisons de sécurité pour couvrir, soit un tir ami ou la bavure d'une arme expérimentale, soit un attentat terroriste. Mais j'étais également certain que ces raisons étaient mauvaises.

Jill Winslow paraissait épuisée, triste et troublée. Devinant ce qui la perturbait, j'avais envie de l'aider à l'exprimer.

Toujours debout, elle me demanda :

– Allez-vous rencontrer Bud, aujourd'hui ?

– Aujourd'hui ou demain.

Elle sourit.

– Il fait équipe avec mon mari, ce matin.

– Ils sont amis ?

– Non.

Elle s'assit avec son verre d'eau, croisa les jambes.

– Tromper son mari n'est déjà pas très joli. Mais si Mark apprenait que je l'ai fait avec Bud, il se sentirait complètement ridicule.

– Pourquoi ?

– Il le méprise. Pour une fois, il a raison. Il m'a dit un jour : « Jill, si jamais tu me trompes, choisis au moins quelqu'un dont je n'aurai pas à rougir si ta liaison devient de notoriété publique. » J'aurais dû l'écouter.

– Bud est séduisant ?

– Oui. Mais c'est tout. C'était uniquement physique.

Elle sourit.

– Je suis tellement superficielle...

En fait, ce n'était pas uniquement physique. Cela avait un rapport avec Mark Winslow et le désir de Jill de piétiner son image d'épouse parfaite, même à l'insu de son mari. Je gardai cette réflexion pour moi. Comme on dit : « Personne ne plaindra une fille riche qui boit du champagne sur un yacht. » Pourtant, dans un sens, j'éprouvais de la compassion pour elle.

Quant à Bud, j'aurais pu jurer qu'il fréquentait le même club de loisirs que les Winslow. Dix minutes m'auraient suffi pour m'y rendre et obtenir ses coordonnées. Mais je n'avais plus besoin de lui. Ce que je cherchais était là, devant moi.

Jill reprit la parole.

– Y a-t-il autre chose ?

– Ce sera tout... Sauf quelques détails sur votre séjour dans la chambre, quand vous êtes revenus de la plage. Vous avez visionné la cassette. Dites-m'en un peu plus là-dessus.

– Eh bien... Nous sommes passés en avance rapide sur le début, quand nous nous trouvions dans les dunes, sur la couverture... Nous avons commencé par notre course vers l'océan. Nous avons tout regardé, depuis le moment où nous avons fait l'amour jusqu'à l'instant où nous avons vu le faisceau lumineux... Nous avons rembobiné ce passage avant de le repasser au ralenti... Il y avait d'abord cette lueur à l'horizon... puis la lumière montant dans le ciel... Au ralenti, on distinguait bien le panache de fumée. On apercevait aussi les feux clignotants de l'avion juste avant le...

– Combien de temps durait la bande ?

– Environ un quart d'heure pour la partie sur la plage, depuis le moment où nous descendons sur le rivage jusqu'à ce que Bud revienne en courant vers les dunes et saisisse la caméra. Ensuite, quinze minutes de noir quand la caméra se trouve sur le siège arrière. On nous entend parler.

– Bien. Et le début, sur la couverture, quand vous avez commencé à enregistrer ?

Elle haussa les épaules.

– Je ne sais pas. Un quart d'heure, peut-être... Je n'avais aucune envie de voir ça.

– Bien. Donc, vous avez fait défiler la bande, puis vous l'avez rembobinée et visionnée de nouveau au ralenti, et ainsi de suite ?

– Oui. C'était... inimaginable.

– Hypnotisant. Fascinant.

– Oui.

– Qu'avez-vous fait ensuite ?

– Bud a effacé la bande.

– Comme ça ? Vous m'avez dit avoir tenté de l'en dissuader.

– Je n'ai pas... Nous nous sommes disputés, mais... il s'est montré inflexible. Il voulait aussi que nous quittions la chambre au cas où quelqu'un nous aurait vus rentrer de la plage. À mon avis, il n'y avait aucune chance, mais il insistait pour que nous nous en allions et que chacun rentre chez soi. Nos mobiles commençaient à sonner. On avait annoncé la catastrophe aux informations et des gens qui nous savaient dans les parages cherchaient à nous joindre. Nous n'avons pris aucun appel. Bud s'est réfugié dans la salle de bains pour téléphoner à sa femme ; il était censé pêcher avec des amis.

– Il a peut-être fait couler de l'eau dans la baignoire et crié : « Je rentre au port, chérie ! »

Elle sourit et répliqua :

– Il n'est pas assez intelligent pour ça. Mais il était vraiment paranoïaque.

– Couvrir ses arrières n'a rien de paranoïaque.

Elle haussa les épaules.

– Au point où nous en étions, nous aurions été démasqués un jour ou l'autre. Nous aurions fini par nous couper dans nos mensonges... Bref... Mark m'a appelée. Je n'ai pas répondu. Je n'ai écouté son message qu'une fois dans ma voiture, sur le chemin du retour. Il disait : « Jill, es-tu au courant de la catastrophe aérienne qui vient d'avoir lieu là-bas ? Rassure-moi. » J'ai d'abord joint l'amie chez qui j'étais supposée passer la nuit, à East Hampton. Il ne l'avait pas contactée. J'ai donc rappelé Mark. Je lui ai dit que j'étais bouleversée et que je rentrais... Il n'a même pas eu l'ombre d'un soupçon, ajouta-t-elle avec un petit rire.

– Si je puis me permettre de jouer les psychologues amateurs, vous aviez envie qu'il sache. Ou, du moins, vous ne vous souciiez pas des conséquences.

– Bien sûr que si !

– Je parle d'expérience. Il est plus facile de se faire prendre que de rompre. Le résultat est le même, mais le désir d'être confondu n'est qu'un souhait inconscient, alors qu'une rupture exige beaucoup de courage...

Retrouvant son ton de femme du meilleur monde, elle m'interrompit sèchement.

– Qu'est-ce que cela a à voir avec votre présence ici ?

– Tout, peut-être.

Elle jeta un coup d'œil à la pendule murale.

– Il faut que je me prépare pour aller à l'église.

– Vous avez le temps. Un dernier point : après avoir visionné la cassette, je suppose que vous vous êtes douchés, Bud et vous. Vous aviez du sable et du sel sur vous.

Pour ne pas mentionner le reste...

– Nous nous sommes douchés, en effet.

– Vous d'abord ?

– Je... je crois.

– Vous avez visionné de nouveau la bande pendant qu'il prenait sa douche ?

– Il me semble... C'était il y a cinq ans. Pourquoi ?

À mon avis, elle le savait très bien. Je décidai donc de jouer mon va-tout.

– Cet après-midi-là, qu'avez-vous fait entre le moment de votre arrivée à l'hôtel, à 16 h 30, et votre départ pour la plage, à 19 heures ?

– Nous avons regardé la télévision.
– Quel programme ?
– Je ne me rappelle plus.
Je la scrutai avec insistance.
– Madame Winslow, vous ne m'aviez pas encore menti.
Elle détourna les yeux, fit mine de réfléchir.
– Je me souviens, maintenant. Nous avons regardé un film.
– Une cassette vidéo ?
– Oui.
– *Un homme et une femme* ?
Elle me fixa sans répondre.
– Vous l'avez empruntée à la vidéothèque de l'hôtel, lui dis-je.
– Ah, oui...
Nous nous fixâmes encore. Ce fut elle qui brisa le silence.
– Très romantique, commenta-t-elle d'un ton léger. Mais je crois que Bud s'est ennuyé à mourir. Vous l'avez vu ?
– Non. Mais j'aimerais vous emprunter votre exemplaire, si vous le permettez.

Nouveau silence, beaucoup plus long. Je ne cessai de la regarder. Les yeux baissés, elle livrait un combat intérieur que je la laissai mener jusqu'au bout. Elle vivait un de ces moments où l'existence bascule sur une décision subite, en quelques mots. J'avais vu de nombreux témoins ou suspects affronter cette situation. Il fallait qu'ils se décident eux-mêmes ; c'était ce que j'avais tenté de rendre plus facile à Jill, grâce à tout ce que je lui avais dit jusqu'à présent.

J'imaginais ce qui se bousculait dans sa tête : divorce, scandale, humiliation publique ; les enfants, les amis, les familles, la sienne, celle de Bud. Et, en anticipant encore un peu plus : témoignage public, avocats, harcèlement des médias... et, peut-être, un danger.

Elle chuchota enfin :
– Je ne vois pas de quoi vous parlez.
– Madame Winslow, seules deux personnes au monde le savent : vous et moi.
Elle ne réagit pas.
Je saisis l'emballage du sparadrap et, d'une chiquenaude, le fis glisser vers elle, à travers la table.

– Nous avons trouvé un de ces bouts de papier dans la chambre 203. Vous vous étiez coupée ?

Pas de réponse.

– Ou vous êtes-vous servie du sparadrap pour couvrir la languette de protection de la cassette de la vidéothèque ? C'est de cette façon que vous avez copié votre bande sur celle d'*Un homme et une femme*. Pendant que Bud prenait sa douche.

Je laissai s'écouler quelques secondes avant de poursuivre :

– Vous pouvez très bien me jurer que ce n'est pas vrai. Dans ce cas, je serais en droit de me demander pourquoi vous avez gardé ce film après l'avoir volé à l'hôtel. Ou bien vous pouvez me dire que c'est vrai, que vous avez effectivement copié votre enregistrement sur ce film et que vous l'avez détruit par la suite. Mais ce n'est pas ce que vous avez fait.

Elle respira longuement. Des larmes coulaient le long de ses joues.

– Je crois... je crois que je devrais vous dire la vérité.

– Je la connais déjà, madame Winslow. Mais, oui, j'aimerais l'entendre de votre bouche.

– Il n'y a vraiment rien à dire.

Elle se leva. Je crus qu'elle allait me montrer la porte. Mais elle murmura :

– Voudriez-vous voir cette cassette ?

Je me levai à mon tour. Les battements de mon cœur s'accéléraient.

– Oui, madame Winslow, j'aimerais la voir.

– Très bien... Mais... quand vous l'aurez regardée... j'espère que vous comprendrez pourquoi je ne pouvais la montrer... ou la confier à qui que ce soit... J'y ai songé très souvent... Notamment en juillet, lorsque j'ai suivi la cérémonie funèbre à la télévision... Tous ces gens... Est-il si important de savoir comment ils sont morts ?

– Ça l'est.

– Si je vous donne cette cassette, son contenu restera-t-il secret ?

– Je pourrais vous le garantir, mais je vous mentirais. Vous le savez, et je le sais.

Elle hocha la tête une dernière fois, demeura un instant immobile. Puis elle me dit :

– Suivez-moi.

Chapitre 46

Elle me conduisit dans un grand salon, à l'arrière de la maison, et me fit asseoir dans un fauteuil, face à un écran plasma.

– Je reviens, dit-elle.

Elle sortit. J'aurais pu lui dire qu'il n'existe aucune cachette secrète dans une maison, que pas une seule, en vingt ans de carrière dans la police, ne m'avait échappé. Mais Mark Winslow n'était pas policier ; c'était un mari aveugle. « Si tu veux cacher quelque chose à ton époux, dit le proverbe, mets-le sur ta planche à repasser. »

Je me levai et marchai dans la pièce ensoleillée. Des photographies encadrées ornaient un des murs. Je vis les deux fils Winslow, beaux jeunes gens très convenables, aux cheveux courts. D'autres photos avaient été prises au cours de voyages familiaux autour du monde. Une série de clichés en noir et blanc regroupaient des gens d'une autre génération devant des limousines, des chevaux, des yachts.

Je m'intéressai surtout à une photo en couleur récente de Mark et Jill, prise lors d'une réception. Personne n'aurait pu deviner qu'ils formaient un couple. Mark Winslow avait un visage agréable, mais si lisse, si impersonnel que je fus presque surpris que la pellicule ait fixé son image.

J'examinai, sur un autre mur, les plaques de golf, les récompenses civiques et les citations professionnelles, preuves de sa réussite. En dehors de quelques romans à la mode et des inévitables classiques, les rayons de la bibliothèque contenaient surtout des livres de golf et des ouvrages d'économie, séparés par des trophées remportés sur le green. Aucune trace de sports plus virils, comme la pêche au gros et la chasse, ou d'un séjour dans l'armée. Il y avait toutefois un bar d'acajou dans un coin : M. Winslow ne dédaignait donc pas un cocktail de temps en temps.

Je n'éprouvais, a priori, aucune antipathie envers lui. Je n'ai aucun préjugé particulier contre les riches. Mais je ne lui aurais jamais proposé de boire une bière avec Dom Fanelli et moi.

Quoi qu'il en soit, je crois que Jill avait pris sa décision en ce qui le concernait. Et j'espérais qu'elle n'allait pas changer d'avis en allant chercher la cassette.

Mon regard s'arrêta sur un portrait d'elle qui, peint une dizaine d'années plus tôt, ornait la paroi opposée à la bibliothèque. L'artiste avait bien rendu l'expression de ses grands yeux sombres et la sensualité discrète de sa bouche.

– Il vous plaît ? Moi, je ne l'aime pas du tout.

Je me retournai. Dans l'encadrement de la porte, toujours en robe de chambre mais coiffée et légèrement maquillée, elle tenait la cassette à la main.

– Je suis mauvais juge en matière d'art... Vos fils ont fière allure.

Elle s'empara de la télécommande posée sur la table basse, alluma la télévision et le magnétoscope, où elle glissa la cassette après l'avoir ôtée de sa boîte, qu'elle me tendit. Je lus : « *Lauréat de deux Academy Awards* ». En dessous, sur deux lignes, le titre en anglais et en français : *A Man and a Woman. Un homme et une femme.* Et enfin : *Un film de Claude Lelouch.* Une étiquette précisait : *Propriété de l'hôtel Bayview. À restituer.*

Jill s'installa sur le canapé, me fit signe de prendre place dans le fauteuil.

– Le rôle de l'homme, me dit-elle, est joué par Jean-Louis Trintignant. Il est pilote de course et a un jeune fils. Interprétée par Anouk Aimée, la femme est script-girl. Elle a une fille. Ils se rencontrent dans un pensionnat, en rendant visite à leurs enfants. C'est une belle histoire d'amour, mais triste. Comme *Casablanca.* Il s'agit d'une version doublée en anglais.

– Euh...

Je commençais à m'inquiéter. J'eus peur d'avoir manqué quelque chose au cours de notre entretien dans la cuisine et d'être sur le point de regarder un film français. Elle me rassura tout de suite.

– Ce n'est pas ce que nous allons voir maintenant, du moins pendant les quarante premières minutes. Nous allons voir *Le Bellâtre et la Grue,* avec Bud Mitchell et Jill Winslow... Mis en scène par Jill.

Je ne sus quoi répondre. Je me rendis compte, à son expression, que, pendant sa brève absence, elle s'était dit : « Il est temps de me jeter à l'eau, et au diable les conséquences. » Elle paraissait presque calme, soulagée, comme délivrée d'un grand poids. Elle semblait également un peu nerveuse, ce qui était compréhensible dans la mesure où elle s'apprêtait à regarder un film X dont elle était l'héroïne, en compagnie d'un homme qu'elle ne connaissait pas une heure auparavant.

Elle sentit mon regard sur elle, tourna la tête vers moi.

– Ce n'est pas une histoire d'amour. Mais si vous arrivez à le supporter jusqu'au bout, vous pourrez regarder la dernière heure d'*Un homme et une femme*. Un film bien meilleur que le mien.

Il fallait que je réponde quelque chose.

– Écoutez, madame Winslow, je ne suis pas là pour juger. Ne vous montrez pas trop dure avec vous-même. Vous n'êtes pas obligée de rester...

– J'y tiens.

Elle pressa un bouton en bout de table. Les stores se baissèrent, plongeant la pièce dans l'obscurité. Jill pianota rapidement sur la télécommande et la bande commença à se dérouler. Il y eut d'abord de la musique, suivie par le titre du film, dans les deux langues. Au milieu du générique, l'image fut brutalement remplacée par une autre, moins nette, avec un son de mauvaise qualité. Il me fallut une seconde pour reconnaître Jill Winslow, jambes croisées sur une couverture sombre, en short beige et tee-shirt bleu, à côté d'une glacière. Elle débouchait une bouteille de vin.

En bas, dans le coin droit de l'écran, s'inscrivaient la date, 17 juillet 1996, et l'heure, 19 h 33. Le compteur tournait ; 19 h 34...

Je reconnus le vallon niché entre les dunes, que j'avais vu trois fois : d'abord avec Kate après le service funèbre, puis l'après-midi où j'y avais dormi, faisant ce rêve érotique sur

Kate, Marie, Roxanne et Jill Winslow, au visage couvert d'un voile qu'elle venait à présent d'arracher, et enfin la nuit précédente, lors de mon rendez-vous avec Ted Nash.

– Il s'agit du parc régional de County Beach. Mais je suppose que vous le savez.

– Oui.

Sur l'écran, le jour baissait. La lumière était quand même assez forte pour que je puisse tout voir très distinctement. En dépit de la faiblesse du son, j'entendais nettement le bruit du vent.

Tout à coup, un homme vêtu d'un short beige et d'un polo s'encadra de dos dans le champ.

– C'est Bud, bien entendu, dit Jill.

Il prit deux verres dans la glacière, s'assit près de Jill, versa le vin. Il trinqua avec elle, me montrant son visage et clamant :

– Aux soirs d'été, à nous deux, ensemble.

– Oh, non... murmura Jill, comme si elle trouvait la formule ridicule.

J'observai l'homme avec soin. Beau, il l'était. Mais il y avait de la veulerie dans sa voix et ses gestes. Je me sentis un peu déçu par Jill. Elle dut lire dans mes pensées.

– Qu'ai-je bien pu lui trouver ? dit-elle.

Je restai silencieux. Sur la bande, elle demandait à Bud :

– Tu viens ici souvent ?

Il souriait.

– C'est la première fois. Et toi ?

Elle lui rendait son sourire. Tous deux semblaient un peu intimidés par la caméra.

– Je me rappelle, reprit Jill, avoir pensé : « Pourquoi est-ce que je couche avec un homme que j'estime si peu ? »

– C'est commode.

– Oui, c'est commode.

Ils buvaient un second verre de vin. Je crus d'abord assister à un prélude, avant la grande scène de la plage. Mais soudain, Jill se leva, enleva son tee-shirt. Bud l'imita.

Elle fit glisser son short beige le long de ses jambes, l'envoya valser d'un coup de pied. En culotte et soutien-gorge, elle regarda Bud se déshabiller.

– J'ai visionné deux fois la scène de la plage, au moment où l'avion explose, me dit-elle. Mais il y a cinq ans que je n'ai pas vu celle-là.

Elle dégrafa son soutien-gorge, se débarrassa de son slip, et, se tournant face à la caméra, ouvrit les bras, ondula des hanches et cria : « Ta da ! ». Puis elle se pencha.

Je tendis le bras vers la télécommande. Elle la saisit avant moi.

– Je veux voir ça.

– Non, dis-je, vous ne voulez pas. Et moi non plus. Accélérez.

– Taisez-vous.

Ils s'étreignaient, s'embrassaient, se caressaient.

– Je n'ai pas beaucoup de temps, madame Winslow. Pourriez-vous en arriver à la scène de la plage ?

– Non. Il faut que vous voyiez ça jusqu'au bout, pour comprendre pourquoi je n'ai pas donné la cassette à la police.

– J'ai très bien compris. Accélérez.

– Ça devient meilleur.

– Vous ne deviez pas aller à l'église ?

Elle ne répondit pas. Sur l'écran, elle s'adressait à la caméra :

– Jill et Bud, première !

Elle s'accroupissait, posait sa bouche contre le ventre de Bud.

Bon... Je consultai ma montre, mais mon cerveau fut incapable d'enregistrer l'heure. Mon regard revint vers l'écran. Cet imbécile de Bud avait plongé ses doigts dans la chevelure de Jill.

– Est-ce que cela constitue une preuve ? me dit-elle.

Je me raclai la gorge.

– Je crois que nous pourrions couper cette...

– Ils voulaient la bande en entier. Vous voyez l'heure et la date en bas à droite ? Était-ce si important de préciser le moment où cela se passait ?

– J'imagine... Nous pourrons masquer vos corps et vos visages...

– Ne faites pas de promesses que vous ne pourrez pas tenir. J'en ai eu assez.

Sa voix jaillissait en même temps du poste de télévision.

– Scène deux ! Bud va faire le chien. Aboie, Bud !

Le sourire idiot du bellâtre, son aboiement pitoyable. Il levait la bouteille, arrosait de vin de corps de Jill.

– Lèche, Bud, lèche !

Ensuite, ils s'étreignaient, roulaient sur la couverture...

– Jill, je vous en prie...

Elle enleva ses pantoufles de deux coups de talon, posa ses pieds sur la table basse. Je me renversai dans mon fauteuil, évitant ostensiblement de fixer l'écran.

– Cela vous met mal à l'aise, monsieur Corey ?

– Je crois vous l'avoir déjà dit.

– Cela me gêne, moi aussi. Si je vous confie cette cassette, combien de gens assisteront à ça ?

– Le moins possible. De toute façon, ce seront des professionnels, des fédéraux, des enquêteurs du ministère de la Justice, hommes et femmes. Ils en ont vu d'autres.

– Ils ne m'ont pas vue faire l'amour devant une caméra.

– À mon avis, ils s'en moquent. Ils ne s'intéressent qu'à l'explosion de l'avion. Tout comme moi. Aussi, si vous pouviez accélérer jusque-là... Tout de suite.

– Me regarder faire l'amour ne vous intéresse pas ?

– Écoutez, Jill...

– Madame Winslow.

– Euh... désolé. Madame Winslow...

– Non, appelez-moi Jill.

Mon malaise s'accentuait. Je me demandai si je n'avais pas affaire à une cinglée. Sur la bande, elle s'exclamait :

– Je me sens toute poisseuse ! Allons nous baigner.

Je ne pus m'empêcher d'admirer son corps nu doré par le soleil couchant. Elle appuya sur Pause, enleva ses pieds de la table, se pencha vers l'écran géant.

– J'ai l'air plus jeune. Un peu plus mince, peut-être. Vous ne trouvez pas ?

Elle commençait à me fatiguer. Je tentai donc une nouvelle approche.

– Votre visage n'a absolument pas changé et vous êtes une très belle femme. Quant à votre corps, je suis sûr qu'il est aussi parfait qu'il y a cinq ans.

Elle continuait à fixer l'écran.

– C'était la première fois que nous nous filmions. Ce fut aussi la dernière. Je ne suis jamais vue nue sur une photo ou un film. Et je ne me suis jamais vue faire l'amour. Et vous ? Avez-vous déjà fait ce genre de choses ?

– Jamais dehors.

Elle rit.

– Vous trouviez-vous grotesque ?

– Oui.

– Et moi ?

– Pas de commentaire.

– Voulez-vous cette cassette ?

– Oui.

– Alors, répondez à ma question. Ai-je l'air d'une gourde, en train de faire l'amour sur cette cassette ?

– Je crois que tout le monde, dans cette situation, est ridicule, sauf les professionnels... Ce n'est pas si mal, pour une première fois... Bud, lui, ne semble guère à son aise. Maintenant, puis-je avoir la télécommande ?

Elle me la tendit.

– Nous devions visionner tout cela dans la chambre d'hôtel, pour nous émoustiller à nouveau. Mais je crois que cela m'aurait plutôt refroidie.

J'appuyai sur Play. Le corps parfait de Jill s'anima. Elle escaladait la dune, disparaissait soudain du champ de la caméra. Mais j'entendais sa voix :

– Viens ! Pose la vidéo là et allons nous baigner.

Bud marchait vers la caméra, disparaissait à son tour. L'écran ne montrait plus qu'un superbe ciel rouge et violet, le sable blanc, le rougeoiement doré de l'océan.

– C'est si beau ! s'exclamait Jill.

Toujours hors caméra, Bud suggérait :

– Nous ne devrions pas aller nus jusqu'au rivage. Il pourrait y avoir des gens dans les parages.

– Et après ? On ne les connaît pas... Et puis il faut vivre dangereusement, Bud.

– Bud est une poule mouillée ! dis-je.

Je n'avais pas pu m'en empêcher. Jill rit encore et approuva.

– Oui, une poule mouillée.

Il n'y eut pas de son pendant quelques secondes, et personne sur l'écran. Puis elle apparut, dans le coin gauche, traversant la plage et courant vers le rivage. Toujours pas de Bud. Tout en continuant à courir, elle tourna la tête. « Dépêche-toi ! » À cette distance de la caméra, je l'entendais à peine, d'autant que le vent et le ressac résonnaient en arrière-fond.

Bud se montra enfin. Il courait après elle. Elle se laissa rattraper, lui prit la main et l'entraîna dans l'eau.

Il n'avait pas l'air aussi enthousiaste que je l'aurais été à sa place. Je demandai à Jill :

– Combien de temps cette histoire a-t-elle duré ?

– Trop longtemps. À peu près deux ans... Je suis moins gênée par ces scènes filmées que par celui avec qui je les ai vécues.

– Il est très bien de sa personne.

– Moi aussi.

Un bon point pour elle.

En bas, à gauche, les secondes défilaient : 20 h 19. Le vol 800 de la TWA venait de décoller et amorçait sa montée au-dessus de l'océan.

Jill et Bud avaient de l'eau jusqu'à la taille. Ils parlaient. Bud paraissait excédé. Avant que j'aie pu lui demander pourquoi, Jill me dit :

– Je crois que je lui reprochais d'être trop timoré, ce qui l'a vexé. Il voulait s'en aller. Mais moi, je voulais faire ça sur la plage, comme dans *Tant qu'il y aura des hommes...*

À présent, elle le tirait vers le bord. Il était 20 h 23. Le Boeing virait sur la gauche, vers l'est, vers l'Europe.

Le soleil s'était couché, mais une pâle lueur éclairait encore l'horizon. Les silhouettes de Jill et de Bud se découpaient sur le ciel et la mer. Jill dit quelque chose à Bud, qui, docilement, s'étendit sur le dos. Elle s'allongea sur lui et, d'une main, l'introduisit en elle.

– Mon mari verra-t-il cela, monsieur Corey ?

J'arrêtai l'image à 20 h 27 et 15 secondes. Je regardai à droite, cherchant à distinguer les feux d'un avion. Je ne notai aucune lumière de navire à l'horizon.

– Monsieur Corey ? Mon mari verra-t-il un jour cela ?

– Uniquement si vous le souhaitez.

Elle se tut.

J'appuyai sur Play. Le ressac submergeait le corps des amants. Toujours pas d'avion. Mme Winslow jouit à 20 h 19. Je le vis, mais ne l'entendis pas.

Ils restèrent immobiles quelques instants, reprenant leur souffle. Puis elle s'assit sur lui, faisant face au sud-ouest. J'aperçus soudain les feux d'un avion, très loin, à dix kilomètres et à environ 4 000 mètres d'altitude.

– Arrêtez ! cria Jill. Arrêtez !

J'appuyai sur Pause. Elle se leva brusquement.

– Je ne peux pas regarder ça une nouvelle fois. Je serai dans la cuisine.

Pieds nus, elle quitta le salon.

Je contemplai l'image fixe : Jill Winslow à califourchon sur Bud Mitchell, le mouvement figé du ressac, les étoiles qui ne scintillaient plus, un petit nuage effilé plaqué comme un coup de pinceau contre le ciel noir. Et, presque à l'opposé du parc de Smith County, deux lumières, figées elles aussi, l'une rouge, l'autre blanche, telles deux étoiles sur une photographie.

Je me levai, m'assis sur la table basse et me penchai vers l'écran géant. J'appuyai sur la touche Ralenti.

À 20 h 19 et 19 secondes, je vis une lueur à l'horizon et j'arrêtai l'image. La caméra fichée au sommet de la dune se trouvait à peu près à six mètres de haut, trépied compris. De là, on avait un angle de vision plus large que celui des témoins qui avaient assisté à la catastrophe depuis un bateau ou depuis la terre qui, sur la rive sud de Long Island, est à peine à trois mètres au-dessus du niveau de la mer, sinon moins. J'examinai la lueur. Cela pouvait ressembler à un missile.

Je fis défiler l'image au ralenti. De l'endroit où j'avais repéré la lueur, une longue flèche lumineuse rouge orangé montait dans le ciel. Elle s'élevait rapidement, même au ralenti, traînant un panache blanc semblable à de la fumée. Jill et Bud ne l'avaient pas encore remarquée. Il était 20 h 30 et 5 secondes. J'appuyai sur Pause, repoussai la table basse et m'agenouillai devant l'écran, fixant le point lumineux jusqu'à ce que mes yeux se brouillent. Je m'assis sur les talons et fis de nouveau défiler l'image au ralenti.

Le doute n'était plus permis. Je voyais ce qu'avaient vu deux cents personnes avant moi, y compris le commandant Spruck, dont les déclarations, pour être honnête, m'avaient laissé sceptique. Je comprenais pourquoi, à présent, le désastre auquel il avait assisté l'obsédait depuis si longtemps. Je lui devais des excuses. Plus important : c'était au peuple américain qu'on devait des excuses. Au nom de qui ?

Je me souvins de Jack Kœnig me recevant dans son bureau, me regardant droit dans les yeux et martelant : « Il n'existe pas de vidéo montrant un couple s'envoyant en l'air sur la plage au moment où l'avion explose en plein ciel. » Puis : « Pas de roquette non plus. Ni de missile à la con. »

Va te faire foutre, Jack. Toi aussi, Liam Griffith. Et toi encore plus, Ted Nash. Menteurs. Salopards.

Le trait lumineux, suivi de son panache de fumée, avait atteint la moitié de l'écran. Alors, Jill tourna la tête vers la lumière et fixa le ciel. Bud se redressa brusquement. Ils se retrouvèrent face à face. Bud fit un mouvement de côté et regarda, par-dessus l'épaule de Jill, ce qu'elle contemplait. Sur l'écran, la lumière, devenue presque incandescente, gagnait de la vitesse. Je jetai un coup d'œil vers les feux de l'avion, avant de me concentrer à nouveau sur le faisceau. J'étais trop près de l'écran pour embrasser toute la scène. Je me levai rapidement, reculai jusqu'à la table basse, où je m'assis.

Au ralenti, il n'y a pas de son. De toute façon, il n'y avait rien à entendre. Je restai là, immobile, fasciné. Car je savais exactement ce qui allait se passer.

Le faisceau bifurqua soudainement vers les feux clignotants de l'avion, tordant le panache de fumée.

Quelques secondes plus tard, une lumière intense illumina le ciel. Spectacle plus effrayant encore au ralenti. Quelques secondes de plus... Une énorme boule de feu explosa dans le ciel noir, comme une éclatante fleur rouge s'ouvrant dans un film en accéléré. J'arrêtai l'image : 8 h 31 et 14 secondes.

Jill et Bud étaient presque debout, face au rougeoiement du ciel. Ralenti de nouveau. La boule de feu prenait de l'ampleur. L'avion bondit. Ensuite, deux coulées de carburant enflammé descendirent vers l'océan. Je notai, tandis qu'elles approchaient de leur point de chute, leurs reflets sur la surface. Oui, ces reflets ressemblaient à deux traits lumineux jaillissant vers le ciel. Pure illusion d'optique. *« Ça, c'est le haut. D'accord ? »*

J'appuyai sur la touche Play, restaurant le son.

L'image se déroulait à présent à sa vitesse normale. Pourtant, Jill et Bud bougeaient à peine, pétrifiés par le ciel en feu.

Des débris embrasés tombaient. J'entendis la première explosion au moment où le son atteignait le micro de la caméra. Elle fut suivie, une ou deux secondes plus tard, par une déflagration beaucoup plus forte. Jill et Bill vacillèrent juste avant que je l'entende, à l'instant précis où le bruit les frappait de plein fouet.

Je revins au ralenti. Silence. La carlingue, qui, de façon incroyable, s'était encore élevée de neuf cents mètres jusqu'à ce que le carburant s'échappe de ses réservoirs, amorçait à présent sa chute en vrille. J'eus du mal à suivre tout ce qui se passait, même au ralenti. Je ne vis pas le nez de l'appareil se détacher, mais je crus voir l'aile gauche se séparer de la carlingue, puis la masse du 747 plonger dans les flots.

Le ciel redevint net, hormis la fumée qu'éclairaient les flammes se répandant à la surface.

Le couple resta là, sur la plage, nu, paralysé, comme si quelqu'un avait arrêté la marche du monde où plus rien ne vivait, sauf le ressac inlassable s'écrasant sur le sable, à la lueur des flammes.

J'appuyai sur Play. Le ressac s'accentua et le feu dansa sur l'eau.

Prenant l'initiative pour la première fois, Bud saisit Jill par le bras, lui dit quelque chose. Ils tournèrent les talons et se mirent à courir vers la caméra. Il était plus rapide qu'elle. Pourtant, il ne ralentit pas pour s'assurer qu'elle allait bien. Ce type était une lavette absolue.

Je contemplai le carburant embrasé sur l'horizon. Jill et Bud ignoraient encore que deux cent trente hommes, femmes et enfants avaient péri en un clin d'œil. Moi, je le savais. Je sentis mon estomac se nouer. Ma bouche était sèche et mes yeux se remplissaient de larmes.

Bud et Jill avaient disparu au pied de la dune. Leur tête et leurs épaules réapparurent au moment où ils escaladaient la pente sablonneuse, Bud précédant Jill.

Réglé au maximum, le zoom de la caméra rendait leurs visages flous. Je distinguais quand même leurs traits. L'homme avait l'air terrorisé. Elle aussi paraissait terrifiée. Les yeux exorbités, elle le regardait, comme si elle attendait qu'il lui dise quelque chose, qu'il lui explique ce qui se passait et ce qu'ils devaient faire. Je mis la seconde suivante au ralenti, scrutai le visage stupide de ce minable. On aurait pu l'imprimer sur un avis de recherche, avec la mention : « Appeler I-800-Lavette ».

Il s'était emparé de la caméra. L'écran se transforma en un kaléidoscope dément d'images presque impossibles à suivre, tandis que notre héros dévalait la dune jusqu'au vallon puis lâchait la caméra. Il hurlait : « Rhabille-toi ! Rhabille-toi ! »

L'un des deux ramassa la caméra et j'aperçus un pan du ciel nocturne. Je les entendais respirer pendant qu'ils couraient et que des images indistinctes se télescopaient. Une portière de voiture claqua. Deux autres s'ouvrirent, se refermèrent. Le moteur démarra. Je perçus quelques ultimes soubresauts sur l'écran presque noir, deux souffles haletants. Pas un mot. Jill était sans doute en état de choc. Quant à Bud, il essayait de ne pas pisser dans son short. J'eus envie de lui crier : « Dis-lui quelque chose, enfoiré ! »

Suivirent cinq minutes de calme absolu. Enfin, alors que je m'apprêtais à éteindre la télévision et à rembobiner la cassette, la voix de Jill retentit :

– Bud, je crois qu'un avion vient d'exploser !

Il répondit :

– Possible... Mais c'était peut-être une énorme fusée de feu d'artifice... Tirée d'un bateau. Elle a éclaté...

– Les fusées de feux d'artifice n'explosent pas comme ça. Elles ne brûlent pas sur l'eau... Quelque chose d'énorme s'est embrasé en plein ciel et s'est écrasé dans l'océan. C'était un avion... Nous devrions peut-être retourner là-bas.

– Pourquoi ?

– Des passagers ont peut-être survécu. Ils ont des gilets de sauvetage, des radeaux. Nous pourrions leur porter secours...

Je lançai à haute voix :

– Tu es une fille bien.

Bud, lui, répondit :

– Cette chose s'est désintégrée. Elle devait se trouver à plus de 3 000 mètres d'altitude... Les flics sont déjà là-bas. Ils n'ont pas besoin de nous.

Je pensai : « Les passagers n'ont pas besoin de toi, mais les flics ont besoin de ta bande vidéo, imbécile. »

Nouveau silence, très long. De nouveau la voix de Jill :

– Ce trait de lumière... C'était une roquette. Un missile...

Pas de réaction.

– ... comme si un missile tiré depuis la mer avait percuté l'avion.

– Eh bien, je suis sûr qu'on en entendra parler aux informations.

Silence encore. Il y eut un mouvement sur l'écran noir, puis plus rien. Je compris que Jill venait de prendre la caméra sur le siège arrière et rembobinait la bande pour la découvrir sur l'écran de contrôle.

L'enregistrement s'arrêtait là. Une image remplit l'écran, accompagnée d'une musique de fond. Jean-Louis Trintignant, doublé, prononça quelques mots en anglais. Mais je n'écoutais plus.

J'appuyai sur Stop, puis sur Rewind. Je me rassis un instant sur la table basse, fixant l'écran vide.

J'étais totalement imprégné de ce que je venais de voir et d'entendre. Je savais qu'il me faudrait du temps pour intégrer ces images si éloignées de la réalité quotidienne.

Je restai prostré quelques secondes, avant de me lever et de me diriger vers le bar. Je trouvai une bouteille de scotch, remplis la moitié d'un verre. Il était encore tôt en ce dimanche matin, mais j'avais besoin d'un remontant pour me remettre d'aplomb et m'humecter la bouche. J'avalai le whisky cul sec, reposai le verre et gagnai la cuisine.

Chapitre 47

Jill Winslow ne s'y trouvait pas. Je l'aperçus par la baie vitrée, assise au milieu du patio. Toujours en robe de chambre, très droite sur une chaise longue remontée au maximum, les yeux fermés, elle semblait regarder au fond d'elle-même.

Je la rejoignis et pris place près d'elle, sur un autre transat. Elle avait posé entre nous, sur une table, une bouteille d'eau et deux verres. Je me servis, contemplai la piscine et la pelouse.

Au bout d'une minute, elle murmura :

– Avez-vous pris la cassette ?

– Non. Je veux que vous me la donniez.

– Ai-je le choix ?

– Non. Elle constitue la preuve de la possibilité d'un crime. Je pourrais la confisquer. Mais je préfère que vous me la remettiez volontairement.

– Elle est à vous.

Elle sourit.

– En fait, elle appartient à l'hôtel Bayview.

– Bud a laissé à la réception une caution de cinq cents dollars. Elle est payée.

– Tant mieux. Cela me perturbait depuis longtemps. Je ne suis pas une voleuse.

– Je vous fournirai un reçu.

Elle garda le silence un moment.

– Vous êtes un homme très habile, déclara-t-elle enfin. Vous êtes arrivé à vos fins.

– Ce n'était pas si difficile, répondis-je modestement. En fait, si. Et je suis effectivement très doué.

– Quand les agents du FBI sont venus ici, j'ai eu très peur. J'ai cru qu'ils allaient me demander si j'avais fait une copie de la cassette avant que Bud ne l'efface... Mais pourquoi y auraient-ils pensé ? Et comment auraient-ils soupçonné l'existence d'*Un homme et une femme ?*

Je ne fis pas de commentaire. À mon avis, Nash et Griffith auraient dû au moins envisager cette possibilité. Mais ils s'étaient focalisés sur Bud et moins sur Jill, la petite fille riche.

Elle poursuivit :

– Je n'étais pas encore prête à montrer cette cassette.

– Je comprends.

Elle but une gorgée d'eau.

– Pauvre Mark, pauvre Bud. Ils vont me haïr. Pour des raisons différentes...

– Ils ne sont plus en cause. Il s'agit de vous : de la bonne décision à prendre, de la vérité, de la justice.

– Je sais... Mais Bud est douillettement installé dans son mariage. Quant à Mark... Lui aussi vit dans son petit confort. Il va être effondré, humilié...

– Vous parviendrez peut-être à limiter les dégâts.

Elle s'esclaffa.

– Êtes-vous sérieux ?

– Non.

– Et puis il y a mes fils : Mark junior et James.

– Quel âge ont-ils ?

– Quinze et treize ans. Peut-être comprendront-ils un jour.

– Ils finiront par comprendre, oui. Sans doute plus tôt que vous ne le pensez.

Elle m'interrogea du regard.

– Vais-je aller en prison ?

– Non.

– Ne me suis-je pas rendue coupable de rétention de... ?

– Ne vous inquiétez pas. Ils auront besoin de votre coopération.

– Et Bud ? Risque-t-il des ennuis pour avoir effacé la bande ?

– C'est possible. Mais on lui proposera un marché, tout comme à vous. J'ai bien peur qu'il ait beaucoup plus de problèmes avec Mme Mitchell.

– Arlene va transformer sa vie en enfer...

– Cessez de vous tourmenter pour les autres.

Elle se redressa, se tourna vers sa maison, puis vers la pelouse, la piscine, le jardin.

– C'était une prison... à perpétuité...

Je ne répondis pas. Comme je l'ai déjà dit, il est difficile de plaindre une fille riche qui boit du champagne sur un yacht, ou au bord d'une piscine. Pourtant, je la comprenais. Elle ajouta, plus pour elle-même qu'à mon intention :

– Que vais-je devenir ?

Elle ne put s'empêcher de sourire.

– Me voyez-vous un avenir dans le cinéma porno ?

Je lui rendis son sourire et consultai ma montre. Il fallait que je m'éclipse avant que l'hélicoptère noir n'atterrisse sur la pelouse, ou que Nash et consorts ne jaillissent d'une voiture. Mais il fallait aussi que je laisse Jill décompresser.

Quelque chose parut soudain l'intriguer.

– Pourquoi cela a-t-il demandé cinq ans ?

– Je viens juste de prendre l'affaire en main.

– Je vois. Quand j'ai appris qu'elle était officiellement close, je me suis sentie soulagée... Mais coupable en même temps. Quand l'a-t-on rouverte ?

« Il y a une heure », pensai-je. Je déclarai :

– Le cinquième anniversaire de la catastrophe, en juillet, a de nouveau suscité l'intérêt.

– Je vois. Aimeriez-vous m'accompagner à l'église ?

– Euh... Ce serait avec plaisir. Mais j'ai bien peur de devoir m'en aller. Y aurait-il un moyen de copier la cassette maintenant ?

– De la même manière que la dernière fois, mais à l'envers : du magnétoscope à la caméra vidéo. Vous vous y connaissez ?

– Je suis un expert mondial, assurai-je en me levant. Allons faire cette copie.

Elle me précéda dans la cuisine, où je pris la radio de Roberts, puis dans le salon.

Elle sortit la caméra d'un grand placard rempli de jeux de société, la disposa devant la télévision. Je lui proposai de l'aider.

– Si vous voulez que ça fonctionne, rétorqua-t-elle, contentez-vous de vous asseoir.

Je n'avais nullement l'intention de rester les bras croisés pendant qu'elle manipulait la preuve du siècle. Je m'agenouillai à son côté, en face de la caméra et du magnétoscope. Je la regardai opérer et lui posai des questions tandis qu'elle reliait le magnétoscope à la caméra par un grand câble muni de prises pour le son et l'image. S'apercevant que j'avais rembobiné *Un homme et une femme*, elle appuya sur quelques touches.

– La cassette du magnétoscope s'enregistre à présent sur la minicassette de la caméra.

– Vous en êtes sûre ?

– Comme je vous vois. Voulez-vous que je la passe sur l'écran pour vous convaincre ?

– Oh, non ! Je vous fais confiance.

Toujours à genoux, elle martela :

– Vous avez raison. J'aurais pu effacer la bande il y a cinq ans. J'aurais pu vous dire qu'elle n'existait pas. Or je vous l'ai montrée... Et j'ai confiance en vous.

– Parfait. Combien de temps cela va-t-il demander ?

– La durée de l'original : une quarantaine de minutes. Vous voulez un petit déjeuner ?

– Non, merci.

Je redevenais paranoïaque. J'imaginais Nash et ses amis faisant, à l'instant même, irruption dans la maison. Avais-je vraiment besoin d'une copie de cette bande ?

– Pourrions-nous sauter tout de suite jusqu'aux scènes de la plage et à l'explosion ?

– Vous êtes pressé ?

– Oui.

Elle alluma la télévision et l'image apparut sur l'écran. On en était arrivé au moment où Jill s'accroupissait devant Bud, sur la couverture. À genoux près d'elle, je suis sûr d'avoir rougi. Cela la laissa étrangement indifférente.

– Vous êtes certain de ne pas avoir besoin de ce passage ?

– Absolument.

Elle actionna la touche Avance rapide du magnétoscope et l'action s'accéléra. Après la scène du vin, elle appuya sur Play. Sur l'écran, elle se redressait et s'écriait : « Je me sens toute poisseuse ! Allons nous baigner. »

Elle me regarda.

– À partir de là ?

– Oui.

Elle se leva. Je l'imitai, jetant un coup d'œil à ma montre, puis sur l'écran. L'enregistrement prendrait désormais une quinzaine de minutes.

– Pourquoi vous faut-il deux bandes ? s'enquit Jill.

– Je perds tout.

Cette fois, elle ne sourit pas. Elle me tendit la télécommande.

– Je ne veux pas voir cet avion. Vous pouvez rester là jusqu'au bout. À la fin, quand *Un homme et une femme* réapparaîtra, appuyez sur Stop, puis sur Eject. Je serai dans le patio. Appelez-moi si vous avez besoin d'aide pour extraire la cassette de la caméra.

– J'aimerais que vous vous habilliez et que vous veniez avec moi.

Mon ton la déconcerta.

– Pourquoi ? Suis-je en état d'arrestation ?

– Non.

Selon le chronomètre de la vidéo, il restait douze minutes avant 20 h 31, heure de l'explosion. Viendraient ensuite la chute de l'appareil, les images de Bud et Jill courant vers la dune, et tout le reste.

Je la pris par le bras, l'entraînai vers la cuisine.

– Je vais être très franc avec vous, lui dis-je. Vous êtes en danger. Il faut que je vous emmène loin d'ici.

Elle me considéra avec stupeur.

– En danger ?

– Les agents du FBI qui sont venus chez vous il y a cinq ans et ont emporté la cassette que vous aviez effacée. Ils l'ont restaurée. Je n'ai aucun doute là-dessus.

– Mais...

– Écoutez. Ils savent ce qu'il y avait sur cette bande. Et ils veulent que personne d'autre ne le sache.

– Pourquoi ?

– Je l'ignore ; et ça n'a aucune importance. Ce qui compte, c'est... Je vais être bref... Deux groupes enquêtent séparément sur la catastrophe. Le premier, celui de Nash, Griffith et autres, cherche à supprimer toute preuve de l'attaque d'un missile. L'autre groupe, dont je fais partie, tente de faire le contraire. Vous n'avez pas besoin d'en savoir davantage pour l'instant, sinon que les gens du premier groupe pourraient très bien débouler ici d'un moment à l'autre. Si c'est le cas, ils détruiront la bande et... Il faut que nous partions tout de suite, avec les deux enregistrements. Vous devez vous habiller très vite et venir avec moi.

Elle me fixa d'un air effaré, puis regarda par la baie vitrée, comme s'il pouvait déjà y avoir des gens dehors. Même si je voulais vraiment qu'elle se remue, je ne tenais pas à la brusquer.

– J'appelle la police, dit-elle enfin.

– Non. Ces gens sont des agents fédéraux, tout comme moi. Ils sont officiellement en charge de l'enquête. Mais ils font partie d'un complot.

Je concevais que ce que je venais de lui révéler pouvait lui paraître invraisemblable.

– Pourquoi vous croirais-je ? s'écria-t-elle.

– Que s'est-il passé il y a cinq ans ? Ne m'avez-vous pas dit que vous aviez appris qu'on pouvait restaurer une bande effacée ? Avez-vous, depuis, entendu parler de ces gens ? Avez-vous été convoqués, vous et Bud, par les autorités ? Avez-vous jamais vu qui que ce soit en dehors de Nash, de Griffith et du troisième homme ? Vous êtes une femme intelligente. Réfléchissez.

Tête basse, elle fixait ses pieds.

– Tout ce que vous dites paraît logique, mais...

– Jill, si je voulais simplement la bande, je pourrais la prendre maintenant et m'en aller. Si j'avais eu l'intention de vous faire du mal, je n'aurais pas attendu jusqu'à maintenant. Fiez-vous à moi.

Nous nous dévisageâmes un long moment. Enfin, elle hocha la tête.

– Très bien.

– Merci. Allez vous habiller. Pas de douche. Et ne répondez pas au téléphone. Prenez un sac de voyage et tout l'argent liquide de la maison.

– Où al... ?

– Nous en parlerons plus tard. Avez-vous une arme ?

– Non. Pas vous ?

– Dépêchons.

Elle quitta la cuisine. Regagnant le salon, j'entendis ses pas dans l'escalier.

Je m'assis de nouveau sur la table basse. La bande tournait toujours. Au bas de l'écran, le chronomètre indiquait : 8 h 27.

En bout de table, le téléphone me fit sursauter. Le répondeur s'enclencha au bout de cinq sonneries. Je me précipitai à la fenêtre. Il n'y avait aucune voiture dans l'allée ou dans la rue, excepté la mienne.

Je retournai dans le grand salon. Le téléphone retentit de nouveau, déclenchant encore le répondeur.

Il était 9 h 15 : une heure décente pour que des amis ou des membres de la famille appellent en ce dimanche matin ; un peu trop matinale, toutefois, pour deux coups de fil successifs.

Ted Nash et ses hommes pouvaient frapper à la porte d'un instant à l'autre. Ils étaient armés, pas moi. Je n'avais aucune illusion sur leur détermination. Ils détruiraient la preuve. Et ils nous abattraient.

La bande s'achevait. Jill s'exclamait : « Bud, je crois qu'un avion a explosé. » J'arrêtai le magnétoscope, puis la caméra. À ma grande surprise, je trouvai sans mal le moyen d'en éjecter la minicassette, que je fourrai dans ma poche.

Jill revint dans le salon, en pantalon noir et chemisier blanc, un petit sac de voyage à la main.

– Je suis prête.

– Parfait. Remettons tout en ordre.

Elle replaça la caméra dans le placard pendant que j'éjectais *Un homme et une femme* du magnétoscope, que j'éteignis. J'inspectai la rangée de touches pour m'assurer que personne ne s'apercevrait que quelqu'un avait utilisé la machine. Jill me tendit le boîtier du film. J'y glissai la cassette et mis le tout dans la poche intérieure de mon blazer. Je pressai, au bout de la table basse, le bouton d'ouverture des stores, me tournai vers Jill.

– Vous savez qui a appelé ?

– Non. Il n'y avait pas de message.

– Bien. Ma voiture n'est pas fiable. On l'a sans doute repérée. Nous devrons utiliser la vôtre.

– Elle est dans le garage. Il faut que je rédige un mot pour Mark.

– Non. Pas de mot. Vous l'appellerez plus tard.

Elle eut un pauvre sourire.

– Il y a dix ans que je rêve de lui laisser une lettre sur la table de la cuisine. Et maintenant que je m'en vais pour de bon, je ne peux même pas lui écrire trois lignes ?

– Vous lui enverrez un mail. Allons-y.

Portant son sac, je la suivis dans un couloir qui menait de la cuisine au garage. Il restait deux voitures : la Lexus SUV et une BMW Z3 décapotable, au toit baissé.

– Laquelle ? demanda Jill.

Je me souvins que la BMW était à son nom, ce qui pourrait avoir son importance si nous étions interceptés par la police après un constat de disparition déposé par Winslow.

– La BM.

Je jetai le sac de voyage à l'arrière.

– Voulez-vous conduire ? me proposa Jill.

– Il faut que je me débarrasse de ma Ford. Où pourrais-je l'abandonner ?

– Où allons-nous ?

– À Manhattan.

– Très bien. Suivez-moi. Vous la garerez à cinq kilomètres d'ici, au Old Westbury College.

– Bien. Faites démarrer la vôtre mais n'utilisez pas votre télécommande pour ouvrir la porte du garage.

Je me dirigeai vers la sortie, regardai par la vitre. Aucun véhicule dehors. Je pressai le bouton d'ouverture. Tandis que le rideau métallique se soulevait, je me faufilai à l'extérieur. Jill sortit en marche arrière, se servit de sa télécommande pour refermer le garage. Je lui confiai la minicassette de la caméra.

– Gardez-la. Si nous sommes obligés de nous séparer, allez la mettre en sûreté, et vous avec : chez des amis, des parents, à l'hôtel... Surtout, ne revenez pas chez vous. Appelez votre avocat, puis la police. Compris ?

Elle acquiesça. Elle ne semblait pas effrayée et paraissait tout à fait lucide, ce qui me calma.

– Relevez la capote et les vitres.

Elle obéit. Je descendis l'allée, montai dans la Ford Taurus, démarrai et suivis la BMW sur Quail Hollow Road.

Départ réussi.

Tout en roulant, je réfléchis à ce qui s'était passé depuis la veille. Où était Nash ? Que préparait-il ? Si j'avais su que j'allais trouver Jill Winslow et une copie de la cassette, je n'aurais pas hésité à le tuer sur la plage. En l'épargnant, j'avais commis une grosse erreur. Si je tombais maintenant sur lui et ses hommes, il ne me laisserait pas le temps de la réparer ; et il ne raterait pas l'occasion de corriger la sienne.

Chapitre 48

En dehors de son changement de vitesse manuel, perfidie européenne à laquelle je n'avais pas été confronté depuis longtemps, la BMW était un rêve. Un oiseau, capable de laisser loin derrière lui, si Nash et Griffith m'avaient suivi, n'importe quel bolide du FBI. Mais personne n'était à mes trousses. Je m'en étais assuré en effectuant, comme à l'accoutumée, sur la voie express de Long Island, deux ou trois embardées et une brusque sortie de route que Jill n'avait pas appréciées. La circulation, en ce dimanche matin, était plus que fluide. J'avais, comme convenu, garé ma Ford Taurus à Old Westbury College, entre les arbres d'un petit campus désert. J'avais ensuite pris le volant de la BM, fourrant dans la boîte à gants la radio de Roberts, que je me promettais de rapporter à son propriétaire à la première occasion.

Toujours aussi calme, peut-être soulagée par ce départ précipité dont elle n'aurait pas osé rêver deux heures plus tôt, Jill se laissait conduire.

– Et maintenant ? me dit-elle alors que nous quittions Nassau.

– Dans quel hôtel séjournez-vous quand vous allez à New York ?

– J'en ai plusieurs.

– Mieux vaut les éviter. Il faudrait en trouver un en plein centre, avec un grand hall public.

Elle réfléchit un instant.

– Le Plaza, dit-elle.

– Appelez la réception et réservez deux chambres communicantes.

– Vous venez avec moi ?

– Oui.

Elle appela l'hôtel de son mobile, réserva deux suites. Pourquoi pas ? Mark pouvait se le permettre.

Nous traversions le Queens. Nous serions au Plaza dans moins d'une heure.

– Combien de temps resterons-nous à l'hôtel ? demanda Jill.

– Deux jours.

– Et ensuite ?

– Vous changerez d'établissement. Ou vous trouverez un refuge sûr. J'ai besoin d'au moins quarante-huit heures pour mettre l'armée des anges en ordre de bataille. Ensuite, vous serez en sécurité.

– Faudra-t-il que j'appelle mon avocat ?

– Si vous voulez. Mais si vous pouvez attendre quelques jours, ce sera aussi bien.

Elle hocha la tête.

– Et Bud ?

– Je le verrai ou le ferai contacter par quelqu'un au cours des prochaines quarante-huit heures. Quant à vous, ne l'appelez pas.

– Je n'ai aucune intention de le faire.

Elle me tapota le bras et ajouta :

– Pourquoi ne l'arrêtez-vous pas ? J'adorerais lui apporter des oranges en prison.

Elle éclata d'un rire si communicatif que je m'esclaffai à mon tour.

– Nous aurons besoin de sa coopération avant, dis-je.

– Serai-je obligée de le revoir ?

– Peut-être pas. Nous essayons toujours de convoquer les témoins séparément.

– Tant mieux. Où habitez-vous ?

– À Manhattan.

– J'y ai vécu avant de rencontrer Mark, à la sortie de l'université. Je me suis mariée trop jeune. Et vous ?

– J'en suis à ma deuxième union. Vous ferez la connaissance de ma femme. C'est un agent du FBI. Elle rentre demain d'une mission à l'étranger.

– Comment s'appelle-t-elle ?
– Kate. Kate Mayfield.
– Elle a gardé son nom de jeune fille ?
– Pas de façon égoïste. Elle m'a offert de le partager.
Jill sourit, puis demanda :
– Vous vous êtes rencontrés grâce à votre travail ?
– Oui.
– Vous devez mener une vie intéressante...
– Pour le moment, oui.
– Y a-t-il des dangers ?
– Moins graves que celui de mourir d'ennui.
– Vous êtes trop modeste. Vous ennuyez-vous, maintenant ?
– Non.
– Depuis quand votre femme est-elle partie ?
– Depuis un mois et demi.
– Et vous étiez au Yémen ?
– Exact.
– C'est un pays ennuyeux ?
– Allez-y et vous le saurez.
– Et elle ? Où était-elle ?
– En Tanzanie. C'est en Afrique.
– Je sais où se trouve la Tanzanie. Que faisait-elle là bas ?
– Vous le lui demanderez quand vous la verrez.

J'avais l'impression que Mme Winslow ne rencontrait pas beaucoup de gens intéressants à son club ou lors de ses dîners. J'avais aussi le sentiment qu'elle pensait avoir raté le coche après ses études et considérait la catastrophe majeure qui avait chamboulé son existence plus comme une chance que comme une épreuve. C'était la bonne attitude et j'espérais que tout se passerait bien pour elle.

Nous étions à deux kilomètres du Midtown Tunnel. Jill semblait de plus en plus détendue. Peut-être ne se rendait-elle pas pleinement compte du danger qui pesait sur nous. Ou alors elle le trouvait préférable à la fadeur de sa vie. Je partageais cette opinion quand je m'ennuyais. Mais lorsqu'un péril me menaçait, la monotonie me paraissait délicieuse.

– Je crois que Kate vous plaira, lui dis-je. Elle et moi prendrons soin de vous.
– Je suis capable de me débrouiller seule.

– Je n'en doute pas. Mais vous aurez besoin d'aide pendant un certain temps.

Nous approchions du péage. J'ôtai du pare-brise la carte d'abonnée de Jill, qui aurait permis d'identifier sa plaque d'immatriculation et l'heure de notre passage, ce que je ne voulais à aucun prix. Je réglai en espèces et nous pénétrâmes dans le long tunnel, sous l'East River. Jill relança la conversation.

– Que dois-je faire à propos de Mark ?

– Appelez-le plus tard de votre mobile.

– Pour lui dire quoi ?

– Que vous allez bien et que vous avez besoin d'être seule quelque temps. Je vous brancherai plus tard.

– Parfait. Personne ne m'a jamais branchée.

Je souris. Elle ajouta :

– J'ai envie de tout lui raconter.

– Vous devriez... avant qu'il ne l'apprenne. Tout cela sera bientôt public.

Les lugubres tuiles blanches du tunnel défilaient à toute allure. Jill se tut un long moment. Puis :

– Il y a eu tellement de soirées... Nous étions dans le grand salon, lui au téléphone, ou lisant son journal, ou encore me disant ce que j'aurais à faire le lendemain... Et moi, je ne rêvais que d'une chose : passer cette cassette...

Nous émergeâmes du tunnel. J'étais de retour à Manhattan. Enfin. Je respirai les jets de vapeur s'échappant des trottoirs, émerveillé par ces tonnes de béton. Un taxi brûla un feu rouge. Comme tous les dimanches, il y avait peu de circulation et les piétons étaient rares. Il ne me fallut pas cinq minutes pour me retrouver sur la 42e Rue.

– Avez-vous des questions à me poser ? dis-je à Jill.

– Quel genre de questions ?

– Sur ce qui va se passer maintenant, ce à quoi vous devez vous attendre...

– Si je dois savoir quelque chose, vous me le direz. Je me trompe ?

– Non.

– Puis-je faire une remarque ?

– Bien sûr.

– Vous restez trop longtemps en première.

– Pardon.

Je tournai à droite sur la 6e Avenue, en direction de Central Park sud, en prenant garde au levier de vitesses. Cinq minutes plus tard, je freinai devant l'hôtel Plaza. Un portier gara la voiture. Portant nos deux sacs, je suivis Jill dans le hall gigantesque, jusqu'à la réception.

Je ne voulais pas qu'elle paye avec sa carte de crédit, ce qui aurait permis de nous repérer très vite. Elle régla par chèque. Je montrai mon laissez-passer au réceptionniste, demandai à parler au directeur. Il arriva peu après. Je leur dis à tous les deux :

– Nous voyageons incognito pour le compte du gouvernement. Vous ne révélerez à personne la présence de Mme Winslow dans votre établissement. Vous nous préviendrez si quelqu'un cherche à la contacter. Compris ?

Compris. Ils notèrent ces instructions dans l'ordinateur.

Cinq minutes plus tard, nous étions dans le salon de notre suite. D'autorité, Jill choisit la plus grande chambre. Ensuite, par téléphone, elle commanda du café et des viennoiseries.

– Votre mari est-il à présent rentré du golf ? lui lançai-je en lorgnant vers le mini-bar.

Elle consulta sa montre.

– Pas encore.

– Bien. Appelez chez vous et laissez-lui un message. Dites-lui que vous avez besoin de passer quelque temps à l'extérieur, que vous êtes partie chez une amie, ou quelque chose de ce genre. Je ne veux pas qu'il s'inquiète et prévienne la police.

Elle eut un petit sourire.

– Il ne s'inquiétera pas. Il sera outré. Je n'ai jamais quitté la maison de ma propre initiative. Du moins, jamais sans un prétexte arrangé à l'avance... Et il ne préviendra pas la police. Il sera trop gêné.

– Parfait. Allez-y.

Elle sortit son mobile de son sac, composa le numéro et dit :

– Mark, c'est Jill. Je m'ennuyais, aujourd'hui. J'ai décidé d'aller faire un tour aux Hamptons et de rendre visite à une amie. Je passerai peut-être la nuit là-bas. Si tu veux, laisse un message sur mon mobile. Mais je ne prendrai aucun appel. J'espère que ta partie de golf s'est bien passée et que Bud Mitchell ne t'a pas semblé trop insupportable.

Elle me jeta un coup d'œil, sourit et conclut :

– À bientôt.

Visiblement, Mme Winslow s'amusait beaucoup.

– Ça allait ?

– C'était parfait.

D'un autre côté, si Ted Nash avait réfléchi cinq minutes, il serait chez elle tôt ou tard, à moins qu'il n'y fût déjà, et Winslow aurait droit à une histoire bien différente. On lui demanderait d'aider les autorités à retrouver sa femme. Mais je n'avais pas le temps de m'inquiéter de cela maintenant.

– Éteignez votre mobile, ordonnai-je à Jill.

Elle obéit sans poser de question.

Nous nous retirâmes dans nos chambres respectives pour nous rafraîchir un peu.

On sonna à la porte. Je laissai entrer le garçon d'étage, signai la note.

Je m'avançai ensuite vers les fenêtres et contemplai Central Park.

Je me sentais dans la peau d'un homme traqué, ce qui était le cas. Ironiquement, toute ma vie professionnelle avait consisté à pourchasser des fuyards, tellement stupides, pour la plupart, qu'ils ne m'avaient pas enseigné grand-chose sur la manière de ne pas se faire coffrer.

Mais, n'étant pas idiot, j'en avais quand même tiré quelques leçons. Et, pour l'heure, j'avais la situation bien en main. Les chances de Nash et de ses sbires de me retrouver rapidement restaient minces.

Jill revint dans le salon. Elle s'était remaquillée. Nous nous assîmes à la table pour boire notre café et déguster les viennoiseries.

– Votre femme arrive demain ?

– En principe, oui. À 16 heures.

– Vous irez la chercher à l'aéroport ?

– Non. Je ne peux pas me permettre de me rendre dans un endroit prévu à l'avance.

Là encore, elle ne me posa pas de question. Elle pigeait vite.

– Quelqu'un ira l'accueillir et la conduira ici. Ni elle ni moi ne pouvons retourner à notre appartement.

Elle hocha la tête, me regarda.

– John, j'ai peur.

– Il n'y a aucune raison.

– Avez-vous une arme ?

– Non.

– Pourquoi ?

Je le lui expliquai, puis ajoutai :

– Je n'en ai pas besoin.

Après quelques propos à bâtons rompus, je lui dis :

– Prenez la cassette que je vous ai confiée tout à l'heure et allez l'enfermer dans le coffre de l'hôtel.

– Entendu. Qu'allez-vous faire d'*Un homme et une femme* ?

– Je m'en occupe.

– J'aimerais me rendre à l'église, puis me promener. C'est possible ?

– Pour être honnête avec vous, si ces gens parviennent d'une façon ou d'une autre à nous repérer, ce que vous ferez n'a pas d'importance. Mais gardez votre mobile éteint. Si vous l'allumez, on vous localisera.

– Vraiment ?

– Croyez-moi.

J'enregistrai son numéro dans mon mobile et précisai :

– Consultez vos messages, mais ne laissez pas l'appareil en marche plus de cinq minutes.

En fait, à Manhattan, où des centaines de milliers de téléphones cellulaires émettent leurs signaux en même temps, il aurait fallu un quart d'heure ou plus pour la localiser, mais il valait mieux ne pas prendre de risques.

– N'utilisez pas votre carte de crédit. Et ne tirez pas d'argent à un distributeur. Vous avez assez de liquide ?

– Oui. Aimeriez-vous venir avec moi ?

Je me levai et répondis :

– Je vais faire un somme. N'ouvrez la porte à personne et ne répondez pas au téléphone. En cas d'imprévu, contentez-vous de me réveiller.

– Entendu.

– Quand vous sortirez, laissez-moi un mot m'indiquant quand vous rentrerez.

– Je ne fais même pas ça avec mon mari.

Je lui souris et conclus :

– À tout à l'heure.

Je gagnai ma chambre, m'assis sur le lit et composai le numéro de Dom Fanelli.

– Dom ? Désolé de te déranger un dimanche.

– Eh, tu appelles du Plaza ?

– Tout juste. Où es-tu ?

– Au Waldorf. Qu'est-ce que tu fais au Plaza ?

– Tu peux parler ?

– Oui. Je suis à un barbecue familial. Sors-moi de là.

– Tu as un verre à la main ?

– Pour fêter quoi ? Le pape s'est converti au judaïsme ?

– Tu voulais savoir de quoi il retournait, non ?

– Exact.

– C'est un gros dragon cracheur de feu, qui meurt de faim et pourrait bien te croquer au goûter.

Silence. Puis :

– Accouche.

– Il s'agit du vol 800 de la TWA, ce que tu sais, et d'une cassette vidéo. Et de Jill Winslow, la femme que tu as retrouvée pour moi.

Je lui racontai tout pendant un bon quart d'heure. Il resta étrangement calme et je dus lui demander plusieurs fois s'il était toujours là.

Une fois que j'eus terminé, il gémit :

– Doux Jésus, doux Jésus... Tu me charries ?

– Non.

– Quel bazar !

– Tu en es ?

Des voix criardes résonnaient en arrière-fond, ponctuées par une musique tonitruante. Il devait donc avoir changé d'endroit. J'attendis un instant. Le calme revint.

– Je suis dans les toilettes. Nom de Dieu, il me faut un verre.

– Pisse d'abord. Dom, j'ai besoin de ton aide.

– Ouais, ouais, tout ce que tu voudras. Qu'est-ce que tu veux ?

– Toi, plus un inspecteur et au moins deux officiers de police en uniforme pour aller, demain, chercher Kate à l'aéroport.

– Ah bon ?

– Moi, je ne peux pas. Ils pourraient m'attendre là-bas.

– Ouais...

– Prépare-toi à une intervention des fédéraux. Tu devras être en position de force.
– Je peux arranger ça.
– Je sais. Fais ce que tu dois faire, puis ramène Kate au Plaza sans te faire repérer.
– Bien.
– Même si tout le FBI de New York se pointe, je m'en bats l'œil. Tu es flic à New York et c'est notre ville ; pas la leur.
– Aucun problème.
– Une fois au Plaza, fais escorter Kate par un poulet jusqu'à la suite Winslow.
– La quoi ?
Je lui donnai le numéro de la suite et celui du vol de Kate, que je lui fis répéter.
– Tu es content que je t'aie mis dans la confidence ?
– Je saute de joie.
– Tu me l'as demandé.
– Oui. Merci de me mouiller jusqu'au cou. Et bravo. J'ai toujours dit que tu étais un génie, même quand le lieutenant Wolfe te traitait de débile.
– Merci. Tu veux savoir autre chose ?
– Oui. Qui, exactement, te court après ?
– Eh bien, ce type de la CIA, Ted Nash. Et peut-être Liam Griffith, du FBI. J'ignore qui ils ont recruté. Donc je ne sais pas à qui je peux me fier, aussi bien à l'intérieur de la boîte qu'à l'extérieur.
– Et Kate... Tu peux lui faire confiance ?
– Dom, c'est elle qui m'a impliqué là-dedans.
– D'accord. Simple précaution, à tout hasard...
Je ne répondis pas.
– À propos, dit-il, tu as besoin de renfort au Plaza ?
– Je me sens tranquille pour un jour ou deux. Ensuite, je te le ferai savoir.
– Parfait. Si ces types s'amènent, balance-leur quelques pruneaux. J'enverrai un camion frigorifique pour les conduire à la morgue.
– Ce serait un bon plan, mais mon pétard est quelque part dans une valise diplomatique.
– Quoi ? Tu n'es pas armé ?
– Non, mais...

– Je file à ton appartement chercher ton flingue perso et je te l'apporte.

– Ne va surtout pas chez moi ! Ils sont partout. Tu pourrais tomber sur eux ou te faire filer jusqu'ici.

– Les fédéraux sont incapables de pister leur ombre avec le soleil dans le dos.

– C'est vrai. Mais mieux vaut ne pas prendre de risques inutiles. Tu as du travail demain.

– Je vais t'apporter mon propre feu.

– Dom, reste hors de vue du Plaza aujourd'hui.

– D'accord. Eh, tu veux que je te fasse mettre à l'abri en détention préventive ?

J'y avais pensé. Mais, à mon avis, Jill n'apprécierait guère de passer la nuit au violon. Et, plus grave, si les fédéraux s'adressaient à la police de New York au cas où elle nous aurait, Jill et moi, mis à l'ombre, ils n'auraient aucun mal à nous faire transférer dans une de leurs geôles.

– John ? Tu m'entends ?

– Oui. Je préfère rester où je suis. Demain, peut-être... Je t'appellerai si je juge préférable d'être arrêté.

– Entendu. Je suppose que le Plaza est plus confortable que la prison centrale. Appelle-moi si tu as besoin de quoi que ce soit d'autre.

– Merci, Dom. Je te couvrirai en cas de pépin. Je prends tout sur moi.

– T'inquiète pas. Salut.

– Bon barbecue. Ciao.

Jill avait posé un mot sur la commode du salon : « Partie à midi et quart. Serai rentrée à 17 heures. J'appellerai en cas de retard. Puis-je vous inviter à dîner ? Jill. »

Je lus le *Times* du dimanche et regardai la télévision. Je consultai plusieurs fois mon portable pour savoir si Ted le mort-vivant avait appelé pour organiser un rendez-vous, mais il avait dû prendre un jour de congé. En tout cas, je l'espérais. Il était à présent 17 h 30. Jill n'était toujours pas là. Je laissai donc un message sur son mobile et me servis une bière.

Elle appela à 17 h 58.

– Désolée. J'ai perdu la notion du temps. Je serai de retour vers 18 h 30.

– Je vous attends.

Elle arriva un peu avant 19 heures. L'exactitude des femmes... Avant que j'aie pu lui faire la moindre remarque sur l'importance de l'heure, elle me tendit un sac de chez Barney's.

– Ouvrez-le.

Il contenait une chemise d'homme. La mienne me collant à la peau depuis trois jours, je crois que c'était plus un cadeau pour elle que pour moi. Je la remerciai quand même.

– C'est très gentil à vous.

Elle répondit en souriant :

– Je sais que vous portez la vôtre depuis votre départ du Yémen. Elle est vraiment en piteux état.

En fait, elle puait. Je défis l'emballage de la chemise et l'examinai. Elle était rose.

– Levez-la, me dit Jill.

Je la plaquai sur ma poitrine, jusqu'au menton.

– Cette couleur s'harmonise avec votre bronzage.

Elle aurait été parfaite si j'avais viré ma cuti.

– Vous n'auriez pas dû... Merci.

Elle m'ôta la chemise des mains, la débarrassa en cinq secondes de ses cinq cents épingles, la déplia.

– Elle devrait être à votre taille. Essayez-la.

C'était une chemise à manches courtes, d'une douceur presque féminine. J'enlevai la guenille que je portais et me retrouvai vêtu de soie rose.

– Elle vous va très bien, dit Jill.

– Elle est très confortable. Avez-vous eu un message de votre mari ?

– Oui.

Elle sortit son téléphone de son sac, enclencha sa messagerie vocale et me tendit l'appareil. Une voix enregistrée annonça : « Message reçu à 15 h 28 ». Suivit celle de Mark Winslow :

– Jill, c'est Mark. J'ai eu ton message.

C'était une voix presque impersonnelle, aussi lisse que son visage. Là encore, je fus surpris qu'elle puisse laisser une empreinte quelconque.

– Je suis inquiet. Très inquiet. Je veux que tu me rappelles dès réception de ce message. Je tiens à savoir où tu es. Tu t'es comportée de façon très égoïste. Les garçons n'ont pas eu ton coup de fil du dimanche. Ils ont téléphoné à la maison. Je leur ai dit que tu étais partie chez une amie, mais je crois qu'ils ont décelé chez moi une certaine anxiété. Je suis sûr qu'ils s'inquiètent eux aussi. Tu devrais les appeler pour les rassurer. Et rappelle-moi. Je commence vraiment à me faire du souci.

Je m'attendais qu'il termine par : « Je t'aime » ou « Je t'embrasse ». Mais le message s'acheva tout net. J'éteignis le mobile, le rendis à Jill.

Après un silence, elle murmura :

– Bien sûr, je n'ai pas rappelé.

– Comment avez-vous pu résister à cette supplique pathétique ?

Elle sourit. Puis son sourire s'effaça.

– Je ne veux surtout pas lui faire de peine.

– Si je puis me permettre, il n'avait pas l'air d'en éprouver beaucoup. Mais vous le connaissez mieux que moi.

– Il a rappelé trois fois, laissant des messages beaucoup plus brefs : « Rappelle-moi. »

Je déduisis d'abord de cette série de messages que Ted Nash ne s'était pas rendu chez les Winslow. Puis, en y repensant, j'imaginai qu'il se trouvait peut-être dans la pièce pendant que Winslow téléphonait à sa femme.

– Votre mari vous a-t-il paru... normal ?

– Tout à fait. C'est son ton habituel.

– Vous ne pensez pas qu'il ait pu obéir à des instructions ? De la police ou de quelqu'un d'autre ?

Elle réfléchit un instant.

– C'est envisageable... Normalement, il n'aurait pas mentionné les enfants. Mais... Je vois ce que vous insinuez... Non, finalement, je ne crois pas.

– Bon.

Encore un réflexe paranoïaque, mais justifié. Pourtant, en fin de compte, peu importait que Ted Nash fût sur mes talons. L'essentiel, c'était qu'il ne me coiffe pas au poteau.

– Que diriez-vous d'un verre ? proposai-je à Jill.

Nous trinquâmes. Elle me rappela son invitation, que je déclinai. Je préférais dîner dans la chambre, d'abord parce que je tombe toujours sur les mauvaises personnes quand je sors le soir, mais surtout parce qu'il valait mieux laisser le plus de portes possible entre moi et ceux qui me cherchaient.

Jill me confirma qu'elle avait déposé la cassette dans le coffre de l'hôtel. Elle avait gardé son mobile éteint toute la journée, n'avait pas utilisé sa carte de crédit, ni tiré d'argent à un distributeur.

Elle était allée à Saint-Thomas, sur la 5e Avenue. Elle avait ensuite marché dans le parc jusqu'au Metropolitan Museum of Art. Puis elle s'était rendue chez Barney's et avait fait du lèche-vitrines sur Madison Avenue avant de rentrer au Plaza. Un dimanche typique à New York ; mais une journée mémorable pour Jill Winslow.

Nous commandâmes le repas, qui arriva à 20 heures. Nous dînâmes aux chandelles, dans la pénombre, bercés par la musique douce diffusée par les haut-parleurs.

Il n'y eut entre nous aucune tentative de séduction, ce qui nous soulagea l'un et l'autre. Bien sûr, elle était très jolie. Mais il y a un temps pour tout. Pour moi, ce temps était passé depuis mon mariage ; pour elle, il commençait à peine. Et Kate arrivait le lendemain.

Jill apprécia le vin, qui la grisa un peu. Elle me parla de Mark, évoqua sa liaison de deux ans avec Bud.

– Même si j'avais décidé de jeter mon bonnet par-dessus les moulins, je l'ai fait avec un homme dont je savais que je ne tomberais jamais amoureuse. Adultère confortable. Mari confortable. Mariage confortable. Entourage confortable. Amis confortables...

– Il n'y a aucun mal à cela.

Elle haussa les épaules.

Plus tard, elle m'avoua :

– J'ai eu une brève aventure après Bud. Il y a trois ans. Elle a duré deux mois.

Je ne voulais pas de détails, et elle ne m'en donna pas.

J'avais commandé un steak, non parce que j'en avais envie, mais pour me procurer un couteau à viande. Jill s'excusa un moment et s'éclipsa dans sa chambre. J'en profitai pour aller ranger le couteau dans la mienne.

À 22 heures, je pris prétexte du décalage horaire, du vin et de la nourriture trop riche, dont j'avais perdu l'habitude au Yémen, pour me retirer.

Elle se leva et nous nous serrâmes la main. Ensuite, je me penchai et déposai un baiser sur sa joue.

– Vous avez du cran. Tout se terminera bien.

Elle acquiesça avec un demi-sourire.

– Merci encore pour la chemise. Bonne nuit.

– Bonne nuit.

Je consultai ma messagerie. Rien. Je regardai un peu la télévision dans ma chambre, puis glissai *Un homme et une femme* dans le magnétoscope. Je visionnai au ralenti les dernières minutes de la bande. La lueur à l'horizon, le trait lumineux... Je tentai de me montrer sceptique, de trouver une autre interprétation. Mais la caméra ne mentait pas. Je revins en arrière, regardai de nouveau au ralenti, en vitesse normale, en arrêt sur image. Rien à faire : c'était un missile qui, suivi de son panache de fumée et laissant sa trace dans le ciel, montait vers les lumières de l'avion. Le petit zigzag qu'il effectuait juste avant l'explosion acheva de me convaincre, s'il en était besoin. Le missile corrigeait sa trajectoire et percutait sa cible. Mystère résolu.

J'éjectai la cassette, la glissai sous le matelas et posai le couteau à viande sur la table de nuit.

Je sombrai dans un sommeil agité, revivant la scène en rêve, avec une différence : c'était moi, et non Bud, qui étais sur la plage ; et c'était Kate, et non Jill, qui, nue à côté de moi, criait :

– Je t'avais bien dit que c'était un missile ! Tu ne le vois pas ?

Chapitre 49

On me réveilla par téléphone à 6 h 45. Je sautai à bas de mon lit, plongeai la main sous le matelas. La cassette d'*Un homme et une femme* était toujours là.

Je contemplai Central Park par la fenêtre. Les lundis m'ont toujours déprimé. La pluie, ce matin-là, accentua ma morosité. En quarante jours passés au Yémen, je n'avais pas vu une averse ni un nuage ; cela ne signifiait pas que j'avais envie d'y retourner.

Après ma douche, je revêtis mon pantalon beige merveilleusement confortable et ma nouvelle chemise de soie rose. Si je voyais Ted Nash aujourd'hui, la moindre réflexion de sa part à ce sujet me fournirait un excellent prétexte pour le tuer.

Cette journée serait vraiment le jour J. Je parlerais à Nash et, s'il s'était mis d'accord avec Washington, nous nous rencontrerions en présence de toutes les parties concernées. Il me fallait réfléchir à ceux dont j'accepterais la venue, déterminer le lieu du rendez-vous et décider si j'apporterais ou non une des cassettes. Je n'aime guère les réunions publiques. Mais celle-là, je l'attendais avec impatience.

Cerise sur le gâteau, ce jour était à marquer d'une pierre blanche parce que c'était celui du retour de Kate.

Son comité d'accueil à l'aéroport pourrait très bien inclure des personnages indésirables, bien résolus à l'embarquer de force. Heureusement, Dom devenait psychotique dès qu'on lui mettait des bâtons dans les roues. Quant à Kate, elle n'était pas du genre à se laisser faire.

Pour l'heure, elle devait déjà être dans l'avion. J'aurais pu, la veille au soir, lui envoyer un mail ou lui téléphoner. Mais si elle était surveillée, ce qui était probable après ma rencontre avec Nash, son courrier électronique et son téléphone devaient l'être également.

Je me regardai dans le grand miroir de la chambre. Le rose faisait vraiment ressortir mon teint.

Je gagnai le salon. Enveloppée dans un peignoir blanc du Plaza, Jill buvait du café en lisant le *New York Times*.

– Bonjour, lui dis-je.

Elle leva les yeux.

– Bonjour... Sur vous, cette chemise a fière allure.

– Elle va devenir une de mes favorites. Vous avez bien dormi ?

– Non.

Je m'assis en face d'elle, me versai une tasse.

– La journée d'hier a été très éprouvante pour vous.

– C'est un euphémisme.

Même si elle paraissait détendue, la réalité de la situation commençait à l'imprégner. Elle ajouta :

– Je suis de plus en plus persuadée que j'ai pris la bonne décision.

– J'en suis sûr.

Elle insista pour que nous commandions un petit déjeuner complet. Nous consultâmes la carte. Jill me suggéra de choisir, comme elle, le *breakfast light*, sans matières grasses. Bon pour le cœur...

Il me donna des aigreurs d'estomac.

Jill me proposa ensuite d'aller faire un tour avec elle.

– Non, il faut que je reste ici. Il est possible que je me rende à un rendez-vous et que soyez obligée de m'accompagner. Appelez-moi toutes les heures et consultez votre messagerie toutes les demi-heures.

– Très bien... Quel genre de rendez-vous ?

– Celui que vous auriez dû avoir il y a cinq ans.

Elle hocha la tête.

– Vous n'aurez pas à parler, poursuivis-je. Vous vous contenterez d'être là. Moi, je parlerai.

– Je suis capable de m'exprimer par moi-même.

– Je n'en doute pas, murmurai-je en souriant.

Elle alla s'habiller, puis revint au salon.

– Voulez-vous que je vous rapporte quelque chose ?

Ce qu'il me fallait, c'était un Glock de calibre 40. Je répondis :

– Je suis à court de dentifrice.

C'était faux, mais elle avait besoin de s'occuper.

– Tâchez aussi de vous procurer un autre exemplaire d'*Un homme et une femme*. Et prévenez-moi avant de regagner le Plaza.

Je griffonnai le numéro de mobile de Dom Fanelli sur ma carte professionnelle.

– Tenez. Si vous n'arrivez pas à me joindre, ou si vous avez l'impression qu'il y a un problème, contactez l'inspecteur Fanelli à ce numéro. Il vous dira quoi faire.

– C'est votre armée des anges ?

Le mot « ange » ne convenait guère à Dom. Je répliquai quand même :

– Oui. Il sera votre ange gardien s'il m'arrive quelque chose.

– Il ne vous arrivera rien.

– Non. Passez une bonne journée.

Elle me souhaita la même chose et s'en alla.

Peut-être aurais-je dû la retenir. Elle aurait été un peu plus en sécurité ici que dehors. Mais j'avais joué les baby-sitters avec assez de témoins pour savoir qu'ils commencent à devenir nerveux, hostiles même, si on les cloître trop longtemps. De plus, il serait plus difficile à Nash de nous neutraliser tous les deux si nous étions séparés.

Pas de message de lui ni de qui que ce soit sur mon mobile, ni sur le répondeur de mon appartement. Je téléphonai à Dom Fanelli.

– La comité d'accueil est prêt, m'annonça-t-il. J'ai dû faire jouer les services rendus, menacer, promettre la lune... J'ai réussi à enrôler deux policiers en uniforme qui n'étaient pas de service et à emprunter un inspecteur. Je les retrouve à 15 heures. Nous serons sur place avant l'atterrissage de Kate.

– Parfait. Si les fédéraux l'attendent eux aussi, ils pourraient l'intercepter avant le contrôle des passeports. Pourrais-tu te poster là-bas et les en empêcher ?

– J'essaierai... Je connais des agents de sécurité de l'aéroport. Je verrai ce que je peux faire.

– Il le faut. Mais ne te pointe pas trop tôt. S'ils te repèrent, ils appelleront des renforts et tout pourrait foirer. Il faudra agir vite : arriver et repartir sans leur laisser le temps de réagir.

– Tu rends plus difficile encore un boulot impossible.

– Tu y arriveras. À moins qu'ils n'aient contre elle un mandat fédéral, elle te suivra de son plein gré, puisqu'elle te connaît.

Il éclata de rire.

– Tu parles ! Elle me déteste !

– Elle t'adore. Bien. Si un de ses chefs est là, ça compliquera encore les choses. Mais je sais que tu parviendras à la convaincre que tu viens de la part de son mari bien-aimé.

– D'accord. Laisse-moi quand même te dire une chose, John. C'est peut-être ta femme, mais c'est aussi une fed'. Qu'est-ce qui prime, chez elle ?

Bonne question.

– Fais-lui comprendre de quoi il retourne sans en dire trop devant les autres. Appelle-moi en cas de besoin. Je lui parlerai. Si ça tourne au vinaigre, menace-les d'arrestation pour entrave à l'action d'un officier de police dans l'exercice de ses fonctions.

– Tu sais aussi bien que moi que c'est du flan. Nous n'avons aucune justification légale pour nous trouver là-bas.

– Tu veux que je vienne avec toi ?

– Non. Laisse-moi faire. Ce qui se passera à l'aéroport, on s'en fout. Ce qui compte, c'est de ramener Kate au Plaza.

– Je sais bien. Arrange-toi pour qu'on ne te suive pas.

– Les fédéraux n'ont jamais été foutus de suivre un chien en laisse.

– Espérons. Tu comprends pourquoi c'est si important ?

– Oui. Tu veux être au plumard à 18 h 30 au plus tard.

– Tout juste. Ne me fais pas faux bond.

Il s'esclaffa.

– Eh, comment ça se passe, avec Mme Winslow ? De quoi elle a l'air ?

– D'une délicieuse vieille dame.

– Elle a trente-neuf ans. Elle est comment ?

– Jolie.

– Qu'avez-vous fait hier soir au Plaza ?

– Nous avons dîné.

– C'est tout ?

– Nous sommes mariés tous les deux et nous avons autre chose en tête.

– C'est une façon de voir. Eh, quand je te ramènerai Kate, elle va réagir comment, en voyant que tu fricotes avec la vedette de *Scène de cul sur une couverture ?*

– Dom, calme-toi.

– Tu n'es plus marrant. Où est ton témoin, à présent ?

– Elle se balade. Je lui ai donné ton numéro de mobile au cas où le Plaza serait grillé.

– Tu es sûr que ne veux pas de renfort là-bas ?

– Non. Nous sommes là incognito. Personne ne nous a suivis ou repérés. Mais il me faudra une escorte depuis l'hôtel jusqu'au lieu du rendez-vous avec les fédéraux, aujourd'hui ou demain.

– Avertis-moi un peu à l'avance. Cette fois, mon pote, tu es vraiment dans la merde jusqu'au cou.

– Tu crois ?

– Cramponne-toi au bâton.

– C'est ce que je fais toujours. Appelle-moi quand Kate sera dans ta voiture.

– Sans faute. Ciao.

Je consultai de nouveau ma boîte vocale. Pas de message.

La pluie avait cessé, mais le temps restait couvert. Je me préparai à passer une longue matinée.

La femme de ménage s'activa dans les chambres et je commandai du café au garçon d'étage.

Comme promis, Jill appela toutes les heures. Je lui répétai chaque fois que je n'avais rien de nouveau. Elle me raconta ce qu'elle faisait : pour l'essentiel, des visites de musées. Elle m'avait acheté du dentifrice et trouvé un exemplaire d'*Un homme et une femme* dans une boutique vidéo.

– Mark m'a encore laissé cinq messages. Est-ce que je le rappelle ?

– Oui. Essayez de savoir si un agent fédéral lui a téléphoné ou rendu visite. En d'autres termes, tentez de deviner ce qu'il sait et s'il vous a crue quand vous lui avez affirmé vouloir être seule.

– Très bien.

– Voyez s'il est à son bureau. Il travaille à New York, non ?

– Oui. Dans le centre-ville.

– Contactez-le là-bas. S'il exige d'autres informations, ne vous laissez pas impressionner.

Elle me surprit en rétorquant :

– Qu'il aille se faire voir.

– Bonne idée, approuvai-je en souriant. Ensuite, rappelez-moi. Et pas plus de cinq minutes sur votre mobile. Surtout, pas de cabine publique ; son indicateur d'appels lui révélerait que vous vous trouvez à Manhattan. D'accord ?

– J'ai compris.

Vers midi et demi, j'allumai mon mobile, attendis quelques minutes. L'appareil sonna, enregistra un message. La voix disait :

– John, ici Ted Nash. Il faut que je te parle.

Suivait son numéro de mobile.

Je m'installai dans le fauteuil le plus moelleux, posai mes talons sur le repose-pied et appelai Ted Nash.

– Nash...

– Corey...

Une demi-seconde de pause. Puis :

– John, comme promis, j'ai organisé une rencontre.

– Une rencontre... ? Ah, oui... Comment se présente ton emploi du temps ?

– Il est vierge pour demain.

– Pourquoi pas aujourd'hui ?

– Demain me semble préférable. Vas-tu chercher Kate à l'aéroport cet après-midi ?

– Elle arrive aujourd'hui ?

– C'est ce que je croyais.

Ted et moi dansions notre petit ballet, chacun cherchant à deviner ce que savait l'autre et qui embobinait qui.

– D'accord, dis-je. Demain.

– Parfait. Le matin. On a l'esprit plus clair.

– Entendu. Il faudra que le couple soit là.

Il attendit deux secondes avant de lâcher :

– Je peux convoquer l'homme.

– Où est la femme ?

– Je crois le savoir. Il est donc possible qu'elle assiste à la réunion. En tout cas, l'homme y sera ; et il te confirmera ce que je t'ai dit.

– Ce pourrait très bien être un type de la CIA. Encore un mauvais acteur de série B...

– John, pourquoi ne pas essayer d'établir un climat de confiance entre les deux parties ?

– Combien de détecteurs de mensonges pourras-tu apporter ?

Il ignora mon sarcasme.

– Où es-tu, à présent ?

– Chez moi.

Il savait que je mentais. Sans doute avait-il fait investir mon appartement par des barbouzes à sa solde.

– J'ai téléphoné là-bas plusieurs fois, reprit-il. Personne n'a répondu.

– Je ne prends aucun appel. Et toi, où es-tu ?

– Au 209, Broadway. Dans mon bureau.

– Tu as retrouvé ton pétard ?

Pas de réponse. J'ajoutai :

– Tu es bien rentré de la plage ? Tu ne devrais pas conduire avec la tête enflée.

Je n'entendis aucune bordée d'injures. Je savais pourtant qu'il se mordait la lèvre et cassait ses crayons. Je savais qu'il n'était pas seul, ce qui expliquait son ton guindé et cauteleux.

– Comment te sens-tu ? me demanda-t-il.

– En pleine forme. Il faut que je raccroche, au cas où on chercherait à me localiser.

– Qui voudrait faire ça ?

– Des terroristes. Ma mère. Mon ex-petite amie. On ne sait jamais.

– Alors, rappelle-moi depuis ton fixe.

– Il est trop loin. Décidons d'une heure et d'un endroit.

– D'accord. Qui amèneras-tu ?

– Moi.

– Qui d'autre ?

– Je n'ai besoin de personne. Je veux que tu sois là, bien sûr ; et aussi Liam Griffith, sans compter l'acteur vedette de la bande vidéo. Je veux aussi que tu contactes Jack Kœnig, si tu ne l'as pas déjà fait, que tu lui suggères fermement de t'accompagner. Demande-lui de débaucher le capitaine Stein. Et vois si M. Brown serait disponible.

– Qui ?

– Tu le sais très bien. Convoque également un représentant du procureur général.

– Pourquoi ?

– Tu le sais.

– N'officialisons pas trop les choses, John. Il s'agit d'une réunion purement informelle, au cours de laquelle nous déciderons de la marche à suivre. Mais elle est surtout destinée à satisfaire ta curiosité et à te prouver qu'il n'y a rien de plus que ce que je t'ai déjà dit. Simple courtoisie vis-à-vis de toi, John. Rien de solennel.

– Oh, parfait. Cette perspective me rendait nerveux.

– Amèneras-tu Kate avec toi ?

– Non. Elle n'a rien à voir là-dedans.

– Ce n'est pas tout à fait vrai, mais si tu tiens à la laisser en dehors de cette affaire, je comprends fort bien.

– Ted, est-il possible que notre conversation soit enregistrée ?

– Ce serait illégal sans ton consentement ; ou le mien.

– Bien sûr... Où avais-je la tête ? Pourtant, je te sens si guindé... très éloigné du petit voyou que j'ai connu.

Il se tut, puis grommela :

– Enfoiré.

– Enfin ! Tu commençais à m'inquiéter. Tu en es un aussi. Bien, enfoiré. À quelle heure, demain ?

– À 8 h 30. Nous pourrions nous retrouver ici, au 209, Broadway.

– Sûr. Combien de gens y sont entrés pour ne jamais en ressortir ?

– Ne sois pas mélodramatique. Pourquoi pas ton bureau à l'ATTF ? Est-ce un lieu assez sûr pour toi ? Ou t'y sens-tu aussi parano qu'ailleurs ?

J'ignorai sa remarque, réfléchissant à un endroit. Kate étant rentrée, je savais qu'elle insisterait pour m'accompagner, même si je refusais de l'entraîner plus loin dans cette histoire. Par ailleurs, je me sentirais plus rassuré à propos de Jill si Kate se tenait à ses côtés. Je me souvins de notre dernière soirée à New York, avant notre départ.

– Le Windows on the World, dis-je à Nash. Avec le petit déjeuner à vos frais.

– N'est-ce pas un lieu trop public pour ce que nous aurons à discuter ?

– Je t'ai dit que je voulais un endroit public et tu m'as assuré qu'il ne s'agissait que d'une réunion informelle, par courtoisie pour moi. Où est le problème ?

– Je viens de te le dire. C'est trop public.

– Tu me rends soupçonneux, Ted.

– Parano serait plus juste.

– Est-ce que je ne t'ai pas rencontré seul sur la plage, en pleine nuit ? Ça, ce n'était pas parano. C'était con. Cette fois, je ne le serai pas.

J'ajoutai :

– La vue est superbe.

– Je veux vraiment que la réunion se tienne dans un bureau. N'importe lequel. Celui de Kœnig, de Stein. Tu choisis.

– Est-ce que tu essayes de me garder au téléphone ? On se voit demain à 8 h 30. Au Windows on the World. Tu offres le petit déj.

Je raccrochai.

Enfoiré...

Ce fut un long après-midi. Ma femme était attendue à l'aéroport Kennedy avec un comité d'accueil, peut-être deux, et mon témoin vedette se baladait dans la rue.

Jill m'appela.

– J'ai parlé à Mark. Le FBI lui a rendu visite à son bureau et lui a posé des questions sur moi.

– À quelle heure ?

– Il ne me l'a pas précisé.

Je les soupçonnais d'être effectivement passés chez lui la veille, ce qui expliquait son étrange coup de téléphone. Mais je n'étais pas certain qu'il s'agissait de véritables agents du FBI. À mon avis, c'étaient plutôt des membres de la CIA avec des cartes du Bureau fédéral.

– Ils ne lui ont pas dit de quoi il retournait, poursuivit Jill. Ils lui ont simplement déclaré que j'avais été témoin de quelque chose et qu'ils désiraient me contacter.

– Vous a-t-il demandé de quoi vous aviez été témoin ?

– Oui. Et je lui ai tout avoué : Bud, la scène de la plage, la cassette vidéo...

– Comment l'a-t-il pris ?

– Pas très bien. Mais les cinq minutes étaient passées et j'ai raccroché.

– Je veux que vous reveniez tout de suite. Éteignez votre mobile.

– Entendu. Je serai là dans un quart d'heure.

Les choses ne se déroulaient pas tout à fait comme je l'avais prévu. Toutefois, il n'était pas si mauvais que Ted Nash sache à présent avec certitude que John Corey avait retrouvé Jill Winslow, tant qu'il ignorait où nous nous cachions. Il devait vivre une très mauvaise journée. J'imaginais très bien la conversation téléphonique entre lui et ceux qui avaient décidé, cinq ans auparavant, d'organiser une conspiration du silence et de dissimuler la vérité.

Il pensait pourtant avoir encore une chance de rétablir la situation ; soit à l'aéroport, en mettant la main sur Kate et moi, soit le lendemain, à la réunion.

En attendant, il baratinait tous les gens impliqués dans l'affaire pour tenter de limiter les dégâts, tout en cherchant à me retrouver entre deux séjours dans sa salle de bains. Et quand il apprendrait que je possédais une copie de la cassette, il souhaiterait être de nouveau mort.

Je consultai ma boîte vocale. Quand on parle du loup... Il y avait un message de lui. Je le rappelai.

– Je me suis entretenu avec quelques personnes, me dit-il. Je te confirme la réunion de demain.

Il paraissait un peu plus inquiet que la dernière fois. Il avait, de toute évidence, conféré avec des gens qui, eux non plus, n'en menaient pas large.

– J'y serai, répondis-je.

– De... de quoi voudras-tu discuter ?

– De tout et de rien.

– As-tu en ta possession une preuve tangible qui pourrait déboucher sur un réexamen de l'affaire ?

– De quel genre ?

– C'est ce que je te demande ! s'exclama-t-il, excédé.

– Oh... Eh bien, j'ai peut-être quelque chose. Pourquoi ?

– Apporteras-tu cette preuve ?

– Si tu y tiens.

– Ce serait parfait. Aurais-tu avec toi un témoin dont tu souhaiterais la présence à la réunion ?
– Ça se pourrait.
– Tout témoin sera le bienvenu.
– Es-tu en train de me lire le programme ?
– Non. Je te dis d'amener qui tu veux.
– Je peux donc venir avec une invitée ?
Je le voyais cassant un crayon.
– Oui, tu peux apporter toute preuve en ta possession et amener toute personne désireuse de s'exprimer... Il y a des bureaux disponibles dans la tour nord, si tu préfères, à un moment ou à un autre de la réunion, un cadre plus discret.
Je décidai d'achever de lui pourrir sa journée.
– Il est possible que je présente un document audiovisuel. Pourrais-tu prévoir le matériel adéquat ?
Je regrettai de ne pas voir son visage. Il laissa s'écouler une longue seconde avant de murmurer :
– Tu bluffes.
– Mon bluff risque de te réjouir. Un magnétoscope, donc, et un écran.
Nouveau silence. Puis :
– Je te l'ai dit, John : la bande a été détruite.
– Tu mentais. Elle a été simplement effacée.
– Comment le sais-tu ?
– Tu as la réponse à ta question.
– Tu me racontes des craques.
– Tu as vu ce film français, *Un homme et une femme* ?
Je le laissai gamberger un moment. Enfin, comme il ne réagissait pas, je lui dis :
– Penses-y.
Je l'imaginais dans un bureau, point de mire de ceux qui l'entouraient. Si Griffith ou M. Brown étaient là, ils devaient tous se regarder en chiens de faïence.
– Ou la dame est très futée, reprit Nash, ou tu l'as rendue plus intelligente qu'elle ne le fut cette nuit-là.
– Nous savons tous que je suis futé. Et je crois qu'elle l'est aussi. En ce qui concerne tes amis et toi, je ne sais plus, Ted.
Mettant bas les masques, il répliqua :
– Parfois, quand nous avons commis une erreur, il ne nous reste plus qu'à l'enterrer.

– À ce propos, quand puis-je prévoir ton prochain décès ? S'agit-il d'un événement annuel ?

Sa réponse me surprit.

– Tu t'amuses bien, on dirait.

– Comme un petit fou.

– Profites-en tant que ça dure.

– Je ne m'en priverai pas. Essaie de prendre du bon temps, toi aussi. Il faut que je raccroche.

– Une seconde. Dis-moi ce que tu attends de cette réunion. Qu'est-ce que tu espères ?

– La vérité. La justice.

– Et pour toi ? Pour Kate ?

– Je subodore une tentative de subornation.

– Serais-tu prêt à envisager un compromis ? Un marché avantageux pour tout le monde ?

– Non.

– Et si je te racontais tout ? Pourquoi nous avons dû faire certaines choses ? Serais-tu ouvert à un exposé du problème dans son ensemble, de ses implications et de ses conséquences ?

– Je m'en contrefous. Rien de ce que toi et tes amis pourrez me raconter ne rendra votre attitude légale ou moralement défendable. Bavure ? Tir ami ? Attentat ? Rayon de la mort envoyé par les petits hommes verts ? Vous n'en savez peut-être rien vous-mêmes. Quoi qu'il en soit, le gouvernement doit au peuple américain une réponse honnête et complète. Voilà ce que j'attends de cette réunion.

– Tu pètes plus haut que ton cul, Corey.

– Et toi, tu es dans la merde. Je sens qu'on tente de me localiser. À demain.

Je raccrochai, marchai jusqu'au bar et me servis une bière bien fraîche.

Ted Nash était passé maître dans l'art de combiner menaces de mort, compromis et corruption pour parvenir à ses fins. En l'occurrence, son but consistait à enterrer les preuves et, tant qu'il y était, à m'enterrer moi aussi, en compagnie de Jill, et sans doute de Kate.

Et c'était ce type qu'elle appréciait. Je sais que les dames aiment les mauvais garçons, mais Nash était pire que ça. C'était un vampire, parfois charmant, le plus souvent effrayant, et toujours néfaste. Il était sorti du tombeau pour assassiner quiconque menaçait de révéler ses sombres secrets.

Ce qui allait se passer demain, ou le jour suivant, importait peu. Il ne connaîtrait la paix et ne se sentirait en sécurité qu'après m'avoir tué.

J'éprouvais les mêmes sentiments à son égard.

Chapitre 50

Jill revint avec deux paquets. L'un d'eux contenait un tube de dentifrice, l'autre une cassette vidéo d'*Un homme et une femme.*

Elle s'effondra dans un des grands fauteuils, enleva ses chaussures, posa ses talons sur le repose-pied.

– Je n'ai pas l'habitude de marcher autant, soupira-t-elle.

– Si vous vivez à Manhattan, il faudra vous y résoudre.

Elle répliqua avec un sourire :

– Ne croyez-vous pas que Mark pourrait m'offrir une voiture avec chauffeur comme cadeau de divorce ?

– Vous pouvez toujours le lui demander.

J'étais heureux de la voir de nouveau d'excellente humeur. Commencer une nouvelle vie l'excitait. Mais l'inquiétude finirait par s'insinuer en elle. Il était temps de la mettre au courant. Je m'installai en face d'elle.

– J'ai une réunion demain à 8 h 30. Pour parler de vous, de la cassette et de tout ce qui s'y rattache.

Elle opina. Je poursuivis :

– Il est prévu que Bud Mitchell y assiste.

– Je vois. Et vous souhaitez que j'y sois aussi.

– Oui.

Elle réfléchit avant de répondre :

– Si c'est ce que vous désirez, je viendrai. Qui y aura-t-il d'autre ?

– Moi, bien sûr, et sans doute Kate. De l'autre côté, Ted Nash et Liam Griffith, que vous avez rencontrés il y a cinq ans.

Le troisième homme à qui vous avez eu affaire, M. Brown, sera peut-être présent.

– Je n'ai guère aimé Ted Nash.

– Nombre de gens partagent cette antipathie ; dont moi. J'ai demandé à mon supérieur direct, Jack Kœnig, de venir lui aussi. Il sera peut-être accompagné d'un officier de police, le capitaine David Stein.

– De quel côté seront-ils ?

– Très bonne question. Je vois toute cette affaire comme un jeu entre deux équipes : les anges et les démons. Pour l'heure, les joueurs sont en train de choisir leur camp et il pourrait y avoir des mutations d'une équipe à l'autre. Le chef des démons est Ted Nash. Lui ne changera pas de camp. Tous les autres attendent de voir ce qui se passera à cette réunion.

– Qui est le chef des anges ?

– Moi.

Elle sourit et dit :

– Je suis un de vos anges. Votre femme aussi, bien sûr.

– Évidemment. J'ai demandé qu'un représentant ou une représentante du procureur général serve d'arbitre. Pour poursuivre la comparaison, certains seront là en tant que spectateurs, mais voudront peut-être entrer dans le jeu. La balle est la cassette vidéo.

Elle garda le silence quelques instants, avant de s'interroger.

– Je ne comprends toujours pas pourquoi cela constitue un problème. Cet avion a été abattu. Ceux qui ont emporté la cassette effacée et l'ont restaurée le savent. Qui garde cette information secrète ? Et pour quelles raisons ?

– Je l'ignore.

– Le saurons-nous demain ?

– Ils nous diront peut-être pourquoi ; mais qui, certainement pas. De toute façon, cela importe peu. Ce qui compte, c'est que cette cassette, votre témoignage et celui de Bud soient rendus publics. Le reste, je peux vous l'assurer, suivra tout seul.

Elle acquiesça, puis demanda :

– Ils ont finalement convaincu Bud de s'exposer en pleine lumière ?

– Si c'est ce qu'ils veulent, il s'exécutera.

– Mais que devient leur promesse, faite il y a cinq ans, que si Bud et moi répondions à leurs questions, ils ne révéleraient jamais nos noms ni ce qui s'est passé cette nuit-là ?

– Depuis, beaucoup d'eau a coulé sous les ponts. Ne vous inquiétez pas pour Bud. Il ne se fait aucun souci pour vous.

– Je sais.

– Et ne vous sentez pas mal à l'aise, ni coupable vis-à-vis de lui quand vous le verrez demain. Il vous faudra être forte.

Elle baissa la tête et murmura :

– Va-t-on montrer la cassette ?

– Probablement, mais ni vous ni Bud ne serez obligés de rester.

Elle hocha la tête.

– Cette réunion se tiendra dans un lieu public, précisai-je. Le Windows on the World, au World Trade Center. Nous nous retirerons peut-être dans un bureau pour visionner la bande.

Je l'observai avec attention. Divorce, scandale, exposition publique... Elle avait, jusque-là, considéré tout cela de façon abstraite. Mais à mesure que l'heure de la vérité approchait, son angoisse montait.

– En dépit de tout ce que cette réunion aura de pénible, lui dis-je, pour vous, à la fin de la journée, il n'en sortira que du bien.

– Je sais.

– Vous devez également savoir une chose : cette première réunion est la plus dangereuse.

Elle me fixa.

– Ces gens me semblent désespérés, donc redoutables. S'ils ont une chance de tout arrêter, ce sera demain, avant, pendant, ou après la réunion. Vous saisissez ? J'ai pris mes précautions, mais il faut que vous soyez consciente que tout peut arriver. Demeurez en alerte, restez près de moi, de Kate, ou de Dom Fanelli. N'allez même pas aux toilettes sans que Kate vous accompagne.

– Je comprends... Pourquoi ne pas convoquer les médias ?

– Après-demain, nous n'aurons même pas à les contacter. Ce sont eux qui nous appelleront. Il existe, dans mon métier, une règle non écrite sur les relations avec les médias : ne jamais avoir affaire à eux. C'est un crime plus grave que la trahison ou une atteinte à la sûreté de l'État, ajoutai-je en souriant.

– Mais...

– Croyez-moi. D'ici la fin de la semaine, vous aurez votre dose de journaux et de télévision jusqu'à la fin de vos jours.

– Bon...

– Demain ou après-demain, Kate vous entretiendra du programme de protection des témoins et de la possibilité de vous forger une nouvelle identité, si cela vous intéresse.

Je me levai et conclus :

– Il faut que je passe un coup de fil. À mon patron, Jack Kœnig. Vous pouvez écouter.

D'emblée, Kœnig reconnut ma voix.

– Corey ?

– Je suis rentré.

– Où êtes-vous ? Comment était le Yémen ?

– Magnifique, Jack. Je tenais à vous remercier de m'avoir permis de découvrir ce paradis.

– Votre enthousiasme me comble. J'ai appris que vous aviez accompli là-bas un travail superbe.

– On vous a mal renseigné. Au Yémen, on ne laisse personne faire du bon travail.

– Je ne suis pas habitué à une telle franchise.

– C'est bien dommage. Mais ce n'est pour ça que je vous appelle.

– Que puis-je pour vous ?

– Avez-vous eu des nouvelles de Ted Nash ?

– Non... Je... Qu'est-ce que vous racontez ? Il est mort.

– Non. Et vous le savez.

Silence. Enfin, Kœnig demanda :

– Où êtes-vous ?

– Jack, ne me faites pas gaspiller les cinq minutes pendant lesquelles je serai indécelable avec des questions auxquelles je ne répondrai pas. Répondez à la mienne : avez-vous des nouvelles de Ted Nash ?

– Oui.

– Serez-vous présent demain ?

Il éluda en déclarant :

– Primo, Corey, je n'aime pas votre ton. Secundo, vous êtes en train de ruiner votre carrière. Tertio, je vous avais donné l'ordre formel de ne pas...

– Répondez : êtes-vous impliqué ou non ?

– Non.

– Maintenant, vous l'êtes.

– Comment osez-vous... ?

– Jack, vous pouvez dès à présent vous ranger du bon côté. Sinon, je jure devant Dieu que vous finirez en cabane.

– Je... je ne vois pas de quoi vous parlez.

– D'accord. Soit vous êtes tellement mouillé dans l'affaire que vous ne savez plus comment vous en dépêtrer, soit vous attendez de voir comment tourneront les choses. Si vous ne vous décidez pas avant demain 8 h 30, vous allez rater le ferry, et le prochain vous conduira tout droit en taule.

– Avez-vous perdu l'esprit ?

– Écoutez. Je vous donne une chance, parce que je vous aime bien et que je vous respecte. Vous devriez consulter vos chefs de New York et de Washington. Mettez tout sur la table et essayez d'arriver à une décision intelligente. J'aimerais vous voir à la réunion de demain. Avec une auréole.

Il réfléchissait à toute allure. Difficile, quand on a le couteau sous la gorge...

– Je serai là, dit-il enfin.

– Bien. N'oubliez pas l'auréole. Et amenez David Stein.

– Vous comprenez, John, que vous avez une chance sur deux de ne pas arriver à cette réunion et, si vous y parvenez, une chance sur deux de ne jamais atteindre votre destination suivante.

– Je vous parie dix contre un que mes chances sont bien plus élevées que ça.

– Je ne vous menace pas, je vous préviens. Vous savez que j'ai toujours estimé votre honnêteté et votre travail... Et, à titre personnel, je vous aime bien.

En fait, je ne savais rien de tout cela, mais je sentais que le vent commençait légèrement à tourner, ce qui était le but de mon appel. Aussi, je répliquai :

– J'éprouve la même chose pour vous, Jack. Faites le bon choix. Il n'est jamais trop tard.

Il ne répondit pas.

– Il faut que je raccroche, dis-je. Une dernière chose...

– Oui ?

– Il y avait bien une putain de cassette vidéo, et un missile à la con.

À cela aussi, il s'abstint de répondre.

– Bienvenue au pays, dit-il.

– Merci. À présent, il est temps pour vous de retrouver le vôtre.

Je raccrochai.

– Vous employez toujours ce langage avec vos supérieurs ? me demanda Jill.

– Uniquement quand je les tiens par les burnes.

Elle éclata de rire.

Treize heures. Installés dans la suite, Jill et moi partagions un déjeuner frugal. Je m'étais fait avoir en commandant une « salade spéciale », que je croyais composée d'ingrédients alléchants et qui n'était en fait qu'un assortiment de trois sortes de feuilles vertes. Je m'efforçais de la faire passer avec de l'eau minérale. Dans une certaine mesure, et sans que je puisse dire pourquoi, elle allait bien avec ma chemise rose.

Jill consulta son mobile. Elle avait deux messages. Elle les écouta deux fois puis me tendit son téléphone. Le premier message disait :

– Madame Winslow ? Bonjour. Ici Ted Nash. Je suis sûr que vous vous rappelez m'avoir rencontré il y a cinq ans. J'ai cru comprendre que le sujet dont nous nous sommes entretenus à l'époque vient de connaître de nouveaux développements. Il est important que vous sachiez que l'accord que nous avions conclu est menacé par les confidences que vous avez faites à un individu qui n'a aucune autorité légale pour s'occuper de cette affaire. Il est vital que vous m'appeliez le plus tôt possible, pour que nous en discutions avant que ne fassiez ou ne disiez quoi que ce soit qui serait susceptible de vous compromettre, vous, votre ami, votre vie personnelle et votre situation vis-à-vis de la loi.

Après cette tirade verbeuse, il laissait son numéro et concluait :

– Contactez-moi aujourd'hui même. C'est urgent.

Je jetai un coup d'œil à Jill, qui me regardait.

– Quand le chef des démons baisse la garde, commentai-je, c'est bon signe.

Elle me sourit.

Le second message disait :

– Jill, c'est Bud. Je viens d'avoir un coup de téléphone très perturbant ici, à mon bureau, à propos de ce qui s'est passé il y a cinq ans. Tu te souviens que nous avons juré, à nous et à d'autres gens, de garder tout cela pour nous. Ils nous avaient promis, en échange, de ne rien révéler. Or je viens d'apprendre que tu as l'intention de tout avouer. Jill, tu ne peux pas faire ça et tu sais pourquoi. Si tu ne te soucies pas de toi, ni de moi, pense à tes fils, à Mark et aussi à Arlene. Je sais que tu l'apprécies, ainsi que mes enfants. Ils sont innocents, Jill. Pour eux, ce serait une catastrophe. Ce qui est arrivé est arrivé. C'est le passé. Quoi que tu déclares à qui que ce soit, ou aux médias, je serai obligé d'affirmer que tu mens. Jill, si tu as fait une copie de cette cassette, il faut que tu la détruises.

Bud continuait sur ce registre, d'une voix stridente, affolée, puis plaintive. Ce type était une ordure finie. Mais pour être honnête, sa vie était sur le point de s'écrouler et il ne méritait peut-être pas de payer sa lâcheté aussi cher. Son pire cauchemar se réalisait.

Il terminait par :

– Je t'en prie, Jill, appelle-moi. Fais-le pour ton salut et celui de ta famille.

Comme pour Winslow, je m'attendais à une formule affectueuse : « Prends soin de toi », ou « Je pense toujours à toi ». Rien. Il se contenta d'un bref « Au revoir ».

Je coupai la communication, observai Jill. Les deux hommes qui avaient compté dans sa vie n'étaient que deux lavettes.

– Typique de ce genre d'individu, dis-je. Ils n'appellent que lorsqu'ils ont besoin de quelque chose.

Elle sourit et se leva.

– Je vais m'allonger un instant.

Je me levai à mon tour.

– Je peux vous promettre une chose, Jill. La pression qu'on exerce sur vous pour vous pousser à garder le silence disparaîtra dès que vous aurez fait votre première déclaration publique.

– Je ne me sens absolument pas sous pression. Je suis simplement très déçue par Bud et Mark... En même temps, je m'y attendais. À tout à l'heure.

Elle se retira dans sa chambre. Je marchai jusqu'à la fenêtre. Dehors, le temps s'était légèrement éclairci. Des badauds se promenaient dans le parc.

J'avais lâché le dragon sur Ted Nash et ses amis. Ils

essayaient de le ramener dans sa cage, ou de le tuer, ou de le lancer sur moi.

La bête en avait profité pour croquer Bud, Mark, leurs familles. Mais je ne pouvais me sentir concerné par les dommages collatéraux.

Jamais je n'avais pensé que ce serait facile ou agréable. Toutefois, au début, il ne s'agissait que d'un problème abstrait. À présent, une fois tous les joueurs en place, Kate, Griffith, Nash, Kœnig, plus les seconds rôles, Dom Fanelli, Marie Gubitosi, Dick Kearns et d'autres, il devenait très personnel et tout à fait réel.

Pour les victimes du vol 800 de la TWA et leurs proches, il n'avait jamais cessé de l'être.

Chapitre 51

À 16 h 32, assis dans le salon de la suite, j'attendais le coup de fil de Dom Fanelli commençant par « Mission accomplie », ou toute autre expression de triomphe.

Selon le répondeur de la compagnie, le vol Delta en provenance du Caire avait atterri comme prévu à 16 h 10. J'aurais donc dû avoir des nouvelles de Dom. Mais le téléphone de la chambre restait silencieux. Quant à mon mobile, il ne contenait aucun message.

– Pourquoi ne l'appelez-vous pas ? me dit Jill.

– Il m'appellera.

– Et s'il y a un problème ?

– Il m'appellera.

– Vous avez l'air trop calme.

– Je vais très bien.

– Vous voulez un verre ?

– Oui, mais j'attendrai d'avoir reçu l'appel, pour savoir s'il m'en faut un ou deux.

– J'ai hâte de rencontrer Kate.

– Je suis impatient de la revoir. Je crois que vous l'aimerez.

– Et moi ? Est-ce que je lui plairai ?

– Pourquoi ne vous apprécierait-elle pas ? Vous êtes charmante.

Elle ne releva pas.

À 16 h 36, je décidai de patienter jusqu'à 16 h 45. Ensuite, je joindrais Fanelli.

À 16 h 45, je l'imaginai au fond d'une prison fédérale, Kate jetée dans une voiture par Ted Nash, qui me proposait de l'échanger contre Jill et la bande vidéo. J'entendais presque sa voix :

– John, Kate et moi allons passer un moment délectable dans un endroit sûr, jusqu'à ce que tu renonces à Mme Winslow et à sa cassette.

Pour la première fois depuis des années, une vraie frayeur me serrait la gorge.

Je pensai à la façon dont je réagirais à sa demande de rançon, sachant que ce salaud ne respectait aucune règle. Ce qu'il visait, c'était une victoire totale. Il voulait Jill, la cassette, Kate et moi. Finalement, ma réponse à ses exigences importerait peu. Il tricherait, mentirait, et il n'y aurait pas d'échange de prisonniers. Simplement un massacre. Je n'avais donc qu'une chose à lui dire :

– Va te faire foutre.

Je regardai Jill. Jamais je ne la livrerais à Ted Nash.

Je pensai à Kate. Elle comprendrait.

– Vous n'avez pas l'air bien, murmura Jill.

– Si, si, je vous assure. Je vais bien.

Elle saisit son mobile.

– J'appelle Fanelli.

– Non ! Moi !

J'allumai mon mobile. Toujours pas de message. Je l'éteignis, me dirigeai vers le téléphone de la chambre au moment même où il retentissait. Je le laissai sonner deux fois avant de répondre.

– Corey.

– Il l'a dans le cul ! s'écria Fanelli.

– Dom...

– Quelle tête de nœud ! Comment as-tu pu collaborer avec une enflure pareille ? Je te passe Kate.

Mon cœur se remit à battre. La voix de Kate. Enfin...

– John, tout va bien. Mais quelle scène ! Ted...

– Où es-tu ?

– À l'arrière d'une voiture de police, avec Dom.

Je me tournai vers Jill, levai le pouce. Elle eut un large sourire.

– John, reprit Kate, Ted est vivant. Il était à l'aéroport et...

– Je sais. Mais j'ai aussi de bonnes nouvelles.

– Tu considères le fait qu'il soit en vie comme une mauvaise nouvelle ? Mais qu'est-ce que c'est que ce cirque ?

– Dom ne t'a rien dit ?

– Non. J'ai quand même deviné deux ou trois choses. Dom m'affirme qu'il ne sait rien, sauf que tu lui as demandé d'aller me chercher à l'aéroport et de me conduire là où tu te trouves. Pourquoi n'es-tu pas venu ? Qu'est-ce qui se passe ?

– Je te le dirai quand je te verrai.

– Où es-tu ?

– Tu le sauras quand tu y seras. Il vaut mieux que nous ne nous parlions pas trop longtemps au téléphone. Tu m'as manqué.

– Tu m'as manqué aussi. Je ne m'attendais pas à ce genre de réception. Qu'est-ce que Ted faisait à...

– C'est une longue histoire. Je te la raconterai tout à l'heure.

– Est-ce que tu as trouvé... ?

– Tout à l'heure.

– Tu vas bien, vraiment ?

– Très bien. Mais la situation est un peu délicate.

– Ce qui veut dire catastrophique.

– Ne t'inquiète pas. Repasse-moi Dom. À très bientôt. Je t'aime.

– Je t'aime aussi.

Fanelli reprit l'appareil et beugla :

– Comment peux-tu travailler avec ces gens ? Ils n'ont aucun respect pour la loi ou la police et...

– Dom, est-ce que vous êtes suivis ?

– Oui. Mais j'ai appelé des renforts ; et dans quelques minutes, les fumiers qui nous collent au cul seront interceptés pour infraction au code de la route.

– Beau travail. Je te dois une fière chandelle.

– Un lustre, oui ! Eh, Kate est superbe. Un beau bronzage. Tu as fait beaucoup d'exercice, là-bas ? Tu as minci. Je veux dire : tu as toujours été un canon, mais tu t'es affinée.

Je me rendis compte, bien sûr, qu'il s'adressait à elle et non à moi. Je l'interrompis.

– Ils se sont pointés à combien ?

– Comment ? Oh, ils n'étaient que quatre, mais ils ont fait autant de raffut qu'un troupeau de babouins. L'un gueulait : « FBI ! FBI ! Vous faites obstruction à... », et patati et patata.

Moi, je me mets à hurler : « Police ! Police ! Reculez ! » Mes deux copains de la sécurité de l'aéroport se sont interposés, beuglant que les gus empiétaient sur leur juridiction. C'était marrant, mais un peu chaud. Kate s'est comportée en vrai soldat. Elle leur a cloué le bec en criant : « À moins que vous n'ayez contre moi un mandat d'arrêt officiel ou une assignation à comparaître délivrée par les autorités fédérales, j'exige... », tu entends ça ?... « j'exige que vous me laissiez passer. » À présent, ils sont coincés là-bas par les gens de la douane et de la sécurité.

– Combien de voitures avez-vous derrière vous ?

Silence. Puis :

– Il y en avait deux... Je n'en vois plus. Quand on change de file, il faut mettre son clignotant. Parfois, les gens croient l'avoir fait, mais...

– D'accord. Quand comptez-vous arriver ?

– Va savoir. C'est l'heure de pointe. J'ai une bleusaille au volant et....

– Bleusaille, mon cul ! protesta une voix mâle. Tu veux conduire ?

Dans la voiture, trois hommes passés maîtres dans l'art de l'insulte se traitèrent soudain de tous les noms d'oiseaux. J'imaginais la tête de Kate.

– À tout de suite, dis-je à Dom, avant de lui répéter le numéro de la chambre. S'ils sont allumés, demande à Kate d'éteindre son mobile et son biper.

– Reçu. Salut, mon pote. À tout à l'heure.

– Merci encore.

Je raccrochai.

Jill s'avança vers moi et m'étreignit.

– Vous devez être tellement soulagé !

Je la serrai plus fort contre moi.

– Une inquiétude de moins.

Elle me prit les mains, me regarda.

– Je sais ce qui aurait pu se produire si cela s'était mal passé à l'aéroport.

Je ne répondis pas.

– Je vais vous laisser seul pour que vous puissiez accueillir votre femme, ajouta-t-elle.

– Non. Restez. Je veux que vous rencontriez Dom Fanelli.

– Une autre fois. En attendant, vous avez besoin d'un verre.

Elle regagna sa chambre. Je fixai le bar quelques secondes, puis me servis un scotch que j'emportai jusqu'à la fenêtre.

Des nuages bas pesaient sur la ville, mais le présentateur de la météo, à la télévision, avait prévu un soleil éclatant pour le lendemain matin.

Il était étrange, songeai-je, que ce qui avait commencé par une demi-journée de congé prise pour accompagner ma femme à une cérémonie commémorative eût abouti à cela.

Kate avait toujours pressenti que cela pourrait nous entraîner trop loin. Moi, je ne m'étais douté de rien. De rien du tout.

Pour Jill et Bud, ce qui avait débuté par un rapport amoureux sur une plage était devenu l'exemple même de l'erreur commise au mauvais endroit et au mauvais moment.

Un peu plus de cinq ans plus tard, tous ces chemins avaient convergé vers un point unique ; et demain matin, ils se rencontreraient au carrefour du Windows on the World.

Chapitre 52

On sonna à la porte.

Je plaquai mon œil contre le judas. Kate était là. Elle avait l'air tendue. J'ouvris brusquement. Un sourire radieux éclaira son visage. Elle laissa tomber son sac de voyage dans l'entrée, me tendit les bras. Nous nous embrassâmes, nous étreignîmes en nous disant toutes sortes de choses stupides.

Au bout d'une minute, je la soulevai, la portai jusque dans le salon.

Elle regarda la pièce et s'exclama :

– Tu as gagné à la loterie pendant mon absence ?

– Oui, le gros lot.

Après d'autres baisers, elle me tira vers le canapé, où elle s'affala, me plaqua contre elle. En se retirant dans sa chambre, Jill avait pris une excellente initiative.

Quelques instants plus tard, je déclarai :

– Tu as certainement besoin d'un verre.

– Non. Je veux que tu me fasses l'amour. Tout de suite. Tu te souviens de la première fois que nous l'avons fait sur mon canapé ?

Elle commença à déboutonner son chemisier.

– Attends, chuchotai-je. Je partage la suite.

Elle leva la tête, examina une nouvelle fois le salon.

– Avec qui ?

– Je dors là-bas. Et cette porte donne sur une autre chambre.

– Oh...

Elle se redressa et je me levai. Elle reboutonna son chemisier.

– Et qui couche dans cette chambre ?

– Laisse-moi te préparer un verre, dis-je en me dirigeant vers le bar. Vodka, comme d'habitude ?

– Oui. John, que se passe-t-il ? Pourquoi es-tu là ?

Elle se leva à son tour, me rejoignit devant le bar. Je lui tendis son verre, pris le mien.

– Bienvenue au pays.

Nous trinquâmes. Elle parcourut la pièce des yeux pour la troisième fois.

– Il y a quelqu'un, dans cette chambre ?

– Oui. Assieds-toi.

– Je préfère rester debout. Je ne comprends rien. Pourquoi n'es-tu pas venu à l'aéroport ? Et pourquoi ai-je eu droit à ce comité d'accueil ?

– J'ai été très occupé, depuis mon retour.

– Tu m'as dit que tu bronzais sur la plage.

– C'est ce que j'ai fait. À Westhampton Beach.

– Ne me dis pas que tu enquêtais encore sur l'affaire !

– Si.

– Tu m'avais juré de laisser tomber.

– Je n'avais aucune raison de le faire.

Elle me regarda encore, très longuement. J'ajoutai :

– Cela n'a pas l'air de t'enthousiasmer.

– Je croyais que nous nous étions mis d'accord pour renoncer.

– Je t'avais promis de retrouver ce couple.

Stupéfaite, elle s'assit sur le canapé.

– Et tu l'as retrouvé ?

– Oui.

Je tirai un fauteuil jusqu'au divan, m'installai en face d'elle.

– D'abord, il faut que tu saches qu'il y a de fortes chances pour que nous soyons... En fait, nous sommes en danger.

Elle balbutia :

– Je... j'ai cru m'en rendre compte... à l'aéroport. Et aussi lorsque Dom a glissé un calibre 38 dans mon sac à main.

– J'espère que tu ne le lui as pas rendu.

– Non. Est-ce que je dors ici ce soir ?

– Chérie, si tu as le flingue, tu peux passer toute la nuit avec moi.

Elle sourit.

– Tu es si romantique...

– Où sont Dom Fanelli et les deux autres flics ?

– Dom est parti. Il ne voulait pas s'immiscer dans nos retrouvailles. Les deux agents montent la garde à l'étage, devant l'ascenseur. Un, au moins, y restera toute la nuit.

– Parfait.

– Explique-moi pourquoi nous avons besoin d'eux.

– Parce que ton ami Ted Nash rêve de se débarrasser de moi, de toi et de Jill Winslow.

– Qu'est-ce... ? Qui est Jill Winslow ?

– La star de la cassette vidéo.

Elle hocha la tête.

– Pourquoi Ted voudrait-il... ? Enfin, je peux le deviner... Pardonne-moi de ne pas piger aussi vite que je le devrais.

– Tu te débrouilles très bien.

– Je suis sonnée par le décalage horaire... Surtout, je m'attendais à autre chose à mon retour. Je pensais que tu serais à l'aéroport, puis que nous rentrerions chez nous. Au lieu de cela, je suis tombée en plein drame dès ma descente d'avion... Et maintenant, tu me dis que nous sommes en danger et que tu as retrouvé...

– Kate, laisse-moi commencer par le début.

– Comment les as-tu identifiés ? Avaient-ils une cassette vidéo de... ?

– Kate, écoute-moi.

Elle allongea ses jambes sur le canapé.

– Je me tais.

Je la contemplai et dis :

– Primo, je t'aime. Secundo, ton bronzage est superbe. Tertio, tu m'as manqué. Enfin, tu as minci.

Elle eut un sourire attendri.

– Toi aussi, tu as un teint magnifique. Et tu as perdu du poids. Où as-tu déniché cette chemise ?

– Cela fait partie de l'histoire.

– Alors, raconte-la moi.

Je commençai par mon arrivée à l'aéroport Kennedy, avant de lui détailler les autres épisodes : Dom Fanelli, Philadelphie, Roxanne Scarangello...

Elle m'écouta en silence, portant parfois son verre à ses lèvres. Ses yeux restaient braqués sur moi, mais je n'arrivais pas à savoir si elle était impressionnée, incrédule, ou tellement épuisée par le décalage horaire qu'elle ne saisissait pas tout ce que je lui disais. De temps à autre, elle hochait la tête et ouvrait grand les yeux, sans prononcer une parole.

Je poursuivis mon récit par mon expédition nocturne à l'hôtel Bayview, les archives de Rosenthal et la découverte du nom de Jill Winslow.

À ce moment-là, elle réagit.

– Et l'homme ? Tu l'as trouvé ?

– Je connais son nom, mais il n'est pas sous mon contrôle.

– Où est-il ?

– Entre les mains de Ted. Il va bien pour l'instant, mais si Ted décide qu'il est davantage un poids qu'un atout, alors il s'en ira.

– Où ?

– Là d'où vient Ted.

Elle se tut.

Je racontai ma rencontre avec Nash sur la plage, résumai notre affrontement en une phrase :

– Nous avons un peu bu la tasse.

Elle fixa le sparadrap sur mon menton sans faire de commentaire.

Je lui rapportai ce que m'avait révélé Ted ; comment il avait retrouvé l'homme grâce à ses empreintes, puis Jill Winslow par son intermédiaire, comment Liam Griffith, lui et le mystérieux M. Brown leur avaient rendu visite à tous les deux et appris la destruction de la vidéo ; l'usage du détecteur de mensonges, son serment, la main sur le cœur, que la cassette ne contenait rien qui pût laisser croire à l'attaque d'un missile.

– Aussi ahurissant que ça puisse paraître, il mentait comme un arracheur de dents.

– Ted t'a-t-il dit ce que ces gens faisaient sur la bande ? s'enquit-elle, ignorant mon sarcasme.

– Ils faisaient l'amour. Ce fut une des raisons de leur refus de se manifester.

– Donc tu as retrouvé Jill Winslow ?

– Oui.

– Où est-elle, à présent ?

– Derrière cette porte... Donc, sachant Ted Nash sur mes talons, je suis allé à Old Brookeville où, d'après Dom, vivait une Jill Winslow.

Là encore, je lui racontai tout, insistant, pour mettre les faits en relief, sur mes propres déductions. Même si je ne cherchaispas à chanter mes louanges, je dois avouer qu'au fil de mon récit, je fus moi-même impressionné par mon travail de détective.

J'en arrivai au moment où j'avais questionné Jill à propos d'*Un homme et une femme.*

– Cette nuit-là, à l'hôtel, elle a enregistré la bande sur une cassette de ce film, empruntée à la bibliothèque de l'hôtel. Elle avait recouvert la languette de sécurité avec un sparadrap. Futée, la dame.

Et moi donc...

Kate, abasourdie, s'était redressée.

– Et elle possédait encore cette copie ?

– Oui.

– Tu l'as regardée ? Tu l'as ici ?

– Je l'ai visionnée, et je l'ai.

– Où ?

– Dans ma chambre.

Elle bondit sur ses pieds.

– Je veux la voir. Tout de suite.

– Tout à l'heure. Laisse-moi terminer.

– Que montre-t-elle ?

– Une saloperie de missile percutant le 747 en plein ciel.

– Mon Dieu...

Elle se rassit et murmura :

– Je ne comprends toujours pas pourquoi Jill Winslow t'a avoué la vérité après toutes ces années, pourquoi elle a reconnu avoir copié la bande et l'avoir toujours en sa possession.

– Je crois avoir gagné sa confiance... Surtout, c'est une femme sensible, que cet événement n'a cessé de hanter. Je pense qu'elle attendait une occasion, ou un signe que le temps était venu pour elle d'agir en accord avec sa conscience.

– Je comprends. Mais a-t-elle une idée de ce qui va se passer ? Son mariage, sa vie, son ami... Comment s'appelle-t-il ?

– Bud. Ces conséquences, elle les accepte. C'est Bud qui a un problème.

– Elle aussi, non ? Son témoignage ne va-t-il pas être rendu public ?

– Si.

Je terminai mon récit par notre arrivée au Plaza, les coups de téléphone de Ted le mort-vivant, les appels à Jill de la part de son mari, de son ancien amant, et celui de Ted.

– Pauvre femme, soupira Kate. Elle tient le coup ?

– Elle a du cran. Et elle se sentira bien mieux maintenant que tu es là. Elle a besoin de parler à une autre femme.

– Cette sollicitude ne te ressemble guère. Ta nouvelle chemise a-t-elle un rapport avec ta métamorphose ?

– Non. J'ai également joint notre patron. Il faut que je te dise que Jack Kœnig est plus ou moins dans le coup et qu'il est assis entre deux chaises.

Sa surprise se mua en incrédulité.

– Tu es sûr de ce que tu avances ?

– Ce dont je suis sûr, c'est qu'il y a quelque chose de tordu dans cette affaire.

– Admettons. Que va-t-il se passer ensuite avec Jill Winslow et la cassette ?

– J'ai organisé une réunion pour demain matin avec Ted Nash, Liam Griffith, un représentant du procureur de général, Jill Winslow, son ancien amant Bud Mitchell, peut-être d'autres, et Jack Kœnig, qui voulait s'abstenir, mais que j'ai persuadé de venir.

– Où se tiendra cette réunion ?

– Je pensais à toi et à notre dernière soirée à New York. J'ai donc pris rendez-vous pour le petit déjeuner à 8 h 30, au Windows on the World.

Elle réfléchit un instant.

– Cela me paraît un bon endroit... public.

– Et nous nous étions promis d'y retourner.

– Je ne crois pas que ce sera aussi délicieux que la dernière fois. Es-tu certain que ce soit la bonne façon d'opérer ?

– Comment t'y prendrais-tu ?

– Je m'adresserais directement à la tête : au quartier général du FBI, à Washington.

– Je ne connais personne à Washington et je me sens plus en sécurité ici. Nous ignorons à qui nous pourrions nous fier là-bas.

– C'est un peu paranoïaque.

– Possible. En tout cas, il vaut mieux affronter ici les diables qui nous sont familiers avant de nous tourner vers ceux de Washington, que nous ne connaissons pas.

– D'accord. À ton avis, qui aurait eu intérêt à cacher la vérité ? Et pourquoi ?

– Je n'en sais rien. Ce n'est pas mon problème pour l'instant.

– J'espère qu'il ne s'agit pas de Jack.

– Kate, je me fous éperdument de savoir de qui il s'agit. Il faut tous les dégommer.

Elle me jeta un regard inquiet.

– Je crois qu'on peut vraiment parler d'un complot. Ourdi peut-être au sommet.

– Ce n'est pas mon problème.

– Il pourrait le devenir. C'est là que je voulais en venir. L'affaire est tellement énorme, elle concerne peut-être des gens si haut placés que c'est nous qui pourrions nous faire dégommer.

– Tu n'es pas obligée d'y participer.

Elle me jeta un regard noir.

– Ne l'envisage même pas.

Elle me serra contre elle et ajouta :

– C'est moi qui ai commencé. Nous finirons le travail ensemble.

– Je n'en attendais pas moins de toi.

Comme moi, Kate était déjà si compromise que le seul moyen pour elle de se sortir de ce bourbier consistait à creuser toujours plus profond, jusqu'à apercevoir la lumière de l'autre côté.

– Regardons la cassette, me dit-elle.

– Tu devrais d'abord faire la connaissance de Jill. Cela te permettrait de replacer la bande dans son contexte. En perspective...

– Entendu. Cette jeune femme est dans sa chambre ?

– Oui. À moins qu'elle ne soit encore allée à l'église.

Je frappai à la porte.

– Jill ? Madame Winslow ?

– Oui ?

– Êtes-vous visible ?

Elle ouvrit la porte.

– Jill, j'aimerais vous présenter ma femme, Kate.

Elle sourit, marcha vers Kate, lui serra la main.

– Je suis très heureuse de vous rencontrer, déclara-t-elle. John s'inquiétait pour vous.

– À juste titre, répondit Kate, si l'on en juge par l'accueil qui m'a été réservé à l'aéroport.

Tout semblait se dérouler à merveille. Kate n'est pas d'une jalousie maladive. En plus, c'est une professionnelle. Quant à Jill Winslow, c'était une vraie lady, si l'on exceptait, bien sûr, ses escapades amoureuses au bord de la mer. Mais elles remontaient à loin.

– John m'a un peu parlé de vous et des événements des derniers jours. Comment supportez-vous votre situation ?

– Très bien, merci. Votre mari est un roc.

Le mot était peut-être mal choisi. Pourtant, Kate répondit gaiement :

– On peut compter sur lui. Je voudrais vous remercier de votre attitude et de votre honnêteté. Cela doit beaucoup vous affecter.

– En fait, je ne me suis jamais sentie aussi bien depuis cinq ans.

– Si nous fêtions ça ? suggérai-je.

Je débouchai une bouteille de champagne, remplis trois coupes, puis portai un toast.

– Au retour de Kate, à la présence de Jill.

– Au roi des détectives, dit Kate.

Jill murmura :

– Et à... la justice pour ceux qui ont perdu la vie...

Nous bûmes en silence. Jill hasarda ensuite :

– Je crois que je perturbe vos retrouvailles.

– Pas du tout, répliqua vivement Kate. John et moi nous sommes déjà couverts de baisers. Nous nous raconterons nos histoires de guerre plus tard.

– C'est très gentil à vous, mais...

Kate l'interrompit :

– Non. Restez. J'ai mille questions à vous poser. Je ne sais même pas par où commencer.

– Ce n'est pas une longue histoire et elle n'est guère à mon avantage. Je ne parle pas de ma liaison, mais de ce qui a suivi. J'aurais dû avoir le courage de me manifester il y a cinq ans. Si je l'avais fait, de nombreuses existences auraient été saccagées, mais d'autres, y compris la mienne, auraient pris une autre tournure, bien meilleure.

Kate la considéra un instant. Je la sentais aussi impressionnée par Jill que je l'étais depuis dimanche matin.

– On a souvent du mal à prendre les bonnes décisions au bon moment, dit-elle. On s'y résout parfois après une longue recherche intérieure.

– Quand votre mari a sonné à ma porte, j'y ai vu le signe que le temps était venu.

Jill me regarda et me sourit.

– Il faut dire qu'il est très persuasif, reprit-elle. Toutefois, j'ai encore l'impression de ne pas avoir agi par moi-même.

– Vous auriez pu me montrer la porte, lui dis-je. Or vous ne l'avez pas fait. Laissez-moi ajouter ceci : si vous aviez restitué cette cassette il y a cinq ans, elle aurait sans doute été détruite. Donc, dans une certaine mesure, le destin ou le hasard ont bien fait les choses.

Nous nous assîmes tous les trois et bavardâmes. C'est ce qui s'appelle mettre les témoins à l'aise, gagner leur confiance et les convaincre qu'ils ont accompli la bonne démarche.

Les deux femmes semblaient s'entendre à merveille. J'envisageai de faire, par la suite, désigner Kate comme mentor officiel de Jill. Les retombées de l'affaire se prolongeraient longtemps et Jill aurait besoin, selon notre expression, de quelqu'un pour lui tenir la main. Leur sympathie mutuelle ne pouvait donc que me réjouir.

– Est-ce vous qui avez choisi la chemise de John ? s'enquit Kate.

– Oui. Il ne pouvait pas quitter la chambre. Moi, si.

– Sa couleur va très bien avec son teint. Et elle est très originale, ce qui le change un peu. Où l'avez-vous trouvée ?

– Chez Barney's. Ils ont de merveilleux vêtements pour hommes.

Me sentant exclu de cette conversation, je me levai.

– Il faut que j'aille donner des instructions à l'homme qui monte la garde devant les ascenseurs. J'en ai pour une heure. Si vous voulez, vous pouvez visionner la cassette pendant mon absence. Elle est sous mon matelas.

Je sortis dans le couloir et marchai jusqu'aux ascenseurs.

Installé dans un des sièges capitonnés du petit vestibule qui donnait sur les portes, le flic en uniforme lisait le *Daily News*. Je me présentai à lui, lui montrai mon laissez-passer du FBI et ma plaque de la police de New York.

Je m'assis sur le siège le plus proche de lui.

– Vous êtes en congé ? lui demandai-je.

– Ouais. Travail au noir. À l'œil.

– Votre coopération avec le détective Fanelli ne peut que vous être profitable.

Le jeune policier, qui, selon son badge, s'appelait Alvarez, éclata de rire.

– Vous croyez ? Qui est ce type ? Il a plus d'influence qu'un divisionnaire.

– C'est un homme qui rend service. Les services, dans la police, constituent la principale monnaie d'échange. On ne peut pas accepter d'argent. Alors, on paye en services et on en reçoit en échange. C'est comme ça que ça marche, comme ça qu'on monte en grade et qu'on se fait une place au soleil.

– Ah bon ?

– Laissez-moi vous mettre au parfum.

Tout d'abord, mon laïus parut l'ennuyer. Il commença à s'y intéresser lorsqu'il se rendit compte qu'il se trouvait en présence d'un maître. Au bout d'une demi-heure, il me questionnait plus vite que je ne pouvais lui répondre. Je crus qu'il allait s'agenouiller pour me baiser la main. Au lieu de cela, il fit pivoter son siège pour se placer face à moi, ce qui m'obligea à garder un œil sur les ascenseurs.

Il profita pleinement de son congé sans solde, mais, pour dire la vérité, j'en appris autant que lui.

Une heure après le début de notre entretien, je me levai.

– Quand vous relève-t-on, Alvarez ?

– À minuit.

– Parfait. Je veux que vous me rendiez un service et que vous soyez de retour ici à 7 h 30 demain matin.

– Il y aura un autre type...

– C'est vous que je veux.

Je lui donnai ma carte.

– Soyez sur vos gardes. Les hommes qui pourraient surgir d'un de ces ascenseurs ne sont pas des enfants de chœur. Ce sont des professionnels, qui vous tireront une balle en plein cœur s'ils le jugent nécessaire. Gardez votre flingue sur les genoux, dissimulé sous un journal. Si vous soupçonnez un pépin, pointez-le. Au besoin, faites feu.

L'agent Alvarez écarquilla les yeux.

Je lui souris, lui tapotai l'épaule.

– Ne descendez pas un client du palace.

Je regagnai la suite, plongée dans l'ombre car Jill et Kate regardaient les dernières minutes de la bande vidéo.

Je me servis à boire et attendis.

La lumière revint, mais les deux femmes restèrent silencieuses.

– Si nous commandions à dîner ? proposai-je.

Pendant le repas, aucun de nous trois n'aborda le sujet de la cassette. Je suggérai que personne ne consulte sa messagerie, puisque ce qu'on pourrait nous dire à ce stade ne changerait strictement rien. La seule personne que je souhaitais entendre était Dom Fanelli et il appellerait sur le téléphone de la chambre.

Nous parlâmes principalement du Yémen, de la Tanzanie et d'Old Brookeville. Grâce à Dieu, personne n'avait de photos à montrer.

Jill semblait passionnée par la mission de Kate en Tanzanie et son enquête sur l'attentat contre l'ambassade. Elle m'interrogea également sur mon travail au Yémen et l'affaire de l'*USS Cole*. Nous apprenons, dans notre métier, à ne parler que par euphémismes, ce qui augmente généralement la curiosité de ceux qui nous écoutent. Je songeai à me lancer dans le récit de l'attaque de ma Land Rover par des guerriers à cheval sur la route de Sanaa. N'ayant pas encore trouvé une fin assez palpitante, j'y renonçai.

Kate parut très intéressée par la vie sur la Gold Coast de Long Island. Jill employa, pour lui répondre, les mêmes sous-entendus que nous pour lui raconter nos activités.

– C'est beaucoup moins brillant qu'on ne peut le croire. Je me suis lassée des bals de charité, des soirées, du club de loisirs et des vitrines des décorateurs, de tout cet étalage de richesses. Même les ragots bien juteux me font bâiller.

– J'adore les ragots, dis-je. Et je pourrais m'habituer à l'opulence.

En apparence, nous étions détendus. Pourtant, l'avenir, qui commencerait le lendemain à 8 h 30, nous obsédait tous les trois.

Vers 22 heures, le téléphone de la chambre sonna. Je décrochai. C'était Dom.

– Eh, je te dérange en plein devoir conjugal ?

– Non. Alors ?

– D'abord, ma petite intervention de cet après-midi a fait du bruit. C'est comme si j'avais pissé sur un nid de frelons. Ces types ont des amis haut placés.

– Plus pour longtemps.

– Tant mieux. Si tu ne peux ni les battre ni t'allier avec eux, tue-les. C'est ma devise. Bon. Pour demain : j'ai six types en uniforme mis officiellement à ma disposition, dont un sergent de patrouille. J'aurais pu débaucher des inspecteurs en civil, mais je crois que l'uniforme fera plus d'effet... Tu as rendez-vous à la tour nord du World Trade Center, à 8 h 30. Mes gars seront là à 8 heures et pourront te déposer là-bas... disons à 8 h 15. Ils t'attendront à l'entrée de l'hôtel donnant sur Central Park sud. Ça te va ?

– Tout à fait.

– Tu choisis : voitures séparées, un seul véhicule précédé ou suivi d'une voiture de protection ; à toi de voir. À ta place, j'en prendrais trois, histoire de ne pas mettre tous les œufs dans le même panier. Au cas où...

Je regardai Kate et Jill.

– D'accord, Dom.

– Bien. Demain, c'est le jour des primaires. Deuxième mardi de septembre. Tu le sais ? N'oublie pas d'aller voter. La circulation, à cette heure-là, risque d'être un peu plus chargée qu'un matin ordinaire. Les gens ne sortiront leur bagnole qu'après avoir accompli leur devoir électoral. Mais si tu arrives là-bas un peu en retard, la réunion ne commencera pas sans toi.

– Très juste.

– Donc, tu désires que mes gars restent avec toi jusqu'au cent-septième étage...

– Oui.

– Tu veux qu'ils te reconduisent quelque part après la réunion. Exact ?

– Oui. Sans doute au Plaza. Et j'aurai besoin, demain, de

quelqu'un devant les ascenseurs toute la journée et toute la nuit, jusqu'à ce que nous sachions comment les choses évoluent.

– Ça pourrait poser un problème. J'ai reçu tout à l'heure un coup de fil d'un cul serré de la direction de la police, m'interrogeant poliment sur le bordel que je plantais. Je lui ai répondu que je ne voyais pas de quoi il parlait. Il a précisé qu'il avait eu un appel, depuis Washington, d'un gros bonnet dont il ne m'a pas révélé le nom. Résultat des courses : je ne sais pas pendant combien de temps je pourrai t'approvisionner en gardes du corps pour une affaire considérée, paraît-il, comme un secret d'État. *Caspisce* ?

– *Capisco.*

– D'un autre côté, les fédéraux assurent qu'ils fourniront volontiers des gens à eux pour assurer ensuite la sécurité de tes témoins.

– Ben voyons...

– Tu régleras la question à la réunion. En tout cas, demain matin, mes hommes seront là et t'escorteront jusqu'à la tour nord. Après, nous t'en ferons sortir et nous te ramènerons à l'hôtel. Je ne peux rien te promettre de plus, John. Pour la suite, je ne sais pas.

Je jetai encore un coup d'œil à Jill et à Kate, qui me fixaient intensément.

– Ramène-nous ici sans qu'on nous colle au train, ou dans un autre endroit auquel je vais penser. Je me chargerai du reste.

– Tu devrais peut-être contacter la presse. Je pourrais te conduire directement du World Trade Center jusqu'au siège du *Times*... J'appellerai le canard pour que tu sois attendu par des journalistes d'investigation, genre fouille-merde.

– J'y réfléchirai.

– Ne réfléchis pas trop longtemps. Ces salopards, coco, ne te feront pas de cadeau. Si j'étais à leur place, je coffrerais la dame dès que je la verrais en lui fourrant sous le nez une citation à comparaître comme témoin.

– Présenter un mandat est une chose, l'exécuter de force en est une autre.

– Je sais. Nous aurons assez de gros bras avec nous. Mais pourquoi risquer la castagne ?

Je ne répondis pas.

– Écoute, me dit-il, je ne suis pas sûr que les prédateurs que tu vas rencontrer au World Trade Center soient les bonnes personnes. Si j'étais toi, je donnerais cent conférences de presse avant d'aller me jeter dans la gueule du loup.

– Dom, on ne peut pas trouver d'endroit plus public que le Windows on the World. Je veux voir qui viendra, entendre ce que les participants auront à dire. Ensuite, j'aviserai.

– Parles-en quand même à Kate.

– Elle est du même avis que moi.

– À ton aise. Je serai au Windows à 8 heures, en train de prendre mon petit déjeuner avec des collègues, à une autre table.

– Merci.

– C'est cher.

– Je réglerai la note.

– Des clous. Dis à Kate de prendre soin de mon flingue en le trimbalant dans son sac. Je veux qu'elle me le rende nickel. Pas de trace de maquillage sur le canon.

Je souris.

– Dis-le-lui toi-même. À propos, l'agent Alvarez, qui monte la garde à l'étage, mérite que tu le prennes sous ton aile. Je veux qu'il revienne demain matin.

– Ah oui ? Nous verrons comment il prendra soin de toi. Fais-toi propre pour demain.

– Merci encore. On se voit au Windows.

Je raccrochai.

– Tout est au point ? demanda Kate.

– Oui.

– Il n'y a pas de problème ? s'enquit Jill.

– Non.

Je lui souris et ajoutai :

– Trois voitures et six policiers nous escorteront jusqu'au World Trade Center. Le maire de New York n'en a jamais eu autant.

Elle me rendit mon sourire.

– Bien, dis-je, nous nous levons tôt demain matin.

Et je suis frustré depuis des semaines...

– Je crois que nous devrions prendre un peu de repos.

Et de plaisir.

Tout le monde se leva. Jill se tourna vers Kate et moi.

– Bonne nuit. Je suis sûre que vous avez beaucoup de temps à rattraper. Bonne nuit.

Elle se retira dans sa chambre.

– Elle est délicieuse, chuchota Kate.

– Elle fera un bon témoin.

– Je crois qu'elle a un faible pour toi.

– Ça m'étonnerait.

– Elle boit tes paroles et te dévore des yeux.

– Je n'ai rien remarqué.

Je retirai la cassette du magnétoscope.

– Allons nous coucher.

Je pris son sac de voyage, l'emportai dans la chambre. Kate me suivit avec son sac à main. Je fermai la porte.

– Je me sens curieusement fébrile.

– Tu n'es pas le seul.

Elle posa le pistolet sur la table de nuit, commença à se déshabiller.

– Je n'ai pas de chemise de nuit. Mes valises sont quelque part à l'aéroport.

– Tu n'as pas besoin de vêtement de nuit, mon ange.

Avant qu'elle n'ait déboutonné son chemisier, j'étais nu dans le lit. Elle éclata de rire.

– Ça, c'est un record !

Elle acheva de se déshabiller, se glissa sous les draps.

Elle roula contre moi, me regarda, puis ôta le sparadrap de mon menton.

– Qui t'a fait ça ?

– Ton ami Ted Nash m'a pris en traître.

– Lui-même n'avait pas l'air bien frais, à l'aéroport. Son visage était couvert de bleus.

C'était la meilleure nouvelle depuis longtemps. J'avais furieusement envie de passer à autre chose. Elle m'arrêta d'un geste et dit :

– La cassette était très suggestive.

– Jolie formule. Tu comprends pourquoi le bellâtre l'a effacée et pourquoi Jill refusait de se séparer de la copie.

– Ça n'a pas dû être plaisant pour elle de te la montrer.

– J'ai essayé de lui faciliter les choses. De toute façon, quand tu as du sexe et un assassinat sur une cassette, l'assassinat prime. Elle le savait.

– Oui, mais quand c'est toi qu'on regarde en train de... J'ai du mal à croire qu'il s'agisse de la même femme.

– Les gens sont très complexes.
– Pas toi. C'est ce qui me plaît chez toi.
– Merci du compliment.
Elle se tut quelques secondes. Puis :
– Y aura-t-il un problème, demain matin ?
– Je ne pense pas. Dom sera là. Et contre la police de New York, le FBI, du moins ici, ne fait pas le poids.
– Comment suis-je censée réagir en tant qu'agent du Bureau fédéral ? Rester muette et prier ?
– Fais ce que tu croiras bon. Si tu estimes devoir t'en aller, va-t'en. Je comprendrai.
Elle contempla le plafond un long moment, puis murmura :
– Pourquoi ai-je épousé un flic ?
– Pourquoi ai-je épousé une juriste du FBI ?
Elle s'esclaffa.
– Tu mets du sel dans ma vie. Est-ce mon arme que je palpe sous la couverture, ou toi ?
– Chérie, c'est mon six coups, calibre 38, spécial police.

Chapitre 53

Devant l'entrée du Plaza faisant face à Central Park sud, je surveillai la rue. Il était 8 h 11. Personne.

De l'autre côté des portes de verre, Kate et Jill attendaient au bar, guettant mon signal pour sortir. L'agent Alvarez était avec elles.

Une file de taxis stationnait de l'autre côté de la rue. Le portier s'avança vers moi.

– Désirez-vous que je vous appelle un taxi, monsieur ? Ou quelqu'un doit-il venir vous chercher ?

– J'attends un fiacre.

– Très bien, monsieur.

C'était un jour radieux. Je réalisai que je n'avais pas goûté le soleil ni l'air du dehors depuis dimanche matin.

À 8 h 13, s'ils avaient bombé, les flics de Midtown nord auraient dû être là. Ils déboulèrent deux minutes plus tard sans actionner leurs gyrophares ni leurs sirènes. Je fis signe à Kate, descendis du trottoir et levai la main. La voiture de tête alluma son gyrophare, accéléra et freina pile devant moi. Les deux autres véhicules s'immobilisèrent pare-chocs contre pare-chocs. Je montrai mon laissez-passer aux deux agents de la première voiture.

– World Trade Center, comme convenu. Pas de sirène. Pas d'excès de vitesse. Mais il faut être là-bas à la demie. Surveillez vos arrières et vérifiez si on nous suit. Ne vous arrêtez qu'aux feux rouges.

Les deux policiers acquiescèrent. La femme assise sur le siège de droite précisa :

– On nous a briefés.

– Parfait.

Kate, Jill et Alvarez étaient maintenant sur le trottoir. Je dis à Jill :

– Votre carrosse est avancé, madame.

Elle me gratifia de son si beau sourire et déclara joyeusement :

– Je ne suis jamais montée dans une voiture de patrouille.

M'abstenant de répondre : « Vous vous y habituerez », je lui précisai :

– Comme prévu, nous nous retrouverons tous dans le hall du Windows on the World. Deux hommes veilleront sur vous en permanence.

– À plus tard.

Elle se tourna vers Kate.

– Je vous verrai aussi là-bas...

Elle paraissait sereine. J'espérais qu'elle le resterait si les choses tournaient mal. Je fis signe à Alvarez, qui la guida jusqu'à la voiture du milieu. Elle prit place sur la banquette arrière. Obéissant à ses instructions, Alvarez revint vers moi.

Kate et moi nous regardâmes. Au point où nous en étions, il n'y avait plus grand-chose à dire. Elle m'embrassa et chuchota à mon oreille :

– À très vite.

Elle monta dans la voiture de tête.

Je restai immobile à côté d'Alvarez.

– Vous sentez-vous d'attaque, ce matin ?

– Plus que jamais, monsieur.

Son sourire parlait pour lui. J'extirpai *Un homme et une femme* de la poche de ma veste. C'était la cassette sur laquelle Jill avait enregistré la sienne, mais sans la boîte. Je la tendis à Alvarez, en lui disant :

– Considérez-la comme plus précieuse que votre vie.

Il la glissa dans la poche arrière de son pantalon réservée à son carnet de notes et grommela :

– Avez-vous jamais entendu parler d'un flic new-yorkais se faisant barboter quoi que ce soit ?

Je lui tapotai l'épaule, comme la veille.

– À tout à l'heure.

Il monta à l'arrière de la voiture du milieu, à côté de Jill.

Je m'installai dans le véhicule de queue. De là, je pourrais voir ce qui se passerait. Et Kate pourrait, depuis le véhicule de tête, modifier nos plans si nécessaire. Quant à Jill, elle était en sécurité dans la voiture du milieu.

Le chauffeur de la mienne, un sergent, prononça quelques mots dans sa radio portable. Le véhicule de tête vira devant Central Park sud et le convoi s'ébranla.

– Quel est l'itinéraire ? demandai-je au sergent.

– West Side, si ça vous convient.

– Tout à fait. On risque de nous intercepter. Vous êtes au courant ?

– Ils peuvent s'accrocher.

– Les autres sont prévenus ?

– Ouais.

– Que pensez-vous du FBI ?

Il eut un rire gras.

– Pas de commentaire.

– Et de la CIA ?

– Connais pas.

Veinard... Je consultai ma montre : 8 h 21. Vu la circulation, nous arriverions sans doute avec dix minutes de retard, ce qui était parfait. De toute façon, Nash et les membres de son club seraient en avance d'au moins un quart d'heure, persuadés que nous le serions aussi. Ils auraient tout le temps de savourer leur petit déjeuner.

La plupart des réunions sont des jeux de dupes ; de ce point de vue, celle-là serait une orgie.

Nous nous faufilâmes dans la circulation. En moins de dix minutes, nous roulions vers le sud, sur la voie rapide Joe DiMaggio, qui longe l'Hudson. Il faisait beau, le trafic était fluide.

Nous étions encore à huit kilomètres du World Trade Center, qui se profilait dans le lointain.

Je palpai, dans la poche de ma veste, la cassette d'*Un homme et une femme* que j'avais glissée dans la boîte de la cassette de Jill, reconnaissable à l'étiquette : *Propriété de l'hôtel Bayview – À restituer*. Si les fédéraux disposaient d'un mandat, ils pourraient l'utiliser contre moi, Kate ou Jill, et s'emparer de la bande avant de nous transférer de force ailleurs. Mais ils ne pourraient pas arrêter l'agent Alvarez, même s'ils apprenaient qu'il détenait l'enregistrement.

Quoi qu'il en soit, Nash et consorts hésiteraient à provoquer une scène violente dans un établissement public où trois cents personnes seraient en train de prendre leur petit déjeuner. Toutefois, s'ils le faisaient, je leur remettrais l'exemplaire d'*Un homme et une femme* : version complète, non modifiée.

J'apercevais, par le pare-brise, la voiture de patrouille de Jill et Alvarez, qui me cachait le véhicule de tête, où Kate avait pris place. Toujours fluide, la circulation devenait dangereuse, surtout à cause des camions, de plus en plus nombreux.

À 8 h 24, nous venions de dépasser l'héliport de la 13e Rue, avant les quais de Chelsea. Encore cinq kilomètres à cette allure et, d'ici dix minutes, nous atteindrions l'accès à la tour nord par Vesey Street. Je ne redoutais aucun problème particulier pendant le trajet ou le parcours à pied jusqu'à la tour, ni dans l'ascenseur qui bondissait directement au Windows on the World, au cent-septième étage.

En fait, rien ne nous menacerait au cours de la réunion proprement dite. Je savais comment fonctionnait l'esprit de Nash. Il était patient, sournois et très intelligent. Il voulait savoir qui m'accompagnerait et ce que j'avais à dire, jauger Jill Winslow et vérifier si nous avions vraiment la cassette avec nous. De son côté, il n'amènerait personne qui ne serait pas déjà au courant du complot, sauf Bud Mitchell, qui, de toute façon, devait soupçonner son existence. Il n'y aurait aucun représentant du procureur général, à moins qu'il ne fût lui aussi dans le coup, ou un imposteur, ce qui fait partie de la culture de la CIA. Ted Nash se faisait souvent passer pour un agent du FBI ; et lorsque je l'avais rencontré pour la première fois, il était soi-disant fonctionnaire au ministère de l'Agriculture. Il lui arrivait même de jouer le rôle d'ancien amant de Kate Mayfield.

Enfoiré.

Peut-être, parce qu'il avait l'esprit tordu, avait-il aussi invité Mark Winslow, pour déstabiliser Jill.

Dans tous les cas de figure, ce petit déjeuner ne serait pour lui qu'un prélude. Le danger viendrait après, à l'image de ces banquets où les princes régalaient leurs ennemis et les massacraient ensuite.

Nash savait certainement, s'il avait un peu de jugeote, que j'avais assuré mes arrières. Il devait donc, lui aussi, avoir placé des hommes à lui en coulisse.

– Une fois la réunion terminée, me dit le sergent qui conduisait, j'ai pour instructions de vous faire quitter le bâtiment avec les personnes qui vous accompagnent, de vous embarquer et de déguerpir. Exact ?

– Exact. C'est à ce moment-là que vous pourriez vous heurter à des fédéraux qui auraient d'autres visées.

– J'ai connu une situation semblable. Les fédéraux voulaient coincer un type pour trafic de drogue et j'avais un mandat d'arrêt contre le même type, pour le même motif.

– Qui l'a eu ?

– Nous. Bien sûr, ils l'ont récupéré par la suite. Mais au départ, légalement, nous sommes prioritaires.

– C'est vrai.

– Et une fois qu'on vous aura embarqués, on foncera vers où ?

– Je ne suis pas encore fixé. En tout cas, n'importe où sauf à la prison centrale.

Il s'esclaffa.

Je contemplai, par la portière, le fleuve et la côte du Jersey. Si tout se passait bien, je serais, demain ou cet après-midi, au siège de l'ATTF, 26, Federal Plaza, les pieds sur le bureau de Jack Kœnig et entouré de types réguliers. Même si je les exaspérais, les gens du FBI s'étaient toujours comportés avec moi de façon loyale et strictement professionnelle. Dès que cette affaire passerait des seules mains de John Corey à l'ensemble du Bureau fédéral, je pourrais partir en vacances avec Kate. Peut-être souhaiterait-elle découvrir le pays où j'avais passé un mois et demi...

La circulation s'intensifia à l'approche du Holland Tunnel.

– Vous avez toujours la voiture du milieu en vue ? demandai-je au chauffeur.

– Plus maintenant. Vous voulez que je la contacte ?

– Oui.

Il appela les deux véhicules. Celui de tête répondit :

– Nous y sommes. Garés sur Vesey Street. Pénétrons dans la tour nord.

Le deuxième déclara :

– Arrivée prévue dans deux minutes.

– Bien reçu.

À 8 h 39, nous devions être à cinq minutes du côté de Vesey Street donnant sur la grande place piétonne qui entourait le World Trade Center. Quelques minutes de marche jusqu'à l'entrée de la tour nord, puis l'ascenseur à grande vitesse jusqu'au Windows on the World. Je dis au sergent :

– J'ai besoin que vous veniez tous les deux avec moi.

Il hocha la tête.

– Un des gars du véhicule de tête garde les voitures. On monte avec vous.

– OK.

Nous nous engageâmes dans Vesey Street à 8 h 44, freinâmes devant les deux voitures de patrouille garées en double file. Je sortis. Les deux flics me suivirent. Ils parlèrent à celui qui gardait les véhicules. Il annonça en éteignant sa radio portable :

– Deux femmes et quatre agents à l'intérieur.

J'escaladai les marches reliant le trottoir à la place surélevée et m'avançai vers l'entrée de la tour nord. Il était 8 h 45.

Alors que je traversais l'esplanade bondée, j'entendis un faible grondement dans le lointain. Autour de moi, quelques personnes levèrent les yeux. Les deux flics qui m'accompagnaient regardèrent eux aussi en l'air.

– On dirait un avion arrivant trop lentement à Newark.

Nous continuâmes à marcher. Je me retournai tout d'un coup, pour voir ce que tout le monde fixait.

Venant du nord, juste au-dessus de Broadway, un énorme avion de ligne à deux moteurs volait à basse altitude et à vitesse réduite. Je jetai un coup d'œil par-dessus mon épaule, tournant la tête vers la tour nord du World Trade Center : elle était plus haute que l'avion, et l'avion se dirigeait vers elle.

Des gens hurlèrent, se plaquèrent au sol.

– Oh, mon Dieu... dit une femme à côté de moi.

Chapitre 54

Le soleil était levé depuis plus d'une heure, mais la fumée des incendies obscurcissait sa lumière.

Du balcon de mon appartement, face au sud, j'apercevais l'endroit d'où s'élevaient les deux énormes panaches noirs. Je distinguais aussi la lueur des projecteurs qui illuminaient les ténèbres où les tours jumelles se dressaient encore la veille.

J'avais perdu ma veste au cours de la nuit, lors des opérations de recherches et de secours. Une suie visqueuse, à la puanteur insupportable, noircissait ma peau et le reste de mes vêtements. Je savais que j'aurais dû me doucher et me changer avant de retourner là-bas, mais je ne voulais pas me détacher de l'enfer dans lequel j'avais été plongé.

Je consultai ma montre pour la première fois depuis l'attentat, époussetai la suie qui en maculait le verre : 7 h 32. J'avais du mal à réaliser que presque vingt-quatre heures s'étaient écoulées. Dans la journée, le temps s'était accéléré. Mais il s'était figé pendant la nuit, qui m'avait paru interminable, même après le lever du jour.

Je crachai une substance noirâtre dans mon mouchoir noirci, le roulai en boule dans ma poche.

J'avais compris ce qui se passait avant même que cela arrive. Mon métier m'y avait préparé. Les gens qui m'entouraient, y compris les membres du service d'évacuation d'urgence et les deux policiers qui m'escortaient, avaient cru, eux, à un accident.

Quand le second avion avait percuté la tour sud, à 9 h 03, tout le monde avait admis l'inimaginable.

J'avais passé les premières heures suivant l'attentat à chercher Kate. Puis, à mesure que l'énormité de la tragédie et le nombre de victimes s'imposaient à tous, je m'étais lancé au secours de ceux qui auraient pu survivre au chaos.

Je me rappelais le dernier message radio d'un des policiers : « Deux femmes et quatre agents à l'intérieur ».

J'avais essayé de joindre Kate sur son téléphone cellulaire, mais tous les mobiles étaient muets ; et ils l'étaient toujours.

À 6 h 30 ce matin-là, lorsque j'avais quitté ce qui avait été la tour nord, on n'avait retrouvé aucun survivant. Et on ne s'attendait pas à en découvrir beaucoup.

Le retour avait été encore plus irréel que le désastre lui-même. Les rues étaient quasiment désertes. Les rares humains que je croisais paraissaient en état de choc. J'avais trouvé un taxi à vingt rues du lieu de l'attentat. Le chauffeur, nommé Mohamed, avait fondu en larmes en me voyant et continué à pleurer pendant tout le trajet jusqu'à la 72e Rue Est. Mon portier, Alfred, avait lui aussi éclaté en sanglots en me voyant descendre de voiture.

Je contemplai de nouveau les nuages de fumée. Pour la première fois, je sentis des larmes se mêler à la suie qui souillait mon visage.

Je me souvenais vaguement d'être monté dans l'ascenseur avec Alfred, qui possédait un passe, d'avoir pénétré dans mon appartement. Près de deux mois d'absence me l'avaient rendu presque étranger. J'étais resté un instant immobile, me demandant pourquoi je me trouvais là et ce que je devais faire. Ensuite, j'avais marché jusqu'au balcon, parce que j'avais vu la fumée par la porte-fenêtre et qu'elle m'était beaucoup plus familière que mon propre univers.

Alors que je traversais le salon, une couverture, sur le canapé, attira mon attention. Je me dirigeai vers elle. Et je m'agenouillai près de Kate. Elle dormait, emmitouflée dans la couverture qui la recouvrait tout entière, hormis son visage noirci et un de ses bras, posé sur sa poitrine. Sa main serrait son téléphone cellulaire.

Je la couvai des yeux un long moment, sans la réveiller. Alfred ne l'avait pas vue entrer. Ou bien, dans le choc et la confusion, il avait cru qu'elle était chez nous.

Je la laissai dormir sur le divan et sortis sur le balcon où je me tenais à présent, regardant la fumée qui semblait ne devoir jamais se dissiper.

La porte-fenêtre coulissa derrière moi. Je me retournai. Nous nous dévisageâmes un instant, fîmes quelques pas hésitants l'un vers l'autre. Puis nous tombâmes littéralement dans les bras l'un de l'autre. Pour pleurer.

Nous nous assîmes, à moitié endormis, dans les deux fauteuils métalliques du balcon, les yeux rivés sur les ténèbres qui enveloppaient le bas de Manhattan, le port et la statue de la Liberté. Aucun avion ne volait, aucun téléphone ne sonnait, aucun Klaxon ne retentissait. En dessous, dans les rues, il n'y avait pratiquement pas âme qui vive.

Il nous était difficile d'évaluer l'ampleur exacte de la tragédie. Nous n'avions ni l'un ni l'autre écouté les informations, puisque nous nous trouvions sur les lieux au moment de l'impact... À part quelques messages radio et de trop nombreuses rumeurs sur place, nous en savions moins que des gens vivant à l'autre bout du monde.

Une question me hantait.

– Et Jill ?

Kate resta silencieuse un moment avant de bredouiller :

– Je suis arrivée la première devant l'ascenseur express du Windows. Je l'ai attendue. Elle a pénétré dans le hall en compagnie d'Alvarez et d'un autre agent... Je les ai mis dans l'ascenseur... Et j'ai décidé de t'attendre...

Elle s'interrompit plusieurs minutes. Je respectai son silence. Elle murmura enfin :

– Avant d'entrer dans l'ascenseur, elle m'a dit : « Voulez-vous que j'attende John avec vous ? » Je lui ai répondu : « Non, vous êtes en de bonnes mains. Je serai là-haut dans quelques minutes. »

Elle bafouilla :

– Je suis désolée.

– Non, ne le sois pas.

Bien sûr, je me demandais qui d'autre avait atteint le cent-septième étage avant que l'avion ne percute la tour. Ce que je savais avec certitude, pour avoir interrogé une centaine de policiers et de pompiers, c'était que presque personne n'était descendu des étages supérieurs avant que la tour nord ne s'écroule, à 10 h 30.

– Tu vas y retourner ? me demanda Kate.

Je hochai la tête.

– Moi aussi, dit-elle.

Nous nous levâmes.

– Tu te douches la première.

Elle acquiesça, brossa ma chemise avec ses doigts.

– Je vais essayer de la nettoyer.

Elle passa la porte et traversa le salon. Je la regardai marcher, presque en transe, jusqu'à la chambre.

Je me tournai de nouveau vers le ciel vide. Je pensai à Jill Winslow, à mon pote Dom Fanelli, à l'agent de patrouille Alvarez et aux policiers qui l'accompagnaient. Je pensai aussi à Ted Nash, mort pour de bon cette fois-ci, même si ce n'était pas la fin que j'aurais choisie pour lui, à Jack Kœnig, Liam Griffith, et à tous ceux qui étaient là-haut : les gens qui y travaillaient, les inconnus, les anonymes. Agrippant la rampe du balcon, je sentis, pour la première fois, la colère monter en moi.

– Bande de salauds...

Je ne me rendis au Plaza que le vendredi, pour prendre nos affaires dans la suite et faire ouvrir le coffre afin de récupérer ce que Jill y avait déposé.

Le directeur adjoint se montra très aimable. Il m'informa, à son grand regret, que le coffre ne renfermait aucun objet appartenant à Mme Winslow.

Composition PCA
44400 – Rezé

Impression réalisée sur CAMERON par

BRODARD & TAUPIN
GROUPE CPI

La Flèche

pour le compte des Éditions Michel Lafon
en avril 2005

Imprimé en France
Dépôt légal : mai 2005
N° d'impression : 29740
ISBN : 2-7499-0287-8
LAF 660